商务印书馆（上海）有限公司　出品
The Commercial Press (Shanghai) Co.Ltd

# 独处的风景

汪涌豪 著

商务印书馆
The Commercial Press

图书在版编目（CIP）数据

独处的风景 / 汪涌豪著. —北京：商务印书馆，2021
ISBN 978-7-100-20134-6

Ⅰ. ①独… Ⅱ. ①汪… Ⅲ. ①中国文学—当代文学—作品综合集 Ⅳ. ①I217.2

中国版本图书馆 CIP 数据核字（2021）第139481号

权利保留，侵权必究。

独处的风景

汪涌豪 著

商 务 印 书 馆 出 版
（北京王府井大街36号 邮政编码100710）
商 务 印 书 馆 发 行
山东临沂新华印刷物流
集团有限责任公司印刷
ISBN 978-7-100-20134-6

2021年10月第1版　　开本 640×960　1/16
2021年10月第1次印刷　印张 23¼
定价：95.00元

# 自 序

记得汤因比曾比较中国哲学与希腊哲学，认为两者的差异首先表现在中国哲学多关注实际生存，其次才是科学和形而上学；而在希腊，无论苏格拉底还是他的后继者们，除了道德问题外，更多关心的是人类的理智和知识论构建。想来，也是因为这样的缘故，中国人最热衷并擅长做的常常不是真理思考，而是伦理思考，无论是置身于历史，还是介入当下的时候。

个人前两部随笔集似乎印证了这一点。也是因为它们分别对应着自己人生的前两个十年，尤其30到40岁的苦闷、焦虑和奋激，使得凡所闻见和思虑，更多基于现象的表面，并在在凸显了前贤所谓经验得到的知识远不及思考得来的准确这样的判断。虽说经验世界的遭遇会让人发现理性认识的局限，但处定黏着于事相表面的是非对错，与揭发内隐在事物背后的虚实真伪终究不同，有时还是很大的不同。唯此，尽管亚里士多德《形而上学》称"人类求知是出自本性"，但古希腊哲学家还是区分了"知识"和"意见"，以为前者基于对实在的认知而非好奇，故能发现并产生真理；后者不过是对现象界一切个别的认知而已。易之以中国古人的说法，人固然可以赋予上述个别性认知以准确的称名，然"名逐物而迁"，而"理之微者，非物象之所举也"，是更需要人发挥思想者的本能才能摄得的。

只是有些遗憾，古人并没有更多展开对如何才能养成这种思想者本能的探究，这导致我们很多时候仍需要从西方汲取营养。譬如叔本华

《论独思》就讨论过单纯阅读和独立思考、普通学者和思想家的区别。指出只有经由独立思考得来的知识才能被人理解和确证，并被作为一个可以坚信的元素纳入人的知识体系中。"阅读和学习是任何人都能自愿进行的活动，而思想却非如此"，它具有连续不断地推进自己的特征，为此更需要一种强烈兴趣的驱动。经由广泛的阅读和学习，人形成自己的观点，也即"意见"，不过成为批评家；经由独立思考，将经验凝聚在一起，内生出足以启迪世人的知识，进而上升为理论，才大有助于精神的人的诞生，才能造就真正的思想家。那么，如何凝聚经验做独立思考？他提出的建议是独处，认为人只有孤独无依时，才有"思想的真正平静""灵魂深处的安宁"以及"身体的健康"，才可以避免成为外界的附庸，拥有真正的自由。有鉴于独处者常需要战胜各种欲望，抵制各种诱惑，他因此将之称作只有伟大人物才有的高雅气度。其实，在他之前，虽然未必根植于个人的哲学，而仅基于生活的观察与体验，蒙田和帕斯卡已经提出了相似的主张。前者认为一个人"仅仅摆脱人群是不够的"，还必须摆脱存在于人"内心的群居本能"，这样才可能获得一个机会，使自己"拥有一个能够转向自身的灵魂"。而人一旦拥有这种灵魂，就会"有攻击手段也有防御手段，有收获手段也有赠予手段"。后者则干脆称"人类所有的痛苦来自不能够安静的独处"，为什么？以后萨特给出了解释，那是因为人总是要为此感到寂寞，终究"没有和你自己成为好朋友"。

我们知道，受亚里士多德因生命脆弱故须结群而居一说的影响，西方人大多喜欢结伴而居，并由此渴望通过他人来定义自己，一直到19世纪仍是如此。一辈子研究对话与理解的诠释学大师伽达默尔对此有过特别的论述，认为"在异己的东西里感到是自己的家，这就是精神的基本运动，这种精神的存在只是从他物出发向自己本身的返回"。同样重视理解的精神科学大师狄尔泰基于生活体验和对生命同情的理解可助人

# 自　序

了解历史文化的认识，径称"理解就是在你中重新发现我"。但叔本华、蒙田们觉得对于这些过于强大的真理，逆行是必需的。更何况他们本身就是喜欢独处的人。如在蒙田，这种生活方式带给他的不是乖戾和执拗，也非叛逆与不情，而是如爱默生所称赞的，"没有澎湃的激情，没有强烈的渴望，而是心满意足，尊重自我，保持中道"。就是这个爱默生，一生未致力于任何理论体系的营构，虽始终要求自己别与这个充满了行动的世界隔开，但也努力要求做一个"精神的独处者"，并以此为"哲人生活"的最高原则。对此，许多人心存疑虑，他的回答是这样的："为什么你要放弃穿越星光下真理的荒原的机会，仅仅是为了获得一顷地、一座房和一间谷仓的可怜的舒适？真理也有其屋顶、床笫和餐桌。"

这话说得多么平情有说服力。尽可能以这种"心满意足，尊重自我，保持中道"的态度去获取知识，不断创造机会享受独自穿越"星光下真理的荒原"的美好，是此刻个人心心念念的追求。也所以，这部集子谈论的话题和关注的重点与此前有了一些不同。它让自己一定程度从周遭纷乱浮杂的事相中后撤，更多关注文学特别是诗，更多研究艺术特别是画。此外，就是留存于谱录乃至器物、植物和城市遗迹上的各种文明和文化，前者被认为可以从技术的角度做出定义，后者因涉及价值观，更凸显主体性，因此更需要独处的人凝聚起经验，做出自己独立的判断。

无须特别说明，上述这种关注同样可以把人引向真理。记得尼采谈论艺术家的真理意识时说过，虽然在对真理的认识上，"艺术家的道德较思想家薄弱"，但艺术能"使自己变得更深邃，更有灵气"。他甚至以为"一位自由思想家即使放弃了一切形而上学，艺术的最高效果仍然很容易在他心中拨响那根久已失调，甚至已断裂的形而上学之弦"。可惜这个世界，人们普遍为匆忙和功利挟持，又因受限于各种误解，已经与艺术隔得太远，这使得他的感叹——"人们不久就会把艺术家看作一种华丽的遗迹……我们身上最好的东西也许是从古代的情感中继承下来的，我们现在已经不可能再直接地获得它们，太阳已经沉落，但我们生命的苍穹依然因它而绚丽辉煌，尽管我们已经不再看见它"——仍给今天的人以深彻的刺痛感。当然，诗与文学的境遇也没有好多少，他的同时代人、诗人马修·阿诺德（Matthew Arnold）的《吉卜赛学者》，像足了这个时代应该唱响的挽歌："哦，生于智慧尚且新鲜洁净的年代，／生命如微光粼粼的泰晤士河般欢快流淌，／那时，现代生活，这奇异的瘟疫尚未猖獗／带着它那令人作呕的匆忙，那纷纭不专的目标，／还有那负荷过重的脑袋，那中风的心脏。"

由于现代人普遍失去了与人和宇宙的同体感，整天孤独地——指内心孤独地面对世界，难免遗落了与诗同格的浪漫乃至诗歌本身。虽说依照哈罗德·布鲁姆的理解，诗歌一直就是以浪漫主义的形式呈现的，无论是正统还是反正统，它之于人的意义是怎么评价都不过分的。但在今人看来，这样的评价实在有点不着边际。也正因为这样的缘故，他们自然也无法信任距布鲁姆两百年前的德国诗人诺瓦利斯（Novalis）说的话，后者坚信"这个世界必须浪漫化"，并认为唯有这样，才能"赋予普遍的东西以更高的意义，使落俗套的东西披上神秘的外衣，使熟知的东西恢复未知的尊严，使有限的东西重新归于无限"。在诺瓦利斯去世一百五十多年后，又有法国超现实主义诗人安德烈·布勒东（Andre Breton）称这个世界上，有一种东西"从比我们远得多的过去而来，并且将去到比我们远得多的未来"。他说的这个东西正是诗。

和一切艺术都是表达一样，诗的表达是人与世界建立关系的途径，而且还是最重要的途径之一。因为许多时候，概念语言不能代替和概括人心底最孤独深彻的呻吟，人因此从心底期待诗，诗的语言也因此成了能让人充分感受到生命特质的另一种呼吸。它努力于倾听并认真反映那

# 自 序

种与生俱来的人的"原悲伤",有时与科学、哲学甚至宗教一样,叫人面对同样的苦恼和困惑,又试图回答同一个问题,所以,诗人才被兰波(Arthur Rimbaud)称为"灵视者"。当他们被生活打败,带着千疮百孔的盔甲和千疮百孔的心,仍可以在诸神的祝福下,进入复生的旅程。在他们的诗中,自然有许多令他们伤心和留恋的现世风景,但更多"心灵的风景"。而后者,恰恰是诗歌绝胜于其他文类的地方。

对这一点,中国古人基于天人合一的哲学观,是清楚地体认到了。如明钟惺以诗为"清物",如果诗人"日取不欲闻之语,不欲见之事,不欲与之人,而以孤衷峭性勉强应酬,示吾耳目形骸为之用,而欲其性情渊夷,神明恬寂,作比兴风雅之音,其趣不已远乎"。故他私心好那些"荒寒独处,稀闻渺见,孳孳栗栗中所得落落瑟瑟之物",仰慕"古之人即在通都大邑,高官重任,清庙明堂,而常有一寂寞之滨、宽闲之野存乎胸中,而为之地",更追求"索居自全,挫名用晦,虚心直躬,可以适己,可以行世,可以垂文"的清净闲适,以为不必"浮沉周旋而后无适"。他为所编《诗归》作序,称"真诗者,精神所为也。察其幽情单绪,孤行静寄于喧杂之中,而乃以其虚怀定力,独往冥游于寥廓之外",并以此为可以依归的"古人之精神",正意在突出精神独处是古人之诗胜于后来一切诗的原因。当然,这种诗境虽根植于内心,却并非必然外在于自然,毋宁说是经过了诗人改造的真自然。所以,清人钟秀《观我斋诗话》在将"境"与"志""气""情""识"等并列为"诗原"的同时,特别指出"境非景物之谓也,随身之所遇,皆是焉"。

很难想象,人一旦不能从独处中体会到这种精神的自由和浪漫会怎样。当此后现代的展开,宏大叙事日渐被具有地方特色的情境和语言游戏所代替,置身其间的知识人也越来越看重能力,而不是像真理、自由这类普遍价值,以及在追求这种价值过程中被调动和激发出来的浪漫精神。所以,慎于选择之于人的成立就变得非常重要。巴里·施瓦茨

（Barry Schwartz）《选择的悖论》一书中，对太多的选择如何成为一种负担，"选择的自由"如何终于变成了"选择的专制"有过分析，留给个人的印象至今可称深刻。而理查德·罗蒂（Richard Rorty）《文学经典的启示价值》所谓一旦失去一种浪漫主义元素，一种启示价值，那"人文学科的学习将会继续产生知识，但是它可能不再产生希望，人文主义教育可能变成19世纪70年代的改革以前牛津和剑桥大学里的情况，仅仅是用于准许进入上层社会的旋转门"，更让人读后有先获我心的快意。尤其看到哲学家本人去世前表示，现在更希望花多一点的时间在写诗上，这样"我就会过上更充实的生活"，心有戚戚焉。虽说人微言轻，个人没可能影响大众，更无论转移风气，但可以心安的是，将身体性的个体和作为精神性存在的个体结合在一起，在这样的门外，写一些无关禄利的诗，过仅属于个人的生活，自己算勉强做到了。

很快，又一个十年会过尽。这让我想起柏拉图的那首碑文体诗："岁月承担着一切，漫长的时间知道怎样去改变／个人的名声、容貌、性格和命运。"还是尼采，他曾不无嘲讽地说："诗人用韵律的车辇隆重地运来他的思想，通常是因为这思想不会步行。"在个人看来，这足以构成对耽溺诗与艺术的警示。但他仍能给人安慰，譬如论及"宁静的丰收"，他又说："天生的精神贵族是不太勤奋的，他们的成果在宁静的秋夜出现并从树上坠落，无需焦急的渴望，催促，除旧布新"，"正如人在垂暮之年回忆青春岁月和庆祝纪念日一样，人类对待艺术不久就会像是在伤感地回忆青春的欢乐了"。

请原谅一再的引述，因为自己实在说不出这样的话。

是为序。

庚子仲秋于巢云楼

# 目 录

自 序 / 1

## 随 笔

什么是真文学 / 3

对于文学，我们还能做什么 / 12

回馈大地的文学与艺术 / 18

期待有诚意的文学批评 / 25

用诗歌审视我们的人生及时代 / 30

最接近俗世神迹的是诗 / 47

什么是好的文学翻译 / 53

中国人是如何言说文学的 / 58

从观念史到总体史 / 65

诗礼教化的基因 / 69

重述神话的文学意义与路径 / 72

唯善自省方能自信 / 77

学术研究的三重关系 / 85

## 评 论

关联人"基本情景"的经典构造　　　　/ 91
如何抵达理想的文学批评　　　　　　/ 95
深微未必人咸识　　　　　　　　　　/ 100
在永恒的基础上再往前走一点点　　　/ 105
巡礼还来感诗人　　　　　　　　　　/ 111
唐音佛教辨思的预流与拓新　　　　　/ 117
近代小说编年的范式意义　　　　　　/ 123
谱录中的文明　　　　　　　　　　　/ 129
成为简·奥斯汀　　　　　　　　　　/ 137
亟待澄明的道体　　　　　　　　　　/ 146
博物学：一种自然与生态的书写　　　/ 153
在图像考古中找回传统　　　　　　　/ 163
为善于拿来的海派油画存史　　　　　/ 172
敢遣奇思上笔端　　　　　　　　　　/ 176

## 序 跋

《诗经》的读法　　　　　　　　　　/ 195
引渡人朝向最稀缺的诗与艺术　　　　/ 201
礼制中乐教的厘定　　　　　　　　　/ 206
沛盛的激情　瑰丽的想象　　　　　　/ 213
青绿山水的文人化探索　　　　　　　/ 230
异域之眼与文化自省　　　　　　　　/ 236

# 目 录

飘落山谷的玫瑰花瓣的声音　　／241

风骨的意味　　／246

中国文学批评的"专名"与"通名"　　／249

建基于活泼泼的生命体验与实践　　／255

尚未敞开的核心　　／262

侠的人格与世界的再检视　　／266

流逝在阴翳中的浮光　　／270

## 访 谈

少年如何爱写作　　／277

让谁作你的枕边书　　／283

诗与现实未必隔着重洋　　／289

做灿烂星空下的吟诵者　　／296

文艺批评要知所敬畏　　／304

还能不能说说余秀华和郭敬明　　／310

旧体诗词韵文的前世与今生　　／322

仅仅是成人童话吗？　　／337

知其历史文化，才更知其当下　　／352

后　记　　／357

随笔

# 什么是真文学

　　我所认定的文学首先应具有一种否定的力量。这个否定当然指否定生活中的假恶丑，但事实是，对于那些罪行昭彰的假恶丑，人人见而识之，又避之唯恐不及，有时候是不需要文学来纠正的，乃至比之法律与道德，文学也不是能纠正它们的最好手段。那么，对于普通人以及他们的日常的生活，文学的否定意义体现在哪里呢？

　　今日中国，全球化、现代化进程在一定程度上解决了人们物质生活的贫困，但也导致了"物性"对"人性"的宰制，以致善恶不分、见利忘义的道德迷失，重当下轻未来的存在迷失，还有目标丧失、深度感缺乏的形而上迷失日渐彰显。人们眼睁睁看着欲望在生活中横行，在精神领域跑马，一方面享受着改革开放带来的好处，觉得没理由不肯定自己所身处的时代，一方面又真实地感到生活给你的经常是你不想要的，所以往往表面淡定，内心纠结。

　　其实，不仅是普通大众，一些写作的人也一样，不是去写财富和欲望，就是去写穿越与盗墓。那种内容上的商品化倾向与形式上的技术化趋势，是"人性"向"物性"投降的最明显的证明。

　　譬如，有的作者专写年轻人的时尚生活，其作品占据各种排行榜。我们无意否认他对同龄人的摹写有一定的真实性，只是想强调，文学有它的核心理想，有比仅写好一个浮华故事更庄重的愿景。那种仅从日韩剧集与动漫绘本中寻找灵感，再设置人物与情节，类似"天空永远是铅灰色的""心情永远是忧伤加明媚的""每当迷惘来袭，总是在大树下、屋顶上用45度角抬头看天空"之类的表述，总显得有些缺乏想象力。

更关键的是，作者无意让自己的写作与世界发生真的关系，更不要说冷静审视和批判这个世界了。相反，认为自己的价值观最符合物质社会的主流，然后以直白的姿态，向市场进军，对金钱与物质投诚，甚至将自己连同旗下作者当艺人来经营，依需求下单，按流程生产，致力于在不断复制中快速集聚财富；面对批评，又抱怨这个社会人人都在传递物质化的肤浅世界观，自己并没有做伤天害理的事情，不该受此不公正对待。所有这些，都分明道出他是非常认同物质世界的。他全部的努力就是要更深地进入这个世界，与那里的生活打成一片，而压根儿没有审视与批判它的意思。

在消费社会，文学与商业的关系变得密切自难避免。但文学毕竟不是手艺活儿，作为人类特殊的精神存在方式，它提供给人的应该是自由的舒展、灵魂的关怀和诗性的拯救。当然，为了达到这个目的，作者可做各种尝试，不一定都追求宏大叙事。但再怎么尝试，都不该因感叹"这个世界总有你永远都买不起的东西"，而忘了那个永远抵达不到的境界；都不能堂而皇之地做精神撤防，而忘了应用自己的写作否定物的宰制与人的盲从。但不幸的是，对这种"退后一步天地宽"，从涉世未深的孩子到老于世故的成人都欣羡不已。

人的生物性存在叫"生存"，创造有意义的生存才是"生活"。动物只知道适应环境，以获得生存下去的机会；人不同，人不是消极地适应，而是通过自己有目的的活动改变环境，创造更有意义的生活。好的文学会提醒你注意这种区别，并以努力写出这种区别来引起社会的注意。一方面，它能表现生活中种种的伪美与假真，并对它们适度地予以容忍，以还其世俗的合理性，从而让读者感到它们有切近人生的真实与可信；另一方面，更应否定它们，让人看到它们的不合理，从而至少在阅读的那一刻，把自己交给神圣的理想，由此培植起信念，涵养出道义，抚平心底的创痛，获得前行的力量。正因为如此，鲁迅讨厌一切"翰林文字"，爱尔兰诗人肯涅利更称"倘若你想挽救这个时代，那么揭露它，揭露它的骄傲自满、缺点怪癖以及假道学"。也因此，尼采会说"没有一个艺术家是容忍现实的"，马尔库塞会说"只有当形象活生生地驳斥既定秩序时，艺术才能说出自己的语言"。在他们看来，作家甚至天然就有对生活的反叛精神。通过这种不容忍与驳斥，他维护了社会的公平和正义，张扬了人性的良善与纯美。

尼采的论说大家比较熟悉，对法兰克福学派可能就相对陌生。要言之，这个诞生于20世纪30年代的社会哲学学派把自己的理论建立在批判的基础上。其派中人霍克海默就称"真正的理论更多的是批判性而不是肯定性的"。他们认为真正的文学也该如此。另一位代表人物阿多诺坚持真艺术应表现社会的不公与人类的痛苦，以及人类的暴行给大自然带来的灾难。为此，他要求艺术保持一种否定与颠覆的能力，成为社会的"一种救赎"。今天中国社会自然与西方20世纪不同，但人为物欲束缚，名缰利锁，时时感到身心不得回旋之苦却是事实。这种时候，文学就应该引导人至少帮助人挣脱这些羁绊，让人们抬起头仰望无限星空，以获得属于人的精神自由。

但遗憾的是，现在有些作家抱着世俗化的态度，俯下身来写作，不仅忽视文学的这种本质，还放弃自身的责任。或为结盟市场，向码洋投降；或为取媚世俗，做精神撤防。如此忙着交际、讲座、编电视剧。人往北走，为的是北京空间大，发展机会多；稿往南投，为的是深圳、广州媒体发达，稿酬相对丰厚。结果物质丰富了，名声也大到上了文学富豪榜，才思却日渐枯竭。在一个不禁止写什么的开放时代，反而什么也写不出了。

因为他们根本忘记了，作为人的一种精神存在方式，文学几乎从来就是站在生活的反面，监管与纠正生活的。这个过程始终需要否定，需要批判。只有通过否定与批判，它才能使社会保持高蹈的理想，同时也因其与生活的反差，成就自己不可湮灭的价值。

当然，这样说并不意味着文学不能赞美，而是强调任何时候，文学都须对生活保持一份警惕，尤其拒绝与世俗同流，更不能向低俗或丑恶低头。有时为维护纯善与真美的价值，甚至可以无视潮流的变化，不惜抛弃其和谐的外观，与大多数人论辩，与世俗社会抗争。文学当然有反映生活的功能，但更有批判和干预生活的责任，并且就是反映生活，也是批判和干预式的反映。为什么？因为从根本上说，生活并不总是一个合理的展开过程，有时它还催生罪恶，引人堕落。作为存在，它或许是合理的，但它合乎人性吗？合乎美吗？文学要追问这些。

所以文学不顺应生活，经常站在生活的反面，是文学的性质所决定的。文学因何伟大？某种意义上说就是因这种否定而伟大。明白了这一点，想来大家也就可以理解，那些歌功颂德的作品为什么总难称佳作，那些形象高大、一贯正确的正面人物为什么总不能给人留下深刻的印象。

有人以为作家是因为拙于应世才愤怒，甚至认为无能才当作家，无聊才写小说。这是大错特错的。作家写作是据于对一切真的认知，更有对人的真的关切。举一个例子，19世纪，当资本主义还处在上升阶段，对其诸多弊端人们尚未像今天一样有清楚的认识，浪漫主义文学已开始反抗其所代表的"现代文明"，看到它的另一面。浪漫主义理论的代表人物柯勒律治说：文学最大的作用就是"通过唤醒人们对习惯和麻木性的注意，引导人看向美丽的新事物"。这就是文学的否定本性与否定的目的，它让文学从反面成了生活最清醒的守护。

我所认定的文学，还应具有超越的力量——超越既存与已知的东西，朝向将来与未知敞开。它有无形的特点，即常常越然于逻辑之上，构成对必然的超越；又有无限的特点，即常常越然于经验之上，构成对有限的超越；还有无前的特点，即常常越然于既存之上，构成对先在的超越。

人为什么需要超越？是因为他对自身存在的局限性有大遗憾，总向往获得总体性、完整性的认知与价值。超越正是他对自身限制的一种反思与突破，因此是人之为人的根本属性，是人的本质力量的体现。

文学是人学，因此自然也致力于通过超越，寻找日常生活之外的人的存在意义和终极价值，并以此为理想和目标。当然，这种超越性的追求并不意味着文学可以割断与生活的联系，驾空行危，向壁虚构。而是说，它从来注意并善于调动自身的洞察力，去能动地反映更深邃的生活，并将自己的反映最大程度地与一种意义联系在一起。

为此，它既不甘心对生活做浮光掠影、就事论事的简单复制，也不甘心受世俗辖制而躲避崇高，消解神圣，而是努力在揭示生活真实的同时，以富有穿透力的洞见，替读者和自己找回人之为人的完整视界，实现人之为人的自由天性。总之，它张大人的主体意志，注重对人"内世界"的呈现，并假此呈现，超越对当下的实录，实现灵魂的跃升。由于这样的追求，他笔下的超越既有了认识意义，更有深湛的价值意义与审美意义。

古今中外许多经典之作，之所以能打动我们并光景常新，很大程度上就在于它们有这种透看生活表象、揭示存在真实的超越。而且，作家往往自觉以达成此目的为终极追求。譬如曹雪芹写《红楼梦》，说是"为闺阁立传"，表"情场忏悔"，但结果，小说并没有成为"个人化抒写"的范本，而成了一个时代的忠实记录，这一定与他在痛苦愤懑中寻求精神的自觉出离有关。这种寻求就是超越。又如巴尔扎克，清楚地意识到小说乃"一个民族的秘史"，所以用91部小说构成《人间喜剧》，从而完成了宏远伟大的"法国的编年史"。

还有的作家所历甚少，所知不多，但因思接千载，视通万里，也能在创作中实现这种超越。像艾米丽·勃朗特，身处偏僻的小城，离群索居，既未受过良好的教育，也缺乏丰富的情感体验，且只有短短30年的寿命，居然能写成反映19世纪30年代英国社会历史的伟大小说《呼啸山庄》。而且，因为她写出了个体所遭受到的空前的精神压迫，还有异己力量对命运的强势操纵，那种摒弃浪漫的虚假安慰，直面惨淡生活的勇敢与深刻，还使小说成为开现代派先河的不朽经典。为什么？许多人不理解，但如果我们能去她的家乡霍沃什，看看她笔下经常出现的荒原上的石南丛、兰铃花，便能明白，那种个体生命在单调严酷的自然环境与社会环境下倔强地抗争与生长有多动人。它让人明白，之所以这部小说能超越作者身处的时代，是因为在心里，她将自己与一种将要到来的意义联系在一起。正是这种意义引导她超越了狭隘的个人生活，走进远大的精神未来。再联系小说问世前，她已写了190多首游离于时代的玄思诗，我们可以确知，她一生都在追求人内在的意识世界。这个世界让美满驱逐不幸，让肉体回归灵魂。你不要问它的真实性究竟如何，正如诺贝尔文学奖获得者、秘鲁作家略萨所说："小说的真实性当然不必用现实来做标准"，"一切好小说都说真话，一切坏小说都说假话"。能超越当下，指引未来的就是真小说好小说。这就是我们所讲的超越性的价值与审美意义。

　　记得罗曼·罗兰说过：伟大作家的创作总有两股激流，一股与他们所身处的时代命运相汇合，另一股则超越了那个时代的厚望，给他的人民带来永久的荣光。他所说的另一股潮流，正指作家的超越性追求。因为这种追求，他使自己的写作成了一种"超验写作"，他的作品主题成为具有永恒意义的"文化母题"，他也因此名垂青史。2014年的诺奖获得者、法国作家莫迪亚诺可谓一生都在用写作寻找自己，但你读读他的《暗店街》等小说，分明可以看到他的心里同样有另一股潮流在涌动，所以他的创作才跨越文化，感动世人。

从某种意义上说，超越现实比认同现实要难得多，也要伟大得多。真正伟大的文学虽常产生于俗世，却从不曾仅从属于俗世；虽出自作者之手，却又不仅属于作者一己。有时，因为他能超越，如米兰·昆德拉所说，"他甚至不是他自己想法的代言"，他成为全人类的遗产。

人类何其有幸，拥有这么多伟大的遗产。2007年，来自英美125位著名作家评选出过去两个世纪最伟大的作家作品，其中入选作品最多的是莎士比亚，得分最高的是托尔斯泰，其他还有狄更斯、奥斯汀、福克纳、卡夫卡、乔伊斯、弗吉尼亚·伍尔夫、纳博科夫、陀思妥耶夫斯基与契诃夫等人。我们不知道这些作家的评判依据，但这份榜单仍让人可以大致了解，他们是从作品是否具有深刻的洞察力与超越性着眼的。

譬如托尔斯泰的小说从来都关注普通人的命运，但同时又心怀广大的悲悯。他写的人物与故事看似发生在19世纪的俄罗斯，意义却远超国界与时代，与人类构成了整体意义上的对应与共鸣。他的《战争与和平》不仅写了卡拉金、罗斯托夫等四个贵族家庭的生活，反映了十二月党人起义前俄国社会的真实状况，还深刻地触及了类似爱与恨、生与死等全人类共有的普遍性命题，洋溢着一个有道义感和深沉情感的伟大作家对真理和博爱的渴求，这就是超越。陀思妥耶夫斯基的小说也同样，所以评论家伊戈尔·沃尔金会说他"不仅是作家，而且标志一个全新时代的开始。在这个时代里，读者通过他的作品得以更多理解了自己"。还有索尔仁尼琴干脆说："我不属于我自己，我的文学命运也不是我个人的文学命运，而是所有千百万人的命运。"这与昆德拉所说的小说家有时"不是他自己想法的代言"，可谓殊途同归。

但很遗憾的是，拥有这么多遗产的我们有时并不知道珍惜。不仅有的读者不知道，有的作者也未必知道。看看新时期以来的文学，虽然可称繁荣，艺术上的进步尤其明显，但究竟有多少是有穿透力的？是不是还有不少作家不能拒绝市场与资本的逻辑，让自己从功利化的破碎生活中出离，从而走向神圣的精神超越？

还须指出，要求文学有否定的特性，与要求它能超越是联系在一起的，甚至是一回事。因为文学的超越既有从有限到无限的特点，就必然会要求作家对当下持一种怀疑的态度，投去一束冷峻的眼光，然后通过否定与批判，将人引渡到对如何更好地从"生存"进展到"生活"的反思中。

一个人如果对活在当下的有限性没有认知，相反，对充满鄙俗气或碎片化的生活非常认可，自然会欣赏"女人像宠物，男人像动物"，或"女人像男人，男人不是人"这样的无聊文学，而觉得《战争与和平》太长太沉闷；自然会为"只写内分泌，不写内心"，只讲"我要你"，不讲"我爱你"的爱情小说叫好，而觉得《呼啸山庄》太冷峻太残酷。

他们不知道，也不能理解，伟大的作家与他们不一样。面对生活的种种不完满甚至丑恶，他必定会痛加批斥。如狄更斯的小说《荒凉山庄》，就有对维多利亚时代英国法律制度与司法体系的批判，对身边"优秀人士"的嘲讽，他称这些人在太多珠宝商的棉布和细羊毛包裹着的死气沉沉的世界里病态地生活，"他们听不到更广大世界奔腾的声音，在他们围绕太阳旋转时，也看不到更广大的世界"。小说目的在指出向上的路，引人去向更好的未来。否定与超越，在他那里本是一回事。唯此，这部小说的影响远远超出了他的时代，直接启迪了以后艾略特的《荒原》与卡夫卡的《城堡》。

说到这里，想来大家已经明白，与超越必否定一样，许多时候否定就是超越。揭示现实人生的荒凉境遇，强化文学的否定功能，正有助于凸显文学的超越性品格，从而为理想的张扬及最大限度地开启诗化人生创造条件。如果一个作家一味浸入生活，与世沉浮，一味地与生活站在同一个高度，而不懂得超拔自己，成为中流砥柱，那即使再真实的生活也会被他表现得空洞无比。从这个意义上说，文学的超越性被搁置和忽视,很大程度上正反映了作者本人对现实不合理的漠视,对生活艰难性的规避。说到底,正反映了他否定和批判精神的缺失。

总之,作家对生活不能只有迎合没有否定,不能裹在轻软的羊毛毯里,放弃倾听广大世界奔腾的声音,然后自以为很能体恤读者劳生的匆忙与压力,说生活已然这样了,就让文学给他们一个童话、一点浪漫,甚或一些轻松与搞笑吧,于是用各种方式,盗掘到地下,穿越到后宫,或写那种"王子与公主从此幸福地生活在一起"的廉价故事。这是市侩,是乡愿!文学应给儿童以想象,给少年以理想,给成人以希望!文学应该爱土地,为人民!

最后,以两位哲学家的话来结束本文。德国哲学家、同时也是诺贝尔文学奖获得者奥伊肯说:"只有当我们独立和超拔于这个时代,才可能有助于满足这个时代的种种需求。"另一位是晚年更喜欢通过写诗来认识世界的美国哲学家罗蒂,他说,只有这种具有"非凡胆量和想象"的作家,才称得上是"未来时代的英雄"。他们的话启示我们,文学是人面对自己的方式,所以它要求从根本上把握,从终极处超越,从而揭示生活的真谛,求取人性的完满。因此,说文学就是文学本身是远远不够的,它是这个时代正在到来的灵魂,有着比我们的想象还要神圣的意义与价值。

# 对于文学，我们还能做什么

  今天，许多人都觉得文学的大环境不是太好。有人甚至将当下中国社会的急剧转型夸大为"巨大的文化地壳运动"，不惜用"文学危机""文学的终结"这样的言辞来凸显所面临的困境，又用所谓"文学的突围"来凸显坚持的悲壮。其实放宽眼量，对从未执掌过世俗权杖的文学来说，哪个时代没有挑战？又有哪个时代不是变动不居、波诡云谲？有的甚至还王纲解纽，天崩地解。如果不是期待旧时代君王赏饭、贵族供养的恩遇，那么就得承认，文学从来就是生不逢时的，与世道不偶本就是文学的宿命。当然，对一些优秀分子而言，这样的生不逢时正是催生伟大文学的契机。此所谓"赋到沧桑句便工"。

  基于这样的事实，我们认为今天市场经济与物质主义环境，如鲍德里亚所揭示的消费社会，并不天然对文学的存在构成负面的挤压；科技进步与信息革命带来的视像化时代与图像霸权，乃或与之相伴随的如费瑟斯通指出的日常生活的审美化，也不一定就会造成媚俗文学的盛行，以及文学自主性与审美特性的迷失。从审美创造到复制生产，从意识形态到话语狂欢，文学生产更多受市场影响，乃或采用商业化运作模式，种种存在方式的急剧转换虽让人眼花缭乱，但终究未能掩夺文学固有的特性。作为人的自由生存方式，人的精神的审美的生存方式，它带给受制于各种现实挤迫的人们以超脱物质依附的解放感，一种真正成为"自由主体"的欣快感，直到今天都未曾散去。也就是说，社会急速发展与人们注意力的转移并未导致文学本身的激变，文学作用于人的方式没有改变，人们需要文学的原因也没有改变。相反，因现实的强势表现与理想的被迫隐退，还有人与人、与环境的感性连带日趋脆弱和不确定，人们对文学的需求许多时候反而在增加，渴望经由文学让自己经历一种精神生活的愿望反而更加强烈。

被需要当然是因为有价值。所以以我们的认知，说文学将会终结是伪命题。文学的天地广大，可生长的空间至今未被穷尽。由对乡村的反映进入对都市的描画，文学已做到的要远落后于它能做到和应做到的。更不要说它还远未达到人的精神复杂性的边界。因此，轻易看空它的未来只能是一种失去自信力的表现，一种不能做韧性坚久努力的焦虑与谵妄。

那么在这个时代，人们还能为文学做些什么？我们的主张，其实无须刻意做什么，只要能让文学回到它自身就已经很好。如前所说，文学是人诗意而自由的存在方式，是人迈越种种现实挤迫，实现精神自由的审美活动。置身于这个急速变化的时代，日日遭接层出不穷的问题，文学固然应该有所作为，应从历史、民族与国家的宏大叙事到家族、个体与性别的细腻表达，全方位地回应这个时代。同时结合各种物质性与制度性因素的影响，准确认识自身的限度，并探索新的发展机遇。但要特别强调的是，所有这些认识与探索都必须依从文学的固有特性，既不偏师直达，主题先行，也不应借口技术实验，浑忘道义的担当。这是我们所说的只要能回到文学自身就好的真实意思。如此，使宏大叙事避免流于僵硬空洞（倘一味追求事象呈现，取消多维反思，文学的深度感就会消失），使细腻的表达不致失去价值关怀（倘片面屈从庞杂互出的分解式力量，醉心于各种碎片化的经验与鸡毛蒜皮的细节，文学的超越性就不可能存在），文学必能走上健康发展的坦道。

相比之下，所谓深入生活有时并不像人想象的那样，非得三番四复地不断强调。道理很简单,如果你此生注定属于文学,你天生气质纤敏,善于体悟世界,并时时回光内鉴,热衷并擅长用文字将人所未知而己所独知的东西表达出来,你自然会要求自己更多地走出小我,沉入生活。而更为显见的事实是,人作为一种"堕落的存在",从来难弃俗世肉身,尤脱不开烟火的缠缚。如此日日目接身受,是你的生活你无法推诿给他人,不是你的生活你再怎么体验,终究隔山隔海。有时仅得皮毛,一不留神还会扭曲误读。一部文学创作的历史,有太多的事实证明,很多时候,好的文学恰恰受惠于作家有从生活中超拔出来的能力,尤其有摆落虽凡人肉身却常怀着神仙欲望的鄙俗气的能力。

所以,如果我们还可以为文学做点什么,首先就应该努力扶植并培育这种能力。这样说不是要否定深入生活的重要性,更不是鼓励作家不问米价,不理朝市,不食人间烟火。而是说面对文学,他应该表现得足以与文学的高贵品格相匹配。如果一个作家一味汩没于日常的生活,与世沉浮;所写得的作品又一味以与生活逼真或平齐为满足,而没有高上的道德视镜和独立消解现实人生累累重负的担当精神,不能超拔自己,做中流砥柱,相反,身陷名缰利锁,并与之载浮载沉;甚至向码洋投诚,做精神撤防,不惜以与人比滥的方式,夺眼球,博出位,是断无可能裸示生活真相,搭准时代脉息的。因为没有精神的高度,即使再真实的生活也会被表现得空洞无比,文学的力量当然更无从谈起。

从这个意义上说,为了文学的健康发展,要呼吁尽可能地让它离物质与市场远一些,离锋线上的时尚化欲望远一些,甚至离当下热火朝天的生活远一些。究其意,当然与通常说的文学必须扎根生活不在同一个论说平面,而旨在强调文学须通过与生活保持必要的"距离",来更好地审视生活,须保持精神上的傲然独立,以成就自己的价值。唯有这种独立,才可能做到不迎合,不苟同,才可能审慎地批判,冷静地解剖,并能让人有以深思反省,然后如冷水浇背,毛骨起立。

但遗憾的是，环顾当今文坛，有的作家对生活迎合太多，反抗太少，即使有所反抗，也是取一种隐晦的姿态，所以称为高明而狡狯的妥协，似更确切一些。有的作家视文学为名利场，总担心一段时间没有作品就会被人忘记，然后两年一部长篇，以市井故事勉强敷衍，忘了从故事到文学之间，须经过诗化的提炼与审美的转换，更须假理性的判断以见出道义的力量。如此以沾满这个时代所有的鄙俗与乡愿的立场为文学代言，让人不由得想起阿诺德所批评的"庸俗阶级"（Philistine）。对照前辈作家如沈从文、孙犁等人身上那种远离尘嚣，独上高楼，与生活不即不离的清高与自尊，实在如隔霄壤，差距不是一点点。

还有一些作家过分体恤读者了，认为现实已然是这样的不堪，劳生碌碌，压力山大，于是早早地就与生活媾和，认为最真实惨酷的经验与最深至浪漫的情感虽足以映照现实，揭发人性，但没人看也是白搭，不如许给读者一个童话、一份浪漫，甚或一段轻松的搞笑，还可以赢得人心。于是纷纷躲避崇高，时常消解神圣，靠着抖机灵，写一些供人娱情遣兴的"轻文学"。更有甚者，以各种方式盗掘到底下，穿越到古代，量贩不同套路的王子与公主从此幸福地生活在一起的廉价故事。但这样轻浅的文字能给人什么安慰？它们是文学吗？用年轻人的说法，不过是"YY"，即意淫而已。

文学应该给人以真相，与人分担艰难。只希望文学带给人轻松，与只希望生活带给人享受一样不靠谱。或以为，这样的文学会吓退读者，让人备感阅读的困难。对此，法国当代著名作家、入围龚古尔文学奖的夏尔·丹齐格（Charles Dantzig）有句话说得真好：我们一直以为文学阅读是困难的，但我们也总说类似数学、物理和体育等科目很困难呀。既然所有有用的东西都不容易掌握，为什么不允许文学有它的困难之处呢？所以，为确保将最好的文学交给读者，不能降格取媚，相反，应取法乎上，甚至一开始就端出曹雪芹，端出普鲁斯特。须知人类从没有毁灭于使自己感到困难的东西、苦难的东西，相反，倒常常毁灭于让自己感到很欢喜、很放松的东西。譬如陀思妥耶夫斯基的小说，深刻的思想与复调的结构诚然对不少读他的人构成障碍，但却是提供人提升自己视界与境界的最佳范本。此所以，评论家伊戈尔·沃尔金会说"无法想象没有陀思妥耶夫斯基的19世纪"，"他不仅是作家，而且标志着一个全新时代的开始。在这个时代里，读者通过他的作品得以更多地理解了自己"。所以丹齐格特别强调"作家并不是一个常人"，他们像老虎和狮子一样"具有非常强大的野心"。他称那些以讲故事为主的通俗文学为"抹布文学"。为其收罗猥谈，写成下作，最终难逃随读随弃的命运。

由他的这个比喻，不禁想到叔本华说过的话：一个人只有当独处时才成为自己。如果你常常生活在社交人群中，就必须学会迁就和忍让。但迁就生活，忍让别人，你就做不成自己。他甚至认为，一个人的高贵本性正体现在他无法从交际中得到快乐上。试想，这样的人会去屈从生活、迎合大众吗？自然不会。他进而说，一个人自身拥有得越多，期待别人给予的就越少。而真正具备价值的东西并不会受到人们的注意，受人注意的东西往往缺乏价值。言下之意，是要人保持不与生活和他人相妥协的昂然高蹈的精神。他说"我们其实只有两种选择，要么孤独，要么庸俗"。从某种意义上说，伟大的文学也应该如此。

结言之，在当今从物质、资本到情感、语言都日渐呈现"冗余"的时代，文学能否具有这种精神气度变得非常重要。文学应该能够做到，而且必须做到宁可傲世独立，也不应该顺世，更拒绝玩世。然后永远不放弃自己所从来承担的启蒙功能。今天，许多作家、学者都喜欢说现代性，包括"启蒙现代性"与"审美现代性"。前者带来了经济和社会的迅速发展，后者则力图保持人性的完整和精神的丰富。具有自主性的文学艺术正是审美现代性实践的主要形式，我们应努力使之名实相副。

当然，我们也乐意作家过得幸福，有现世中的自在，但希望那是世间难得的清欢，而非俗人追攀的庸福。毕竟人不仅生活在物质世界中，还生活在意义世界中。而伟大的文学虽常诞生于俗世，却从不曾真正属于俗世。此所以略萨会说："小说的真实性当然不必用现实来做标准"，"一切好小说都说真话，一切坏小说都说假话。"他的意思显然是，能不能洞穿生活，由表及里，去伪存真，说出只有自己才说得出的话，是区分什么是好的写作与好的文学的标准。那些不能撕开这个世界种种假真与伪善的创口，经由拷问笔下人物的灵魂抵达自己，而一味操弄老熟的技巧，贩卖圆滑的语言敷衍搪塞，就算整天沉浸在生活中间，仍不能诞育出触及生活本真的真文学。

# 回馈大地的文学与艺术

〜

说到文艺离不开生活，几乎没人会有异议。太多事实证明，只有扎根土地，艺术才能够接住地气，从而增加足够的底气，并灌注进沛盛的生气。但事实是，实际创作过程中，不能正确处理两者关系的现象还是十分常见，其中尤以不加界定地空谈"下生活"或"沉入生活"，为最不能保证作家、艺术家真的理解生活，乃或把握生活的真髓。

今天的中国正处在转型变革的关键时期，其间自然多振奋精神、温暖人心的中国故事，但也见得到各种利益的纠葛和矛盾的交织。这个时候，如果作家、艺术家不能深入到生活的内里，探究事相的本原和问题的根由，只一味追赶并趋奉生活，出让原则地迎合生活，而放弃对更广大的人生与更深刻的价值的叩问，必然心无主见，目迷五色，只沉溺于生活的庸常，捡拾得一些日常浮泛的皮毛。其中有些人虽置身于大时代，偏沉浸于个人的"小世界"，只为一种"小别离"叹息，为一份极度私人化的小情感垂泪，而浑忘"无尽的远方"与"无数的人们"，并全不关心人类整体性的精神出路问题。等而下之，张扬物质，泯没人性，对金钱输诚，向市场低头，种种消极负面，都使得所谓深入生活，实际上成了与世推移随波逐流的借口。由此，一些"廉价的笑声""无底线的娱乐"或"无节操的垃圾"开始出笼，它们以各种让人舒服的方式侵入人的精神生活，这是非常令人痛心的事情。

有鉴于此，让作家、艺术家尽可能多地走出方寸天地，将自己与更广大的生活联系在一起，既怀卓识，又广闻见，就变得非常迫切。而要做到这一点，能在多大程度上不为世俗生活裹挟，甚而抽身远引，超拔出来，站在生活之外甚至之上，审视与质疑被许多人肯定与热捧的生活，尤其显得重要。因为许多时候，生活并不是一个合理的展开过程。生活中充满着喜怒哀乐和种种不尽如人意的事情，更常可见到许多假真和伪善得不到应有的惩处和谴责。它们似乎在不同程度上都有存在的合理性，但合乎人性吗？尤其是合乎美吗？在尽可能真实表现它们的同时，但凡有责任感、有良知的作家、艺术家一定要追问到底。并且表现它们，是为了还其世俗的合理性，从而让自己的艺术创造获得必须有的真实；否定它们，是要告诉人应有更高更美的精神追求，文艺真可以带人实现这种追求。此外，它还能让人明白生活与生存不是一回事情，后者仅仅是对生物意义上的人的存在的一般描述，而前者因为被赋予了意义，才成为足以与人的高贵相匹配的精神性存在。

如果作家、艺术家们能做到这一点，就会给文艺一个机会，使它得以最大限度地凸显艺术创造可以抵达的广度和深度，尤其是深度。对作家、艺术家来说，要让自己的创作有深度绝非易事，在观察和思考上，他首先必须具备超过常人的深刻。因为按梅洛-庞蒂的说法，一切的深度都具有不可见性，即使是"精神的眼睛也有其盲点"。推原他的意思，诚如安德烈·夏宾耐《模糊暧昧的哲学——梅洛-庞蒂传》所说，是想突出"可见事物的特点就在于它具有严格意义上的不可见层面"。这显然符合艺术与生活的真实。为了破解这个"不可见性"，除认真地审视之外，反思维度的引入就显得尤其重要。我们说作家、艺术家须超拔出生活之外甚或之上，目的就是为了让其更好地审视与质疑生活。而要达成这种审视与质疑，绝少不了反思。所谓反思，是指作家、艺术家能自觉调动思想的穿透力与审美的洞察力，在既有审视的基础上再做审视，在既有质疑的基础上再做质疑，只有这样，才能如梅氏《知觉现象学》

所说的，化不可见为可见。所以我们的主张是，只有经过反思的文艺，才是能直面惨淡人生，正视存在本质的真文艺。为了这种真文艺有广远的生命力和影响力，作家、艺术家应充分调动一切艺术手段，不仅热情讴歌真善美，还须无情地撕开一切比假恶丑更为习见、更容易让人妥协并予以接受的平庸和低俗。

事实恰恰如此，在人类发展的每个重大历史关头，但凡伟大的作家、艺术家总能见人所未见，为时代发声，开一代风气，从而使自己的创作成为时代变迁和社会变革的先导。这种创造大体都具有善于反思的特点，也只有反思的艺术创造才能引领时代，引领大众。譬如19世纪初，资本主义正处在上升时期，以突破性的能量给人类社会带来了翻天覆地的变化。在解放社会生产力的同时，它荡涤了许多陈腐的旧观念，极大地鼓舞了困守在种种局限中的人类。但尽管如此，一些浪漫主义和批判现实主义作家已经看到了它的势利、冷酷与堕落，并在自己的作品中予以无情的揭露和批判。这种揭露与批判正基于反思，而经由这种反思，这部分文学成了流芳百世的真文学。

然而一段时间以来，我们有些作家、艺术家忘记了文艺有引领社会大众的责任，不仅主动弃守，还甘于自我矮化，更取与生活平齐的视野，与大众相妥协的姿态，为了通俗牺牲深度，为了票房放逐意义，让各种轻而软的文艺大行其道，各种口水艺术通行无阻。尤其是，较之对假恶丑的批判，其对生活中那种庸常琐屑及由此带给人的窒息感所做的道德和审美的否弃，因缺乏深刻度和力度，大多不能奏效。因为这种不合理通常是隐在的，故特别需要假一种"内省性的叙述"。此时，如作家、艺术家不能克服自身弱点，包括艺术表现上的局限，就无法完成艺术应承担的职命，进而彰显艺术之于生活的高贵。

那么，如何克服这些缺失，使文艺既扎根于生活，又超拔于生活之上？个人以为以下两个方面殊为重要：一是须对历史文化，特别是本民族历史文化有深刻的了解，从而让自己的艺术创造充满与生活不相脱节的真实感乃至历史感；一是须从题目、内容到形式、手法上与时俱进，努力创新，以求得艺术对变动不居的当下生活的完满呈现。

就前者而言，历史意识是人固有的关于自己及人类群体的观念总和。因对历史有敏感甚至痛感，故而常将经验的时间注入期望中的时间，以构成彼时与此刻的对待，是人之为人的本质之一。有鉴于历史感属于认识论范畴，历史思维如科林伍德《历史的观念》一书所说，"总是反思"，即"在思维着思维的行动"，并且"一切历史思维都属于这一点"，对其有所强调之于越来越丧失时间性，包括在后现代的同化作用下变得日益麻木的当代人，显然很有必要。而对它有所坚持，包括在历史语境中确立叙述起点的努力，必能使人从中获得前行的资鉴。历史感从来不是历史学家的专利，它帮助人在与生活经验的联系中建立起正确有效的价值系统，是每一个人认识世界的基础。正是从这个意义上，卡尔·贝克尔称"人人都是他自己的历史学家"，他并断言无历史记忆的人是"失去心灵的人"。记得经典作家说过，"我们比任何一个哲学学派，甚至比黑格尔，都更重视历史"，我们追溯历史是为了当下，面对纷繁复杂的生活，我们不能只感知现状不追究原因。我们要明白，今天的中国是历史中国的延续，今天中国的问题有许多症状在当下，根源却在过去；今天中国人所处的环境与时代的精神空间常常活动着历史的幽灵，即使有些现象看似无法整合进大时代的潮流，说到底仍与时代有关，并依然在历史的潮流中。这样，才能更好地看清来路，增加自身前行的定力。

文艺是历史的产物，在历史中才显示出它的意义，因此也只有在历史中才能得到解释。所以，艾略特《传统与个人才能》强调"不但要理解过去的过去性，而且还要理解过去的既存性"。这里，我们另须特别强调，所谓历史感很多时候与题材无关，而只与对历史的敏感与体悟有关。也就是说，它本质上是为了助人更好理解现实中发生的文艺与审美是已成为历史的过去的发展结果，又凝聚为相对于未来的艺术与审美范型的历史，因此可以说是当下每一个作家、艺术家无法回避的功课。

简言之，中国的文化是一种"礼乐文化"，或称"德礼文化"，它合人生与艺事为一体，特别强调德性与智性的携进，强调诗以言志，歌以道情；又要求诚中形外，修辞立其诚。它不尚虚辞，反对空文，强调"文章合为时而著，歌诗合为事而作"。从广义的传统看，认为一切艺事都是人生的一部分，其要义绝不仅仅在求知、娱性，还在修身、增德和问道，尤其在问道。这个"道"既指天地万物之"道"，也指天理人伦之"道"。所以它既拒斥矫情浅薄的纯才性呈示，又反对无关性情的纯技巧炫弄。这些都足以启发今天的作家、艺术家拒绝功利，戒祛浮躁，怀一颗谦卑之心，倾听历史的教诲，由此使自己的创作真正弘扬传统的精神，同时又因为对本民族特色、风格和气派的生动诠释，而成为足以联通全人类心灵的佳构。不然，即使我们写的或演的是一段真实的故事，并将它搬上舞台，进入院线，由于没有宏大深厚的历史观的烛照，没有本民族悠久历史文化的支撑，它们无可避免地会流于"伪经验生产"，并被表现得毫无真实性可言。

就后者而言，正如朱利安·巴恩斯所说："从长期来看，作家是由他们所发现的人类处境的真相，以及他们表达那些真相的艺术性来衡量的。"为使自己表达的真相有足够的艺术性，作家、艺术家都有一个不断提高修养，加强积累和训练的问题。如何合理而有效地调动文字、声色、画面、形体，通过主题内蕴、人物塑造、情感建构、意境营造和语言修辞等各方面的修炼，真正塑造出足以为时代留影的艺术作品，是每一个作家、艺术家无计回避的功课。文艺说到底是人追求精神自由的一种方式，有明显的"内视"特点，虽离不开生活的滋养，尤须依赖人独到的观察，再经"观古今于须臾，抚四海于一瞬"的想象营构功夫，绾结为特殊的"心象",给人以警醒与启发。任何依样画葫芦式的追貌逐形反映,都不可能符合审美创造的规律,不可能达成对生活本质的完满的反映。因为它的创造者没经过艰苦的锤炼过程,**这使得它的内里不但缺气血,少温度**,即外在的审美效应也得不到有效的释放,感染力常常大打折扣,必不能成为生活忠实的记录者、反映者。

其间,基于对艺术既来自生活须努力回馈土地的坚持,作家、艺术家尤须处理好一些基本的关系。譬如如何发挥创作的主体性,摆正艺术真实与生活真实的关系。因为亦步亦趋地复制生活,并不必然催生有真久价值的艺术。这样说,不仅是因为艺术家所忠实的生活与其说是外在客观的生活,不如说是一种内心的生活,还在于他所具有的特殊地位和所承担的使命,要求他不能仅仅是意图明显的生活事相的记录者,甚至不能是无所不能全知全能的宏大叙事的掌控者。在传统的艺术创作中,尤其在一些倡导客观描写的文学作品中,我们见多了作者扮演着这种类似上帝的角色,但随着人的审美知觉与趣味的改变,这种全主宰与全控制已被打破。萨特就曾反对这种处理方法,称它为"无限权力的主观性",他主张一种不被看作"人的产物",而像植物一样自然生长的小说,认为作者的任何暗示都会破坏接受者自由的感受,尤其是对那种真实到荒诞的现代生活的感受。但其实,在平稳冷峻的叙述中,正可见主体的强烈介入。当然,这是另一种方式的介入。

所以,如何用一种"非人格化的叙事技巧",来纠正契诃夫所说的"蹩脚的作家甚至因为它而很快露馅"的过于明显的主观性,以使生活本身的力量和说服力得以最大程度地彰显,越来越成为艺术创造成功与否的关键。至于艺术领域,如绘画中各种抽象表现在当今艺术界获得越来越多人的认同和喜爱,它们虽来自西方,有所谓冷抽象,以后走向立体主义、构成主义和新造型主义,带有明显的玄秘色彩;又有所谓热抽象,以后走向野兽派、表现主义等,带有明显的浪漫色彩,其所展示的艺术真实与生活真实的关系，更未获得充分的讨论。一般而言，这种绘画是非常注意主体性或主观性的凸显的，但其背后仍可见画家直面人生的勇气和诚意，这是特别值得肯定的对待艺术的态度，当然也是特别值得肯定的对待生活的态度。

至于在技巧层面，我们的作家、艺术家也有许多可以进一步提升的空间，即以上述叙事技巧而言，实话实说，直抒胸臆自然不失为诚实，但西人讲的"所言非所指"，中国古人讲的"正言若反"，不仅与真实的生活不相抵触，相反，通过明讽甚至更有力的暗讽——不仅是口头反讽、情景反讽，还有处境反讽，生活中的种种不合理及其所征象的当代人无法自掌选择的生存困境，反而有可能得到更彻底的解释。这里说到了反讽，私以为尤应成为今人直面当下生活荒诞的武器。在西方，从苏格拉底开始，反讽就一直以佯装的形式，指向对生活真实及真理的探求；在中国，古人也从来乐于探索基于"内省"和"反身而诚"基础上的"曲笔""隐语"和"春秋笔法"，利用言意矛盾所形成的张力来知人论世。故这种反讽实际上已成为作家、艺术家处理艺术与生活关系的常用手段，更是其对两者关系的理解进入到更高层次的标志。

要之，作家、艺术家必须不忘扎根大地的初心，又要有俯瞰大地的抱负，这样才有可能回馈生活，回馈读者与观众。每个人都毫无例外地受限于各种社会关系和联系，但这不必然就让人只会藏身人海，求得俗世中的安稳，相反，他可以历尽沧桑，千山行遍，以获得更高层次的宇宙中的安顿。一个有出息的作家、艺术家之于大地的关系应该也是这样，既守得住寂寞，又能奋然振起，与生活相颉颃相伴行，进而成为它最忠实和成功的代言。

# 期待有诚意的文学批评

                        ∽

  对文学批评的批评，20世纪末就已经出现。以后，受消费时代和注意力经济的驱动，许多批评迅速沦为营销，既不见学理，又不讲操守。这不能不让人感叹，在"文学过剩"的当代，批评是否真的会沦为一种寄生的冗余。本来，当文学在俗世中蒙难，批评尤能彰显存在的价值。现在，批评家向世俗投降，做精神撤防，种种平庸、苟且与慧黠的操弄，使它再难称为文学的忠实护法。

  有的批评家不再坚持文学的超越特性与价值理想，相反，唯恐被人认为落伍悖情而自觉默认世俗趣味，不但看着别人按市场下单不管，自己也跟着市场的反应打转。如此既不敢直面现实，做狮子吼，又不敢损伤文字的可读性，发醒世危言，结果只能牺牲主见，望风希旨。有的批评家则忽视对人生洞察力的养炼，不仅不能切入作品的内里，由关注作品的"精神前史"，而对作家产生"了解之同情"，还缺乏属于自己独有的切入角度与表达力，一如人所挖苦的，一旦隐去姓名，根本看不出是他在写；倘再隐去对象，又看不出他在写谁。如此只知道搬来主义，横向移植，结果弄得佶屈聱牙，满纸死气，什么都谈到了，就是没谈文学，真正从反向坐实了施尼茨勒的判断："深邃从未昭示过世界，明白才更深地看入世界。"

  这其中，有一种批评家最是乡愿。他们不但不能识人于微时，拔杰作于泥途，反而固守势利的前见，眼睛盯着名家名作，心中只有功利的算计，乃至以赶热场显示存在，凑热闹自抬身价。贾平凹近年来的城市小说固然不能说不好，但从《白夜》到《废都》，明显有对自己所不熟悉，甚至不敢熟悉的城市生活的偏见，对城市中人性的负面与鄙俗趣味，也有不尽准确的观念图解。由于这种图解有时是偷窥式的，故常不免以偏概全，散漫失焦。至于他的乡村小说，连普通读者都能感觉到，有时下笔不知进退，有过分张扬原始愚陋的毛病。如《秦腔》和《古炉》，一例是疯疯癫癫的人物，迹近空空精精的情节故事，在还原乡村风习的同时，明显堕入了乡村经验的迷思。但对这一切，少见有一线的批评家出来说话，哪怕是对艺术上"零度叙事"是否必须放弃适当的抽象与提炼，"泼烦"的细节堆砌是否必然牺牲必要的节奏控制的质疑，更不要说对作家究竟应怎样处理虚构与生活关系的讨论了。

譬如，他独特的乡土经验是否一定来自真实的生活积淀？他对过往近乎病态的固守，对当下近乎绝对的隔离，是否仅用个人的癖好或习惯就能得到解释，并获得叙述的正当性？这里面有没有人格的自我固化与应世策略上的狡黠世故？当然，也包括基于性格的局限，是否有一种自我藏拙的畏避与无奈。如果有，他笔下的乡土还有多大的真实性？人们又该怎样认识这种真实？可所有这一切讨论都还没有展开，越情的哄抬已经出现了。这不禁让人怀疑，当这边厢作者面对记者侃侃而谈，自承小说是自己"迄今为止表现小说民族化最完美、最全面、最见功力和深度的文本"，那边厢论者忙着张皇文化批评的高头讲章，以掩饰自己文本细读功夫的缺失，这作者与评者之间似乎原本就有相互迎合的主观图谋。

更可叹的是，恰恰是这些批评家，每年都写文坛年度盘点与回顾反思，并经常出语峻刻，笔含秋霜，对文学批评最严厉的批评几乎都来自他们。可当论及具体的作家作品，常能换过一张脸孔，另有一副笔墨，或为避风险，或为图省力，只作泛泛之论代替文本细读，乃至根本不读，60多万字的《古炉》，当然就更没时间读了。至若将不同时期、不同场合及不同的批评文体叠合在一起看，其主张的不相统一甚至自相矛盾，更可以到触目惊心的程度。由此，鲜少由作者的初衷本意论及其与作品实际呈现的距离更少，从作品的遣词造语、句式句长论及个人语型与大师法则的关系，并难免蒂博代所批评的以法官自居的"职业的批评"的习气，就几乎是注定的事情。如此但有随机的迎合，而无恒定的主见，多重立场下的圆滑选择既不足以服人，更谈不上公信力，居然能全身而退，既享体制春风，又得世俗供养，在媒体与作家两方面都能安全地幸存下来，且幸存得很好，真让人不知道说什么好。

我们只能说，这样的批评家太偕世入时了，以至于与世推移，难得糊涂。从这个意义上说，当今文坛，批评家是最应该被批评的一群。此所以，赫尔岑要说："我们不是医生，是疾病。"由这种疾病造成的批评失范，说到底是因为批评者的"失节"。当批评者不再是文学的立法者甚至阐释者，他所做的批评必然有立场而无是非，有判断而无思想，并一定会语不及物，言不及义，但有八卦，没有正见，直至将纯正的文学批评，弄成"话题批评"或"人情批评"。前者远离案头用功，只会人前招摇，且出语率意，哗众取宠，全不想今天有多少人是靠媒体建构起的知识和影像来了解世界、认识自己的。后者则离作家越近，离说真话越远，诚如赫尔德所说，是把自己完全当成了作者的"仆人"与"友人"，忘记了还应该甚至更应该是一个"超然的评判者"，结果真就把自己弄成了作者所嘲讽的文学寄生者。对这样的批评家，要求其对人生困境与文学命运有深切的体认显然不现实，他首先缺的就是做批评最基本的诚意。

有鉴于今天文学批评严重滞后于文学的生产机制，我们固然应加强"元批评"的研究和批评的学理建设，但最需要的，因此首先是呼唤一种有诚意的批评，因为诚意是这个世界最简单最直接的人性，是人真实表达与真心沟通最根本的基础。当然,也是文学批评所必须遵循的最至切的道理。古人说得好:"进学不诚则学杂,处事不诚则事败,自谋不诚则欺心而弃己,与人不诚则丧德而增怨。今末习曲艺,亦必诚而后精,况欲趋众善,为君子乎?"(程颐《论学篇》)文学虽非布帛菽粟,但与人关系也大。其至极处,更有越然于"末习曲艺"之上的精神性内涵。它涵养人的性情,导正人的情感。倘若谈论文学的人先自不诚,确实无以启人意,服人心。

那么,如何做到有诚意的批评呢?一段时间以来,学者的讨论已经涉及批评家的"精神气质"与"责任伦理"问题。我们的感觉,真所谓"大道至简",就像诚意是最简单直接的人性,文学批评的诚意也无非是枣熟打枣,李熟打李,求实务真而已。它要求一个批评家不能老在面上浮议,在各种主义中翻滚,不讲真话,不出真知。既不能以作家为中心,又不能以文本为中心;既失却人生关切,又没有深度超越;并整体反思时出语峻刻,不假辞色,具体评价时则每每说过年才说的好话;又或对无名与边缘的创作多有酷评与苛责,对成名与交好的作家则曲意回护,越情称颂。如若这样,就不是技术问题、学养问题,而是良知问题、诚意问题。就是自欺,就是不诚。事实是,许多时候,碍于种种原因,批评家懂得的并不一定比其他人多,所以与作者交心,向读者坦承自己的不满或困惑,正是有诚意的表现。前此,读到作家赵长天评《古炉》人物复杂失序难以卒读的文章,就可见这种诚意。比之那种不碍世情,不伤交情,该批评的时候沉默是金,不该表扬的时候发挥出色,从而加剧批评庸俗化与空洞化的文坛习气,这种"微辞很多"的后面,分明可见鲁迅所说的"对文艺的热烈的好意"。从这个意义上,我们觉得要做成有诚意的批评还真不需要太多的准入条件,也无须搬弄太多的"后""新"理论,而只要如普希金所说,回到对文学的爱就已经足够。

在这个过程中,如果还能深自戒惕,知道媚时者庸俗,媚权钱者恶俗，媚平庸的大多数者低俗，同时高自要求，抱定做一个"坚实的，明白的，真懂得社会科学及文艺理论的批评家"的理想（*鲁迅《我们要批评家》*），知道正如一切伟大的艺术常因拒绝社会的认同而成就其伟大，一个伟大的批评家也能因成为社会的"反论"而成就其价值，然后为已然者纠错，为未然者立范，这就是极富诚意的建设性的批评了。在这种富有诚意和建设性的批评中，我们才谈得到迎来伏尔泰称为"第十位缪斯"的真正"健康的批评"，并真正给文学与批评一个机会，使其有以繁荣与发展，并重塑文学批评的伟大标准与神圣理想。

# 用诗歌审视我们的人生及时代

                                                                          ∽

  从1917年胡适在《新青年》二卷六号发表《白话诗八首》算起，中国新诗已经走过了百年的历程。也有人以次年《新青年》四卷一号发表胡适、沈尹默、刘半农三人的诗九首为起始。如果这样算，那今年恰好是新诗诞生百周年。

  回顾百年来新诗走过的路，尤其作为一种文体，诗歌所领受的种种遭遇，真让人感慨万千。一方面，诗歌退居边缘已有很长一段时间，以致许多诗人只能躲入小圈子抱团取暖，来抵御社会的冷漠。至于对"写诗比读诗的还多"这样的嘲讽，他们不屑回应，其实也没办法回应。个人的感觉，倘一个人今天只有诗人的身份，一定会被归入无所事事的行列吧，不是穷愁潦倒，就是衣食无忧。有时，他甚至还会被视作不上进的代名词。因为这样的原因，倘若他住在你家隔壁，你一定会认为他为疯子。只有当他被送进了青史，你才承认并懊悔，自己怎么就错过了一个诗人。

  那么是否诗神已死？抑或这个时代，诗歌注定只能边缘化生存？也不是。看看以下的事实，会让人觉得情况正相反。因为现在热衷写诗的人太多了，涵盖男女老少各色人等。譬如有一种自陈以展现独立自我为职志的"新红颜写作"，作者清一色是女性。她们不断发表作品，被称为替女性在当代诗歌中重建了身份。其次是发表诗歌的刊物多了，"文革"前只有《诗刊》《星星》，现在有了《诗潮》《诗林》《诗选刊》《扬子江诗刊》《上海诗人》《绿风》和《诗歌报》等10多种。而继80年代《启蒙》与《今天》之后，民间诗刊更是大量出现，张清华的《中国当代民间诗歌地理》就收入20多家，真实数字不易统计。再次，是以"他们""莽汉"和"整体主义"为先声，诗社与诗派越来越多。1986年，徐敬亚等人策划"中国现代主义诗歌大展"，推出的诗歌团体已有几十个。与此相联系的是，各种评奖无数，除了官办的国家级评奖，各省市文联、作协也设有诗歌奖。又因为市场与资本的介入，有些评奖不免过泛过滥。

此外就是各种诗歌网站与论坛的纷起了。继第一家"界限"之后，数量业已过千。并因为开放与便捷，日渐成为诗歌发声的第一现场。以致有人以为，在当下诗坛，是网络拯救了诗歌。这对主流诗坛构成了不小的压力，乃至倒逼其也开始推出自己的网站。最后是央视诗歌大会的热播。虽然信息易得的时代，光背诵没有太大的意义，但较之整天看那些无聊的电视剧或明星矫情闯江湖，导向总更靠谱些。此外，还有诸如"为你读诗""读首诗再睡"等微信公众号的出现。想来它透露出的消息应该是这样的：人们开始乐意并需要让诗更多地进入自己的生活了，而且是一种本真的生活。各位不觉得吗，当你准备上床睡了，你的面具才算正式卸下。这个时候，你会比较有诚意去面对诗人真挚的吟唱。

至于旧体诗部分，则继80年代初成立的中国韵文协会和中华诗词学会，今天作者与刊物之多，各种大赛和高峰论坛之频繁，更是达到前所未见的程度，并带出各地诗社、赋协、诗词学会和研究会纷纷出现。到90年代数量已过千，发行报纸杂志近千种。如1992年第一届中华诗词大赛，一次收到的稿件数量就超过《全唐诗》与《全宋词》总和。以后，随国学热的升温与网络的普及，更有中华诗词网、词赋网、骈文网等出现，有民间各种诗词年选出版，作者多为六七十年代生人。这让当年柳亚子《旧诗革命宣言》中所做的"旧诗必亡""平仄的消亡极迟是五十年以内的事"的预言破了产。原因很可以理解，不说中国原本就有悠久的抒情传统，作为人类精神生活的存在形式，诗歌从来就是人类表达感情最便捷自然的载体。这里可举两例佐证，一个是"9·11"，一个是汶川地震。两处断垣残壁，人们见到最多的是诗。它直白地指示着一个事实：当人遭受巨大打击，陷入极度的悲痛，首先会想到诗。当然，如果突遇望外之喜，或百转千回，有幸接获一份可与之执手相看一生的感情，也会如此。

但是不能不指出，当下诗歌数量虽多，质量却一般，可称为经典的尤其少见。究其原因，缺乏生活积累与文学修养，写得太多太快，以致陷于"口水+叙事"的窠臼，是一个重要原因。尽管许多人并不这样认为，并为自己设想出诸如"新叙事"的美名。想想戴望舒一生才写了93首诗，诺奖得主、瑞典诗人托马斯写的速度更慢，基本上4到5年才出一本诗集，每本才20来首诗，且越到晚年越转向精炼与短小。对比之下，此间许多写者下笔无休，认为分行就是诗，回车键即王道，甚至声称诗像女孩子的裙子，越短越好。这不仅拉低了诗的门槛，更是对诗严重的误解。

有人说，口水固然不好，但许多好诗没法读懂，好有何用。诗人欧阳江河就遇到过这样的质疑。有一次，他刚朗读了自己的作品《致鲁米》，底下就有人高喊"听不懂"。他做了一些解释，然后感慨人们读不懂屈原会怪自己没水平，但读不懂新诗就只怪写者，这不太公平。那位提问者顿时觉得自己被冒犯了，高声质问："那你是觉得我没水平喽。"说实话，要一般读者了解鲁米这个波斯文学史上享有盛誉的神秘主义诗人，要求高了一点。鲁米的抒情诗集《沙姆斯·大不里士诗歌集》收录抒情诗3 230首，共计35 000行。诗中大量运用隐喻、暗示和象征来阐发"人神合一"之道，表达了修道者对信仰的虔诚。最后十余年，他又创作了叙事诗集《玛斯那维》，共6卷5 100余行，是一位备受黑格尔、柯勒律治、歌德、伦伯朗和教皇约翰二十二世等各领域英杰赞誉的天才。20世纪60年代，随着"新时代运动"（the New Age Movement）在美国兴起，西方人开始将目光投向古老的东方，鲁米因此广受推崇，成为最受欢迎的心灵诗人，不仅诗集销出50万册，谱成曲后又很快进入排行榜。欧阳江河在美国书店亲见其受欢迎的盛况，自然印象深刻，会找来读，读后会有所感，譬如由其主张的"人神合一"，想到传统中国人的"天人合一"，想到眼下正日渐失落的人对土地和大自然的敬畏："人呵，成为你所不是的那人，／给你所没有的礼物"，"这一锄头挖下去并非都是收获，／（没有必要丰收，够吃就行了。）／而深挖之下，地球已被挖穿，／天空从光的洞穴逃离，／星象如一个盲人盯着歌声的脸。／词正本清源，黄金跪地不起。／物更仁慈了，即使造物的小小罪过／包容了物欲这个更大的罪过"。你若不知道鲁米这个人，也不知道其中的原委，自然读不懂这首诗。当然，不懂是可以理解的。甚至不承认自己不懂，也可以理解。只是以诗神圣的名义，在那个语境下，这样的鲁莽正点破了诗受到人普遍欢迎和善待的幻象。

下面这首名人写的诗就好懂多了。那是莫言去年发表在《人民文学》上的组诗《七星曜我》，写的是他与七位诺奖得主的交谊。分别是《格拉斯大叔的磁盘——怀念君特·格拉斯先生》《一生恋爱——献给马丁·瓦尔泽先生》《从森林里走出的孩子——献给大江健三郎先生》《帕慕克的书房——遥寄奥尔罕·帕慕克》《写诗是酒后爬树——献给特朗斯特罗姆》《奈保尔的腰——回忆V.S.奈保尔先生》和《最是那一低头的温柔——想念勒·克莱齐奥先生》。有人以为组诗集中展示了作者想象的瑰丽奇妙和语言的诙谐生动，但看看"帕慕克扬言要把那些／年龄在五六十岁之间／愚笨平庸小有成就江河日下／秃顶的本土男作家的书／从书房里扔出去"（《帕慕克的书房——遥寄奥尔罕·帕慕克》），如此"的的不休"的乏味的长句切割，与诗何干？"那时候高密最大的宾馆里／没有暖气没有热水／春节之夜，孤独一人／你在县城大街上漫步／硝烟滚滚，遍地鞭炮碎屑"(《从森林里走出的孩子——献给大江健三郎先生》)，不是口水又是什么？至于"她们设立了诺尼诺国际文学奖／我是第三十届得主／第二十九届得主是／特朗斯特罗姆／他得了2011年诺贝尔文学奖／2012我跟上"，"上台领奖时我看到了奈保尔／腰上捆一条宽皮带／他坐着跟我握手／他太太说他的腰不好／男人腰不好确实是个问题／当然女人腰不好也是个问题"(《奈保尔的腰——回忆V.S.奈保尔先生》)。口水中还透出一种恶趣味，真的很难确定这是诗。

此外还有两件事让爱诗者颇感扎心。一是千年底美国摇滚歌手鲍勃·迪伦获得诺贝尔文学奖。虽然歌词广义上勉强可以称是诗的分支，而鲍勃在许多人心目中也早已是优秀的诗人，但歌与诗、通俗的艺术形式与严肃的文学体裁之间终究是有区别的。后来广西师大出版社旗下"新民说"联合飞地书局，推出了《鲍勃·迪伦诗歌集（1961—2012）》，译者多诗人，如西川、陈黎、胡续冬、胡桑等，但诗集是被设计成薯片袋形状。据主事者说，如此设计是为了拉近诗歌与大众的距离，俾其能回归日常，直至打破快消品与经典的疆域，在消费主义的时代里，让更多的人与诗歌相遇。这让人听后直犯糊涂，如果换个包装就可以解决诗歌的困境，诗歌绝对走不到今天。

第二件是去年微软联合图书出版商湛庐文化在北京推出了诗集《阳光失了玻璃窗》，作者为微软人工智能机器人小冰。据说这是它师从519位中国现代诗人，经6 000分钟、10 000次的迭代学习，从所作70 928首诗中精心选出的。并且小冰写诗已有一段日子，此前在多个网络平台化名发表，大量跟帖评论都未能将其识破。后《新京报·书评周刊》发起测试，拿它与中外名诗人的作品混合排列，大多数人仍无法识别。我们虽说不精此道，但知道人工智能是没有情感的，没有生活经验和生命记忆。尽管类似"树影压在秋天的报纸上／中间隔着一片梦幻的海洋／我凝视着一池湖水的天空"这样的句子不能说一定不是诗,但如果缺乏诗歌创作某些核心的东西,在让感情空转的同时放任语言游戏,仅依关键词组织词语、拼凑意象,且这意象又非常一般,远够不上朱光潜先生所说的"内心的视觉"的深至杳邈,是不是真能写出好诗,是需要认真想一想的。

至于旧体诗,因从来讲究"先体制而后工拙",是不承认没来历的"创体"的。相反,每将之讥为"野体"。今天,我们当然无须这样绝对,这样骸骨迷恋,但实事求是地说,这些诗的品质确实不怎么样,毛病多得甚至比新诗还扎眼。各位都知道白诗老妪能解,放在今天博士也未必能解,何况白居易不是只擅此体。但今人却只会浅白,如那些"老干体",既不讲比兴寄托,又不遵平仄格律,风格就更谈不上了。其一路风行,已影响到不少年轻人,以致偶有试作,居然同其声口。赋的问题更多,小圈子化更严重,如有个中华辞赋家联合会,自称已形成了"神气赋派",又弄出个不知所云的"十星法案"。成员间还常常自我加冕,相互分封,有所谓"四杰""八雄"与"赋帝""赋帅"等各色称号,实在有点滑稽。

要回答上述问题,首先得弄清楚什么是诗,诗最重要的质素是什么,并且这种质素是由什么构成的,是所谓正名。东西方哲学都讲正名,因为命名是人类认识活动的开始。

我们知道,包括诗歌在内的一切文学都依赖语言,因此说诗歌是语言的艺术虽不够精准,大体不错。不过,诗从来被称为"文学中的文学",对语言的要求更高。所以,卜迦丘会称它是一种"精致的讲话"。然而这种"精致"仅仅是形式上的吗?显然不是,诗和语言的关系也不仅仅是主体和载体的关系,它们高度黏合,缠缚在一起指向人的意识深处。在此过程中,语言的本位意义得以成倍地放大和凸显。此所以,阿诺德称它是"语言献给灵魂的礼物",奥登会说"诗人就是语言赖以生存的人"。也正是在这个意义上，才有"诗到语言为止"这样的话。它意味着语言是诗的灵魂和存在之家，而诗是语言的最高形式。

这样的观念，从来得到人们的认同。大诗人艾略特甚至说："诗人对于本民族只负有间接义务，而对语言则负有直接义务。"所以，除了强调作诗者须有敏感的心性、饱满的情感和天赋的灵感外，人们都要求诗能假一种特殊的语言，造成动人的韵律和节奏，以传达内在的情感，进而调用比喻、象征等修辞手段，通过意象的移合、嵌接和转换，来多角度表达这种情感的力度与速度。所谓诗歌语言的特殊性，正是指由这些手段造成的强烈的"内指性"，即它主要不用来描绘和陈述事物，而用来抒写感觉；主要不诉诸人的理智，而是整体性地摄取人的灵魂，并给予人的情感以全方位的照顾和安慰。

当然，视觉图像与音乐也能容纳诗意，并深入到人的内里。但基于人本质上是由语言来定义的，诗歌不能不说是人的思想情感最准确可靠的载体。事实上，诗歌也确实以自己在语言一途上的艰苦探索，带给人丰厚的回报。它充满着诚意，很注意尽可能避免让人不要为五色所迷，也不为舒服的声音催眠，而努力让自己成为世间最真实、最有深意，且最经得起体味的情感记录。如此，语言和思想不经意的碰撞，坠落下无数的美好形成诗。所以，海德格尔才认为单将诗视作一种文学形式是不够的，你须得用存在于精神状态中的词汇才能界说它。因为它内含着人存在的秘密，是人得以深刻领悟这种存在的真谛，并诗意地栖居在大地的重要手段。

这种语言极不易得，需要学习、锤炼与实验。正因为如此，英国文化批评家伊格尔顿《如何读诗》一书给诗作定义时，才特别强调"语言上的创造性"（verbally inventive）这一点，并本着现代"能指的物质性"观念，认为"词语有自己的纹理、音高和密度"，而"诗比别的语言艺术更充分地利用这一点"，因此他称诗人是"物质主义者"（materialists of language）。与此相似，布拉格结构主义学派最重要的理论家之一穆卡洛夫斯基在《标准语言和诗歌语言》中也说："诗的语言功能在于最大限度地突出词语"，"它的用处不是交际服务，而是为了把表现行动即言语行动本身提到突出地位"。所谓"提到突出地位"，就是要人正视它的特殊性，并为更好地传情达意，给它最大的凸显与发扬。也正是在这个意义上，因抒写生命和死亡、时代和祖国等不朽的纪念碑式诗篇、被认为是20世纪俄罗斯最伟大诗人的茨维塔耶娃，会称"诗人是情感和语言平衡的产物"。

那么，诗歌语言特殊在哪里？用英美新批评派文论家燕卜逊的分疏，那就是与科学用语常常呈非此即彼的单义不同，诗的语言特征多呈现为一种亦此亦彼、或此或彼的复义状态，它有意让各种意义彼此交叠、相互渗透，以此来表达与征象复杂的世态人心。而要做到这一点，有以下两个角度：

一是从语意角度出发，多用与一望可知不同的另类写法，以撼动人心，激活读者迟钝麻木的心灵。雪莱《为诗辩护》说过："诗使它所触及的一切变形。"譬如反讽就能使诗变形，它不像科学的语言，"所言即所指"，而是佯装无知，"所言非所指"，甚至故意口是心非，指东打西。用同为新批评派文论家布鲁克斯的话，是"语境对一个陈述的明显的歪曲"。他们希望通过这样的处置方式，使诗歌背后那个深邃的隐喻世界得以向人敞开，给人启发与感动。为此，布氏在所作《悖论语言》中常引西诗实例来说明。其实，中国古人虽未标示其名，却常暗用此法入诗。如杜甫的《咏怀古迹》第三首写王昭君故事，有所谓"画图省识春风面，环佩空归夜月魂"之句。这里"省识"，即略识之意。杜甫讽刺汉元帝昏庸，只知从画上识取美人，根本是有眼无珠。他后来的遗憾是自己造成的，与王昭君魂断塞外值得同情是两回事。单就表面看，这两句诗不失平稳，甚至还带有几分香艳，但其实情极婉曲，意尤深至。

用的就是反讽。更明显的例子是李商隐的《马嵬》诗,所谓"此日六军同驻马,当时七夕笑牵牛"。上下两句看似次序颠倒,且没有任何展开,而两个并置的场景也彼此孤立,不相关联,但正是这种扯东说西的颠倒之言,以及非常隐蓄的戛然而止,将诗人对君王无能、无情和无担当的厌弃表达得入木三分。

一是从语法角度出发,多突出内在的诗意关联,而忽视外在的语法规制,以造成复义多指,来寄托和象征诗人特殊的感怀。所谓诗歌的非语法性,它指的是不说习见的没毛病的但也没趣味的套话。基于诗歌是以实现自身为目的的,诗人在创作时就会根据表达的需要,有意破坏惯常语法规则来设置"阻距",以延长人的感知,增加阅读的难度,此即俄国形式主义文论家什克罗夫斯基所主张的"反常化",或者叫"陌生化"。法国符号学家热奈特甚至说:"诗歌就是靠语言的缺陷而存在的,如果语言都是完美的话,诗歌就不复存在了,任何话语都成为诗歌了。"话虽说得绝对,但事实证明,这种处置方式对增强诗的张力与刺激读诗者的感受力都很有帮助。并且,类似的意思中国人也早说过。如朱熹就肯定这样的诗"有句",对陈与义《岸帻》诗中"乱云交翠壁,细雨湿青林"、《放慵》诗中"暖日薰杨柳,浓阴醉海棠"这样的句子很感冒,以为无句可称,甚至说这个算诗,则一路作将去,"一日作百首也得"。为什么?明人李东阳替他把原因解释清楚了。李东阳说"作诗不用闲言助字,自然意象具足,此为最难",并举欧阳修《秋怀》诗中"西风酒旗市,细雨菊花天"两句以为佐证。这两句诗既没有用介词交代物理位置,也没有用动词坐实具体情景,语法看起来不完整,却见得到一种灵动与自由,既很好地保存了诗歌可能有的内在张力,又为读者多向度的感会与理解预留了广阔的空间,所以受到李东阳推崇。他进而认为如不这样诗会变得僵滞呆板,落入"村学究对法"。上述陈与义的诗错就错在主谓宾太过完整,动词的交代太过清楚,结果框死了诗境,局限了诗意,让诗显得陈旧老套,没了吸引人的特殊诗味,所以不受懂行的朱熹待见是可以想见的。

对此,王力先生的解释是,西方人基于将世界和外物秩序化的强烈意识,做文章时总想把语言"化零为整",中国人则相反,喜欢"化整为零"。当然,这种分疏不能绝对化,事实证明后来西方人也不都是这样的。相反,许多人以为文法可弃,其情形一如进花园是为赏花,不必与看门狗打交道,所以不仅提议"打破语法",甚至身体力行"无动词诗",对中国古人上述"反常而合道"的观点、做法更是大为欣赏。譬如英国汉学家鲍瑟尔就说:"表意文字能够携带的衍生意义,远非我们用拼音文字所能想象。在诗句中,那些字词没有严格的语法结构来组织(尤其当为了适应诗句的要求而放弃语言逻辑时),每个方块字互不联结,漂浮于读者视觉的汪洋。"他被这片深广的汪洋迷住了,弄得有点晕眩。

当然,无论从语意还是语法角度,这样的处置都有一个前提,就是必须以形象出之。对此意,东西方诗人都有强调。如明人陈献章就提出作诗"须将道理就自己性情上发出,不可作议论说去。离了诗之本体,便是宋头巾也"。清人沈德潜也说:"议论须带情韵以行,勿近伧父面目耳。"用英国诗人休姆的话,是诗歌"不是迥然不同的语言,而是一种具体可感的语言,它是一种完整地传达感觉的直观的语言。它总是企图抓住你,使你不断地看到物质事物,阻止你滑向抽象的过程"。为此,他们强调要最大限度地调动感官,如济慈所说,"用身体思想",以开掘一己生命特有的感觉经验,既做到"无心而感",即不是主题先行,一路寻诗,而让诗来寻我,又巧用想象,善于营造意象,以不断提升诗的纯净度,增强诗的自足性,在此过程中真正构造并确立起诗的文体意识。

明乎此,讨论诗歌与时代的关系就有了前提。其实,前面所谈及的种种都发生在当下,本身就是诗歌与时代关系的例证,这里只是再针对性地做一些展开。对诗歌与时代的关系,太多人会引用荷尔德林的大哉问:"在贫瘠的时代里,诗人何为?"结合身处的当下,我们自然也要问,在今天这个物欲横行的冗余的时代,诗歌该往哪里发展,诗人又该如何自处?

自20世纪80年代朦胧诗退潮后,诗歌与时代的关系渐行渐远。作为新时期诗歌创作的开场,朦胧诗人针对前辈诗人"我不怨恨"的妥协,以怀疑与反叛的姿态,勇敢地喊出"我不相信"。尽管也被人说成晦涩,但无疑具有很强的社会性。但随"盘峰论争"和"第三代诗人"的出现,这种社会性很快为"个人化书写"所代替。以后70后、80后诗人将关注自我充作对诗歌自足性的追求,更加快了诗歌与社会的疏离。故总体而言,与传统诗人相比,他们在观念上更多反理性,审美上更多反传统,对宏大叙事尤其不感兴趣,而热衷于日常生活的抒写,于坚、韩东等为代表的"日常写作"就如此。更有甚者,专注于一切不确定与破碎性,并热衷躲避崇高,消解神圣,这使得其诗学观和诗歌创作更多体现出某种后现代的征象,传统意义上的诗人的主体性和历史意识急剧退潮,有的沦为本能、隐私和欲望化书写,深陷在自私、自恋和自我抚慰的泥淖而不能自拔。

其中极端者如"下半身写作",明言不屑于追求崇高,也不期待拯救,认为悲悯情怀是诗人最可耻的情结,并断言"语言的时代结束了,身体觉醒的时代开始了"。说是学金斯伯格和凯鲁亚克,其实充斥着无实质内容的粗俗和放任,结果是突出了性感,放逐了诗意。与之相呼应的是所谓"垃圾派写作",认为一切思想和主义、抒情和象征或多或少都是伪饰,在这个虚伪充斥的世界,人因为既不能生又无法死,所以只有用"崇低向下"来表达自己与时代不合作的独立品质。由此,其创作更不避粗糙,并明言反对精致。此外,还有"荒诞主义诗歌",看似不反对什么,不歌颂什么,以平静揭示一切非理性与无意义,来表示对现实的厌弃与不满，但因为担心人们将其误解为批判现实的讽刺诗，故努力将原本所要揭示和表达的东西化为虚无，作品因此显得晦涩，接受起来较有难度，有明显的后现代的先锋气息。又有承 80 年代"口语诗歌"及"非非主义"而来的"废话诗歌"，认为诗应拒绝官话、套话、假话，说人话。但真如其自嘲人话为"废话"一样，他们的诗歌充斥着浅白的口水，甚至比口水更口水。什么"天上的白云真白啊／真的，很白很白／非常白／非常非常十分白／特别白特白／极其白／贼白／简直白死了／啊——"(乌青《对白云的赞美》)，什么"毫无疑问／我做的馅饼／是全天下／最好吃的"(赵丽华《一个人来到田纳西》)。后者就是我们熟悉的"梨花体"了。当然，以后出来的"羊羔体"自称用"零度抒情的白话手法"写诗，但从所谓"徐帆的漂亮是纯女人的漂亮／我一直很想见她"等诗看，也好不到哪里去。比之英年早逝的张枣的成名作《镜中》，"只要想起一生中后悔的事／梅花便落了下来"，我不知道它们算什么？

想来这些诗人都想与时代做某种切割，但各位都看得出来，其作品屡屡掺入口语，描述事件，再有些角色分派，本身就是这个失去中心议题的破碎的散文化时代的产物。我们的意思，诗歌要脱离时代，正如人想拽着自己的头发离开地球一样不可思议。我们当然不主张诗歌应整体地回到 80 年代，更不主张整体地回到朦胧诗，一代有一代之文学，一代也有一代之诗歌。舒婷写过一首《神女峰》很有名，被推称为充斥着浓郁的女性主义气氛，体现了对封建思想的解析，对传统观念的唾弃，对现代女性意识的充分张扬。其实她是有感于一个女大学生向她诉说找不到所爱的经历，想对她有所指点："与其在悬崖上展览千年，不如在爱人肩头痛哭一晚。"意思是要她择偶不能过于理想化，该嫁则嫁。这个当然很对的，中国的父母大概都这么想。但在男人不敢爱异性，女人有点爱同性，男女双方都开始更爱中性的当下社会，它对年轻人还有什么治愈作用？不如说，它已经不能反映这个时代了。

今天，正如诗人西川所感叹的，生活让我们每天都能看到自己的前辈梦都梦不到的人和事，今天中国的变化是那么的深彻，较之世界上其他地方都更加日新月异。它是诗人无计回避和必须面对的现实。所以我们看得到，"后朦胧诗人"中王家新和张曙光等人标举"知识分子写作"，以踏实的努力，积极追求更纯粹的诗的建构。也看得到一个受疾病侵害的女性，让自己的执着和真诚穿过大半个中国，感动了成千上万个读者。我们还看得到，像打工者这样的"底层写作"，像《星星》诗刊上的"新现实"栏目，以及像《北漂诗篇》的诗歌集子。这些都印证了阿诺德说的话，"诗歌是对人生的一种批评"。说起来，这些诗也讽刺也反讽，但否定性的书写不必然意味着诗人有多虚无；这些诗也拒绝盲从，更不喜欢歌颂。相反，有时流露出迷茫，还多少有些颓废。但诗人写它们时是调动了全部的理性和情感的，是表达了自己的社会关切的。因为他们深知诗歌与世界有关，与人类的苦难经验有关。诗歌不仅是艺术，还是生活本身，乃至是生活的灵魂，它与时代天然关系密切。对于诗歌创作而言，他们并非生错了时代。尤其当眼下有许多死亡遁入谜团之中，许多痛苦被掩蔽了起来，诗人更应该为长夜守更，为薄暮中的人们点灯，并努力爱脚下的土地，既为凡人记录下英雄的神迹，又为伟人昭示他未见到的天理。如果说，西方称诗人是狄俄尼索斯的仆人、酒神精神的化身，我们更愿他是这个世界的值更者和燃灯人。这应该是这个时代诗人光荣的使命。这样，他们即使被时代冷落甚至放逐，仍是时代之子。他们有些篇章哪怕是纯粹的眼泪，正如加缪所说，也能不朽，因为有些时候，"最美的诗歌是最绝望的诗歌"。

当然，正如英国诗人史文朋在评价雨果时说的那样："一切大诗人必然是间接的潜移默化的道德力量。"之所以是"间接的潜移默化的"力量，是意在说明诗人不是一味追随时代亦步亦趋的，他有自己的观察和立场。在这方面，意大利维罗拉大学美学教授，被称为我们时代最具挑战性的思想家之一的阿甘本（Giorgio Agamben）提出的"同时代性"命题颇值得重视。他说的是人与时代的一种奇异的联系，它"既附着于时代，同时又与时代保持距离"。他认为与时代过分契合的人是无法看清时代的，"他们不能把自己的凝视紧紧保持在时代之上"。这实际上触及了诗人应如何做到既入乎其内又出乎其外的问题。他断言一个真正的思想家必然会将自己置入与当下时代的"断裂和脱节之中"，有时候站在时代之外，甚至之上，这也是中国古人时常谈及的话题。正是通过这种与时代的"断裂"与"脱节"，诗人才能比其他人更深切地感知黑暗的来源和世界的本质，从而在诗中抵达一般人无法抵达的真理。此所以，艾略特才会在《传统与个人才能》中，称诗是"有意义的感情的表现，这种感情只活在诗里，而不存在于诗人的经历中"。也所以，前面我们提到的瑞典诗人托马斯作诗既不描写内心的冲突，也很少展开哲学思考，除了描写日常生活及人与人交往的片段外，对媒介报道的世界大事都甚少提及，但尽管如此，他的诗歌仍能不失凝练而深刻，且能"以全新视角带我们接触现实"。这就是所谓"同时代性"的含义。

　　总之，一个优秀的诗人必定非常看重自己与时代既契合又疏离的关系。那种与时代一味疏离的人写出的诗必无活气，与时代黏缠得太紧的人写出的诗必少生气。因为刻意在诗中回避或凸显自己与时代的关系都不自然，也不真实。不仅是反自己的，甚至还是反生活的。它的结果不是成为时代的弃子，就是沦为时代的附庸。正确的做法应该是以求真的意志，通过个人化的历史想象，努力在写作中重建"日常真实感"和"当代经验"，这样才有可能真实地反映或回应所身处的时代，直至重建理想的"诗性正义"。从这个意义上说，我们主张不要总强调诗人必须反映时代和如何反映时代，他在当下生活和写诗本身，就已经诠释了他与时代的全部关系。

最后说说如何写诗。与读诗或听诗不同,后两者意在审美欣赏和情操陶冶,所以可以说"其实诗歌与你只隔着一个枕头"这样的话。但对写诗而言就不同了,它有起点,有门槛,是需要广泛学习刻苦淬炼的。

首先是向传统学习。基于前面说的诗歌对语言的运用特别强调,所以要写诗就须对汉语特性和其潜藏的诗性有真切的了解,知道不同于屈折语、黏着语,它作为一字一音一意的孤立语,重意合而非形合,重人治甚于法治的意义,以及每个字词都有非常活泼的能动性,就像后来法国诗人克洛岱所说的那样,"为了把这些思想融为一体,中国诗人不用讲逻辑的语法的联系,只消把词语并列起来即可"。

倘要说得具体,它集中表现为可以突破语法规制,省略人称以造成非个人的性质及人与自然完全冥合的效果;可以省略时态以表明经验的恒常性及时间的虚妄性;可以省略一切语法性虚词,以让实词并置、叠加与错置、穿插,来造成非语法的性质和反逻辑的效果,等等。举一例,唐末诗人郑谷《慈恩寺偶题》中有两句诗,"林下听经秋苑鹿,江边扫叶夕阳僧",因为省略了语法性虚词,就有了多种文字组合可能,容纳了更丰富灵活的诗意变化。既可以是"秋苑鹿林下听经,夕阳僧江边扫叶""林下秋苑鹿听经,江边夕阳僧扫叶",又可以是"林下鹿秋苑听经,江边僧夕阳扫叶",还可以是"鹿听秋苑林下经,僧扫夕阳江边叶"。这当中除"林下"和"江边"是被规定死的,其他都可机动。对此,美国诗人、评论家,意象派诗歌运动的重要代表庞德十分钦服,他从中国古诗和日本俳句得到启发,形成诗歌意象理论,被艾略特推称为"我们时代中国诗的发明者"。不仅如此,他还积极实践试作了许多中国风的诗。譬如他的《诗章第四十九》:"雁扑向沙洲/云聚集在窗口/水面开阔,雁系与秋天并排/乌鸦在渔灯上喧噪/光亮移动于北方天际。"字里行间可见中国化的痕迹,只是学得不够像。因为他的突破语法规制和意象的并置叠加都只体现在行与行之间,而每句当中语法依然森严。

　　可喜的是，现在无论是东方还是西方，有越来越多的写诗者开始体认到中国诗的好处。本土诗人则更真切地感受到向传统学习的重要。不久前，诗人西川就推出了《唐诗的读法》。据他自己说，是想努力置身于唐代社会生活与诗人写作的现场，来解开唐人写诗的秘密，从而为新诗的写作和阅读提供参考。其实，张枣比他早就思考过这个问题，他称自己"试图从汉语古典精神中演生现代日常生活的唯美启示的诗歌方法"，并对自己家乡湖南弥漫着的楚文化居然得不到同代人的回应深感可惜。从前面所举他的《镜中》诗和"梅花落"的意象，就隐约看得到汉代以来历代诗人的诗意创造是怎么成为他取之不尽的灵感源泉的。

　　其次是向西方学习。新诗又称现代诗，自诞生的第一天起就深受西诗的影响。如果说，以黄遵宪、梁启超等为代表的近代维新派诗人尚未摆脱古诗的拘限，那么，从"五四"到整个20世纪前期，经由《新青年》《少年中国》《创造季刊》《新月》和《小说月报》等刊物的翻译介绍，西方诗歌日渐为中国人所接受是不争的事实。新诗的开山、胡适所作《文学改良刍议》中的"八事"，就与美国意象派的"六原则"多所相似。此后，从徐志摩到闻一多、梁宗岱、卞之琳、冯至等人，都直接间接地学习、译介过西方诗歌。他们在新诗一途取得的成就，从内容到形式，都与汲取西诗的营养存在着非常直接的关系。

　　其中，徐志摩、闻一多等受英诗的影响多一些，梁宗岱、穆木天、王独清、戴望舒等受法国诗歌，特别是象征派诗歌的影响多一些。至于冯至则深受德国诗歌，尤其是里尔克的影响，后者对他试作十四行诗，并从浪漫主义转向现代主义，起了决定性的作用。对此，直到晚年他都毫不讳言。上述中国现代新诗的巨擘们，在译诗与写诗过程中逐渐体认到了诗歌文体的自足性，诸如诗歌中的词语本身是有体量的，对这种体量的合理运用是可以造成诗歌特别的速度与节奏的；而诗歌的断句与分行不可随意分派，它不仅照顾与回应诗律的要求，赋予诗型以美感，还可以营造特别的抒情效果。至于所引入的十四行诗，即"商籁体"，对新诗的形式建构更起到了极大的促进作用。新诗之所以在20世纪三四十年代完成了文体建制，有了第一批收获，与此大有关系。当然，这其中还包括50年代后对俄苏诗歌的翻译与学习。

谢冕先生是中国新诗研究的权威，在前不久接受媒体访问时，曾提出中国诗的传统只有一个，自古到今，没有改变，并呼吁消除对立情绪，实现新旧诗的"百年和解"。立论高屋建瓴，令人佩服。当然，因是接受采访，有些说法难免未及周延。其实，中国的诗歌所赖以生存的语言只有一个，并自古到今没有改变，但中国诗的传统却在不断发生着变化，在不断地充填进新的内涵。他又称新诗百年实践，最值得称道的是打破格律的束缚，让鸟儿展开了飞翔的翅膀。其实，格律既非中国诗独有，也不该背负什么原罪，因为它并不必然阻碍诗人的情感表达。相反，闻一多等人从西诗学到的东西中，格律是其中很重要的一项。以致到今天，谋求建设整赡的新体格律，乃至最终造成"共体诗"，仍是许多写新诗和研究新诗者的梦想。至于古诗格律，固然对作诗有所约限，但也是造成传统诗美必需的间架。它或许阻挡了一些薄才者的贸然进入，却从没有成为真诗人的负担。不然我们就没办法解释，为什么这些诗人诗作至今仍被人印入眉间心底，成为其曲曲心事最适切的代言。

所以，为诗歌创作的繁荣与成熟计，我们需要继续根植于本民族语言文化的土壤，在向生活学习的同时，努力接续来自中西方两方面的传统。只有这样，才能最终缓释对诗歌日趋边缘的焦虑，并让它真正成为一个时代最真实的写照，乃至关乎时代与人心的最真实而形象的编年史。

# 最接近俗世神迹的是诗

∽

经历了长久的物欲喧嚣，诗歌终于找到了与人共处的最佳位置。如果说20世纪80年代，它是一切迷惘与激情的出口，现在，人们已能平静地接迎它走进自己的世界，不是要它承载自己的生活，只是想在某个时刻，让自己变得更沉静深情一些。

近十年来，个人行走欧洲，就常发现这种对自己而言特殊的时刻。实在无关"诗与远方"的时尚，只因为它适合陪人远行。既可以让人抒发乍遇异文化冲击所生成的尖锐的初体验，又可安顿人各种心绪，使涌动的激情及平静后的反思——找到发泄的出口。由于走得较远较久，慢慢有了积累，就成了这本叫《云谁之思》的诗集。

其实，个人对欧洲的社会历史与文化谈不到有多精深的了解。即就行路一事而言，现代意义上的旅行，发源于17世纪贵族阶层流行的"大旅游"（The Grand Tour），时人又称为"壮游"，为其带有强烈的文化意味，不仅能疗愈人身体，还常常能拯救人的灵魂。也正是因为受此感召，自己每行必做足功课。但饶是如此，异域文化的纷红骇绿，仍让人因从来的认知不断被颠覆而心生困惑。当然更多敬佩和叹服，为其背后所蕴藏的潜德幽光，居然能穿越时空，给自己以这样深彻的感动。

因此，当行走在雅典这样的历史名城，心里念叨的只是神庙、剧场和济慈《希腊古瓮颂》所吟唱的"委身寂静的完美的处子，受过沉默和悠久的抚育"的"希腊的形状"及其"唯美的观照"。并且，以这种被整塑过的目光看周遭的一切，特别疼惜它当下的败落："谁该庆幸，／从这里任何一个角落／都能够仰望它，／伟岸廊柱支撑的／失落的文明，／是这样不知疲倦地／睁永夜不寐的眼，／犹如神灵，／执拗地寻找着自己／前身不灭的踪迹。／自从拒绝波赛冬，／接受了油橄榄树的庇荫，／阿克罗波利斯呵，／你高丘上的每一座神庙／和城邦中的每块基石，／就命定被安上了这样的眼，／还有嘴，来向人重演／完胜埃斯库罗斯的／离奇的遇合，和脱胎于／克里特与迈锡尼的／伟大剧情。／／然而希波战争的荣耀，／终究没挡住神庙的崩塌。／随同崩塌的还有那些／随风吟唱的丛草的挽歌，／会识别黑海来的干鱼／为何还带着腓尼基椰枣的清香，／此刻不再能烘染所有／垫着迦太基枕头生出的梦，／包括受它启发的／柏拉图学院的辩难，／而只能任伯里克利的雄辩／成为寂寞过夕阳的绝响。"（《像你这样的希腊》）

相比之下，巴黎的今天依然可称繁华，开放着人所向往的各种绚丽和浪漫。只是面对"卡佩王建立的宫殿，／不仅适合安顿人烂漫的绮想，／尤其那些先贤不朽的思想／一经后来者发挥，／是令左岸咖啡的香色／都忆得起黄昏中流荡的香颂，／和与哲人碰撞出的／罗兰之歌的回响"，自己的目光不知不觉蒙上了一层后现代的阴翳，"但是巴黎，／我不信你是这样的城市。／你桥上的风景／和冢中枯骨堆叠出的光阴，／是谁可从容赴约的浪漫飨宴？／你应对沉醉以后／另一个自我的轻愁与薄醉，／又是时尚的谁／和准备迷惑谁的时尚的温柔的陷阱？／我也不信你如花开放的／每一栋建筑，以及／许给获胜者头上的月桂的香味／能长久维持赢者的肾上腺，／一如芭蕾仅以足尖挑逗月光，／就能与斑斓的胶片一起／掀翻印象派浸润着午后阳光的／魔法色盘"（《为什么是巴黎》）。为什么？因在我倚着协和广场的灯柱一口气草成这首诗时，"老欧洲"的凋零早已是世界性的话题。

犹忆入住德国巴登巴登民宿，听主人表达对欧洲前途的忧虑。位于奥斯河谷的巴登巴登素有"欧洲夏都"的美称。20世纪，从俾斯麦到勃拉姆斯，无数帝王贵胄、文人才士都曾流连于此。但到今天，它每年的赛马会虽仍吸引人，但一如欧洲其他城市，在变化了的世界面前越来越显得左支右绌，力不从心。因此，当将自己眼见的种种与民宿主人的忧虑相联系，不能不重生感慨。再对照19世纪末至"一战"爆发前那个稳定祥和的欧洲，以及在乐观的社会气氛包裹下，那里科技的日新月异和文化艺术的进步，其间变化之深彻，确实让人感慨万千。所以，借史家津津乐道的"美好年代"（La Belle Époque）为题，自己的同名诗作一方面不忘点出"但它仍然有可夸耀的旧年景，／是浸泡过大半个欧洲的／罗马皇帝的浴室"，"然后为凌跨肃冬中的巴黎，／它让奥斯河谷盛满一季势利的清凉。／它差点错过了为情所困的勃拉姆斯，／却依然能让整个欧洲／奉它为沙龙音乐的中心，／将它在自己的心里／暗暗地供养"，另一方面更不免感叹："直到这样一个黄昏的到来，／它才勉强打起精神／准备支应路过的俾斯麦，／冷不防，／结巴重新摸上了它的喉管：／要知道，这已不是史家所称的／美好年代，／那种人人有稳定的工作／个个富有干净的理想，／早已是老欧洲／杳不可及的梦想。"

处在欧洲边缘的挪威、冰岛，因有相对独立的社会经济，情况要好一些。北欧人维护自己语言文化的努力真让人印象深刻。那里的博物馆通常规模不大，展品却很丰富。如比格迪半岛上的海盗船博物馆，不仅有从峡湾发掘出的公元9世纪精致的木制海盗船，还用马车、炊具等实物真实还原维京人的生活，以至于让人难以相信，在鸟都绝望的冰海，"会有这样昂藏高举的龙首／来轻轻剖开它的锦面。／再敞开弇敛它雄心的每一片甲板，／裸出高唱向远天的歌喉"。《维京 维京》一诗，因此正是要表达对这种迥异于大陆文明的特异风色的惊艳。当然，也有对其间洋溢着的视"大海是唯一能让我安睡的眠床，／战船才是我最合脚的长靴"的英雄气概的崇拜："住在海岬上的勇士，／命定不会向海天倾倒的环境低头。／他自小受到的训练／是必须将橡树镂刻成战船，／此后长矛便只能刺向每一个／挡道者的胸口"，"这就扛起我心爱的战船，／跨过拦在我前面的河。我的目标只是富饶的海与陆地，／本无心理会你因怯懦而常能苟且的央求"。此外，以华纳神族自诩的维京人有自己的文化，并且同样精致，"更快地是由冰岛西指，／勇士所看到的北美飞来的海鸥。／妇孺们兴奋地唱起《埃达》，／浑忘了主神奥丁的宝舟"。《埃达》是中古时期流行于北欧的史诗，是除古希腊、罗马之外西方文学的又一个源头，它以诗和散文的形式，提醒在海上征逐的维京人永远不能忘记祖先的教喻："你们要待客恭谨，／但出门须先提防阴谋。／你们要敬天顺命，／须看得开功名原是浮沤。／你们还要时时思量，／千万不能做财富的徒囚，／因为是智者必无愧怍于天地，／唯友谊才值得人追求。／这样，有一天你真感到人生苦短，／也不至于常怀殷忧。"如今，这些教谕经后人浓缩后编成《海盗诗经》，已以多种文字在世界各地传扬，只是我们对此知之甚少而已。

诗集中最多吟诵的当然是诗与美，尤其诗人与艺术家。众所周知，与中国诗以抒情开场不同，西方诗是以叙事开场的。但其实，在诗神挺生的时代，仍有萨福这样的诗人，以擅长抒情，得享与荷马同样的令名。所以《萨福的坎帕尼亚》一诗用"人们用船歌唱颂的那不勒斯／是何其幸运的坎帕尼亚。／那晚星带回的曙光，／是日初出的希腊"作始，倾情礼赞她的才华。因与学生关系暧昧，加以述情深至，她的诗在中世纪曾被教会以有伤风化之名销毁。故由其残存的歌吟，体恤她曲曲的心事，"此刻在你贵重无比的红色楼房，／散发着异样冷艳的灼灼光芒。／安菲翁都无法伴奏的歌诗，／有她最为炽烈的情感。／／来吧，将要离我而去的爱人们，／怎么就忍心看着我汗出如浆。／我浑身发冷，舌尖上打颤，／却仍说不出对你的绮想"，再将这些滚烫的文字与那不勒斯国家考古博物馆壁画上仅存的她的肖像对接，"终于握笔凝神于爱琴海无尽的柔波，／我已经能感到周身清凉无汗。／我越来越趋于平稳的呼吸，／似近乎寂灭的心的微澜"，可分明感觉到她因一种自我期许而生出的别有谋求的情绪变化，"会饮中人们率意吟唱起我珍爱的歌行，／全不管柏拉图第十位缪斯的褒奖。／我依稀留存的若断似续的声息，／堪堪将要从纸草上消亡。／／但我依然不追求诗艺中所得的幸福，／也愿你们别遭遇爱情中的祸殃。／我无意用诸神的名义劝谕，／只想用自己的喉管歌唱"。显然，这不是萨福一个人的命运，只不过她比其他诗人更真切地感受到这一点而已。

还可一说的是个人对诗歌形式的追求。必须承认，要传达对一种文明的认识，诗歌不应该是被首先选中的文类。然而它灵活跳荡，能接纳和包容人当时即刻的判断和情有独钟的表达，于我旅行中的情感起伏却最贴合。还有，作为人们普遍认可的文学的最高形式，诗歌原是用特殊的语段和声韵来替美加冕，用想落天外的意象和意境的营造来给人以深至的安慰，并为有罪的灵魂祈福，为一切不明所以和不合逻辑的情感张目，因此原有仅属于它自己的语法，并从未放弃过自作衡裁的权杖。这是诗的率性，也是它的仁慈。但一段时间以来，人们不但不知道善加利用，反而用各种主义，将其挟持到大众认知的边缘，或矜化外之孤高，或张俗世之粗鄙，以让人看不懂为傲，这就败坏了它的令名。

个人因充分感知对象的纯美气息，自然不取这些主义。相反，因关注其所从脱胎的西诗的整赡与和谐，从字节到意象，努力追求这种典雅诗美的实现。譬如《阿赫玛托娃的月亮》唱诵的是让以赛亚·伯林都为之惊讶的、有着高贵如天鹅般气质的俄罗斯女诗人阿赫玛托娃及其悲惨的经历："在你馥郁如酒的花蕊里，／每场夜的交欢都显得特别干净而纯粹。／你像花蛇一样裹紧每一次激情，／但雏鸽于窗外嘀咕着看霜花闪过，／紫罗兰的残叶窸窣，并将零落成泥，／都无处可安顿你孤独的清高／和任凭琉璃打碎似的／你伤心欲绝的沉醉。／／在你伤心欲绝的沉醉里，／椴树花正轻轻抚着死神的假寐。／它抛撒谁也担不起的你的诗句／于一切不合适的地方，／尤其你站过无数次的黄昏的边缘，／领受着无数次刺骨的冷漠。／其中被太多人错过的／是涌自你心底的泪"，诗的整体展开就很注意在字节和格调上与诗人的作品相应。

  最后才是个人的夙愿，即希望能接续新诗后来的传统，适切地调用古典资源，尽可能开显它特有的"汉语性"。《应该有卜居的隐者》就是一种尝试："时茌苒而不留，／嗟徂岁之暑与寒的相推，／是怎样难得的机缘，／让一个植杖翁惊艳，恍惚，／假脱然的清风相送，／来到他似曾相识的桃源。／／看远处平旷的田圃，／林木交阴中正安巢的倦鸟，／有几个宵兴的炊妇／和正野宿的几个孤隐，岑寂，／所勾画出的墟曲声悄，／正是他殊为企羡的清境。／／此刻高卧于他北窗下的清境／正乃漱乃濯地听凉风／教他体漫士欣然有喜的幽怀，／他绿酒映照的华发，飘逸，／似有燃烛达旦的雅兴，／可令你想到东方醉颓的玉山。／／试着脱弃你招人嫉羡的簪缨，／邀故人牵黄挈壶，／来到这远离易水的颍滨。／你班荆在松下忘情地放歌，开襟，／只为此生已不屑问世纷，／并深感唯闲情才最值得人关心。／／迈迈时运和将暮的岁云，／穆穆良朋的春服和夏日多余的矫情／都不想看你做残五更梦，／才为临水愧鱼而后悔，追叹／彼时的良夜悄静，／竟这样与自己隔在霄壤。"之所以多用古代田园诗的意象与意境，是因为这个以"羊角"命名的荷兰小村落，至今仍保留着一种超然物外的诗意的静谧，像极了中国人心中的桃源。

# 什么是好的文学翻译

很长时间以来，一直听人说从文学艺术到人文社科，翻译质量如何在不断下降，翻译人才又如何青黄不接。也注意到十多年前《参考消息》社与新加坡合办读者翻译大赛，连着几届一等奖空缺，原因不在参赛者的外文水平，恰恰在中文不能达意。还有《外国文艺》杂志的"卡西欧翻译奖"也如此，鲁迅文学奖中"文学翻译奖"也常常空缺，原因同样不在外文，而在中文。所以，讨论文学翻译中汉语性的凸显问题，应该很有必要。

我们知道，汉语不同于英语这样的屈折语，也不同于日语这样的黏着语，它一字一音一义，是一种孤立语。而且，它不太重视刚性的语法规制，而更重视内在的语意生成。如语言学前辈所讲的那样，如果说西语是"法治"的，那么汉语就是"人治"的。所以少有不能省的句子成分，相反，为追求某种特殊的语言效果，时不时故意省去一些成分，尤其省略语法性虚词。像唐人温庭筠的诗句"鸡声茅店月，人迹板桥霜"，实词与实词直接拼合与并置，根本不交代其间的逻辑关系，这在英文是不可能的。若要译成英文，须有类似在何时何处等关系的说明。但中国有人以为，"作诗不用闲言助字，自然意象具足"，它能使诗歌"宛然在目"，交代得太清楚具体就俗了，是所谓"村夫子体"或"村学究体"，而"一落村学究对法，便不成诗"。（李东阳《麓堂诗话》）对此西人多有感会，葛雷在讨论克洛岱与法国文坛的中国热时，就曾引克氏的话，称"为了把这些思想融为一体,中国作者不用讲逻辑的语法联系,只消把词语并列起来即可"。休姆受到启发,干脆要求诗人"要绝对精确地呈现,不要冗词赘语",以至于西方世界有所谓"句法非诗"的说法。基于这一事实,翻译时如果不能遵从汉语的特性与读者的认知习惯,一味依从西语的语法,强调词语间的逻辑缜密,成分无缺,必然会造成夹杂扞格之病。

再如郑谷的诗句,"林下听经秋苑鹿,江边扫叶夕阳僧",除"林下""江边"关系固定,其他再无任何语法性虚词的框限,显得特别的自由,以至于人可以对之重新排序,既可以写成"秋苑鹿林下听经,夕阳僧江边扫叶",也可以写成"鹿听秋苑林下经,僧扫夕阳江边叶",还可以写成"林下鹿秋苑听经,江边僧夕阳扫叶",或"林下秋苑鹿听经,江边夕阳僧扫叶"。这种跳宕与灵活确保了诗歌意蕴的多面延展性,是西语做不到的,所以弗罗斯特要说,"所谓诗歌就是被翻译遗落的东西"。

基于汉语的这种特点,当我们在汉译外国文学作品时,能深体中文的上述特性并善加利用,无疑是确保译文成功的重要前提,甚至可决定译文的质量与品级。而触目可见的那些不能让人满意的译文,有许多症结恰恰在凸显汉语性方面做得太差。譬如,英文词性相同的字之间大半会用"and"连接,许多翻译一律译作"和",看似不错,但类似"微笑""无语"之间一定要用"和"才能连接吗?中文中,有"和"这个意思的字至少还有"而""又"与"且",所以合适切当的译文难道不应该是"笑而不答"吗?又如,英文介词很多,但也并非一见到"about"就得译成"关于",难道"我没有关于他的消息"这样的句子符合中文的习惯?这里的"关于"显然是多余的。再如,英文有所谓关系代词,对名词多有框限,翻译时若都作定语处理,一定会使句子冗长,甚至"的的不休"。英文单、复数必须明确,于是有的译文频频出现"男士们""动物们"这样的表述，也很不简洁，更不符合汉语的习惯。此外，不像英语散文中顺句多，英诗中倒装特别多，译成中文一定得用倒装吗？英文被动语气很多，译成中文时是否需要照单全收？总之，英文冠词、代名词与系词等都不可或缺，但译成中文，似乎正不必亦步亦趋。相反，遵从汉语的习惯，通过拆分、换序、合并等方式，完全可以在不违反汉语文法的前提下，将原意等值实现。

当然，以上这些尚属技术层面的考校。更重要的是，要在观念层面上确立译者有维护汉语纯正性的职命，有在翻译过程中最大限度地遵从汉语的表达习惯，进而尽可能地凸显"汉语性"，即汉语特有的丰赡美与博雅美的责任。在这方面，前辈如傅雷、朱生豪、梁实秋、梁宗岱、夏济安、吕同六、冯亦代、梅绍武等人已做出了很好的示范，他们既精熟外文，又有深厚的国学根底，译文不但可信、畅达，还充溢着中文特有的儒雅，是余光中所说的"入深而出纯"。再往前推，林纾的翻译更显中国气派，可谓将汉语的特性发扬到淋漓尽致，以至于钱锺书称他所译《块肉余生记》好过狄更斯原作。他译得最多的是维多利亚时代以写浪漫爱情与冒险故事著称的哈葛德（Henry Rider Haggard），今天能知道哈葛德的人已经很少了，但在近代中国，他却被视为一流的大作家。以至于晚清四大小说杂志有三个创刊号登载西方文豪的肖像，《小说林》选了雨果，《新小说》选了托尔斯泰之外，《月月小说》选的就是他。由于时势的影响和读者的需求，其时如曾广铨、包笑天和林纾等人翻译了不少他的小说，钱锺书尤其肯定林纾的译笔，甚至认为比哈氏原文还要好很多。

这里说到了钱锺书。钱先生曾提出文学翻译的最高境界是"化"，好的译文应该如"投胎转世"一般。所谓"化"或"投胎转世"，无非指译文能摆落译文腔的生硬与艰涩，葆有汉语的精纯与自如。对这种精纯与自如，人们常用"信、达、雅"或"意美、形美、音美"来概括。

当然，这当中"信"是基础，不能厚诬作者，失之"曲"，不过也不能拘泥原文，失之"硬"，那种"硬"而"曲"的译文，20世纪40年代邵洵美就已明确反对。一直到本世纪，余光中等人也始终强调，译文与原作终究应属"孪生之胎"，至少是"堂表兄弟"，而不能为一"形迹可疑的陌生人"。但相对于传真，他们更强调的是传神。傅雷重译《高老头》序就说："翻译应当像临画一样，要求的不在形似而在神似，理想的译文仿佛是原作者的中文写作。"事实也是如此，那些过得去的译文大抵只是传真，只有好的译文才能传神。西人说"翻译如美人，贞洁的不漂亮，漂亮的不贞洁"，对照傅雷与钱、余两先生的意思，他们显然认为，正如女性的漂亮与贞洁无关，优秀的译文也应该自有一种不可方物的美。相较于雪莱所说译文在读者心中唤起的反应，应该与原文唤起的相同，他们的要求似乎更高一些。其意在打破硬译与死译的桎梏，摆落直译与意译的纠结，是从根本上确立了翻译的终点为母语的观念，即翻译需要人依从母语的法则，甚至为光大这种法则而从事这种再创造的工作。

　　有人担心，追求传神会妨碍传真。其实对严肃的译者来说，这种担心是多余的，因为他比任何人都清楚并能恪守再创造的基点，进而更能时时提醒自己勿忘工作的终点在哪里。看看中外翻译史上那些著名的例子，譬如意象派诗人庞德以自由诗体形式翻译了不少中国诗，在西方世界引起很大轰动，被艾略特推称为"我们时代中国诗的发明者"。还有，译出《松花笺》(*Fir-Flower Tablets*)的埃米·罗厄尔（Amy Lowell），被称为"中国诗在美国最伟大的知音"。为什么？就是因为他们的翻译有许多创造性的改写。今天，葛浩文译中国当代小说，更常做这种创造性的改写。还有在西方，最有名的《红楼梦》译本不是杨益宪和戴乃迭的，而是牛津教授霍克斯的，后者同样有基于西语习惯的改写。唯此，杨绛才会称译者"一仆二主"，既要忠于原作者，又要服务读者。其实就实际情形而言，他因后者的接受实现自己的价值，他怎么能不将母语的特性发扬到至极至美呢。

这让人想到本雅明《译者的任务》中讲的一段话："即使最伟大的译作也注定要成为自己语言发展的组成部分，并最终被语言的复兴所吸收。翻译已经远远地脱离了两种僵死的语言的贫瘠的等式，在所有文学形式中，只有翻译被人们赋予特殊的使命来观察原始语言的成熟过程和翻译自身诞生的阵痛。"据此，凸显译文的汉语性，可以说是一切翻译的题中应有之义；关注译文的汉语性，也因此可以说是一切翻译批评的题中应有之义。当然，这绝不是说翻译可以任由译者随意生发与篡改，它得符合一些原则和规程。类似冯唐译泰戈尔《飞鸟集》，将"mask"（即"面具"）译成"裤裆"，就无论如何也说不过去。与此相伴随，翻译批评对凸显汉语性的呼吁也不能脱离翻译的具体语境，走向片面的自说自话。

# 中国人是如何言说文学的

　　因根植于悠久深厚的文化,中国人有自己独特的文学理想,这一点已广为人所认知。但基于特殊的思维习惯,它的言说方式、观念呈现方式,以及凝结为名言后所指与能指的特异性就不大为人所了解。其实,这种言说方式和呈现方式不仅赋予了古人文学经验以固定的称名,还使之在历史意识的长河中得以延续和保存,是怎么评价都不过分的。

　　有鉴于这种言说与呈现方式所造成的名言,也即今天所说的概念范畴大多具有理论上的普遍性和形态上的稳定性,其数量又越然于其他民族文论之上,有的学者甚至认为,中国人的文学观念与美学建构就体现在这种名言中,中国人的理论建构就是范畴的衍生、发展与集群,其各成体派的文学观念都可以说是对某种范畴的说明、诠解与补充,其审美体认也借由名言互释共通凝聚成的集团而得以牵衍与拓展。其中范畴是理论的筋骨,美学理论的整体性构造有时可通过范畴的勾勒完成。话虽说得有些简单,但衡之以"比兴""风骨"与"兴象"序列,"平淡""妙悟"与"神韵"序列,以及"格调""性灵""沉郁"与"境界"序列的范畴,几乎可代表汉魏至盛唐、中唐至宋元、明清至近代各个大的历史时段的文学趣味和审美理想,说一部文学观念史或美学史基本上就是概念、范畴的发生发展历史,并非尽出臆断。

　　范畴是具有方法论意义的"基本概念",它来源于自然和人事构成的客观事实,又是对这种事实的高度归纳,因此有将抽象思想造成的一般性特征延伸覆盖到同类客体，从而让人可以言说和交流的特点。正是基于此，说文论范畴实际构成了人对文学与美的相关问题的知识基础，而人所有这方面认识又都来自对文学与美的微妙自觉，以及这种自觉与范畴之间存在的不可分割的意义连接，是一点都没有夸大的事实。

进言之，一切文化批评范畴大体具有同样的特点。唯其如此，在20世纪70年代的西方，得益于社会文化史和人文科学的语言学转向，有专门研究这种"基本概念"的学问产生，昆廷·斯金纳（Quentin Skinner）和莱因哈特·考泽莱克（Reinhart Koselleck）将其直接唤作"概念史"，进而催动战后德语思想界的概念史研究（Begriffsgeschichte）的兴起。而霍布斯鲍姆《革命的年代》和雷蒙·威廉斯《关键词：文化和社会的词汇》对新词汇的研究，也与之有密切的义脉联系。在此间，20世纪80年代开始，对古代哲学的名言研究也被正式提了出来，并很快出现了单卷和多卷本的《中国哲学范畴史》和《中国哲学范畴发展史》，对范畴体系的讨论也日渐增多，这直接推动了文论界与美学界相关研究的崛起。此后，包括"现代转换"与"失语症"在内许多热点问题的讨论都围绕作为言说方式的范畴展开，这为再后来中西文论关键词的比较研究提供了基础，后者从某种意义上其实是上述研究的接续。当然，关键词的"下沉性"决定了它不可能与意义更为超拔的范畴相提并论，但无疑构成了范畴的来源和基础。

中国人言说文学之所以特别重视并依赖名言的创辟和辨析，是因为受到传统的规训。众所周知，"范畴"一词取自《尚书》的"洪范九畴"，意指治理天下的根本大法有九类。后人借用它指反映对象性质、范围和种类的一般思维形式。但其实，古人于此义本另有称名，那就是与"实"相对的"名"。先秦时，名实之辩大兴，不仅儒家重视"必也正名"，公孙龙子著有《名实论》，就是庄子也说"名者实之宾也"，墨辩更有"名达类私"的讨论，其中"达名"具普遍性，就意同范畴。至于荀子《正名篇》称"名也者，所以期累实也"，又分疏"大共名"与"大别名"，在突出"制名以指实"的同时，更对其类别及如何与"实"达成统一做了探索。

宋以后"名"为"字"取代。盖自两汉以降，经义变互，求字指、辨字义成为经生士子的常务。如三国魏时，朝廷曾求令四门博士及在京儒生于秘书省专精校考，参定字义，散骑常侍苏林就多通古今字指，凡诸书传文间有疑危者，皆能释之。宋代理学兴起，心性辩究成为风气，士人每常留心其间。流风所及，有程端蒙《性理字训》和陈淳《北溪字义》这样的专著出现。后戴震有志于闻道，尝称非求之六经、孔孟不得，非从事于字义、制度、名物，无由以通其语言，将字义之学列于制度与名物之前，所作《孟子字义疏证》对"理""道""性""才"等范畴做了深入的讨论，且较之前人更为纯粹，凸显了名言所特有的哲学根性。

古人对文学的言说与要求深受这种哲学与文化传统的影响，不仅"道""气""兴""象""和"等终极性"元范畴"都沿用自哲学，好围绕"名"与"字"展开系统论述的言说方式也一如这种哲学与文化。基于这些"名""字"的原型意味和普遍性意义，他们在阐释与引用时多持道极中庸不脱两边的原则，既独任主观，又尊崇经典；既力求创新，又不弃成法。当西人勇于引领一个时代的学术风潮，并期待后人能以他的名字命名历史，故多不愿被纳入既有的言说方式与话语体系，中国人却很少有以个人名字标别一个时代的野心。他们宁愿与他人分享同一种文化的影响，时时慎终追远，而绝不以趋新骛奇为念。

因此与西方学术以多元假设为旨归，以有限而各异的名言创设提携起自己的理论不同，他们好取因循推衍的方式，通过沿用和生发既有名言来表达自己的认识。加以如钱穆所说，汉语之变或自专而通，或自别而通，每以旧语称新名，语字不增而义蕴日富，新语无穷而字数有限，也即不尚新字，好就熟用单字重做缀比以见新义，造成范畴间常常能循环通释，形成一意义互决的动态体系。乍看之下少有自创，其实在语见本原的前提下，特别能诞育新的名言。

这种新名言较之原来的成词可能是规范幅宽的增大，更多体现为辨析能力的提高。如"境"之于"象"、"逸"之于"神"、"兴象"之于"兴寄"等皆如此。在外在形态上，它们可以构成一意义相关的范畴序列，同序而相邻的范畴之间有先生与后出之分；在内在意义上，又可以彼此统属，有上位与下位之别。一个对中国传统的文学观念有认知隔膜的人，会觉得眼前晃动着的总是一些似新实旧的陈言。实际上，这个富于衍生能力的动态系统既可避免人在重复的思维中迷失，从而得以用更明快的方式言说文学，又能让人获得认知上的最大公约数，从而更好地凸显自己所使用的言说方式的优长，体认到作为人精神性操作的工具，范畴所具有的普遍有效性的意义与价值。

范畴依人的思维特性选择表达方式。有的依赖逻辑的同一律，重视结构，讲究分析，由此确立起"纯概念"的形式，西方范畴即取此一路径。有的依托非逻辑的互渗律，重视功能，讲究综合，由此获得多元融通的灵动性。中国范畴即取此一路径。

倘稍稍展开其间的区别，则自亚里士多德将范畴视作对事物进行分析归纳而得到的基本概念以来，西人都将其视为知识论和形而上学本体论的终极观念，因此通常不追求其内涵的无限丰富，而多关注其逻辑的缜密与边际的稳定，并对由其构成的整严体系寄予极大的期待。文学范畴很多时候则是从诸如理念与形象、自然认识与道德意志、主观与客观、素材的静观与人格的创造性等艺术体现的结构中推导出来的，因此大多具哲学范畴所特有的凝定森严的特点。

中国人的范畴创设则不同，受传统哲学与文化的熔炼，常从仰观俯察中汲取观念来源，注重在辩证思维的凝练发挥，而不是形而上的抽象思辨，故较少接受逻辑的检验与唯理论的批判，显得朦胧灵变，具象与抽象同在，外延广阔与内涵丰富共存。这种非刚性固化的灵动性使得范畴不同程度地带上"模糊集合"的色彩，并较之西方的"刚性范畴"，更多体现出"柔性范畴"的特点，即在规范对象时它是多方面的，在展开自身时它是多序列的，在运用过程中它又是多变量的。譬如"兴""味"等范畴就横跨多个指域，具有多种意义。此张载所以说"道则兼体而无累也"，"语其生生故曰易，其实一事，指事异名"，王夫之所以说"统此一字，随所用而别"。这样言说文学显然更周延圆融，更容易接应与统摄多方面的认知，既易引人同情，又可增人兴会。

而之所以有此区别，与中西方不同的思维方式大有关系。大体西方以"体思维"为主，中国则以"象思维"为主。前者好从有形物质的体出发，研究对象的结构、形态与性质，从而造成"体科学"的发达；后者则"假象见义"，以时间和整体为本位，好从动态过程和整体角度获得对系统构成的了解，是所谓"象科学"。且这"象"不仅建基于人的直觉感知，古人在界说名言时，也不是仅做纯粹的"唯象"描述，而是兼具知性和理性，更多悟性，有直凑单微的原型意味和超越特性。

如前所述，西人常有将一己学说构成一完满体系的冲动，因而有时自圆自足不免沦为自说自话。又因为其严格依照非此即彼的形式逻辑，一旦逸出所从属的知识谱系，很难为外人理解或采纳。至于一些唯心的知识论范畴，更成为思辨象牙塔里的清供，有多少现实的影响力实在杳不可知。秉承传统文化的基本特性，中国人言说文学有迥异于西方的特点。基于其所创设和调动的名言有明显的价值规范和制度法则意思，因此范畴的内涵设定与选择标准均不免常着眼于有用，即使涉及宇宙万物的探讨也如此，因此实践性品格极强。具体地说，它认同规范人行为及价值的分类方法，而轻视对观念系统本身做过细的结构分析；依从亦此亦彼的辩证逻辑，而拒绝任何忽弃关系与分寸的掌控。就是取法自然取象天地，也是为给人的实践活动提供正确的方法，或纠正人的末流放失。故好从感性直觉中建立观念体系，并努力确保这个体系能因自己的切指与实证而让人慕然相从，从而发挥出切实的引导作用。

这种能让人慕然相从的实践性品格还有另一种表现，就是它常选用有关主体认识能力与方法的名言，而较少纯抽象的知识判断，就是有所规定也多从否定的方面做出。譬如不说何为"韵味""意境"，而仅说倘如此便无"韵味"、少"意境"；甚至仅列出极端的对立面，让人知所避忌，有以克服。唐以来论者每有诗有"六迷""五不同"之类的论说，清人毛先舒《诗辨坻》论诗有"激戾似遒，凌兢似壮"等"十似"，用意都在于此，都是想用安乐哲所说的"概念的两极性"来使人心生戒惕。如此运用"意义反设"来张大范畴的作用，足见这种言说的干预意识，其方式是含蓄而有效的。

至于与西方哲学科学化、美学哲学化不同，中国人哲学美学化与美学伦理化的倾向明显，也使得古人创设的范畴常常具有鲜明的伦理意味。如果说西人与自己所谈论的对象能保持足够的情感距离，他们则贴得很近，并且很注意让自己所用的名言包含进更多的社会内容，在重视主客体融合的同时，对艺术与人生的融合投入更多的关注。这样做的结果是，传统文论中的"关系范畴"要远多于"实体范畴"。这种关系不仅是审美意义上的，还因文与道、与理、与社会的密切联系而有了强烈的道德色彩。儒家自不必说，道家也同样，其"虚静""坐忘"等名言都带有这样的色彩，并因符合中国人以伦理覆盖审美的习惯，而为后世吸收和发扬。中国的文学之所以永远有强烈的现世性，既能与政教德化相迎合，又不至于陷入宗教迷狂，显得入情入理，都与古人如此要求与言说文学有关。

当然，这种言说方式也有它的缺陷。但只要我们善加总结和利用，就有可能创造出一种机会,让它进入到世界性话语沟通与文明交换的流程,并在此过程中得到永久的保存。毕竟是它构成了传统文学与美学发展的基本景观,也是它最有可能成为中国文论对接世界文论的重要津梁。

# 从观念史到总体史
## ——我们需要怎样的《中国文学批评史》

自20世纪第一部《中国文学批评史》问世以来，以各种形式编撰的批评通史和专史出了不少，成绩显著。但因各家论述大抵依从本质论到功用论的固定理序，且评价标准太过单一，先是"复古"与"进化"对峙，后是"教化"与"审美"的紧张，以至于不同程度沾带有面目呆定议论肤泛的缺失。有时换去主词，易代安置，将对某甲的分析施诸某乙，往往也能成说，可谓是其研究失准与失效的显例。

至若对主张进化或教化的理论一味肯定，对辩究法统与形式的论说每加贬抑，更造成有的专史内容苍白，学理稀薄。尤其是以泛政治化的标准衡裁古人，重价值判断而轻结构分析，几使批评史的学术特性湮没不彰。记得鲁宾逊《新史学》曾有"政治史是最古的最明显和最容易写出的历史"的论断，上述建筑在反映论和工具论基础上的批评史撰作，与之虽非一事，但从易避难的情形却相仿佛。从这个意义上说，其与传统文学批评的特质不能惬洽，是从起点上就注定了的。故与其说它们是实证的，不如说是意造的；与其说是中国的，不如说是更接近西方的（其实有许多只是俄苏的）。

90年代以来，随着盲目沿用西学带来的弊端一一浮现，论者开始注重用中国固有的名言来解说古人，但因在理念和方法上依然拘守先前的成规，结果在另一个方向上重蹈了覆辙。如有人拉出"志言""缘情""立象""创境"到"入神"这样一条线索来贯穿古代诗学批评，看似逻辑完密，但倘一一开列被其大量牺牲掉的古文论的全相记录，其论证过程中存在的榫隙与焊点一望可知。类似情况还有许多，究其症结，无外是以观念代替事实，即仅用某种固有标准衡裁主要批评家的标牌理论，而非主流或当路之人的论说并不能到其眼中。结果，古代文学批评的原生态看不到了，大量有待进入人认识视野的鲜活的批评实践被漠视和遗落了。这种情况至今未得到遏止。

应该说，观念的研究对厘清古代文学批评的发展线索，解明批评成长的内在脉络是有效的，但这不等于说用此就可以说明全部的批评历史，更不能将对它的了解，等同于对古人批评实践的整体把握。因为这种旨在从文本中抽取观念的研究，毕竟以过滤掉大量实有的细节为前提，其不能保有对象的实际样貌，并在研究的展开阶段极易流于寻章摘句式的主观牵合，几乎是可以肯定的。不久前，宇文所安在所作《中国文论读本》中译本序中，就对此表示过忧虑。

鉴于观念的研究通常仅留意现象而不关注细节，仅呈示古人思想的知识化范本，而不呈示这种思想的完整图谱和动态样貌，简言之，不呈示"活的思想"，而事实上，古人对文学的实验与知觉，恰恰建基于人活泼泼的生命实践上，其目标既在明道、增德，也在养性、怡情，故其看取文学，要求和言说文学，在很大程度上并不截然服从于纯粹的认知目的，而更广大为浮世劳生的精神寄托。由此造成其文学思想的表达，通常既浑涵深在，又关涉多多。故欲对其做整体的和全局意义上的诠释，必须引入新的理念与方法。

据此，我们提倡今天的批评史研究应该从"观念史"（history of ideas）向"总体史"（histoire totale）转进，以一种"整合的历史观"，由器物而制度而精神，由语言而习尚而信仰，在社会结构、思维方式和文化传统等诸端连通的前提下，在全部历史与全部现实的关系中，对古人的文学理论做全面的网取，从而使之既契合古人的初心和本意，又能呈示文心的本质，以及古代批评丰富生动的原始景观。

譬如魏晋以降，人们常以"绮靡"一词界定文学，所谓诗赋乃"寸锦细碎之珍"，"诗缘情而绮靡"，"至若文者惟须绮縠纷披"，并以"绮思""绮情"与"绮文"指称一切美好的情思和文字。这种将丝织品精美柔滑的视觉、触觉转化为美感，在赏会层次上显然要比汉代仅用一"丽"字作界定折进了一层。而这种赏会之所以出现，是与各类产自齐楚等地有文饰的绫绸绉纱在当时较麻褐为稀罕昂贵，以至于天子以其为衣里（见《史记·匈奴列传》司马贞索隐）大有关系的。如果仅依李善注，将其理解为"精妙之言"，而不能结合古代织造工艺和服饰文化，由色泽（华靡）到手感（轻靡）再到美感（绮靡），显然不能深透地了解上述界定真正的发生原因。

其他如古人论文崇雅致之与士人对自身社会层级和身份认同的维护，重性灵之与时人对江南市镇兴起及市民社会发育的回应，还有小说尚热俗的文体特征之与书坊主越界写作及求利冲动的影响，如此种种，均存在深刻的内在关联。倘若仅从观念到观念，就文论谈文论，必然回不到创作与批评发生的现场，并最终复苏其真的价值与活的意韵。而事实是，在今天，只有这样的批评史，才值得人用全副的精力去成就和发扬。

回到 20 世纪，我们要强调，对于前贤的工作，我们充满敬意，特别是对学术史研究来说，它们每一部都具有无可替代的意义。但历史毕竟无时无刻不在使自己变得完善，在丰富自己的同时，更深入地探索着自己。没有哪一部历史能使人完全满足，因为我们的任何营造都会产生新的问题，要求新的解释和说明。回顾批评史撰作的初度繁兴，诚如朱自清所说，是在"五四"以后"人们确求种种新意念新评价的时候"，那是"一个新的批评时代，一个重新估定一切价值的时代"。今天，一个估衡一切的新时代又到来了。如何结束陈旧观念的束缚，由观念史走向全面史，既引入文化史乃至文明史的思考维度，重视对大跨度和结构性问题的研究，又引入社会史的方法，将眼光投向底层和边缘，最大程度地复原文学批评的现场，由此自立权衡，自创体系，写出无愧于当今时代的新的历史，实在是我们无法回避的责任。

也是在 20 世纪，罗素在所著《西方哲学史》的序言中曾说过这样一段话："目前已经有不少部哲学史了，我的目的并不是仅仅要在这些之中再加上一部。"谨以这样的心情，期待一部新批评史的到来。

# 诗礼教化的基因

据《中华诗词年鉴》等权威机构统计,自20世纪90年代以来,全国各地已产生了2000个诗词团体,从事持久创作的人也有近200万。此外,公开与非公开发行的诗词刊物多达千余种。至于每年出版的诗集,更与长篇小说的产出量不相上下,且作者不分长幼,职业兼概文理。回思70年前,柳亚子《旧诗革命宣言》称"平仄的消失极迟是五十年以内的事",还有他所下的"旧诗必亡"的结论,真让人有些感慨。

不过,再细想想也就释然。因为一种文学表达既能稳定为传统,并被人自觉用为情感表达的资源,必因其能曲抵微达这个民族的精神内里,成为其情感世界最适切的代言。众所周知,与笃信基督和天主的西方人不同,在相当长的历史时期,中国人是以广义的诗歌来代替宗教的,进而以美学代宗教。他们肯认心口相应、以诗言志这种自来的传统,又秉承"不学诗,无以言"的先哲训教,习惯用诗词歌赋来感天知地,用口传心授来表达情意。有时吟风弄月,更及家国苍生。如此从私塾中童生的发蒙到书院内士子的推敲,演成深厚的功夫,积累下悠长的传统。在这种传统的熔炼下,人们祛伪存真,去恶从善,这就是古人所谓的"诗礼教化"了。它深深地融入中华民族的血脉,已成为我们这个民族最内在的文化基因之一。

刚刚去世的汤一介先生,生前回忆父亲为让上现代学堂的他补上中国文化这一课,特意命他先读一些诗词,就是因为传统诗词不仅情韵双美，比较好读，还负载有文化认同与传承的深在意蕴。也因为这个缘故，早前崇尚国故的刘师培会称"俪文律诗为诸夏所独有，今与外域文学竞长，惟资斯体"，"五四"时期新文化阵营中的领袖会省思自己对传统的态度，并"勒马回缰写旧诗"。今天，置身于全球化大潮的海内外中国人，经常呼吁复兴诗词歌赋，以求固本开新，再造文明，也正基于相同的考量。

并且，因有对一段时间以来盲目追崇西方文化，以至于一定程度迷失了自己的反思，今人越来越认识到，中国人的思想需要用中国人自己的方式来表达，并也只能用中国人的方式才能表达清楚，才能真正吸引别人来倾听与关顾。而古人已有表达所达到的高度，无疑是一极好的标杆。那种词标一隅，义笼万端，既丰而不余一词，复约而不失一言，并可以情感，不能理究，是真正值得自己心摹手追的汉语世界的崇高典范。

或以为时空变换与社会发展，再倡导人学古诗写古词，有点骸骨迷恋了，至少有些抱残守缺。对此我们不想辩解。想问的是，古人的诗意表达难道仅仅反映了过去时代的喜怒哀乐，而没有连通到今人的感觉世界？还有，虽然今人不再打马作揖，古人也没有手机电脑，古今人生存的基本情景有什么本质的不同？如果回答是否定的，那我们是不是应该以一种超迈的眼光确认，其实古人的纸上烟云依然见存于我们当下的生活，并无外于今天现实的语境。钱锺书曾说："假如鞋子形成了脚，脚也形成了鞋子；诗体也许正是诗心的产物，适配诗心的需要。"心若在，情若在，今人与古人终究可以感通。

不仅如此，我们还想说，一个懂得从古人锦心绣口中汲取智慧的人还会更有涵养，不仅不至于用满口的清水白文，对应个人粗鄙惨淡的人生，还能因为彻入情感的上源，变得相对容易在当今激变的时代中立定脚跟，获得有关于自身存在的坚实依据。也就是说，他从诗词中读到的不仅是字句，还有人生，甚至宇宙洪荒、苍茫五千年的历史教训。所以他不会进退失据，患得患失，他的内心充实，人生幸福。这可以说是亲近古诗带给人的最大好处了。

当然我们也不讳言，对一般读者而言，要完全读懂和理解古诗词并非易事，需要克服一些困难，做专门的功课。但这没什么呀，就像生活中任何好东西都不易切近，都需要你付出努力，我们多付出一些努力就是了。生活早就教会我们：人从未毁于困难的东西，而常毁于那些看起来能带给我们快乐的易学的东西。我们并相信，随着社会发展与文化的进步，今后懂得欣赏古诗词的人会越来越多，能写旧体诗词的人也会越来越多，包括将其糅合到各种文化创意产业，从广告、动漫到流行歌曲，前景非常广大。只要有对当下的关怀，再转生为对过往的敬畏，借助专家的指点与老师的帮助，从近入手，切己用功，将其尽可能地体现在日常，落实于生活，那个花团锦簇的诗的世界终将向我们倾情展开。

最后要特别提出，古典诗词总以自己的丰富性向我们敞开并展现其魅力。除了忧国忧民，更多古人对生活和大自然的丰富感受，同样值得我们珍视。或许，如宇文所安这样的异域观察者看得更清楚吧："我真正喜欢中国文化，是因为中国文化非常丰富，没有什么本质或者中心点，有很多内在的矛盾，不同的声音，所以才有意思。"他是唐诗专家，他这里说的中国文化包括中国的诗歌，甚至主要就指诗歌。

# 重述神话的文学意义与路径

中国古代神话作为先民的认识史，以一种强大的统摄力量，为中华民族提供了原始的精神动力，成为民族习俗、信念和制度的来源。说起来，中国原无神话学的研究传统与范式，就是"神话"一词也是从日本舶来的，第一部神话研究专著因此由俄国人格奥尔吉耶夫斯基于1892年完成。在《中国人的神话观与神话》一书中，他最早提出"中国神话"的概念，并对其产生、演变和分类，以及其与五行的渊源，与儒道两家和民间信仰的关系做了初步探讨。值得注意的是，其中还提到了神话对中国文学的影响。

但自1902年梁启超《论历史与人种》一文首用"神话"后，从王国维、夏曾佑一直到章太炎与周氏兄弟，无不对之备加关注，进而基于启迪民智的考虑，将它引入历史与文学领域，用来张扬中华民族的发源广远与创造力、想象力的博大。所以其意义不尽在增进了对上古文化遗产和先民集体无意识的了解，与世界上其他地方的神话一样，那些在神圣空间创造出的人物与故事，因反映了人最深刻的情感诉求，暗示了人对自身命运及世界秩序的根本认知，当将历史认知与审美体验结合在一起做重新审视，是可以看得到一个民族的原始信仰与行为方式的成因，以及其文化精神与文学创作最隐秘的印记的。它所表现出的文化内涵与精神不仅制约着文学创作的精神性品格，还在很大程度上决定了这种文学的未来方向，对中国文学自身的再认识与再出发，有着极为深远的影响。唯此，尽管其面上看去纷乱无统，甚至如康有为所称"茫昧无稽"，"古史辨"派还是将其从古史圣王体系中析出并还原，更仍有人从其原型与母题中不断汲取营养，予以创造性重写。而究其实际影响而言，从《诗经》的《商颂·玄鸟》《大雅·生民》，屈原的《离骚》《天问》与《九歌》，到《庄子》《逍遥游》，曹植《洛神赋》，陶渊《读山海经》组诗，一直到李白、李商隐等人对神话意象的运用，无不受其沾溉。唐以下小说创作取用其故事就更多了，并到明清两代趋于鼎盛。鲁迅《故事新编》中《补天》《奔月》《铸剑》和《理水》四篇，则达到了现代小说利用神话故事进行再创作的高峰。

今天，立足于跨文化交流的语境，通过创生改写发现其当下意义的"重述神话"工程在全球范围都有展开。如2005年，在"新神话主义"文化思潮影响下，英国坎农格特出版公司就发起过重构神话工程。作为这一工程的组成部分，中国作家苏童、叶兆言、李锐和阿来分别以孟姜女寻夫哭长城、后羿射日嫦娥奔月、白娘子报恩被收和格萨尔称王四个经典神话为蓝本，通过拟写、颠覆与重构，创作了《碧奴》《后羿》《人间》和《格萨尔王》等四部小说。其成功的实践固然基于作家过硬的写作素养，但神话作为创作之源，其内容的丰富、主题的神圣与格调的崇高，无疑为这种新的阐释空间的建立提供了坚实的基础。由此想到，在全球化无远弗届的当下，中国作家的神话改写，乃至中国文学对本民族神话的汲取与发扬如何做得更好更到位，实在是一个须认真对待的问题。

众所周知，作为孕育欧美文学的母体，希腊罗马神话对西方文学产生过极为深远的影响。从莎士比亚、弥尔顿、雪莱，到萧伯纳、厄普代克等人，都曾以此为素材展开创作，或借以比喻、暗示人物的命运，大量神话用语、典故，像"阿基里斯之踵"（Achilles' Heel）、"潘多拉的盒子"（Pandora's Box）和"特洛伊木马"（the Trojan Horse），更成为彼人的日常用语。但基于社会历史与文化传统的不同，中西方神话终究具有不同的特质。这种不同不仅体现在神人是否同形同性与神系是否分明上，乃至不仅体现为一多创世神话一多英雄神话上，上述区别对人类学、宗教学、考古学乃或民俗学研究非常重要，但落实到文学创作，似不如以下的区别更值得重视。

譬如，西方神话中众神大抵不以道德的化身出现，相反，大都有凡人的欲望与情感，宙斯的风流、赫拉的嫉妒、赫尔墨斯的虚荣与美狄亚的背叛，都提醒人神实具有很强的世俗性，其张扬个性，放纵原欲，甚至放荡至于乱伦，这使得那里的神话从某种意义上更像"人话"。但中国古代神话中诸神具有与生俱来的恒定神性，常为人所敬畏的高媒与初祖，像盘古开天辟地，死后眼睛变为日月，手足身躯变为大地、四极与五岳，血液变成江河，头发变成星辰，所带出的浓厚的神秘色彩，使其相对之下显得更像"神话"。

与此相联系，西方神话通常崇力，赞美力拔山兮的孔武有力者，他们血统高贵，每每通过力战取得王位。中国神话则不同，神大多没有高贵的血统，也不太在乎出身，《山海经》载"后土生信，信生夸父"，身世可谓显赫，但诸多神话对此不多夸饰，而更崇德，更专注于神的严于律己，洁身自好，有坚忍不拔的毅力、救世拯民的情怀和克己奉公的牺牲精神。且他们通常不以征服者的面貌出现，而常常是美德与贤能的化身。当然，像盘古、夸父等都具神力，但就神话的关注点而言，多在大禹新婚四天离家治水，三过家门而不入，然后通过禅让继位的德性上。以至于即使共工、蚩尤等凶神，也少有西方诸神那样严重的道德瑕疵。

还有，受地域特质与海洋文明的规定，古希腊神话多写自然对人的惩罚和人对神的抗争，神三番五次想毁掉人类，而人偏能为大自然的伟力反激出不屈的斗志。在此过程中，一种人神对立的观念得以逐渐形成。相比之下，封闭的生存环境与农耕文明，使得顺天而行、与天合一与天道循环、和谐有序成为华夏初民的思想主宰。大自然幻化的诸神在其眼里，首先不体现为不受自己意志控制的异己力量，而更多成为可以给人带来福祉并能促进人与自然和睦相处的道德资源。因此，在这里人神并非截然对立。

再有，古希腊神话截然以男性为主角，女性更多与自私和欲望联系在一起。但在妖魔化的另一面，依然有代表智慧的雅典娜，依然可见女神对自身特质与权力的张扬。前及喀尔科斯国王之女美狄亚，还有美神阿弗洛狄忒，或敢爱敢恨，或善用自身的美，那个代表贞洁的处女神阿尔忒弥斯，则以终身不嫁昭示自身的尊严不可干犯。至于美杜莎更启示了女性的命运悲剧，引发了后世女性自我意识的觉醒和对男权社会的反抗。但中国古代神话虽有女娲补天，成为救世主，又抟土造人，功绩不亚于盘古，女魃也可称女战神，追随黄帝击杀蚩尤有功，但更多的遵行仁孝，服从集体，不但不能决断或独担大事，还常常有志难伸，备受压抑。如湘水女神娥皇、女英，《列女传》《博物志》就只记录了她们美好的德行。至于常羲，纯粹是一个妻子。以后演化出的嫦娥犯错失意，清寂终身，几乎家喻户晓，妇孺皆知。更重要的是，女娲经历了独立母神向配偶神的形象演变，西王母则从人兽合体改化为仙女形象，在这种演变过程中，女神的独立性逐次降低了。

凡此中西对比，对今人汲取神话资源创生重构深具意义。以中国民间文艺家协会与汉王公司合作完成的"中国口头文学遗产数字化工程"为例，近9亿字的内容，至少3亿与神话有关。故全球化时代，要实现民族复兴和文化崛起的中国梦，当然可以从传统神话中获得"家园感"，从诸如创世神话、始祖神话、洪水神话、战争神话，到精卫填海、后羿射日这样的灵迹神话中，获得一种超越世俗平凡的助力。但基于前文所述，在汲取与重构过程中，如何处理"天神"降为"人祖"以及人祖形象的扁平化问题，如何处理"神话历史化"过程中神性的丢失，以及经"崇德尚群"的道德加冕后，神的精神发扬之与今人的实际接受问题，如何处理人与神、人与自然实际存在的紧张关系，以及这种关系之与人和社会发展的利弊得失问题，还有神话中两性对待所体现出的偏差与互歧问题，都是文学创作须细加琢磨、认真体会的地方。显然，这种探索有难度，但也因此提供了一条路径，一个机会，让今人得以真正在当代语境中，为完成当下的任务，疏浚和拓殖中华文明的源流和主脉；在符合当今世界普遍真理的前提下，既高扬日渐被遮蔽的人性，又蕴蓄刻刻流失的浪漫，从而在一个特殊的时刻，让自己经历一种真正称得上是神圣而浪漫的精神体验。

　　要之，对今天的文学而言，神话所昭示的精神既是它创作的起点，某种意义上又是它的终点。这或许正是传统神话之于今天文学创作的魅力之所在。

# 唯善自省方能自信

今天，已无须多论文化自信之于理论自信、制度自信的基础意义，因为说到底，后两者都受前者的制约与规定。但如何确立文化自信却大有讨论的必要。这不仅基于一般的学理，更基于历史上我们曾有过的迷失。

自省即自我反省与评价。作为人的一种内省式的体验活动，它是人调动自我意识反身省察的自我教育过程，体现的是人对世界的确然性的服从，以及对自身有限性的觉知。从这个意义上说，它常被视为追求精神完善之人的灵魂对话。它的关键是对所思考的对象重新再做思考，这有点近似我们熟知的反思。但必须指出的是，反思是对别人思想的再思想，而自省则是对自己思想的再思想。

中国人讲究"成人""立人"，故从来重视自省的养练，《易传》将之称为"修省"。认为省者，察也；觉者，悟也。人如果能由察及悟，由悟生觉，"戒慎乎其所不睹，恐惧乎其所不闻"，就一定能产生自觉。由此自觉，又必能自警自励，进而自新自强。故自孔孟讲"内自省"和"反求诸己"起，儒家历来强调自省之于提升个体修养的重要性。以后，由"自反"又发展出"责己"与"省察"等讲究。道家讲"不自见，故明；不自是，故彰"，认为"知人者智，自知者明"，将此意表达得更为辩证，也更为积极。由其所论可知，自省绝非自虐，也不是简单的自我否弃。相反，它是人对自我优劣的一种清醒而理性的认识。并且因为清醒而理性,这种认识就显得更成熟客观,更容易完养与"不忧不惧"的君子人格相媲美的"至人"的天性。

以这样的认知,我们来看所谓文化自省,就会发现,对自己秉承的文化须有一份深刻的省思,本来就是中国人所强调的人通过认识自身与外界,增长闻见与德性的题中应有之义。而基于今天的语境,我们要说,只有通过深刻甚至艰苦的自省,人才有可能深入体认并真正开显自己文化的优势,用世界听得懂的语言,为人类知识共同体增添中国的经验与智慧。然而很遗憾,事实如大家所知,我们在这方面做得既不够多,又不太好。

譬如以儒道为核心的中国文化从来强调人的身心相与,认为天大地大人亦大,人倘不能处理好自身的问题,就会在生活中摇摇无着,迷失方向。因此,虽不一概否定人的现世欲望,相反,与西方人讲"资产是文明的基础"一样,也讲"士有恒产,才有恒心",并理解一般人常"怀惠"图利。但更要求人能区分义与利的界限,进而由体知"甚爱必大费""多藏必厚亡",而懂得"知止"的重要,显现"富而好礼"的格局。放眼今天的世界,许多人只知逐利,没有餍足。在此间,或体现为富贵室家财留子孙的狭隘,浑不知倘子孙"贤而多财",这样做只会"损其志";而倘其"愚而多财",这样做更会"益其过"。在彼处,则体现为人性的极度贪婪与对资本的无止境征逐,结果虚拟的数字泡沫不仅使人赔上身心分离的代价,还使得公平正义的理想以及自由经济、民主政治的合法性与正当性备受考验。这让人想起法国思想家埃德加·莫兰(Edgar Morin)说过的话,西方文明中的个人主义包含了自我中心主义的闭锁与孤独,它盲目的经济发展常带给人道德心理的迟钝,并造成各领域的隔绝,限制了人的智慧与能力。所有这些,在上次金融危机中无不得到印证。许多人可能没有注意到,危机过后,与亚当·斯密、凯恩斯和马克思一起,再度引起西方人关注的还有孔子的哲学。由于缺乏对自己文化的把握与省思，我们错过了中国文化许多超越性的精彩表达。

再如中国文化很重视人我相与，注重将一己身心的和谐推展到人际与社会。亲人之间讲父严母慈，老安少怀；邻里之间讲出入相友，守望相助；国家之间讲敬信修睦，远悦近来，尤推崇"克己恕让"与"和而不同"。这不仅对处在转型期的中国社会探索调适各种人群的利益纷争有启示意义——因为在市场经济时代，利益冲突已成为社会的主要矛盾，有时利益的双方各自站在自己的立场主张权益，都无可厚非，简单地做法律裁断，并不能处定是非。此时，类似"温良恭俭让""无为好静"等传统文化的礼仪规训，以及其所包含的人文维度，就显出了特别的价值。它不仅能有效地避免"按下葫芦起了瓢"的两难窘境，还可使社会少些戾气，变得祥和。推之广远，也能为日益走向多极化的当今世界，提供解决矛盾与冲突的新的思路。事实上，当今世界，人们已越来越看到，中国智慧可能也可以用来处理国际的纠纷。当前严峻的国际关系现状业已证明，如果不能公平地裁处，合理地兼顾，尽可能地照顾处在不同地区、不同发展阶段的国家的基本权益和特殊关切，一味崇尚强权政治，甚至信从"丛林法则"，必然会加剧这个世界的人我对立，无益于国际关系新秩序的建立，更不会促进世界和平。但许多中国人在讲软实力的时候，反而没给自己的文化以足够的重视和恰如其分的评价，以致它的潜力没能得到完全的释放。

还有，中国文化很重视物我相与，既不把外物与自然看成是无生命的客体，又乐意通过与自然的亲和，回身欣赏过程中的自己。其所包含的天人相通的整体和谐观念，天人互馈的对立统一观念，天人感应的变化发展观念，人与天调然后天地之美生的以人为本观念，还有基于"天人合一"的本体论而产生的"知行合一"的实践论与"情景合一"的审美论，都给人安妥一己生命提供了可能。而自周秦以来完备的虞衡制度，从《逸周书》到《周礼·地官》，从周文王时代的《伐崇令》到秦朝的《田律》，从汉代杨孚的《异物志》到清初顾炎武的《天下郡国利病书》，所衍展出的"节用爱物""四时之禁"等朴素的非人类中心主义的生态思想，维护自然平衡以求永续利用的高明的理念，不仅可用为中国人检讨以往旧的发展模式，构建新的环境伦理的精神资源，在回应当今世界环保热、生态热的同时，也可使"人是万物尺度"这样的西方思想得以重新被审视与评价。至于如《管子·轻重》称"为人君而不能谨守山林菹泽草莱，不可立为天下王"，《荀子·王制》以能否使"山林不童而百姓有余材"作为鉴别"圣王"的标准，更是对为政者绝好的警示。

尤其是道家，持"不同同之之谓大""有万不同之谓富"的立场，反对物我两分，近乎是自然的绝对崇拜者。它所强调的"道法自然"的生态整体思想，"不以人灭天"的生态和谐思想，"无物不可"、万物平等的生态伦理思想，"吾非不知，羞而不为"的生态技术思想，都足以为重新定义人类的生存状况、反思自身生存方式的合理性提供借鉴。包括受此影响，以后道教讲"齐同万物""德及微命"，"人欲自安当先安天地"，又主张勿烧山破石，折花伤枝，无不体现出中国文化对自然的尊重。显然，所有这一切，都能在后现代的当下，拉近西方世界与中国的距离，使他们很自然地想到自己文化中关于大地情怀和诗意栖居的论说。为此，世界环保组织曾连续两次来中国与道教协会合作举办全球性环保会议。而我们这里，长久以来，视道教为神鬼迷信的人还不在少数。

当然，我们也须体认到，由于存续久远，又与专制政体配合，这种文化也存在着糟粕，甚至它的一些优点同时都与致命的缺点相间杂。即以儒家来说，它既讲"仁者爱人"，期待"天下归仁"，但其实"不遍爱人"，大体以亲亲为大，亲贤为急，又严分等级尊卑，所谓"必也正名乎"。它以义利区分君子小人，讲"以义制利"，有"非其义也，非其道也，禄之以天下弗顾也""义胜利为治世，利克义者为乱世"等说，朱熹甚至将义利之辨称为"儒者第一义"，以前者为"天理之公"，对"人欲之私"的后者予以明确的否定。即使态度较平和的，也不过是对利再作分疏，取"公利"而弃"私利"，由此造成人由羞于言利，发展为轻利、弃利，再发展到后来，就是士农工商的"四民"等级之分了。如此沮抑商业，打压商人，最终迟滞了社会生产力的发展，延缓了资本主义生产方式与商品经济的发展。还有，它以民为本，以德为先，以和为贵，以中庸为至德，不重公民意识而重臣节培养，意在由每个人的独善其身造成君子社会。但事实是，文明的养成固然需要道德力，更需要制度力；进步的社会需要君子，更需要法制。说到底，在中国这样有几千年文明积累的国家，传统"伦理文明"当然应该传承发扬，但一种将人带入更理性、更符合人性的"制度文明"，更应该花大力气建设。最后，它讲"为仁由己""推己及人"，又重视"恻隐"与"慎独"，固然可推广到全社会，乃至发展出一种敬业乐群的职业伦理，但其本意不在公德而在私德。梁启超《新民说》曾指出，儒家私德十有九，公德一焉。类似的话，梁漱溟、熊十力等人都说过。美国人明恩溥（Arthur Henderson Smith）在《中国人的气质》中将"缺乏公共精神"视为中国人的特质，说的也是这一点。

这说明，正如东西方文化都存在着与现代化对接的问题，传统文化也需要向现代转型。文化自省要求生活在一定文化中的人，对自己所秉承的文化有自知之明，对其以往的发展历史和未来的发展方向有充分清醒的认识，这是我们所理解的文化自觉的关键，更是文化自信不可或缺的前提。对一个文化来说，有没有自省，善不善于自省，是不一样的。正如生活中，愿意并能够自省的人常常意志力强，个性独立，因为有丰富的内心世界与完整的道德视境，即使处于人群之外，也能安之如素，独立并稳定地朝向既定的兴趣和方向。一种富有自省精神的文化，因知道自己的使命与目标，自我认知明确，成就意识强烈，就一定能显现出从容自信，大气谦和的风度，不管风往哪里吹，既能领袖群伦，也能高自崖岸，不会为来自异文化的非议或误解而焦躁不安，自轻自贱，动辄否定自己。相反，在时时返本的同时，不忘开新，并能够开新。这就是文化自信。

或以为，在世界一体化日渐深入的今天，我们任何的言说都无法摆脱全球化的背景。但事实上，发生在许多发展中国家的"跨文化"都是单向度的，强势文化常以不容争辩的姿态，充当一切文化的"掠食者"，这使得所谓全球化，很多时候实际成了单一社会模式的普及化，以致当弱势的一方投身于交流，会发现只能用别人的语言说话，即使讨论自己的问题也如此。他们强烈的感受是，人再没有比张口说话更容易沦落为他人。我们有过这种窘迫无奈的体验吗？恐怕多少有吧。产生这种情况的原因很多，有的就与我们未能省察到自己的文化传统有关。我们不能通过对自己国家文化软实力的积聚和彰显，最大程度地影响全球性的价值观念和制度安排，以致我们的发展过程总是伴随着别人的误解和猜忌，甚至被视为异数和威胁。

有鉴于此，德国学者裴德思（Pattberg Thorsten）会说，中国最大的挑战不仅在能否以自由、经济和人力资源与西方竞争，也在能否用中国人的方式重新参与世界历史。他的意思是，在这个众声喧哗的世界上，中国人应该发出自己清晰而独立的声音，成为这个世界真正的"新驱动者"（new driver）。这里所谓的"中国人的方式"，当然基于中国人的文化。要做到这一点，显然需要我们有对自己文化的自信。这样讲不是要别人以我们的文化作为发展的起点，而是说我们不能一味地追踪与模仿，在亦步亦趋中迷失了自己的终点。因为后者从来不足以造成真正的发展，它所特有的派生性，命定了即使有发展也不能持续。而这就是我们必须有文化自信的原因。

当然，对文化的任意曲解贬低与文化反省不是一回事。不妨说回到文艺批评。20世纪90年代，有几位画家画艺不见高明，主题也很单一，但因所画人物一例穿中山装，不是光头，就是板寸；不是表情呆滞，就是咧嘴傻笑，在国外很受追捧，有的还上了《时代》周刊的封面。前年在加拿大旅行，在不列颠哥伦比亚省维多利亚史丹利公园旁，就看到由这种形象制成的大型街头雕塑。为什么？因为它符合西方对中国的想象。近100年来，基于欧洲中心主义与文化沙文主义，中国的形象一直被某些西方人败坏与丑化，他们嘲笑中国人是留辫子、裹小脚、吸鸦片，既狡猾又怯弱的群氓，愚昧、丑陋和不洁成了中国人的代名词。直到今天，将中国异类化甚至妖魔化的鼓噪仍时有所闻。画家可能想以所谓"政治波普"的方式，表达对过去年代中国社会的某种讽刺与否定，但由于刻意张扬一种虚无玩世的态度，显得特别肤浅和轻薄。但遗憾的是，尽管如此，仍有批评家将其推称为"中国新艺术潮流的代表"，又冠之以"玩世现实主义"甚至"泼皮现实主义"的美名。这不是自省，而是自污。遗憾的是，从一些影像作品对革命年代的片面展示，一些小说影视对粗鄙落后的地域风俗的刻意抖露，到一些喜剧小品以恶俗为风雅的夸张调笑，都不同程度地体现出同一种自轻自贱的自污。文艺当然可以表现文化中腐朽落后一面，但一定要有"为什么表现"的意识，并接受"怎么表现"的审察。说到底，丑只有首先被征服，才能收容于艺术。这种征服的过程，就是由自省达到自信的过程。

最后还想说，当今世界，国家的文化质量很大程度上决定了它接受外来文化的能力，而要做到这一点，文化自省与自信太重要了。与历史上其他崛起的大国不同，中国是在发展的初始阶段就获得大国地位和影响力的，这就决定了中国人必定会在这两个方面——其实也可视为一个方面——接受更多的考验。我们应该更积极主动地接受这种考验，经由不断的自省，使自己的文化越出固有边界，最大程度地具备与其他文化的相关性。因为21世纪是"文化的世纪",文化能从核心处供给人信仰,能对人的经济活动产生"乘数效应",并使之在利益竞争中"不战而屈人之兵"的特点,已越来越为人所认识。继资源、资本、技术、人才与信息之后,全球竞争实际上已进入到文化竞争的时代。基于人类既是自然选择的结果,从本质上说更是文化选择的结果,人们分享各个领域获得的经验,其实就是分享各自的文化,所以经由深刻的文化反省,由自省走向自信,必能在21世纪更多具有文化色彩的大国崛起中占得先机。

# 学术研究的三重关系

清人刘开有《问说》一文讨论君子之学为何必好问,以为问与学相辅而行,"非学无以致疑,非问无以广识。好学而不勤问,非真能好学者也。理明矣,而或不达于事;识其大矣,而或不知其细,舍问,其奚决焉"。突出强调了问之于治学的重要性。这里想问一下,做学问需要避免什么、注意什么。

记得《孟子·告子上》曾说:"仁,人心也;义,人路也。舍其路而弗由,放其心而不知求,哀哉!……学问之道无他,求其放心而已矣。"他的意思是,学问之道并不像人想象的那么高深,不过是把失去的本心找回来罢了。当然,他所见的本心多着眼于道德伦理。换作治学这个特殊的语境,应该也有不能失去的本心或初心吧。为了厘清这种本心或初心,这里讲讲三重关系。

第一个关系,分业与综合。

所谓的分业,是王国维先生在《教育小言》里说到的。他认为,他所身处的时代与过去不同,已经是一个分业的时代了。以前,我们有百科全书式的学者,他们的知识包罗万象。以后随着知识的累积和学问的进展,大家分得越来越细了,搞古典学的不懂时学新学,搞文学的不懂史学、哲学,于是,许多人忘了,近现代以来,我们熟知的不少大师,其实都是无书不窥,文史兼擅的。

王国维本人就是关注广泛、善于综合的大家。在 1901 年到 1907 年那个阶段，即所谓"独学时代"，他把整个身心都放在读书与研究上，而且不仅仅限于文学，还有古文字学、史学和考古等。今天大家研究他的《人间词话》，都觉得这是一部杰出的词学理论批评著作，却很少有人讲到其中对德国哲学和美学的借鉴综合。事实上，在分业的时代，学人尤其要有综合的视野。

说起来，分业的观点是王国维提出的，但分业的时代早就开始了。《庄子》称"道术将为天下裂"，即意识到本来为学、论学是混沌未分的，后来却日渐走向精细。但这种精细化产生的是诸子百家之学。而诸子百家之学是不能用现在所说的法学、伦理学或文学等来分判的，这些学问本身就是综合的。

由此，我们要处理好这样一对关系。一方面，要做一个专门家，在分业的时代把自己的专业做好；另一方面，始终要有一个综合的视野，因为我们研究的对象不再单纯、不再有严格的逻辑边界，而是与周围相关的问题联系在一起，研究中国当下的问题更是如此。

有一位历史学家叫杨人楩，早年写过一本《高中外国史》，可以说是他的成名作。当时有人不理解，为什么书名不叫《高中世界史》，这样的题目似乎更贴合他作为世界史专家的身份，也更有气势，立意更高。但他表示，之所以突出"外国史"而不是"世界史"，是因为在撰写此书时，心里总有中国史在。他希望别人在理解世界史时，心里始终要有中国。所以，他写《高中外国史》，是将世界和中国比量着来看的。

其实，研究任何问题都要这样。研究东方问题的时候，应该有一个西方的视角；研究西方的时候，反过来也要有基于东方历史文化的思考。一个学者如果针对一个问题做得很专很深，却没有更广大的视野，那要达到高境界是十分困难的。甚至，他会走到另外一个极端去。我们特别需要注意避免这种极端。

第二个关系，问道与问学。

今天，我们都走在问学的路上。学无止境，即使到60岁、80岁，仍会有许多不懂的东西。当我们把知识的边际扩大，外延的未知也就更多，纷纭交杂的问题涌来，让人总觉得追不上。所以，问学是一个终生的过程。这个世界的问题层出不穷，永远都处理不完，或者可以说，世界就是由一堆处理不完的问题构成的。但当你想处理或必须处理时，你就需要有一个更高的命令作支柱。这个支柱就是问道。

《晏子春秋》里有一句话令人印象深刻，个人以为贴在书桌，简直可以作为读书人的座右铭："问道者更正，闻道者更容。"其原意是说：去问道的人会更正自己的选择，边上与听者则会改变他的神情。其实，它还有更值得重视的衍生义，那就是追求道理的人会更加正大，懂得道理的人会更能包容。由于《晏子春秋》没有明确是在哪个意义上用"正"与"容"的，我们姑且有如上的衍申解说，并认为这种解释相对其原意更有趣，也更有深意。

一个人问学的目的是什么？有人说是为了弄清楚问题。弄清楚每一个问题，固然是学人的职责所在，也是我们的兴趣所在。那么，弄清楚这些问题是为了什么？这一点非常重要，并从来受到关注。必须指出，中国的一切学问都是从它的起因说起的。中国人问学的目的从来是为了问道，不仅从起因上说是如此，而且问学的动力及最终目标也是如此。所以，我们千万不要做专注一隅而不及其余，或者说不关心更广大问题的"书呆子"。

第三个关系，知道和知识。

这个世界，追求知识的人有两种，一种可称作知道分子，一种则是知识分子。知道分子认为自己对所研究的东西都能通晓，甚至无所不知，故每每以此为荣。对这样的人，我们并无太好的评价，因为他仅仅是知道而已。知识分子则不同，他对所知道的东西不止于通晓，而且会解构，会批判，会向这个对象投去自己究问和质疑的光束，从而使之产生新的东西。所以，千万不要以做一个知道分子为满足，而应以做好一个知识分子为追求。

知道分子经常在书斋求知，把知识弄得很周整很精细，这自然是好的，许多时候还很有必要。但是，知识分子还将启蒙的担当视为自己的天职。今天，我们不乐见好在社会上游走的人，因为其中确实有些人的发言超出了自己所知的边界，而且受到利益集团的诱惑。他们对一切公共问题都胡乱发言，所以大众很不满意。但是，知识分子能没有公共性吗？古今中外，从柏拉图、亚里士多德到孔子、孟子，哪一个不热衷于对社会问题发言？风声雨声，国事家事，哪一件不入脑入心？所以，一个读书人既要能安居书斋求知，又不能忘记广场启蒙。书斋求知时，需要尽量克服黑格尔批判过的，受"利害之心"的指使，一定要告诫自己尽量摆脱这些东西；而所谓广场启蒙，则告诉自己，必须时刻不忘自己对社会是有责任的。

知识分子当然不能自外于人，更不应该矜持傲慢，但他难道不是这个社会的精英吗？若他不是，总不见得会讲几句《论语》《孟子》的网红流浪汉是。我们这样讲，不是期待我们出门时，会有许多人围着我们，但如果人们都只知道追逐网红人物，那这个社会的某些地方是不是生病了呢？

我以前常常给报纸写时评，对许多社会问题发言。这是在时间、精力允许情况下的"兼职"，虽没务专业，却绝对在务正业。在我看来，学到的知识一定要回馈社会、服务大众，要保证这个社会的价值观能得到导正。

总之，钻就要钻得非常深透，全身心沉下去；需要抽身出来，越然而上时，又要能超越到最高最广大的境界。古今中外成一流学问的人，几乎同时拥有这两端。希望随着学术条件和物质条件越来越好，我们也能抵近甚至达到这样的境界。

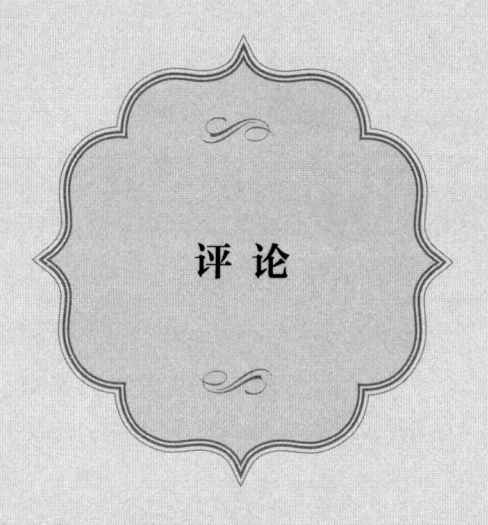

评 论

# 关联人"基本情景"的经典构造

## ——《平凡的世界》的启示

我自己都未想到，会追着将50多集的《平凡的世界》看完。这次电视剧热播，在许多人是出于怀旧。但能吸引那么多80后、90后观看，确乎值得深思。

要说20世纪路遥原作之所以能引起轰动，是基于一个再简单不过的原因，即它写得真实、朴实。当同时代许多作家受西方文学影响，纷纷追求不动声色的"零度写作"，又以解构为解放，热衷由写什么转入怎么写的"技术试验"，由此造成意义中心泛化等非理性倾向抬头，此时路遥仍坚持现实主义写作，高扬理想的旗帜，讴歌奋斗的幸福，一下子就俘获了读者的心。

至于它能跨时空感动今天的读者，也不难理解。因为尽管当下中国社会已发生了巨大的变化，人们的生活诉求更是日趋多元，但细思熟忖，人所面对的"基本情景"及喜怒哀乐的展开方式并无改变。那种生活的不易与打拼的艰辛，还有在此过程中所可能遭遇的种种环境适应不良，以及在他人势利的盘算中经受违心与屈辱的打击，在自己无望的期待中备尝焦虑与渴念的煎熬，以至欲求幸福而不得，甚或成功堪堪到手，瞬间归于破灭的失落与沮丧，直到今天，不仍存在于当下中国社会的角角落落？只不过它们常常以各种新的形式，在普通人身上重演而已。路遥以自己真实的书写，触及了中国人生活的基本面，这使得看多了搞笑戏说的年轻人发现，尽管自己离那个年代已很遥远，但书中人物与自己的生活是有着原型意义上的高度契合的。由此，他们自觉不自觉地将视线从穿越宫斗的虚拟歌哭转回到平凡人的日常生活，在欢会曲尽与热场人散后，让感动过自己父兄的励志故事再一次感动自己。

就此我想到，尽管生活的变化造成了作家及其写作境遇的变化，但基于人所面对的"基本情景"没有变，人永远需要超越性的精神慰藉与诗意安抚的事实没有变，那应该也决定了什么是好的文学的标准也不可能改变。所以，当我们讨论文学如何走进大众，或经典如何提升大众这个问题时，是需要从作者与读者两个方面说的。作家应与读者共同面对同一个问题，认真思考究竟何谓经典，以及如何造就经典。

在这方面，个人比较认同哈罗德·布鲁姆的解说。即在作者而言，经典指创作上有陌生性，美学上有原创性，影响上有普遍性那一类作品。经典的产生是基于作者深刻的焦虑。当他无比焦虑甚至绝望，写作就成了让他归于平静的力量。当然，布迪厄主张经典是"有价值的象征物"，海德格尔强调它应该符合"真理的要求"，有"开启"与"解蔽"的功能，还有伽达默尔强调它必须有"持久有效性"等也很有道理。但布鲁姆指出经典以完美的形式，诉诸人孤独的天性，让人经由对孤独的排解而强大自己，特别吸引我。想来文学关涉很多，但首先关涉的总是自己，如何让人懂得与自己对话，而不至于面对孤独束手无策，对一个人的成长非常重要，对作家也是如此。此所以叔本华会说，人只有经由独处才能成为自己，人因此只有两种选择，要么孤独，要么庸俗。而就读者来说，阅读可视为一种"孤独的练习"，让人在这种练习中获得一种崇高形态的乐趣。因为你常处身社交人群，必须迁就生活，忍让别人，此时经典的阅读就能为你庸琐的生活开辟另一个空间，让你不失去自我，进而保持不与社会和他人妥协的昂然高蹈的精神气度。所以他说："西方经典的全部意义在于使人善用自己的孤独。"

《平凡的世界》就充斥着这种精神气度。从某种意义上说，孙少安、孙少平兄弟都是孤独的人，怀着一颗孤独的灵魂，做着孤独的奋斗。少安在村里做的事情基本没人理解，少平更是无论身在双水村，还是在矿坑下，心里总有别一个世界，总是在人群中孤独。路遥倾力发扬这种孤独，抒写孤独者的倒霉与不幸。那种刚让人看到希望，马上拉下一道巨幕挡住所有阳光的情节设计，乃或给人多少奢望随之，就给以多少绝望的命运安排，使得小说充满了强烈的悲剧色彩。它在在印证了博尔赫斯所说的，"所有文学在讲一件事，那就是人生多苦"。人生就是如此，往往好事待不久，痛苦才让人挥之不去。同理，比之狂喜的持续程度，那种孤绝的寂寞在人心中要持久深刻得多。路遥直白地写出了后者，所以尽管艺术上有种种不尽如人意的地方，一点都不影响他赢得读者或观众，并让他们怀一种共通的情感，在体会生活本质的同时，培植起对理想的虔信，以及对不尽公正的命运的战而胜之的勇气。

其实，看看历届茅盾文学奖获奖作品，从《芙蓉镇》《白鹿原》《穆斯林的葬礼》到《长恨歌》《尘埃落定》，都有类似的特质。它们的作者既能俯下身子，贴近土地，又能遵从内心，坚持理想。特别是，当生活向人展露出不尽合理与完满那一面时，尤能将一种信仰和追求贯彻到底。正是靠着它们，苦难淬炼出高贵，平凡转生出尊严，而孤独更常常让人懂得人追求远方应永远多于眼前，追求精神应永远高于物质的道理。显然，在狼性文化与丛林法则被不当张扬、人人求近功食短利、有物的焦虑而无心的安详的当下，这种有些悲壮的书写不仅升华了作品中的他们，还救赎了写小说与读小说的我们。今天，许多人认为理想主义者只可做最尊敬的朋友，却无法成为自己最亲密的知己，现在有事实可以证明，当他们为少平和晓霞感动到流泪，他们已然获得了灵魂的救赎和洗礼。

所以，我们的作家应该明白，文学最应该站在生活之外或之上，这样才能更好地成为生活的守护。作家固然应该深入生活，但它与随波逐流、与世沉浮不是一个意思。那些不能成为潮流中的柱石，不懂得超拔自己，相反，以与生活逼真或平齐为满足的作家，终究不能赋予文学以经典的力量，当然也不可能真正赢得读者。因为他没有精神的高度，且不知道因为缺此高度，即使再真实的生活也会被他表现得空洞无比。所以，我们强调作家应俯下身来深入生活，但切忌尾随和迎合生活，从世俗的角度肯认存在就是合理的事实。相反，他应能入而复出，在反映生活既有的同时，揭露它的负面，批斥它的肤伪。只有这样，才与文学的高贵相符。

以这样的标准对照，必须说，有些以写乡土为主的作家，以半文不白的语言传写不知身在何处的虚幻人生，又以民俗猎奇取代文化寻根，满纸暮气，格调低迷，人物尤其奇奇怪怪，不但缺乏人性的宽度和亮度，还少有与时代的相关性是不值得肯定的。它给人的印象常常是沉迷而非清醒，是逃避而非面对，以至于对乡村的反思常基于反文明的原始情绪，对人生的体验又常被转换成对神秘力量的盲从，这既是对苦难的逃避，又是对理想的无视，从本质上说是伪生活甚至反生活的。

最后我想说，比之路遥写《平凡的世界》，那会儿今天的读者大众已远胜于过去。他们可以是白领，也可以是工程师。即使是农民和打工者，不说余秀华和许立志，整体素养也已有了很大的提升。他们懂得经典是智慧的成年礼、品味的准入证和认识世界的第二双眼睛，更明白阅读经典的自己是在经历一种特别的精神生活。所以并不要求文学能给自己一种轻松的调笑，毋宁说更期待一种刻骨的记忆与锥心的体验，包括被这种记忆和体验熔炼出的理智的清明与情感的平宁。真正的作家应能向人提供这样的经典，哪怕其反映的美好正在垂死或者匪夷所思。因为他们很明白，在文字中抵抗孤独，在精神世界中追求理想，在生活中对这种抵抗孤独、追求理想的人给予认同和宽容，足以表证自己的坚强、宽容和一个社会的健全和良善。

# 如何抵达理想的文学批评
——由贾平凹的创作及相关评论谈起

今天文学批评的整体生态不尽如人意,已成社会共识。在必须重建批评伦理这个问题上,专家的意见更从没有像今天这么一致。但之所以它仍一再成为人们聚焦的话题,是与批评者普遍陷入知行背离的窘境有关的。

这样的窘境在今次贾平凹新作《山本》的评论上再次上演。贾平凹无疑是新时期以来具有重要影响的作家,对于他的成就,批评家已说了许多,个人也很钦佩。要说有所不同,是自己更喜欢他的散文,对他的小说则稍有保留,为其越到后来越堕入固定的程式。总是在缺乏故事性的琐碎情节和拖沓节奏中,假一二小物件如尺八、铜镜,小事象如秦腔、目连戏,串联起有时连自己都不能确知的民俗,然后再心造出几个一出场就自带光环的非聋即哑的奇人异士,乃或土匪、风水师,展开一个神出鬼没的奇特故事。更主要的是,总是以一种虚无的态度,渲染人在既有价值崩坍后找不到出路的绝望与苦闷,从而使作品呈现出沉迷、逃避的灰暗基调。

应该说,今天的读者已不会要求作家一定如先知,走在生活的前面,独自担荷着寂寞,给全人类以希望;或掩身人后,成为传统悲壮的殉道。相反,特别能理解从那个年代走来的作家,虽物质上逃离了乡村,精神上经常存在的与城市互不接纳的尴尬与紧张,并对由这种紧张造成的精神危机有感同身受的体谅。但这不等于说，他们会无原则地包容一种失去与社会相关性的创作，会对作家仅听命于个人臆想中的观念，既不体现人性宽度，又缺乏生活亮度和生命温度的表达照单全收。事实是，从《古炉》《老生》到《山本》，甚至再往前推到《废都》和《白夜》，许多时候，作者一直是在靠老熟的技巧和语言，重复着自己那些随生活状态固化而日渐颓唐的人生体悟，不过时常间杂些道释语录与民间信仰，以增其神秘添饰深刻而已。这造成他笔下的人物常常神神叨叨，他描写的乡村常常主观象征大于切实指呈。由于好用民俗猎奇取代文化寻根，尤缺少对这种民俗隐喻义的深刻反思与质疑，他对乡村伦序崩坍的哀叹，连同刻意择用的"自然史"的抒写方式，并未能裸示出长久以来存续于中国底层的基础人性，更谈不到颠覆了过于刻板的传统叙事。相反，由于其写作的精神资源，许多时候与当下的商州、西京和秦岭是脱开的，他对乡村的迷恋因此常常显得很不真实，而仅表现为一种不易为人认同的骸骨迷恋。与之相对应，他对城市的厌弃与反思，因此也就与一种反智与反文明的原始情绪眉目相似。

我们注意到，作者每出一书都会谈个人的困惑与痛苦，这自然赋予了他写作的正当性。想问的是，人生在世，谁没有困惑和痛苦，生存的本质甚至不就可以说是痛苦吗。唯其如此，赫尔岑才称"一部俄罗斯文学史就是作家的苦役史"。只是好的作家不会因为痛苦，就用精神的颓废或肉欲的狂欢来逃避。相反，他们能体认到作为一种"堕落的存在"，人虽难弃俗世肉身，尤脱不开欲望的缠缚，但人生绝非无意义的尘埃。如果没有高上的道德视镜和敢于独立消解人生累累重负的勇毅与担当，只一味取消是非，漠视差别，视与世推移的看破为超脱，抽身事外的不介入为高明，甚至以虚无的出世描写来表达对人生广大的悲悯，而另一方面，在艺术上又不能深自沉潜，仅以市井故事勉强敷衍，以去人物化的说理求得作品寓言性与超越性的实现，而忘了从故事到文学之间还必须经过诗化的转换与提炼，这样的创作缺乏长久的感染力几乎是必然的。

但遗憾的是，很少有批评家指出这一点。指出作家当然可以并应该揭开历史陈旧的背面，但他的历史观却不可以是陈旧的，进而指出如以沾带着这个时代所有的鄙俗与乡愿为文学代言，绝不可能诞育与苦难相对抗的真文学。从这个意义上说，阅世深久如作者，是不必总将"我的写作充满了矛盾和痛苦，我不知道该赞颂现实还是诅咒现实"这样的话挂在嘴上的。文学从没要求作家一定要做出这样的选择，并一定要在作品中直白地裸示出自己的立场。有时，真无须纠结于姿态的选择，你只要凭良知揭出生活的真相，就足够对得起文学。

准此，我们觉得不用对比婚姻不幸又双目失明的博尔赫斯，他为什么在直言所有的文学都在讲人生多苦的同时，仍认定它给自己带来幸福，使自己变得柔软并有以心安，仅对照同时代的路遥就足够有说服力。路遥的一生充满着想出名、要翻身的欲望，这与他对文学的热爱交缠在一起。从这个意义上，你可以说他的文学追求并不纯粹。但当真的投身创作，他是全身心的，紧贴着现世的土地，只有真诚，全无做作，既不信命，更不服输。他的《平凡的世界》，从结构到语言多少有些粗糙，远未臻完美，但那种无所避却的投入和热忱，至今仍给每一个奋斗中的平凡人以真切的感动。所以虽来不及开研讨会，书却一印再印，俨然成为经典。相比之下，作者每出一书都偌大阵仗，结果却像有的展览，开幕就是闭幕，这难道不值得我们的评论家与他一起深切反思吗？

这样的反思，对作者和评论家来说固然有些尴尬，但却非常必需。由此我们想说，时至今日，已无须再在应重建专业而有诚意的批评上多费口舌，关键是如何建立。为此，必须确立一些"规矩"。首先，必须熟读文本。这个道理人人都认。但落实到作者，有时以半文不白的语言，写不知身在何处的虚幻人生，满纸暮气，格调低迷，人物尤其怪怪奇奇，以致对人生苦难的体验，最后被转换成了对一种神秘力量的盲从。只要认真读原作，即使整体肯定，仍不会不觉得这是需要指出的瑕疵。因为作者若只局限于这样个人化的抒写，是不可能成为一个时代忠实的代言的。但现状是，有多少批评是在这个起码的基础上做出的？对此评论家心知肚明，那些主动或被动赶场的一线评论家尤其心知肚明。

其次，必须引入更多圈外的批评。许多人都指出过，80年代文学批评之所以活跃，是与大量"非学院"批评家存在有关的。这里，我们要进一步指出，那些非当代文学专业的批评者的声音，有时更值得倾听。譬如有评论家并无详细论证，就断言《山本》是继《老生》对中国现代革命做深入反思后，进一步推进对"革命"的理解与思考的成功之作，又称作者固然是为秦岭写志，其实是为近代中国写志。这样的判断如能出自治近现代中国史的专门家之口，或者有这样的专门家的加持，会更有说服力。而我们也没理由怀疑，这样的专家就一定没有判别自己母语文学的能力。今天的评论界，评论家与作家之间似已形成了某种固定的"对位"关系，如一线对一线，重量级对重量级，这使得有的评论家似乎比作家本人更急切地期待并乐于在这种发布会、研讨会应景出场，这实在是很要不得的事情。

最后，必须要有沉淀。当一部新作问世，评论家需要在阅读与思考中安静等待。因为时间的沉淀与汰洗足以使人回归常识，并令类似"《山本》打开了一扇天窗，神鬼要进来，灵魂要出去"这样玄虚的表达破功。当然，更足以让自己在尊重作家为人贡献了独到的经验同时，更想揭出好的文学必定是努力介入社会，经由拷问人物进而审视自己的那种。如果它还能进一步与读者一起，将人与一种将要到来的意义联系在一起，就更好了。在这方面，时间曾经并必将继续发挥它无可代替的作用。而经由时间的沉淀，脱去了浮躁与误判，甚至免除了亚里士多德所说的"把友谊放在真理之前"的窘境,批评必能使自己成为如夏普兰所说的"一种向作家提出有益告诫的艺术",而批评家也真有可能就此重掌"经典确立者"的权杖。这有多好!

## 深微未必人咸识

~~~
    ❧
~~~

　　面对作家李敬泽，许多人常生出一种无力感。他们看得懂他写的每一个字，就是不能确知他说什么。由于习惯于追认每一种确定性，他们不知该如何评说这样天马行空似的窈邈表达。结果围绕他展开的评论，大多是由烟斗、围巾带出的他的潇洒，还有他的爱逛店和像明星。我不相信他乐见这样的评论，尤其对这本薄薄的《会饮记》（北京：十月文艺出版社，2018年），他们还这样。

　　与《青鸟故事集》一样，此书仍被他写成了"四不像"，但认真读过，会发现并非漫散无归，毋宁说服从于相同的理念，有着可以识别的共通的情绪基调。这种基调多元复义，很难切指。如果一定要有着落，其中至少有对人所熟悉的各种论坛、讲座或发布会的厌倦，以及自己不得不有所回应的疲累。因为这样的缘故，他一次次不受控制地"开小差"，其实是被各种思绪引开去。当记者们自以为已将他的意见完整地写入了新闻稿，这样的"灵魂出走"适足构成一种切要的提醒，告诉人有时广庭之议真的难抵促膝之谈，更不要说许多时候，可以语达的是意念中的粗滓，只能神通的才是真思想的精华。至于那些不期精粗的灵感劈面而来，又悄然隐去，原不求人理解。用他的话，是自己与"身体里的那一群人"的默契神会。在这种默契神会中，他不免因共通的趣味得到确认而"低回伤旧事，万感付琵琶"，复常由深彻的失望反激出不忍放弃的坚持，最终悉归于热切的期待，期待能与更多人共同为这个时代将要到来的灵魂，存一卷清虚，积十分骚雅。这样的情形，又有点像古人说的"深微未必人咸识，默守心期待有年"。

　　显然，这样的感怀需要一个更宏大的主场安顿。为此，他不循旧径与常理，用别一种眼光审视当下的文学，竭尽努力地去照见它们的背面，揭出有时连作者都未必意识到的它们的底里。并且不是就事论事的那种，是不避繁碎，多方照察。特别需要表出的是，这种眼光还不总是来自文学本身，更多时候，是来自腹笥充盈造成的他对现实人事的整体性思考。具体地说，他不满足于历史的考察常被碎片化为各种不相关的亚领域，而总是想着尽其可能地将这些碎片拼合起来，以开显某种隐含的"总体性"，即一种堪称"壮阔的联系""隐秘的结构"和"人世间默运的大力"，为其不但能裸出物的本质，还能赋予人真的认知。基于此，他特别推崇费弗尔以下"年鉴学派"四代人反对将日常视为非历史的主张，尤其佩服布罗代尔的总体史观。为使许多文学现象的突变、悖乱能被看成是整体性的社会变革的结果，他将许多时间投入到一般作家、批评家甚少留意的博物学与考古学，甚而突破中西的畛域，关注及中外古典学乃至中西交通史这样冷僻的学问，以为要真的达到总体性的认知，非重视人性的各种变态和事物的各种面相不可。这使得他的写作虽多片段拼接，仍不乏"全史"的大格局。他让许多彼此陌生龃龉的人事在不同的密室游走，并悄无声响地追踪其灵魂的喘息，然后不动神色地告诉你，它们其实眉目相似，甚至还有着某种不可言状的神秘的联系。

　　所以不是炫博，更非骸骨迷恋。他用"会饮"为书题，是认定柏拉图、色诺芬等古希腊先哲对爱与美的讨论不唯充满着机辩和智趣，实包含着对人应该过怎样的生活的重视。他们具有哲学家、政治家、悲剧诗人等多种身份，更有受智术学派影响的剧作家甚至医生，虽多高谈阔论，但凝想神之所居，所省察的无不是永归一己所有的诗意的人生。他们尽一切可能地让美成为自己的属性，然后借此激发更广远的爱和更广大的思考，这不能不让他想到自己读过太多的先秦诸子，还有唐宋以降历代笔记小说。为着具有同样整合的视野，并同样向纷乱的世界投去深情的一瞥，他认定希腊人的雅集高会，是可以和先秦诸子的赋诗言志拍肩而笑，并相视莫逆的。

事实确实如此，我们看先秦诸子，虽常奔走谋食，并时时有"失职"的恐慌，但言行举止并未因此变得庸近或俗滥，对天下的关心要他们时刻砥砺自己的才智，他们也就真淬炼出精醇的思想，并口横海市，舌卷蜃楼，赢得了君王的敬重和青史的令名。且沾溉后来，既深且广，以至于如章太炎所说，"后代诸子亦得列入"。这些后来者一如自己的前辈，常常振衣高冈，酾酒庙堂，所谈大可悟道，小可观物，所著经门人弟子记录，居然也能成为"格致之全书"。后世轻薄或以为其人非能爱智，其书更远逊经史，但察其关注舆地、兵事、农桑、钱谷及一切人事物理，由形而下的器与术一力上溯，是欲将明物与明道融为一体。故魏晋以降，经学与子学已相融通；唐宋以来，时人虽仍高看柱国勋臣，更乐意做"博明万事"的博雅君子。这样的缘故，今人读其书，包括由此衍展出的笔记小说，得以实知中国人的日常生活及所仰赖的物质世界、精神世界，是怎样受到时代的规定，并深刻塑造了后来的历史。

正是确认今人的言笑歌哭其实都在他们的延长线上，所以在关注纯文学同时，他时时旁及先秦诸子和唐宋笔记小说等杂文学传统，不仅精读《诗经》，甚至还想复活子部。与晚清《钦定学堂章程》保留诸子学科不同，民国《大学规程》已以哲学替代之，致有两千年历史的诸子学就此隐退。尽管其理懿辞雅，事覈言练，与夫析理之巧与博喻之富，足称古人理性思维的标杆，其言深义奥，语质文钝，不仅不为障碍，更助人"入道见志"，洋溢着浓郁的诗性，比居于正统的王官之学更具现代性，更有与现代学术文化相融通的潜质。作者是真体认到了这一点，所以对由其揭出的那些古老而基本的理论、秩序抱持着一种真诚的敬畏，认定从它们出发也就是从文明的上游出发，也就有可能理解本民族的真历史和真精神。他并相信历史有着某种复归与循环的动能，传统依然活在今人身上，它从内部和根本处照亮并指引着人，让人在变得刚健丰沛的同时，获得更广远的视野，并得以周知当下种种复杂的世相。这对理解文学至关重要。正因为如此，关注长时段中的边缘与碎片，会成为他当然的叙事策略。

不过对大多数人而言，上述宏大主场和与之相匹配的叙事策略实在离自己太远了，远到像是隔了一个时空。尽管那其实不过是人所熟悉的时间被他特别加注为历史以尽其悠长，人所身在的空间被他着意延展到异域以尽其广大而已。这样的隔阂，正照见许多人确实被来去出入照例有固定程式的惯常思维和文章作法给套住了，以致气息奄奄，无力挣扎。包括那些兴冲冲登上各种笔会、论坛的作家和批评家，在这样的主场，对着自己隔代的前身或异文化的同行，他们的身形不能不说都显得单薄了，不仅不够风雅，甚至还不好玩。他们不仅没意识到写出我们这个时代精神中有意思的东西，远比写出它的原始和粗鄙更具挑战性，更缺乏让自己的语言周洽自如地应对这个时代所有复杂性的能力。进而，他们不一定知道，有时候对着浩渺宇宙、悠远的历史，许多事是说与不说一样的真，与其不能直说，不如远引曲譬，尽其羚羊挂角无迹可寻的高致。这使得他们的创作和理论都显得呆定无趣，有时更只是量产丰富而已。比之眼前针脚密致又弥纶成片的锦心绣口，还有充满灵性的文本实验及足称语体家的波俏口角，不仅才情迫蹙，下的功夫也少多了。

或许，对着当下文坛动辄有杰作问世的荣景，《会饮记》留给写作者的启示是这样的：世界何其复杂，人的精神更难描画。与其追求显在的线性联系，不如遵循开放性原则，把文章写杂，写得不像，把更多片段、镜头连接成更具隐含性的故事，以曲尽生活立体、多元和网状的实相，这样或许更能彰显因陌生感带出的历史的弹性与张力。与此同时，写作者需要广博地学习，既周知天下万物，又能放空自己，而永远不要以主位来限指对象，成为既有"前见"与科套的囚徒。因为你并非全知全能，更无力驾驭全局，不如让文字顺着生活的逻辑，显示它自己的可能性和不可能性，呈现它自己的意思和无意思，以及它大致的轮廓甚至杳无边际。

这个过程非常烧脑，所以能想象作者写每一篇时，一定为如何安顿无关拦的思绪而耗尽心力。在历史巨大的力量的牵扯下，他哪里有信马由缰的潇洒，有的只是被裹挟着走的不自在和不自由吧。但这种不自在和不自由，让才气纵横的作者变得谨慎而谦虚了，也因此气定神闲起来。由此，笔下澜翻的似小实大的恢宏叙事，尽管以他向往的总体性思考衡量还是零碎的，但终究给习惯于常规认知的人们提供了新的视角，更让追求完满真知的他得以不断地推敲和确认了自己，在上述种种应景的厌倦和疲累中救出了自己。这个过程无法用语言准确表达。若强为之说，近于波兰尼说的"默会之知"，已被他在生活和写作中认真地践行，以至于成为一种与显性知识相对的缄默内隐的德性。

# 在永恒的基础上再往前走一点点

我当然知道诗是很难评论的文体,之所以仍想一试,是因为读了张定浩的诗。(《我喜爱一切不彻底的事物》,上海:华东师范大学出版社,2015年)

就通常的理解,诗歌主情,是一种不惮发唱呼号的文体。唯此,早先有俏皮话,称住在隔壁是疯子,住在书里真诗人。生活中,人们很容易为这种说法找到注脚。但基于诗映照的是人的内心,而人心之精微太多只能神通,不可语达,所以人们越来越不喜欢它一味发露而转向主智。这个过程有些艰难,一度被视为诗的困境,但其实也给诗带来进境。

落实到现代以来的新诗写作,继胡适的口语化吟唱与蒋光赤等人的"通行狂叫"后,以"新月派""现代派"诗人为中转,穆木天、梁宗岱等人开始引西方的"纯诗"(Poèsie Pure)观念,加上"冥想出神"的传统内省功夫,用联想、隐喻等手法来凸显诗体自觉,就是这种转向最有力的实践。尽管过程时或流于玄秘,堕入理障,终究张大了诗的本位。故直到新时期,仍能获得人们的追仰,其蕴蓄的现代性诉求,更诞育出丰实多样的后来。

定浩视诗为"语言在高密度状况下的存在",能以最少的言语表达最丰厚的意思,又能以想象把看似无关的东西聚拢一起,让它们在新的关系中,一方面帮助诗人摆脱狭隘的禁锢,寻找被社会场合简化的真我,另一方面又能让他人看清能力之外的缺失,发见被自己忽略的需求，从而使写者与读者都能"在语言的高密度和世界的强辐射之间的转化"中，体会到一种如同起飞般的"加速度的阅读感受"。显然，他也不认为这个任务靠一味地抒情就可以达成，毋宁说更需要人掌控情绪，避免滥情。

所以，他不认为自己写的是情诗，也不大谈情感之于诗的重要。情感在任何时候都存在，都重要。他关注的只是情感的表达方式，它以何种方式被人记住并生长拓展，又须由何种词语、句法构成的特殊音节来标记并实现。他的认知：一个有创造性的诗人必须谙熟这种诗的基本元素，试验并拥有属于自己的韵律感。而这种韵律感与其说是体式性的，如字节、押韵，不如说是一种洋溢在诗中的气息。从这个意义上，他称"诗是用耳朵写的"。

为此他博览从奥登到布罗茨基等西诗经典，不仅因为他们对生活的观察力和感受力，许多时候正因其对格律与自由的精辟见解，以及将所有体式都处理得匀称适度的能力。他推崇并悉心研读唐以前的《诗经》、汉诗也是如此，为其带着"前格律时代"的质朴自然，以通向音乐的方式，维护了诗的广大教化。他并对当下诗人不能深刻理解上述元素，仅靠天赋写诗，以及新诗至今未形成可供研习的令人信服的传统，抱有深深的遗憾。于此，又可见他对词与音的重视，甚至超过了设喻和意象。

这样的缘故，他的诗就有点特别。与其说基于生活的实感，毋宁说是对存在的哲思，形式上则不甚重视韵脚的整齐，而尤关注诗行的节奏。这种哲思与节奏折磨着他，让他时常感到异物撞胸，不吐不快。但事实上，前者复义交缠，后者折转无尽，要做到曲抵畅达很难，所以他写得很慢很少。他的感觉，似乎整个现代艺术就是建立在艺术家自我折磨上的，由此生成可观的能量。这让人感到，或许一种可称之为心智的生活，才是他与世界交谈的方式。也正基于此，他把自己的诗歌与智性联系在一起。

以集中好几首俄罗斯题材的诗为例。《1825年12月14日》写"十二月党人"起义，近卫军开进枢密院广场，刚在彼得一世纪念像下列好方阵，就被沙皇的炮兵制服。诗歌略过事件本身，仅以几个确定性意象，包括蝴蝶掀动风暴的想象，来波动出周遭的大静，而这种静恰恰把人导向对探寻政治现代化进程的俄罗斯社会脉动的谛听。《俄罗斯的男孩》写千禧年的俄罗斯。这一年，俄罗斯有令世界瞩目的领导人更换，有"库尔斯克"号沉没的惊天灾难，还有更多的无法预测与艰难并行……因此引丘特切夫的诗在这里就值得特别关注。作为俄罗斯著名的"纯艺术派"诗人，惧怕革命又渴望变革的他对社会风暴的预感及担忧，居然在这么多年后的俄罗斯仍未过时，这让他顿生感慨。然而"有一种美早已逝去"。诗中垂死与不确定的情绪，因陀翁《群魔》中基里洛夫自杀的引入而愈加显得肃杀。它是对一个没有祖国的世界公民，一个对城邦来说永远是异乡人的哲学家的礼赞，还是暗示一个渎神的时代，人不可能实现最高自由进而成为神，诗歌并未作答。

最为隐蓄的自然要数《玛格丽特和大师》了，这首诗几乎可视作布尔加科夫那部魔幻现实主义小说的读后感。原作是布氏八易其稿、于死后25年才公开出版的，它融现实神话为一体，情节离奇，构思巧妙，堪称讽刺、幻想和现实主义文学的巅峰巨作。小说中的大师正直懦弱，因担心遭人迫害而躲到疯人院，是玛格丽特拯救了他，既为他抛弃丈夫和优裕的生活，更支持他写作，"她反复阅读他写的每一个字，／并暗暗将自己缝置其中"。以后为寻找失踪的他，又不惜与魔鬼订盟，最后终得以在撒旦引导下，越过麻雀山，飞向永恒的安宁。与小说中故事嵌套着故事一样，诗歌将玛格丽特由痴情女变成冷酷魔女的过程写得回环往复，那只与撒旦为伍的叫喊着的黑猫，更似乎是对致力于揭示堕落城市中善的乏力与恶的横行的陀翁的致敬。由于受诗的体量限制，小说原有的丰富性自难被悉数收罗，但它聚焦于玛格丽特，以长短错综的句式,安顿她似荡实贞的决绝与勇敢,已备见爽利。而末节对第二小节"他是一张慢慢形成的脸,／形成了,就不会消失。／就被她守护"的回复,又是少有的柔和。这种不同段落的体调反差,显然出于作者有意的营构,它使诗显得任张,更显见情绪的落差。

其他作品同样能拒绝清浅滑利,凸显一种智性之美。《在萨拉乌苏》在集中最长,写"我们"坐在毛乌素沙漠长满红柳的萨拉乌苏河谷,由其金沙碧水间处处裸露的第四纪水平层,还有旧石器时代丰富的动植物化石和古人类遗骸,切念远古时代那些从未荒废的生命,感受着"那儿是喷薄不息的宁静,／地下迷宫里热烈探索的心灵";那儿的晚期智人,"白天漫游,再如暮色从四面／聚合,用一些古老问题打发夜晚"。如此远古之上更有远古,无怪"那个老人随手掘出一块骨头,／说,十万年前有过一只奔跑的犀牛"。诗歌写尽古老文明的神性召唤,因为博大,能不加甄别地普惠众生,因此诗中主体,譬如那个"他",随作者的视角自由切换,甚至可以是最早发现遗址的那两个法国神父桑志华和德日进。这首诗让人想起喜欢舍斯托夫、兰波和波德莱尔的波兰诗人米沃什,还有他的《伊斯河谷》。而双行转韵的形式,如作者直承,是受到普拉斯《波克海滩》和中国《春江花月夜》的影响。

即使《听斯可唱歌》一辑写女儿,也能超越甜软的发抒,由对"时间之外"的感悟,体察到生命永恒的苍凉。他告诉孩子,其实包括自己,"生活是粗糙的,／一个人不该习惯于期待／另一个人的理解"(《理解》),但这并不表明他对生活的态度有多虚无。相反,如"我喜爱一切不彻底的事物"这个诗集题名所呈现的,他能肯认这个世界之所是。"况且还有爱,用多少牙齿咬住我们。"他呼出先知恩培多克勒,就是为确认爱可以连接万物,当争执将万物分开,爱能让它们重新弥合起来。(《变化》)正因为这样,我们才看到"愿我有朝一日,在另一个不可悔改的开端,／向天使唤醒这些哄你入睡的夜晚,／就像被你唤醒的，群鸟纷飞的清晨"这样温暖深情的表达（《夜晚》）。

说到这里，我想可以证明自己并不一概反对诗歌主情了，我只是不忍看"天上的白云真白啊／真的，很白很白／非常白／非常非常十分白"这类充斥当下诗坛口水而已。正如我也不相信一味用奇拗句式和谜一般的玄秘意象就能表达孤情单绪，这样的钩锁细密，虽铅华逼人，终非真色。而作者在这两个方向上都很善于掌控自己，尤确信诗是"必要时刻的产物"而崇尚"剃刀法则"，所以很少浮词，一如其《蜻蜓》诗所示，"形容词纷纷脱落，一切迅速简单"，是真正找到了与哲思相匹配的纯粹的语言表达形式。说到底，在诗的世界，需要做出艰苦努力以凸显自觉存在的可不就是形式。为求得对形式的自省，包括这种纯粹语言有音乐的特性，不唯情感的发露需要节制，就是灵感的作用也必须重加审视。

定浩的诗经常让词与词在碰撞中自然地发生关系，这种不刻意分疏字之清浊与韵之谐舛，并孤立与和谐到不见些许杂音的声响追求，既受惠于"鸡声茅店月，人迹板桥霜"这样"不用一二闲字，止提掇出紧关物色字样，而音韵铿锵意象具足"的中国传统——明诗人李东阳的《麓堂诗话》就指出过这一点；也与禅宗与《周易》影响下，约翰·凯奇（John Milton Cage）将空白当作音节甚至语言一部分的实践分不开——这个美国诗人、先锋派古典音乐家在《沉没》和《关于无的演讲》等著作中多次强调过这一点。他们告诉人，充满哲思的字韵、修辞包括象征，展示的必定是超出字面的更广大的存在，它是可见诸中西方一切优秀诗歌共同的特点。由于在这种诗歌中，字韵里的东西更多指向字韵外，所以一如布鲁姆所说，它也就让诗歌成了"比其他任何一种想象性的文学更能把它的过去鲜活地带进现在"的文类。

要真的驾驭好这种文类，需要多么艰苦的学习！艾略特说：一个诗人应时时感觉到从荷马以来欧洲整个文学，包括本国文学的传统。定浩深知此意，所以要求自己做好这样的诗人。本文的标题来自他的原话，与此可对照着看的，是他还说过："要不停回归到这些源头去吸取营养，然后再往前走一点点。"他比较爱说"一点点"，正如他只写了一点点。但这样的认知，对一个诗人来说实在太重要了。

# 巡礼还来感诗人

## ——读韦力《觅诗记》有感

以前读韦力的《书楼寻踪》，就很喜欢，原因未必尽出内容，还在于它和自己想象的雅人高致相符。记得明人吕坤说过，"事从容则有余味，人从容则有余年"，一个人能闲人所忙，忙人所闲，心中无事，眼前清净，可不就是最好的人生消遣。然后当他浓后求淡，动极思静，还能往接圣代，尚友古人，并因为喜欢而特别能坚持，简直就是最有品位的诗意栖居了。它不仅与中国人的传统趣味暗合，甚至可与西人如阿伦特、本雅明推崇的闲的哲学相发明，后者在《黑暗时代的人们》中曾说，"现实熙熙攘攘，一切都在人眼前飞过，只有无所事事的闲逛的游手好闲者接受到了它的信息"，作者应该就是这样一个于古风雅典独有会心的闲者吧。

后来认识了作者本人，读他的"传统文化遗迹寻踪系列"，从《觅诗记》《觅词记》《觅文记》到《觅宗记》《觅经记》，听他讲过程中所遇到的各种人事，就不敢再做这样烂漫的设想了。相反，对他的执着与痴迷油然生出一种敬意。而他自己的感受是，"这是福分，让我成为一个知敬畏的人"。

基于专业，个人对《觅诗记》(上海：文艺出版社，2018年)更多兴趣，看得也更细些。此书以时代为序，记述了119位诗人故里、墓园、祠堂和其他遗迹的寻访过程，然后将它们与其人的著述结合起来，做深入浅出的诠解。应该说，实地考察从来是治学的基础功夫，由此求得对学术与地域关系的认识，尤是 20 世纪三四十年代以来学人所重视的学问。梁启超就撰有《中国地理大势论》和《近代学术之地理分布》，以后，从汪辟疆《近代诗派与地域》、刘师培《南北文学不同论》，到金克木《文艺的地域学研究设想》，文学与地域的关系问题更是受到学人普遍的重视，他们既关注诗的空间分布，又留心其跨地域的流播与影响，对其间物质景观如何转化生成为诗的意象，尤其有深入细致的研究。这种人地关系研究（man-land relationship），构成了今天日渐盛行的文学地理学的核心内容。不过，其局限也是显在的。因为受制于当时当地各种条件的限制，许多学者的研究并非以亲历实见为基础，有的更沦为书斋的空谈与纸上的揣想。

韦力不同，他无意于对文学与地域的关系做系统的学理研究，但深知就对每个诗人的了解而言，是不到实地绝不能轻下判断的。这样从南到北，跨河过江，由单个诗人拼合成的南北文学的不同风貌，其荦荦大端，居然自在其中。昔韩愈《游城南》诗有"断送一生惟有酒，善思百计不如闲"，他是断送一生唯有书，善思百计不如走；张潮《幽梦影》称"文章是案头之山水，山水是地上之文章"，他则由案头的意匠经营赏及地上的大块文章，再由此大块文章反观古人的诗思文心。其间，面对"伤心秦汉经行处，宫阙万间都作了土"，那些年久失修、残破不堪的故居墓址，极不相称的保护等级，以及根本谈不到专业的管理者，乃至懵懂无知的乡民，他怅触万端，但也徒唤无奈。说起来，帝王勋臣的旧迹当然也有倾圮颓坏的，甚至遭盗发平没至于一无所存的不在少数。但不能不说，其间诗人故居、墓址的毁损尤其严重。远的不说，即以清初王夫之、顾炎武、黄宗羲为例，都是有多方面成就的旷世大儒，又擅长诗或诗学，所在之地其实难称僻远，可一样荒败到无人问津。对照钱穆所谓中国古代是天下高于国，社稷高于君，学术高于政治，以此类推，民为邦本，民贵君轻，而诗礼传家的积累，更使得诗人的地位从来不低，可为何其境况与遭际如此？这样想着，让人不由得对韦力的工作更生肃敬之心，并进而想一探其诗人寻踪的意义。

个人以为，要究明这一点须就诗的意义这个广远的题目说起。今天的世界，如弗洛姆所说，日渐呈现出"重占有轻生存"的征象，又处处可见波兰尼所说的"市场原则对人生活的全面渗透"。人们只知以病态的人换健康的经济，个个狼奔豕突，不能安详。这种情景在此间也不断上演，许多人的精神世界异常空虚，得不到来自别一空间的诗意抚慰，不点是死海，一点即成火海。对此，《纽约客》驻华记者欧逸文（Evan Osnos）在《野心时代》一书中以"狼吞虎咽"一词来形容，他称许多人以财富为目标开始自己的旅程，心中全然没有"中心旋律"，以致最终迷失在镀金时代里。然而也正是这样的时代，给了诗意的凸显以绝好的机会。它或以直白更多是婉曲的方式告诉人，这个世界原本是存在着一些别样的东西的，那比知识好的是修养，比地位好的是品位，比成功好的是成长。因为诗不仅是生活中最精细的部分，还是人对这个世界最深情的告白。作为"文学中的文学"，它因为够纯粹，不但能表达一切情感，给人以最深切的抚慰，还能如杰恩·帕里尼（Jay Parini）《诗歌为什么重要》一书所说的那样，"以静悄悄的方式起作用，改变读者的内在空间，在他们的思想上增添一些精细深刻，为他们把世界弄得复杂一些"。这里所谓的"把世界弄得复杂一些"，是指人可借此看到更广大的人生及其幽暗的背面，从而有以抵抗生命的惨淡与荒芜。

其次，须对诗人的存在价值有真切的肯认。生活中，当一个人只剩下诗人的身份，通常会让周围人感到困惑，因为不知道怎样与之相处，也很难对其做出评价。从这个意义上说，时至今日，没有什么文类比诗歌更其凋敝，也没什么声音比诗更其微弱。但正如前引钱穆所说，在中国历史上，诗人从来享有崇高的地位，一度以诗取士，进士远胜明经，明法、明算更是等而下之；长久的注重诗才，一句之重与一韵之奇，也足以耸动天下流芳百世，这些都养成了人们对诗的知觉和实验，完全建基于活泼泼的生命体验。至于其亲近诗的目的既在养性怡情，更在明道增德，甚至济世与救人。所以，一部诗的历史远不仅仅是人审美历史的浓缩，它表征着人性的成长，并足以佐证历史及其展开过程中的全部细节。也因此，布罗茨基为立陶宛诗人温茨洛瓦《冬日的交谈》所作的序中，会说诗能在最糟糕的情况下，"使读者摆脱对他们所知现实的依赖，使他们意识到这一现实并非唯一的现实。这个成就不算太小。正由于这个原因，现实总是不太喜欢诗人"。在中国，人们会将其中特别具有否定性和批判性的作品称作"诗史"。如果再联系其时诗人通常不只具有单一身份，不仅被列入正史《文苑传》，还可以是儒学大师、理学名臣甚至辅宰勋贵，其文武兼备，动关一朝政治与一时风气，更注定后人要走近他，须从多个角度切入，方能对其人其作有比较准确的了解。

　　明乎此，才可以谈韦力寻踪工作的意义。宽泛地说，钦佩和疼惜饱含才华的诗人的生命当然是一件风雅的事。但因如上所述的缘故，在作者而言，实际还包含了对个体生命背后所隐括的历史—文化的敬畏与珍视，这使得此一工作有了比亲近风雅更崇高的意义。那些经时间淘洗留存下来的诗人，常以飞鸟的姿态俯瞰芸芸众生，由生养食息的故居，追原其不平凡的人生和创作心路，由其长眠之地，体恤其或夭亡或病故、或殉节或横死的各个不同的悲壮谢幕，诚是人生命中最庄严的功课。要知道，这个世界有太多的人如流星，没留下痕迹就消失在人世间。而他们的存在如坐标，给欲走进历史的后人定位，这份难得怎不叫人从尘俗中超拔出来，并陡然警省，得以用庄敬之心，来做诚意的拜瞻与凭吊，并由其诗，想见其为人。

　　个人的感觉，比之故居，墓址更能给人这样的感动和启悟。因为从本质上说，墓所营构的正是逝者的意义世界。在这个世界里，逝者以自己的行历为生者照亮存在的意义。不能体会这一点的人当然也可以安住在人间,但能体会的,当他活着的时候,他的感觉与前者是不一样的。本来,墓作为人生命最后的安顿之所,在中国文化中有非同一般的意义,它背后所隐蓄的价值体系和象征意义,既能满足人对"真久""永恒"这类大词的皈依与向往,又维系着人的伦际情感和代际联系,甚至还关乎社会风气与世道人心,所以中国人从来强调"慎终追远,民德归厚",乃至将祀与戎一起视为"国之大事",以为"凡治人之道,莫急于礼;礼有五经,莫重于祭"。并且越到后来越能超越血缘,看重其人的德行与功业。其间,以死勤事以劳定国固然让人景仰,以言传心借文传远也广受人们的尊敬。要之,凡有利于人的生存发展,有利于文明保持发扬者,后人都会给予隆盛的祭典,进而不仅在卷册上时时咀嚼其片言只语,更在生活中执拗地守护其庐墓,围绕其展开自己的日常烟火。

祠堂与墓关联密切。汉始有祠,皆建于墓所,称"墓堂"或"墓祠",故它当然是作者寻踪的又一重点。作为宗族用心维护的公共空间,祠按性质可分为纪念乡邦先贤的"公祠"和纪念家族先辈的"私祠",以后衍生出忠孝节义祠、孝子节妇祠等不同的主题。由于古代中国行政权力止于乡村,乡绅地位凸显,故与墓一样,祠作为村落结聚中心和乡民精神认同之所系,承担着"收族敬宗"的作用,不仅为其群体性社交提供地理空间,更为其拢聚人心提供了精神空间。从这个意义上说,说它是古代中国人的"精神祠堂"并不过分。其中,许多诗人因同时是当地世家,久孚人望,死后常被乡人供奉入祠。他们的介入对祠堂精神性的提升每每能产生关键性的影响。正是赖其伟大的人格、过人的才具和丰富的创作,这个看似无声的世界才得以呈现为一个恒久鲜活的人文世界。

但很遗憾,因历朝历代灾害战乱频仍,这个世界在年深月久中日渐漫漶,甚至遭毁弃,被夷灭。尤其不可原谅的是,今天城市化首先推倒的居然仍是这个世界和这种文化。本来，要避免千城一面，名人故居墓祠是最好的足资分别的名片，可它们含带的不可再生的文化讯息，还是被那些短视者的过度开发粗暴地抹去了，幸存的一些，经常不过被用来招财生利而已。传统的日常世界就这样被放逐了，更别说其背后所隐蓄的价值世界了。阿兰·坎比耶《什么是城市》一书中说："一个城市，如果不能保留对已经消失的过去的记忆，也就是对自己旧模样的记忆，那么它不可能是一座有灵魂的城市，也不可能许自己一个未来。"作者与之有一样的认知，所以常怀愤怒，更多失望与失落。当然，还包括对专家只会以一套行内的"黑话"自说自话，不能旁及横通，做有效努力的遗憾。

正是在这个意义上，个人以为作者的遗迹寻踪，未尝不可看作是关于古代诗人和诗歌当代接受研究的另类延续，只是这种延续由诗内指向了诗外，进而由书内延展到了书外，既关乎古诗人的行历与创作，更联通着绵长的乡土情结和传统气脉。这让人不由得想起澳大利亚哲学家，长期从事社会可持续性研究的格伦·阿尔布雷克特所创的一个新词——"乡痛"（solastalgia），它不同于人们常说的"乡愁"（nostalgia），后者通常由远离造成，容易治愈；它则针对置身其间的每个人，诉说的是对身边日趋凋零的传统的伤悼。作者书中将这层意思表现得虽很含蓄，但隐忍的力量仍远胜我辈，这也是个人非常感佩的地方。

# 唐音佛教辨思的预流与拓新

——兼论陈允吉先生的治学趣尚与境界

若论 20 世纪 80 年代佛教与文学关系的研究，陈允吉先生绝对是绕不过去的大家。其时，他每发一文，都会引出很大反响。后结集成《唐音佛教辨思录》（上海：复旦大学出版社，2018 年）出版，更赢得海内外学界的交口赞誉。如季羡林先生就称其体大思精，饶宗颐先生也每多肯定。

说到佛教对古人的影响，主要是通过人生理想与生活情趣的濡染实现的，更深一层次，是对人思考问题的基点和言说方式的改塑。此所以，汤用彤以为自两晋佛教隆盛之后，士大夫与佛教的关系主要体现为"玄理之契合""文字之因缘"和"死生之恐惧"三事。陈先生的一系列研究，正基于唐人由上述三事的感会而在各体文创作中所生发出的变化。这些新变化对其人最初的冲击应该是非常强烈的，但世代的悬隔，后来研究者除了像沈曾植、梁启超、陈寅恪、吕澂、季羡林、金克木、饶宗颐等有数几家外，大多已不能明其就里。有的虽有认识，惜乎未及周至，以至于类似郭沫若认定杜甫是追随神会的南宗信徒那样的误判在在多有。至若虽常述及王维与禅宗僧侣相过从的事实，但对其与别的宗派的关系全无知晓；虽好谈论李贺的独特气性与烂漫才具，但从未留心佛典如《楞伽经》在其中发挥过怎样的影响，凡此种种漏判，就更不一而足了。

允吉先生不然，他的治学深细。拜今天高科技所赐，文史学科的基本文献大抵都可以用电子检索检得，内典的查寻因此变得非常便捷，由一些特别的用词究明其典出与原意，进而开显其隐在的意义，相对而言更是有迹可循，不为难事。但80年代的情形完全不同。所以，自"文革"中参与点校二十四史，得以有机会接触佛典，到此后十余年的长日更深，清宵寂永，他在佛经、僧传和禅宗典籍上所花的功夫就非常让人佩畏。而遭逢世事嚣乱，物欲横行，能以一种旷达通透的人生态度与佛教高明清虚的教义相质证，虽欣赏而不沉迷，虽理解而仍有所质疑，进而还能对这种教义之于唐诗人的多重影响做出恰如其分的评说，既辨出实证，复思能融通，翻新前贤与转精旧说之外，甚至能孤明先发，迈越古人，就更让人仰之弥高，降心拜服了。

其中，他独有的研究视角与方法，以及所体现出的问学与问道相统一的追求，最值得后学深思与体会。熟悉允吉先生的人都知道，他平生治学宗趣，诚如此次修订本跋语所言，是"率性未窥统论"，而"会心只在单篇"。无论是《佛教与中国文学论稿》《古典文学佛教溯源十论》，还是这本《辨思录》，都由单篇论文构成。在结撰这些论文时，他遵循的是传统的实证路数，用他朴素的表述就是"立论要有证据"。如关于柳宗元《黔之驴》故事的渊源与由来，季羡林先生曾有非常重要的发见。但鉴于其所揭出的《五卷书》《益世嘉言集》及巴利文《佛本生经》到柳文之间，尚有多重复杂的纠葛和细节的差异需要厘清，所以他以原说为基础，遍翻群经，做了大量具体的考索，最后从《大藏经》所存西晋沙门法炬翻译的《佛说群牛譬经》中，找到了这个故事更直接的原型，从而大致还原了存在于诸文本之间一条逐次影响和递变的线索。尤为难得的是，他的追索并未就此止步。为了证明作者确实看到过《佛说群牛譬经》，他还特从作者集子中检出《牛赋》一文以为佐证；又为了解释柳文主体部分与《佛说群牛譬经》相似，只开头部分不尽贴合，更进一步寻得《百喻经》中《构驴乳喻》一篇以为对照，从而使《柳宗元寓言的佛经影响及〈黔之驴〉故事的渊源和由来》全文的论述显得更加密匝周延，结论也更加稳实可信。其他如《从〈欢喜国王缘〉变文看〈长恨歌〉故事的构成》一文，推倒《长恨歌》受《目连变》影响的旧说，确立《欢喜国王缘》的原型地位也是如此。并且，同样难得的是，他还进而揭出了《欢喜国王缘》的上源为《杂宝藏经·优陀羡王缘》。尽管如此，他仍认为文章仍有不足，结论仍不够圆满。于此可见他对"立论要有证据"的坚持到了何种执着的程度。

不过，若据此以为允吉先生是只知执守旧范的夫子就大错特错了。盖前引"率性未窥统论"与"会心只在单篇"两句中，重点是落在"率性"和"会心"两词之上的。前者告诉人，他治学遵从的是个人所从来秉受的气性，想贯彻的是自己所一直喜欢和认可的趣味，非此则不愿为，亦不屑为；后者则告诉人，他于学问中寄托和求取的不仅是静定的知识，更是一种能漱瀹人心的高上的智慧，以及可与古人结心的独到的感会。在接受中国社会科学《未定稿》杂志采访时他曾说，"研究新问题和探索新方法，是人类智慧和文明发展的杠杆"。古典文学研究的当务之急，因此正在如何"扩大思维空间，摆脱因袭的重担，多搞一点横向研究和多门学科的交叉研究，多出一点深思敏悟、出神入化的学术论著"。没多少人重视这个看似卑之无甚高论的表述，但他真就身体力行，并在自己的研究中，将一种俊敏锐捷的气性和莹彻清顺的趣味表现得淋漓尽致。

所以你看得到，他所有的论文不仅视角非常独特，而且如桂林一枝，昆山片玉，特别能以小博大，于不经意中，为人开辟出一个宏大幽邃的世界。集中《王维"雪中芭蕉"寓意蠡测》一文写得最早，其细微处透露的精光，已显示了将要到来的他鲜明的学术个性。此后如《论唐代寺庙壁画对韩愈诗歌的影响》，由《韩昌黎诗集》多写寺庙壁画，而及韩愈各体文创作对鬼神动物画、地狱变相和曼荼罗画的容受，不仅揭出韩愈这部分美感经验的特殊来源，更开显出反佛不遗余力的诗人所实际拥有的精神世界的另一个侧面。他据此总括性地指出，"诗人对壁画的欣赏之富，从进一步的意义上说，乃是一种深入渗透到他诗歌创作中间的内在的联系，也是一种体现着画与诗两种不同艺术之间的相通相生的关系"，正是横向研究和多学科交叉研究的成功范例。至于过程中既有对佛教教义大本大宗的提示，又能结合具体的物象事象，如火、莲花、颓胸的菩萨、庄严的金刚护法乃至行刑的场景，展开有关韩愈诗特殊构思、意象及中唐后尚怪诗风的分析，则不仅可见出他对佛经文学与佛教文学的精熟，更反映了他对诗歌发展大时段的精准把握和深描功力已达到了炉火纯青的程度。正是感受着上述多重的阅读快感，我们不能不说，拿"深思敏悟，出神入化"这八个字来指称他的研究趣尚是再也贴切不过的。当然，从这些论文中，人们也读得出他对从丹纳、朗松、弗洛伊德到同时代李泽厚的借鉴。他从来不愿亦步亦趋地追奉流行，但也绝不迷恋骸骨，抱残守缺。如此既不戾于古而违于时，又无屈于旧而昧于新，多方采获，衡于一心，终于使得他的研究别开一堂庑，并自居面目，卓然成家。

最后要说这部分论文所呈现出的允吉先生的治学境界。个人看来，绝不囿于一枝一节的小考证，而更指向关乎全局的大判断。唯此，本集中每一篇文章，在讨论关键问题的前后，总会前有长短不等的引论，后有要言不烦的生发。有的辞甚富丽，甚至触及中外文明与文学比较等绝大的问题。这让人不由得想到清人金圣叹点评《西厢记》"前候"一折所揭橥的"那辗"一词。他称"凡作文必有其题……而总之题则有其前，则有其后，则有其中间。抑不宁唯是已也。且有其前之前，且有其后之后，且有其前之后，而尚非中间，而犹为中间之前；且有其后之前，而既非中间，而已为中间之后，此真不可以不致察也"。又说"题固急，而吾文乃甚悠扬也。如不知题之有前有后，有诸迤逦。而一发遂取其中间，此譬之以橛击石，确然一声，则遽已耳，更不能有其余响也"。要指出的是，尽管允吉先生素重辞章与义理、考据并举，行文晓畅而不失温雅，但对他文章中所体现出的这种前拓后展的写法，仅从辞章角度讨论绝对是不够的，它实际上反映了允吉先生意欲广泛收罗史实，全面罩摄论题的学术雄心。昔梁启超在《中国历史研究法》一书中曾提出过著名的"史网说"，意在揭示并非单一意愿造成的人类活动的历史真相。在允吉先生是将此意表述为"融通而多方面的全面观照"。据此可以知道，从80年代方法论大讨论中走过来的他，是深知微观必须与宏观相统一才更具价值、魅力甚至境界的。他将此视作治学的高境，虽无意建起大纛，也从不生硬地拉扯西方的理论以裁量中国的文学，对不带水土地移中就西更抱有深刻的警惕，但还是能审微见远，并由此收以一总万之功，原是植基与个人更广远的追求，属意在看得到风景的更广阔的通径。

也因此，他的这些论文写得特别通达有"景深"，特别能提供人作进一步思考与生发的空间。他的《佛像之踪迹与审美》一文不常为人谈到，但个人三读之后仍不能自已，看到的似高士轻衣陵冈，当风指点，视野之开阔与持论之精切，已然达到了非常醇熟的境界。而志意之踔举，与夫情味之婉扬，尤其让人拜服。更让人拜服的当然是在答记者问时，他对佛教影响中国文学的途径，从时空观念到行文结构等八个方面所做的精辟提示。这八个方向，在他后来研究中，有的假新材料的发现和新的问题意识，有了更精彩的呈现。如收入《佛教与中国文学论稿》一书中的《中古七言诗体的发展与佛偈翻译》一文之由东汉支娄迦谶一直到刘宋求那跋陀罗所译经本，论证早期汉译佛典数量众多的七言偈在中土流布过程中，对七言诗形式结构有旁助之功；再如《王维〈鹿柴〉诗与大乘中道观》一文之由《鹿柴》诗偏从有声色处写空山的思辨诠表和图像象征手法，结合其《荐福寺光师房花药诗序》所谓"心舍于有无,眼界于色空,皆幻也,离亦幻也",论证大乘中道观对诗人辋川诗创作的深刻影响,等等,都可谓慧眼独照,能言前人所未及言。而衡之以学界不断刊布的新成果,有从主体、题材和想象(此亦可易以母题或类型等西方名词)入手的;也有从佛经翻译对语言、体裁乃或创作方法的影响展开讨论,它们在大方向上很少有超乎上述八个方向之外的。这又不能不让人钦佩他识量的高卓。

如今,允吉先生已过杖朝之年,但精神依然矍铄,思维言谈还是像过去一样敏捷,此诚道能济寿,学能养人。当然,毕竟高龄的关系,现在他已很少做研究了。他说老年人应该过一种简单而重复的生活,这样的见道之言是奔竞中人所无法感会的,也是先生高过许多人的地方。每个人都会在生命中遇到许多人,并承担一些事情,但不是每个人都能够将少时的善辩无畏与盛年的善思无疆,俱化为晚年的安熙无求。而这些,允吉先生都做到了。故值此《唐音佛教辨思录》修订本新出之际,谨作小文为贺,是要发扬先生的精神,进而广大吾复旦中文系历久不衰的传统。

# 近代小说编年的范式意义

华东师范大学教授陈大康所著《中国近代小说编年史》新近由人民文学出版社出版。它以6册逾300万字的篇幅,全面网取与近代小说相关的史料,包括作家概况、地域分布、新作问世、旧作再版、读者反馈、官方态度,还有小说理论及报刊、杂志、书局等出版机构,为再现这一时期小说创作的整体面貌提供了信实的基础。

近代小说创作形态之丰富与变化之剧烈,实为唐宋以来所未见。但长期以来,学界研究重心一直围绕几部重要的作品展开,并且受机械决定论和本质主义的影响,即使知人论世,史文互证,也多注意作者思想倾向与时代之间的单向联系,鲜有对上述复杂变化的动态把握。

陈大康先生基于小说创作是多重因素交织作用的结果,质疑"社会—作家—作品"的既有研究模式。故针对此期创作所凸显出的精神产品与文化商品的双重品格,以及作者求利动机与作品获利特性的交互关系,在观念上特别强调由"小说作品史"向"小说创作史"的转换,在方法上则提出了"创作—传播—创作"这一独特的观照路径。

准此,他历时14载,竭泽而渔式地搜讨文献,终得以一种介于年谱与文学史的独特体例,汇总并勾连起殊散的史料,逐年逐月甚至逐日地安顿了近代小说5359种,其中从未被著录与论及的达千余种。此外还有作者与译者1987人,书局418家,报刊311种,中外关系人士3374人。至于其他未刊布小说但留下相关材料的书局、报刊,难计其数。

尤其值得称道的是，他能在聚焦一线作家作品之外，留心作为其历史性展开的生动环衬，许多底层边缘的人物与事件。它们通常散见于冷僻的文献中，又难为预设的逻辑所涵盖，但因保存了丰富的历史细节，其纷纭的展开过程与曲折的演进轨迹，经他董理，条贯得以分明足以反映一个时代的真实样貌，似将人带回到小说发展的历史现场。此外，他还能在聚焦作品内容之外，留心其物质形态的变化。类似如何从传统的作坊生产与雕版刊刻，转为先进技术设备支撑的成规模印刷，如何在报章上连载刊布，进而假广告迅速地传播。其间，厂房、机器与纸张的情况，作家的坚持与报馆的主张，包括所有这些之于读者的交互影响，均被他一一收于笔下。以致许多积久的成说，乃或前人集矢的公案，都得到颠覆性的彰明和解答。

譬如，以往研究对梁启超"小说界革命"评价甚高，作者的编年表明，其实庚子国变后，呼吁改良小说的识者甚多，《杭州白话报》与北京小说改良会是其中较著者，梁氏《论小说与群治之关系》一文不过综合诸家之说发扬之，故视其为文学突变，并夸大其个人作用，与史实不符。又如许多论者对傅兰雅"求著时新小说"的意义每多肯定，但作者在编年时发现，此次征文活动启事及应征稿均显示那不过是一次宗教性活动而已，不仅应征者多为教徒，来稿多非小说，而且也未及时发表，故虽可用以见证教会的活动与教徒的心态，间或也可见其对文学的理解，但从根本上说并未对小说发展产生影响，也与后来的"新小说"无关。

类似的发现与发覆本书各处多有。或以为，有些问题比较琐屑，牵出的作品也难称上乘。但正如作者所说，作品的品质与它在小说发展史上的价值不相等是常有的事，对近代小说而言尤其如此，平庸之作的群起迭出，正是其时小说创作演进的特有方式。所以，他醉心于相关史料的发见，希望经由个人的努力，尽可能多地在一个平面上标出点来，然后由其串联成一条足以反映近代小说运动状态的真实曲线。现在看来，他的这个目的是达到了。

借着他的大著，引出个人很多思考。其中，如何克服体系构建的冲动，以一种更广阔的视野和"整合的历史观"，重新认识史实追索、史文互证之于近代小说研究的意义，进而复原更具幅宽与纵深的小说史的原始景观，显得特别迫切和重要。

诚如作者研究所揭示的，近代小说开放给人认知的面向无限广阔，能容纳人思考的维度与叙事方法也绝不止一种。其间，重视小说生产，而不仅仅是小说创作的特点，特别是小说与传播、消费的关系，完全可以更圆满地解释在资本因素日渐突出、城市经济日渐成熟、市民社会日趋发育，书局利益诉求与读者消费需求日益升涨时代，小说创作的诸多问题。甚至可以说，正是因为接受着这些因素的综合影响，近代小说才得以持续发展，并与之永远共处于一种特别的关联之中。20 世纪 90 年代以来，包括多种通史在内，近代小说研究对此渐有共识，开始普遍重视小说生产史、传播史及各种物质要素的综合研究，出现了像郭延礼《传媒、稿酬与近代作家的职业化》、袁进《试论晚清小说读者的变化》、刘永文《西方传教士与晚清小说》、潘建国《清末上海地区书局与晚清小说》，包括作者《论晚清小说的书价》等一系列论文，乃至以文学广告为中心的近代文学编年史。但改变的力量依然微弱。有人研究古代小说的现代转捩，但只游走在转捩的意义辨析和文学观念的基础变动而失之粗；有人引入文化学或文学生态理论，但只泛论其时小说在文化上的基本选择和文人的生存状态而失之浅。至于有的虽题作大中华 20 世纪文学史，开卷将百年文学的发展历程分为四个阶段、三种模式等等，通篇的宏大叙事，放诸文学史、哲学史乃至思想史也通，独独不贴合近代小说，尤为可叹。

这里说到了"20 世纪文学"这个概念。本来，有鉴于过去研究现代文学都从"五四"新文学说起，而实际上晚清文学革命与之一脉相承，论者拈出此概念以求整体打通，从学理上说并无不当，甚至很有道理，毕竟"没有晚清，何来五四？"当初胡适、郑振铎和钱基博等人，也都是将近代文学与"五四"文学革命相联言的。问题在如何展开这种联系。倘若像作者指出的那样，仅为说明现代文学而掩夺其本有的完整性与特殊性，就会产生问题，因为近代小说不仅是现代小说的上源和启导，自身还有浓重的传统继承色彩。但遗憾的是，除陈平原《二十世纪中国小说史》等个别著作外，许多冠以"20世纪文学"之名的专著恰恰都只是拉近代作引子，结果常常是，后者给说没了，前者的贯通也未做到。至于顾彬的《二十世纪中国文学史》将论说重点全放在现代，并不顾传统到现代为一连续性过渡的事实，执拗地将这种变化定义为断裂，更使得所谓打通仅停留在书名之上。

正是面对这些问题，作者的工作显出了意义。这部编年史告诉我们，近代小说中的许多变化是以渐变的方式完成的，其先与后之间并不存在不可渡越的壕堑，更无断裂。他以扎实的史料追寻并悬示出一个无计回避的大问题："20世纪文学"的提法固然纠正了将新文学与晚清文学相割裂的偏失，但如果昧于一个大时代复杂的情实并处置不当，是不是会造成新的割裂？进而，晚清之前该如何处置？再往前，20世纪文学与19世纪文学又是否能分为两撅？

有些人受费正清"冲击—回应"说的影响，视近代小说乃至近代文学、文化为西方影响的派生物。对此我们无意全盘否认，但仍要强调，小说自有其传承发展的理路与节奏，就是除了西方，还有中国，并且其"被压抑的现代性"可能孕育得更早一些。有学者指出明人思想中就含有"近代性"，甚至朱子的理气论部分也可归于"近代"，而阳明学将人的主体性置于社会性前，其分视人的存在意义与社会使命的做法，深刻影响了公安三袁，是更具近代特质的事例。有人还进而将宋元也纳入进来，以为其时小说从观念到文体都已走向独立自觉，既突破了"实录"的传统，又融入更多世俗的元素，并形成了不再依附其他文类的稳定体式，编写者的专业化程度也有明显提高。当然更重要的是，这种观念上变"崇雅鄙俗"为"雅俗不弃"，与文体上变"言文二分"为"言文合一"互为因果，使得小说家不再以唐人"宵话征异"式的自娱为满足，而极易受新起观念的支配，发展出一种欲使"上下通晓""世俗咸知"的成熟的读者意识。这种意识与近代作者"庶使阅者诸君不致生厌""一编在手，万虑都忘"的观念显然声息相通。此所以，如施蛰存《西学东渐与外国文学的输入》会以为，其实那个时候的小说已开启了中国小说的近代性，"近代型的小说早已出现于宋元时代"。

域外研究者也如此。就对近代中国的研究而言，在保罗·柯文（Paul A.Cohen）针对费氏"冲击—回应"说提出"在中国发现历史"前，已有詹姆斯·佩克（James Peck）和弗朗西斯·莫尔德（Frances Moulder）对其观点提出商榷，魏斐德、史景迁等人对这一阶段中国历史发展"内在连贯性"的讨论，更为许多人所熟知。即就近代文学乃或近代小说而言，也有韩南原本研究古代小说，后转入现代，当其晚年着手近代小说研究，能从费氏的模式中突出，敏锐地注意到中国自身的小说传统在近代的演变，还有近代作家吸收自身资源所做的新的实验。他的意思显然是，各种文明的碰撞既是必然的，也是相互的，忽视中华文明独立发展的自发秩序，并不能解释中国的小说创作。

回到这部编年史，个人的感觉，作者其实并无意于排斥"20世纪文学"这个概念，他是想在更宏阔的历史河床上，用信实的资料开显出特定历史阶段小说发展的真实进程。联系世纪初学者们对近代文学"本位观"的强调，还有对近代文学不同于现代、古代文学的讨论，如在中西之学继承择取过程中它所显现出的内在的对峙与紧张，它那些不能为忧患意识、淑世情怀及其他"新文学叙事"所概括的特殊性，我们不能不承认，他的做法更具建设性。

或许有人会问，提出一个好的论说框架大有益于规律的揭示，应该是文学史研究的最高目的。我们自然期待这种规律能尽早地为人掌握，但作者的工作恰恰昭示了，有时候揭示现象和细节比揭示规律更重要。这种"过程史""经验史"和"总体史"的研究理念与方法，显然比我们所熟悉的"观念史"更能让小说史从一种单纯的时间历史转向空间历史，从一种表层平铺的历史转向立体深描的历史。

最后，对照作者发愿要取得足够多的点来勾画小说发展的历史曲线，我想说的是，他可能没意识到，其实现在的工作已远远超出了他原初的预期。更为重要的是，它以自己开放性的多维指涉，已经为研究的整体推进提供了契机。即它不仅立体地展示了古代小说向现代小说的过渡，帮助人形成对中国小说的完整认识，实际还有助于人更准确地理解近代中国的文化生态与心理，因为近代小说是中国开启现代型社会的起点，是中国历史与文化转型的见证。从这个意义上说，专家们对这部大书的评价是准确的：这不仅是一部立体的历史，实际上还是从小说角度切入的中国人的生活史和心灵史。

# 谱录中的文明

## ——读《宋元谱录丛编》

谱录特指古人以所辑人事类别或系统编成的图籍。依《释名》的解释，谱即"布"也，"布列见其事也"；又即"绪"也，"主叙人世类相继如统绪也"；又或如《广雅》所说，意同"牒"，古时"记系谥之书，以牒为之"，故有所谓"谱牒""家牒"；或如《文心雕龙·书记》所说，意同"普"，指"注序世统，事资周谱"，东汉郑玄之谱《毛诗》，即取此义。古人注重家族世系，故谱出现得早，若再及河出图、洛出书的传说，则图谱之书出现得就更早了，只是到汉代，"图"为"书"所取代。故司马迁以世系、谱牒为撰史框架，《史记·三代世表》才有"自殷以前，诸侯不可得而谱"之说。据《梁书·刘杳传》引桓谭《新论》语，"太史公《三代世表》，旁行斜上，并效周谱"。以此而推，可知谱之名应起于周代。

又据《汉书·艺文志》，其时秘府所藏，已有《帝王诸侯世谱》等书。《隋书·经籍志》于史部下，更设"谱系"一类，所记先唐经解中，也多谱体，可见其渊源有自，由来已久。魏晋后，记物类谱书大兴，有的更附图和诗文。然至唐时，有将其列入子部"小说"类或"艺术"类的，进而凡杂书之无可系属者，皆被视为谱。直到宋人尤袤《遂初堂书目》创"谱录"一门，于是别类殊名，咸归统摄。至于说到"录"，依《广雅》所说，指"记之具"，即记载言行事物的册籍；用作动词，又作记录、记载讲,并兼有次第、次序之意,是进一步点明了这类书依一定门类、次序收载所辑人事的性质。清修《四库全书总目》,因尤袤之创,专设"子部·谱录类",并于其下析出"器物之属""食谱之属"和"草木鸟兽虫鱼"三小类。至此,谱录这类古籍才有了文献学意义上的明确安顿。

尤袤《遂初堂书目》能专设"谱录"一门,是与宋代谱录繁兴有关的。该书目所收谱录,出于宋人之手的就占了62种。《四库全书》收55部,宋代也占了37部,且除《宣和博古图录》为官修,其余均属私家著述。当然,实际数量远不止于此,大概有百种之多。再进一步看这些著作的详情,多为作者入仕后尤其晚年退官闲居时所作。它们或器物,或饮馔,或草木禽鱼,总体面貌上无不具有篇幅小而指涉广的特点,五千字以内的有22部,像《菌谱》《酒谱》更不足千字。虽地著而能连类,不仅增人闻见,其引书多而翔实,又足资辑佚考订,小而至于成为各类物事的小型类书,大而至于可考一朝之政治,诸如由茶、花可知宋代贡赋制度已广为人道,由香事而识其时与新罗、日本、琉球和大食的贸易情况及榷场制度,也是作用之一。盖虽说两汉时人们已知好香,但所谈论品议,不过兰蕙椒桂而已。迨晋武帝时,始有异香从外国贡入。宋时更与马匹、犀象一起成为互市的重点,朝廷在南方设市舶司管理,故元人撰《宋史》,才称"宋之经费,茶、盐、矾之外,惟香之为利博,故以官为市焉"。郑樵《通志》尝说:"古之学者为学有要,置图于左,置书于右,索象于图,索力于书,故人亦易为学,学亦易为功。"宋人之撰谱录,因此或正有向"古之学者"致敬的意思。这造成了其人治学,诚如陈垣《通鉴胡注表微》所说,掩有"考证贵能疑,疑而后能致其思,思而后能得其理"之长,而不见琐碎。故今次《宋元谱录丛编》(上海:上海书店出版社,2018年)将其集中推出,并下延及元代,可谓厥功甚伟。

翻览此洋洋大编，深感宋人于学用心之细，用力之勤，而其闲情远致，尤令人敬佩和神往。记得以前读王质借鉴楚辞体与民歌体式所写成的那些咏物诗，及其《绍陶录》用以类相从的方法，分类编排过程中所展示出的"品物书写"的自觉意识，真有非常特别的感会。察王质所作《山友辞》《水友辞》及诸《续辞》《余辞》和《别辞》，品物虽小而寓意广大，其有益于增广见闻，涵养德性，诚如他所说，"虽无补于世，亦岂无益于己也"。说到王质，一生仕途坎坷，在朝为官时间很短，经年辗转幕府，漂泊异乡，晚年以隐居为事，不仅著有《正法世谱》，又为隐者作《辍耕子世系谱》。其之所以友山侣水，并乐此不疲，正如他所说，在由"观物性"而"导人心"，"寓意于彼，而适意于此"。在《云韬堂楚辞后序》中，他又称"余之本趣，资物态以陶己灵而已，会情于耳目者多，索妙于简策者少"。足见其坐讽一篇，周知万品，借题托比，触目起兴，不仅在美刺法成，继轨风人，更要在识物知类，修身养性。

这就让人联想到那个时代，为什么积贫积弱的衰世，偏能涵养人静气，造成专精的学问乃至精粹的文明？为人提及最多的，自然先是国家意志的设定。有感于唐末五代的战乱，宋朝在开国之初即定下重文抑武的国策，《太祖誓碑》并有"不得杀士大夫及上书言事人"之誓约。由此传统，注意养士，给予进身，唐一次取士不过二三十人，宋则二三百，最多一次达五六千，以致整个唐朝，进士不过三千人，宋竟达十万，所谓满朝朱紫贵，尽是读书人。又倾力任用文人，以致钱谷之司、天下转运使及边防大臣，均有文人出任者，乃至"冗官"与"冗兵""冗费"一起并称"三冗"，给朝廷施政和国家财政造成了很大的困难。其时，朝廷又重视劝学兴学，不仅官办学校多，官家赐书、赐匾、赐学田之事常有，书院也大兴，私人讲学蔚成风气。加以商品经济发展导致印刷出版业发达，官刻、坊刻和私刻构成的公私刻书业都很兴盛，内容上农桑医算各类具有，经史子集四部皆备。不仅皇家秘阁和州县学校藏书甚丰，即士庶之家各有之，动辄万卷也不在少数。这就使书籍变得普通而易得，从来耳受之艰与手抄之苦得以扫除，使"男儿欲遂平生志，六经勤向窗前读"成为社会共识，"孤村到晓犹灯火，知有人家夜读书"，成为处处可见的俗世风景。论者有所谓中国古代社会至此由武人国家变为财政国家，马背国家变成书斋国家云云，虽不中，亦不远矣。

也因此，六经的讲习之外，时人关注的重点，所期待与投放的主观意趣，刻刻与各种文学艺术相颉颃，甚至与鸟兽草木相纠缠。如北宋初年，宋祁以端明殿学士、吏部侍郎知益州，就热衷考察当地珍木、怪草与鸟、鱼、芋、稻之属，因东阳沈立所录剑南方物28种而补其阙，按名索实，列图出之，各系以赞，并附注形状于题下，写出了中国历史上第一部生物学专著《益都方物略记》。按，宋以前动植物类谱录不过10余种，至此增广和拓展到50种之多，且涉及日常生活的方方面面。宋时经济中心南移，朝廷推行"通商惠工"的政策，加上主客户制的确立，租佃制的发展，"不抑兼并"导致的土地关系的松动，以及打破坊街制造成的商业、娱乐业的发展、海外贸易的扩大，使得诸如花卉、果品的交易量大大增加。一时四司六局之中皆有插花之人，徽宗性好花鸟，一众官员每尚簪花，致花事大兴，人有试植新品，每出价不下数十金者。徽宗又作《大观茶论》，造成茶事鼎盛，不仅有专门的"茶户""糖霜户"和"香户"，还有"墨户""砚户"和"蟹户"，等等。有的世代相传，技不外传，如所谓"门园子"，专司花卉树木的嫁接技术。总之，因为特殊需求，培育了特殊的市场，并造就了特殊的人才，最终催生了特殊的谱录类专书，并内容涵盖农学与畜牧，如傅肱著有《蟹谱》，曾安止著有《禾谱》，韩彦直著有《橘录》等。前及郑樵在《通志·昆虫草木略》序中，称自己"少好读书，无涉世意。又好泉石，有慕弘景心。结茅夹漈山中，与田夫野老往来，与夜鹤晓猿杂处，不问飞潜动植，皆欲究其情性"。这里"飞潜动植"四字，正包举涵盖了诸多题材。

或以为，宋人究心于此类书的结撰，并及于稻、茶、酒、药，与其时课考设"农桑垦殖"有关，不可尽视作时人打发闲暇的雅癖，所言固然不错，但此外尤须看到，一个时代特殊的思想—文化之于其人纯粹知识兴趣的形成，确实有着更深刻的影响。

宋代处在以盛唐为标志的古代社会鼎盛期的结尾，因国力贫弱，内忧外患的侵扰，造成士人对社会动荡大抵都有深切的体验，因此情感和思致普遍深沉内敛，向外拓展的能力与意愿不同程度都有所降低，而朝政难为与党争不断带给人的纷扰，也使得仕途的吸引力大打折扣。凡此种种都促成了"吏隐文化"的发育和一个更专注于内省思考的时代的形成。正如叶烨《煮药漫钞》所谓"少年爱绮丽，壮年爱豪放，中年爱简练，老年爱淡远"，处于老年阶段的宋人，外在行为和活动范围因此一定程度有所减少和缩小，专注于学问研讨与知识追求却成为其安身立命的常态。前及王质序《绍陶录》，就曾称"好事功者，事功起而本身沉；好名义者，名义著而真心隐"，此足证较之建功立业名垂后世，他们更在意的是精神的丰裕和内心的充实。

而这种对"本身"与"真心"的搜讨，又与其人受理学心学影响，深研物理专取主静有关。就前者言，如唐人好别业，宋人好园林。皇家、私家、寺庙和陵寝园林之外，尤好自家营造，或研究、赏会此营造。说起文人别业，始于汉，盛于唐，成熟却在宋。据李格非《洛阳名园记》记载，南渡后仅杭州一处就不下40家，规模或较唐人为小，但精致每过之。盖由李诫《营造法式》、喻皓《木经》之著，可知其技艺之高超。又据《邵氏闻见录》记载，其时有的私家园林是对外开放的，允许甚至主动吸引人入园观赏。这带动了园艺业的发展，以至于出现了专司选石的"山匠"及"园户""花户"等。赏花、簪花、花馔、画花与花卉贸易，至此构成一完整的产业链。又，唐人于花普遍喜好牡丹，他们则更好梅花,并虽"十友""三十客"之目在在多有,独对此情有所钟,为其"更无花态度,全是雪精神"(辛弃疾《临江仙·探梅》),或如清人邹弢《三借庐笔谈》所说,"梅令人高,兰令人幽,菊令人韵,松令人逸"。故范成大有《范村梅谱》之外,黄大舆编有《梅苑》,起自唐,讫于南宋初,得词十卷,共四百首。《全宋词》所及植物意象中梅出现的次数也最多,达2 953次。理宗时,张道洽好作梅诗,一人竟达300多首。东坡曾批评王曼卿不懂"梅格",其《定风波·红梅》词有"偶作小红桃杏色,闲雅,尚余孤瘦雪霜枝"之句,相关词作也有50多首。乃至有刘克庄作《落梅》诗,因"东风谬掌花权柄,却忌孤高不主张"之句,而被控为讪谤当朝,坐牢十年,所谓"幸然不识桃与柳,却被梅花误十年"。上博藏《宋人写梅花诗意图卷》共八段,第四段起因此也全都出自宋人。

就后者,与前及重六经讲习,好"察于人伦"的同时,理学家又好讲"明于庶物"(《河南程氏文集》卷十一);重"涵养须用敬"的同时,又好讲"进学则在致知"(《程氏遗书》卷十八),故主张"以物为友",每每极言"物,吾与也","一草一木皆有理,须察",并常常"因闲观时,因静观物",以"万物静观皆自得"自期自矜。如果说唐人每每为物所感,不免情以物迁,他们则觉得天下百事宇内万物,皆不能役我而役于我,士人的心理在普遍内倾的同时,主体性因此得以大大增强。这种主体性既表现在能置物远、置心静和置语淡上,也表现在曾燠《尔雅图重刊影宋本叙》所说"一物不知,儒者之耻;遇物能明,可为大夫"的自负上。由此喜欢辨析细微,专注格物穷理。说起这种格物穷理,乃至托意物内或寄情方外的追求,正是宋学语境下士大夫心理趋于内倾、思考能力趋于深化的标志。

这里说到谱录类书,从某种意义上其实上近于西人所说的博物学,它在中国发源于《诗经》《尔雅》,故《左传·昭公元年》中已有"博物君子"的说法。其在古代未成为正式的学问，却成了宋人标志性的知识追求，进而成为弥漫一个时代的文化风尚。众多博雅君子，锦心绣口，留下许多精妙的文字，如宋初卢多逊以百二十首诗记录历代典章制度和山川地理，吴淑因用百首赋论百种事物，被人称作"百篇科"。他们既即辞求事，复即事求意，进而赋诗托物，书画寄兴，着实撼动了士林，甚至改化了风气。故郭若虚《图画见闻志·论古今优劣》要岸然自命，称"若论佛道人物仕女牛马，则近不及古；若论山水、林石、花鸟、禽鱼，则古不及近"。后世翁方纲《石州诗话》更由衷地承认，"谈理至宋人而精，说部至宋人而富，诗则至宋人而益加细密，盖抉刻入理，实非唐人所能囿也"。确实，观其坐讽一篇，能周知万品，又借题托比，触目起兴，常能于美刺法成、继轨风人外，体现出过人的智慧和隽永的修养，虽千载之下，仍使人感佩无已。

由此想到史尧弼《策问》所谓"惟吾宋二百余年，文物之盛跨绝百代"和陆游《吕居仁集序》所谓"宋兴，诸儒相望，有出汉唐之上者"，诚非自夸。明人徐有贞《重建文正书院记》说："宋有天下三百载，视汉唐疆域之广不及，而人才之盛过之。"晚清严复《严几道与熊纯如书札节钞》说："若研究人心政俗之变，则赵宋一代历史，最宜究心。中国之所以成为今日现象者，为善为恶，姑不具论，而为宋人之所造就，什八九可断言也。"将其贡献与影响说得至为清楚。当然，人们更熟悉的是王国维《宋代之金石学》所谓"天水一朝人智之活动，与文化之多方面，前之汉唐，后之元明，皆所不逮也"，陈寅恪《邓广铭宋史职官志考证序》所谓"华夏民族之文化历数千载之演进，造极于赵宋之世"，还有钱穆《理学与艺术》所谓"论中国古今社会之变，最要在宋代……故就宋代而言之，政治经济，社会人生，较之前代莫不有变"。谱录的发达，正是其显而至显的表征。

对此，汤因比是用"愿意生活在中国的宋朝"来表达对这个最适应人类生活的朝代的肯定，谢和耐则更具体地指出它比先秦更善感浪漫，更有好奇心，那时的人视野阔大，有自由自在的生活方式，又谦虚好礼，富有幽默感，且最重视交谈艺术，所以"成了中华文明所曾经产生出的最精致最有教养的人格类型"。他的这个观察应该不排斥，甚至包括谱录一类的著作的吧。

# 成为简·奥斯汀

许多人不明白简·奥斯汀的小说好在哪里，不就是整天围着客厅或舞会嚼舌头，隔三岔五议论某人有多少财产，多少镑收入，然后变着法将漂亮的小姐都许配给位尊而多金的绅士嘛，这也太俗滥了。至于借人物之口，指某位绅士未梦见某位小姐，那小姐已先梦见人家是有失体统，更坐实了夏洛蒂·勃朗特对她不懂爱情的批评。

可不能否认，正是这个从未上过正规学校的小女子，超越了当时一班被称作"女才子"（blue stocking）的古典文学研究者，还有海伍德这样有着"小说夫人"冠冕的名作家，成为如实描绘摄政王时期英国中产阶级日常生活的圣手；甚至还超越了时代，成为英国广播公司（BBC）"千年作家评选"中仅次于莎翁的十大作家之一。倘再想到此前已有玛丽·沃尔斯通克拉夫特写出《女权辩护》，理直气壮地为女性伸张权利，称其不仅有道德，还有理性，萨拉·菲齐作诗讽刺当世礼俗的无聊，对女性的笔只能抄录食谱表达强烈不满，她仅凭自己所说的在两英寸宽的象牙上轻笔细描乡野人家，或弗吉尼亚·伍尔芙所说的不涉痛苦、抗议和教化的书写，居然凌驾于英国近三百年女性文学史之上，还真让人感到不可思议。

所以2015年去英国，特意到其出生地汉普郡的斯蒂文顿（Steventon）参访。26岁前，她一直生活在那里，朱利安·加罗德的传记片竭情铺张的与勒弗罗伊的爱情也发生在那里。可惜故居已被拆除，旧踪再难寻觅。再转去巴斯，好在盖尔街上她住了4年的乔治亚小屋还在，且已被辟为纪念馆。许多参拜者冲着门口奥斯汀的人偶惊呼，其实馆内作家的肖像大抵都很模糊，问服务生，被告知那个年代的女性肖像大多不能正面示人。二楼辟有"摄政茶室"，供应"淑女下午茶"和"巴斯之味"等点心。不知道那个年代，人们在乡间酒馆边烤火边喝麦芽酒吃苹果派是什么滋味，我的感觉，喝着浓香的奶茶，配上涂有果酱的司康饼和克劳福德松脆饼，与作家似贴近了一些。

19世纪初，来温泉胜地巴斯疗养的贵族富人络绎不绝，但奥斯汀讨厌这里的社交氛围，更少参加"婚姻交易市场"式的舞会。所幸附近锡德茅茨和莱姆有漂亮的海滩可以放松心情，并让她有幸遇到自己钟情的人，但不久对方突然去世，此后在任何地方，这样的人再没能出现。说得清楚的原因是，18世纪末英国接连卷入美国独立战争和拿破仑战争，造成数十万人死亡，女性失婚率因此居高不下；说不清楚的原因或许是，她太忠实于自己了，不愿为爱情以外的原因结婚，所以在熟思一夜并拒绝邻居的求婚后，选择了终身不婚。

可在维多利亚时代，女子不婚是要承受许多压力的。她们通常不会被视作"single"，而被冠以"spinster"这样歧视性的称谓，既指年岁老大，更指性情古怪，狄更斯小说《远大前程》中那个郝维仙小姐就属此类。当然最悲惨的是她们还会被人称为"ape leader"，即"牵猴者"，因为传说中老处女的人生终场是"lead apes to hell"，此所以莎翁《驯悍记》中女主人公会说"我的命运只配牵着猴子下地狱"。但饶是如此，她仍执着地向往"尊严之爱"，不为人言摇动。回思16岁时自己已借《三姐妹》中主人公之口，表达对下嫁有钱而乏味的中年男人的不屑，此后又借《傲慢与偏见》中伊丽莎白之口，坦荡地宣示"干什么都行，没有爱情可千万不要结婚"，她的孤傲与坚持可谓不稍掩抑。她期望于男人的，诚如伊丽莎白·坎特（Elizabeth Kantor）《简·奥斯汀之幸福哲学》（王爱松译，哈尔滨：黑龙江教育出版社，2015年）所说，不是要他们将自己女性化，或将自己阉割成只知道满足一己私愿的废物，而是希望其能超越自身局限，进而扩展自己，成为能容纳人对幸福快乐的最高贵想象的忠实护法。

但也正是这种坚持，注定了她一生与幸福无缘。因为工业革命前，太多的特权造成英国男子普遍养尊处优，许多人自视甚高，其实无知且乏味。而女性在男权的控制下几乎没有任何权利，既无财产继承权，也无婚后财产处置权，且工业革命之后仍是如此。直到19世纪后期《改革法案》出台，才被允许拥有婚后挣得的收入和嫁妆所有权。不过尽管如此，男尊女卑依然顽固存在。只要看看阿萨·勃里格斯（Asa Briggs）的《英国社会史》（陈叔平等译，北京：中国人民大学出版社，1991年）就可知道，在那样的社会，女性要形成独立的人格有多难，那些见识过人又生性敏感的女性尤其饱受压抑，不免转用写作来排遣苦闷。但就是在这件事情上，男人同样不能接纳她们，不愿自己的领地被冒犯。以致她之后，如勃朗特姐妹将诗集寄给桂冠诗人缪塞，仍遭到后者"文学不是女人的事"的申斥。

但奥斯汀不甘心生活在教堂、烹调和孩子构成的"三世界"中，不愿在谈论天气上多花时间，更不愿取悦男性，为当好"家庭天使"，去接受女红之外诸如钢琴、法语这样花里胡哨的熏陶。为了避免"与保险箱结婚"，她拿起了笔。当然，顾及到家人，以及可能会使自己名誉受损，她尽量瞒着外人。不得不钦佩她的父亲，作为斯蒂文顿和迪恩两个堂区的司铎，他不仅留给女儿500余册藏书，尽力提供当年还很昂贵的纸张，还将写字板作为19岁的生日礼物送给她。不久父亲去世，她只得离开巴斯，搬到南安普顿开始居无定所的生活。以后在表兄的资助下才得以重回故乡，搬到距斯蒂文顿10英里的阿尔顿。

那里有个叫乔顿（Chawton）的小镇，从伦敦出发，在滑铁卢车站乘火车1小时10分钟可到阿尔顿，再坐5分钟出租车就到乔顿了。尽管英国的乡村从来有名，但不包括乔顿。小镇居通往朴次茅斯的干道右侧，地理位置不算偏僻，但就是冷清。故居是一栋简单的砖红色小楼，两层六居室，一面临街，三面对着花园。当年为了避税，临街的窗户都被堵住，但朝向围栏约一英亩的庭园却被打理得井井有条。灌木、花篱和草坪错落，日上树杪，光影斑驳。园外，砾石铺成小路，边上有一古栎，据说是她手植。如今，这里已成为简·奥斯汀博物馆，常年对公众开放。一层是厨房和客厅，陈列着书柜、书桌和钢琴。中间一张小桌上摆着一方丝巾，上面印有她的一段话："为什么不及时抓住快乐呢？经常是本可以拥有的幸福，却被准备、愚蠢的准备过程扼杀了！"她与姐姐卡桑德拉的卧室在二层，床铺小巧而精致，米色床幔与粉色碎花的墙纸也很搭。特别吸引我的是欧式洗脸架边的青花瓷洗盆和那个中国风的妆盒。

搬来这里的第一年，她一直在修改《理智与情感》与《傲慢与偏见》，加上以后4年写成的《曼斯菲尔德庄园》《爱玛》和《劝导》，可称高产。当然这一切仍是瞒着外人进行的。伍尔芙说："女人想写小说一定得有钱，还得有一间属于自己的屋间"，但这两样她都没有。她在餐厅靠窗的那个据说来自中国的缝纫盒子——她称作"Sewing box"上写作。通往杂役间和前厅有一扇转门，开时会吱呀作响，她一直不让人修，为的是可闻声迅速用吸墨纸盖住书稿，或将其塞入盒子的夹层，这就是有名的"声响之门"。故居至今仍保留着的她的手稿，都是"声响之门"与缝纫盒子默契配合的结果。也因为这样的缘故，后来她将乔顿称作自己创作的"伟大的宝地"。

遗憾的是，随着卡桑德拉去世，房子就空废了。不久家具被卖，房子也被表哥分割成廉租公寓租给了工人。而那扇门经重新安装，已不能发出任何声响。1947年，简·奥斯汀研究会集资买下房屋所有权并重新修建。他们还拔去屋外花园旧有的玫瑰花床，换上新的，但花种依然采用有 200 年历史、白底间深红条纹的"世间玫瑰"（Rosa Mundi），还有就是纯白的"阿尔巴玫瑰"（Alba Rose）。前者 12 世纪时由十字军带回，并借纪尧姆·德·洛里的长诗《玫瑰传奇》得以不朽，后者与女神维纳斯一起诞生，至今仍缠绕在大画家波提切利的笔下。

或许主事者是想暗示和确认她的小说与玫瑰一样芬芳吧。诚然，因从来居住乡村，生活圈子狭小，她的作品多以女性与婚恋为主，鲜及更广大的人生，并且形塑过程不时掺杂着算计，有的还很功利，但考虑到当时英国实行长子继承与限定继承两种田产继承制度，前者规定长子独享田产继承权，无男丁再均分给女儿；后者为强化父系血缘，限定田产不得变卖抵押，只能传给血缘最近的男性亲戚，从而使未婚女性失怙后，不得不托庇兄弟或亲戚，这让她们普遍希望能尽早与有钱男子体面结婚。加以 12 世纪以来离婚须经教会裁决，程序极其复杂，故大多数女性是笃信慎嫁并"嫁得好才是真好"的成言的。唯此，婚恋主题成了其时英国小说的"老生常谈"。

奥斯汀自然也如此，并从不讳言金钱的作用。自己的身世，还有乔顿邻居、老处女玛丽·本孤独死去的凄惨，使她深知没有物质基础，女性讨论自身出路纯属空谈，所以《傲慢与偏见》才说，大凡家境不好又受过教育的女子，总把结婚当作"仅有的一条体面的退路"。她安排伊丽莎白姐妹嫁给达西和宾利，并在《理智与情感》中让埃莉诺嫁给富翁弗纳斯的长子爱德华，《曼斯菲尔德庄园》中让普莱斯嫁给庄园少爷艾德蒙，《诺桑觉寺》中让凯瑟琳嫁给富有的牧师亨利，即在被评论家视作写得最深刻的《劝导》中，也让安妮与衣锦还乡的温特沃斯上尉结成眷属，正是对当时社会的实录。

不过，实录不等于没有批判。恰恰相反，从《傲慢与偏见》对那个"毕生大志"就是把五个女儿都嫁出去的里班奈特太太的讽刺，到《诺桑觉寺》对那个"心灵空虚"却"从不安静"的艾伦太太的调侃中，都可以看到她对空虚无聊目光短浅的女性的厌弃与批判。其时，英国社会中闲暇的中产阶层正在形成，其与贵族联姻成社会中坚后，常转而嘲笑原有的出身，并形成新的门第观念，许多出身贵族但无继承权的男子拼命追逐富商女儿以求重振门楣，许多富商之子又巴巴地希望找贵族女儿联姻以提高社会地位，她对这些世态人心都做了喜剧化的揭示和辛辣的嘲讽，从而将"男人无头脑，女人有心机"的世故人情揭示得淋漓尽致。她从不愿为蠢人写作，如司各特和伍尔芙所说，在描写看似琐屑其实丰富的人的日常生活与内心感情过程中，揭示出许多远比表面现象更深刻的东西，从而在赋予这种场景或情感以永恒的形式方面，在激发与拓展读者的想象力并提供其真久的精神内涵方面，达到了很高的成就。

至于始终带着鲜明的自我意识与标志性的反讽风格，有对文体的自觉和"反传奇"（Anti-romance）的追求，还有高超的组织结构、情节设置及"双主题"的实验探索，都使得她能将女性和社会之间的紧张关系，以及两性从恋爱到结婚过程中隐约存在的自我发现与成长过程，揭示得栩栩如生，由此彻底扭转了盛行于中世纪和文艺复兴初期那种戏剧性过强的浪漫故事及造作文风，把小说从怪力乱神的虚幻夸张引向了真实的生活。如果再对照此前那些专写婚外恋与私生子，以致被《寰宇杂志》（The Universal Magazine）和《爱丁堡评论》（The Edinburgh Review）视为海淫海盗的小说，可以看到它们是充分展示了那个时代流行的"家庭文学""日常文学"乃或"书信体文学"所能抵达的理想边界的。

并且，这种边界具有不断延展自身的特性。看看每年从世界各地赶来的"简迷"，有在小说中沉浸久了，想在现场获得感性印证的，也有在故居取景，拍摄婚纱或择此开启定情之旅的。或许还有人怀有与我同样的心思，感佩她缺少嫁妆但从不缺乏自信的孤傲，没有婚姻但能深刻理解爱情的智慧，同时为身处男性中心社会，生前只能以"一位女士"为名发表作品的她深致不平。当然，还感到不平的是，《诺桑觉寺》居然只从出版商那里换回 10 英镑，乃至她去世前，总共才从 4 部小说中获得不到 700 英镑的回报，即使最畅销的《傲慢与偏见》，也不过售出 1 750 册，而此前，菲尔丁的《汤姆·琼斯》售出 10 000 册，安·拉德克利夫凭《意大利人》进账了 800 英镑。若再论反响，《理智与情感》只有 2 篇评论，《傲慢与偏见》3 篇，《曼斯菲尔德庄园》干脆没有。总之，即使在 18 世纪末 19 世纪初的女作家群中，她都籍籍无名。不说拉德克利夫和法兰西斯·伯尼，就是夏洛特·史密斯、伊丽莎白·因区伯德、玛丽亚·埃吉沃斯、克拉拉·瑞夫，哪一个都比她名气大。所幸的是，当《傲慢与偏见》出版后，终究有人注意到了她小说中那种"令人畏惧的力量"，她超越一般女性的特别的视角和充满嘲讽的精神，精致的修辞背后闪动着的伶俐而智慧的思致，让一部分认真的人读后如受电击，毛骨起立。

尤其是女性，着迷于她作品虽少浪漫梦幻的场景，却有最激荡人心的情感。她对人性的揣摩细腻但不刻薄，相反时时流露着同情，即使对其缺陷，也尽可能原其本意，予以包容，这正照见出她对人生的理解和悲悯。今天，女性在全球范围内已争取到越来越多的权利，但伴随经济独立的不仅是选择的自由，更加深了个体的孤单，其间的悖谬让人深感错愕。这样的时候，面对这样现代甚至后现代的无边的荒凉，生性纤敏易感的她们自然感到奥斯汀才是自己最难得的知己，她笔下的人物虽于今天隔着整整 200 年，却依然能与自己相视莫逆。所以她们普遍反感马克·吐温说"一个图书馆只要没有奥斯汀就好"，也不认同夏洛特·勃朗蒂对她所作的"视角过于狭隘"的批评。能要求一个作家出离她身在的生活吗？关键要看她对这种生活有没有深刻的揭示啊。基于"一战"后人们越来越将其作品视为与其时庸俗无聊的"感伤小说"和"哥特小说"迥异的杰作，她们进而将其尊奉为具有女性主义意识的伟大作家。她所创造的小说就这样超越了自传式的表现，成了女权主义批评创始人伊莱恩·肖瓦尔特（Elaine Showalter）所说的"她们自己的文学"。

可能基于同样的喜欢吧，在巴斯，一位义务讲解的女服务生向我介绍了《傲慢与偏见》出版200周年时，英语世界的纪念活动如何规模远超狄更斯诞辰200周年，在每月举行的作品朗诵、演出或研讨会上，都能看到女性的身影。她们读《简·奥斯汀诗歌全集》和《剑桥简·奥斯汀作品集》，可不是出于对前工业时代牧歌般生活方式的缅怀。联想到20世纪90年代出现的7部奥斯汀作品改编的影视剧，女性担任制片的有5部，担任编剧或导演的也有3部，有的编导如爱玛·汤普森可称铁杆"简迷"；还有类似《简·奥斯汀与休闲》《剑桥简·奥斯汀手册》这样的书在女性读者中风行，《奥斯汀约会指南》成为小女生的恋爱秘笈，"奥斯汀风格"成为主妇装修房间的最好样板，直至形成所谓"奥斯汀产业"，可以说，20世纪末兴起的奥斯汀热，正与女性主义思潮的发展分不开。

记得英国著名的历史学家托马斯·麦考莱（Thomas Macaulay）曾说，奥斯汀是英国作家中创作手法最接近莎翁的大师，堪称英国的骄傲。但个人觉得，对女性来说，前者不免太高大上了，后者才似乎是她们自己，或让她们回到自己。这个感觉，到后来读英人大卫·赛尔温（David Selwyn）的《简·奥斯汀的休闲人生》一书（许可译，哈尔滨：黑龙江教育出版社，2017年）得到了加强。赛尔温不仅是著名的奥斯汀研究专家，英国简·奥斯汀研究协会会长，还因与奥斯汀后人关系密切，深知作家本人最珍视什么，最喜欢什么。他从作家书信和小说中广搜内证，由她如何对待读书、音乐、舞蹈、戏剧、诗歌、谜语甚至玩具、游戏和户外活动，来刻画她的精神世界，从而让读者看到了一个更完整真实的人，她生活在那样的家庭、那样的乡村、那样的时代的英国，她终究不能怎么样。那种整体性的社会氛围既造成了她泯然众人的对习尚礼俗的遵从，但因为生性好强，更注定了她与之时相抗衡，并在这种抗衡中成就自己的幸与不幸。

1816年初,奥斯汀得了结核病,一年后被送到温彻斯特治疗。伊钦河边,沿老城墙转过小桥,再穿过切西尔街,由阔里路攀上圣贾尔斯山,可以俯瞰整个古城。城里的学院街有她度过人生最后6周的故居,还有她长眠的大教堂。似不忍看这里的一切,我的脑子里翻腾的总是巴斯和乔顿的画面。尤其巴斯,每年的9月都有"简·奥斯汀节"。还是那位服务生说的,其时街上会涌出许多从乔治时代穿越而来的男男女女,会举行各种热闹的盛装舞会。对照阿曼达·维克瑞(Amanda Vickery)《绅士的女儿们:乔治时代英国妇女的生活》一书的记载,想来那些顶着用长针固定、上饰羽毛与缎带的高发髻,头戴装饰有蕾丝和人造花的宽檐圆帽,上穿肩袖部夸张的密织纹白麻薄纱或条纹毛织蝉翼纱,下曳为突出纤腰设计的镶满黑色蕾丝和金属珠子的宽下摆绸裙的女孩子们,她们的妆容与服饰一定都很精致。尤其对照1810年卡桑德拉替妹妹画的那幅戴着帽子神情拘谨的半身肖像,还有60年后其侄子出版《回忆录》时请安德鲁斯重绘的那张肖像,一定都更漂亮吧。

据说英格兰银行已经决定新版10英镑将用安德鲁斯画的那幅肖像替换下达尔文,为的是这个形象已成为"英国文化历史的一部分"。在这幅肖像中,她有着一张"圆圆的脸,嘴和鼻子小而有形,眼睛明亮呈淡褐色,棕色的头发自然卷曲,永远戴着帽子,无论早晨还是晚上"。这样的口鼻俏净,目光莹澈,据说最为她认可。我所在意的只是,她为什么永远都戴着帽子,看看照片上那些参加"简·奥斯汀节"的女孩们,通常只是将它拿在手上作配饰的呀。

# 亟待澄明的道体

～

丁耘《道体学引论》（上海：华东师范大学出版社，2019年）的出版，似吹皱一池春水，给学界造成很大的冲击，其余波漾及中哲史外更广大的文史学科。不过，此间自来的传统是视文史哲为一体，而这三者在根底处确实面对相同的问题，做着殊途同归的探索，所以本书能引动从事古代文学与文化研究的自己产生一探究竟的冲动，殊属自然。

粗粗看过全书，感觉它大体以贯通性的阐释论证为基本方法，以"生生"这个第一性问题为中心，通过对《易》《庸》《庄》这些道体学经典的疏解，提出并论证道体的大意即所谓"即虚静即活动即存有"。同时通过确立"太一"为其中最高的主题，由努力统合宋明心、理、气诸宗，超越前人在这些问题上的种种纷争。进而，对道学与西学各自的问题传统与义理传统的关系，做出初步的论定。书中除了见出作者扎实的西学功夫外，更多可见牟宗三和熊十力的影响。但饶是如此，它仍有自己的判断和发明，如在牟氏"四因说"基础上增益出"即虚静"即如此。这些判断与发明散见于全书各处，以致让人虽感不易看入，终究欲罢不能。

想特别指出的是，这本书无意宣示一种论证甚至主张的完成。相反，它像一个有意味的空框，以较为自由舒张的结构，向多种可能与质疑敞开。个人正是由此感觉到作者除了自信，还有难得的诚悃，并进而觉得，即使本书没有提供现成的结论，而只是专注于讨论，仍较时下那些颇有小慧、了无根底的肤浅之作要好许多。后者常常没读几本书，更不懂得思考，就敢挟几个舶来的新名词，宣布真理在我，真是轻率！还想指出的是，学问本来就可以这样做并应该这样做的。许多前贤都指出过，盖所谓学问，其实就是学加上问。学由勤得，问从思出，此孔子所谓"学而不思则罔，思而不学则殆"。在我，更以为其义不仅仅限于勤学加好问，毋宁说就是要人学会问。因为从很大程度上说，能提出问题的人比能解决问题的人要重要得多。解决问题有时候须守先待后，提出问题者是但开风气，而我们这个时代的学术恰恰最缺开风气者。很高兴作者是有这个意识的，更何况许多问题由他提出来，未来未必不能由他自己来解决，他是完全有可能把自己提出的问题解决好的。当然，看本书对此问题的初步论述已有33万字，有点替他担心，接着要怎么写下去呢？但我愿意相信，作者将来的工作肯定会更加细致深入，更加有说服力。记得梁任公为蒋方震《欧洲文艺复兴时代史》作序，结果收拢不住，字数规模几乎与原著相埒，只得另成一书，单独出版，是为《清代学术概论》。梁任公为学生作的引论犹精彩如此，作者为自己的宏论有此铺垫，未来自然大大可期。

至于面对本书特殊的写法，以及许多人看不懂，我的感觉是，我们可能需要调整自己，让自己能体认学术研究本就该指向一个更宏大超迈的境界，有不知道归路在何方的更决绝一些的出发。前者可以提升学问的准入门槛，让一切浮光掠影的浅学之辈不能随随便便以国学大师自居。说起来，现在的大师太多，鱼龙混杂，有的穿一件中装就敢端大师的架子，摆专家的谱了，这病得治。后者可以接引后来无穷的可能，从观念的阐发到文字的表达，以求得更多尖锐的质疑与更高明的增补。当然，也包括来自作者自己的完善与提升。总之，为这样的自己没结论与别人看不懂，我要向作者表示敬意。他不愿匍匐在前人的陈说下，而是自立权衡，自出手眼，以"接续旧学，接引西学，广立一本"岸然自命，这是一种自信，更是难得的勇敢。此前，我读到过他的访谈，对他从来要求自己"读超一流的书,想最大的问题"很是佩服,觉得提气;又对他说倘不能思考古今中西大本大源的问题,只能成就学者而不能成就思想者,也非常同意。什么是"最大的问题",何谓"大本大源"?无非是要人摒弃世俗化的鸡零狗碎和学院化的功利算计,进而从现世与浮生的庸碌匆忙中超拔出来,抬头看天,在实践层面上能关心整个人类的精神出路,在义理层面上能探究符合主体创造热情与终极追求的真理。

当然,因为多原创性探索,本书有些论述难免不够周延,逻辑的衔接也间存罅隙。最直接的感觉是,书中常有出幽入冥的观察与直凑单微的判断,但有时难免忽视了例外,遗落了完整。仅就"道体"一词而言,诚如作者所说,自程朱以下,儒门古籍中多有之。由此展开的论述则不仅限于儒学,更不限于理学或心学。但实际是,书中对别家别派道体论的关注是不够的。如唐通玄先生著有《道体论》一卷,《崇文总目》与《通志·艺文略》均有著录,作者本"道体本寂,始终常无"之旨,在《论老子道经》《问道论》《道体义》三篇中,以自设问答的形式,对道体的本意做了十分精详的论述。既认为"道体广周,义无不在,无不在故,则妙绝形名,体周万物",又指出道之与物"常同常异","物以道为体,道还以物为体","就物差而辨,道物常异;就体实而言,物即是道",故万物与道是二位一体、即一不二的关系,由此分别就"义用"所立之名,更注重据"体实"而彰之称。在此基础上,再本着"道始虽一,终有万数"的认识,讨论道体与教化、是非、现象、修持等关系,以"兼忘二边,双泯有无"为悟得道体的终极玄旨。这些与本书讨论的问题不仅相同,着眼点与展开方式也相近甚至一致,可以说是不能绕过和无视的道体学原典。但遗憾,书中无一处论及之,书后参考文献也不见其踪影,更不要说援用为讨论的佐助与参考了。此书后来被收入《正统道藏》太玄部。我想问的其实是,除了作者重点论及的《庄子》外,传统道体论的展开能与道教无关吗?进而,"道体"与自《老子河上公

## 亟待澄明的道体

注》《老子想尔注》一直到《洞玄灵宝相连度劫期经》所讲的"道性"又是什么关系?

再如,宋人释元照为唐道宣《四分律含注戒本疏》作注,著《四分律含注戒本疏行宗记》四卷,里面特别讲到了道体,以为"言道体者,道无别体,即本净心"。作为律宗中兴时期的大师,他不满"见学律者以为小乘,见持戒者斥为执相"的当世"偏学",力主专志奉持净戒,以为入道以观心为主,往生以观佛为要,主张"归心净土,决誓往生",故将"净心"统一于所主的律、教、禅三者当中,告诫人非学无以自明、自辨与自悟。他留存于今世的诗也常阐发同样的道理,道说的是自己"静爱山头云"(《白云庵》)、"百计坦平心地静"(《咏宁国院》)的志向和情趣。其说在当时及后世都曾产生过较大的影响,苏轼就凛遵其教诲。本书后来收录于《续藏经》。联系释延寿《宗镜录》所谓"夫修道之体,自识常身,本来清净,不生不灭,无有分别。自性圆满,清净之心,此是本师",我再想问,道体的问题与佛教有没有关系?考虑到佛教有般若一支,其重视体证本体,从来主张神与道合,道体说也与气本原说一起,对佛教本体论的形成与发展起到了很大的推动作用,而汉唐以降,受黄老思想和庄子的影响,自牟子《理惑论》和孙绰《喻道论》以下,佛教于道一途多有论述,如《本际经》就以"无相"之"道体"作为万物滋生的始基,那么,讨论道体显然不能缺少佛学这个维度。而有鉴于佛教心性论对道教道体论有广泛深刻的影响,以后两者更多交互,彼此渗透,其间的种种是否更有待做进一步的厘清?

又如,本书对儒门古籍中的相关讨论也有遗漏,譬如没能注意到明人王廷相的《雅述》就是一显例。王氏以"元气"为天地万物之"总统",太极与太虚皆气。故反对程朱"有理而后有气"的理本论,以及陆王"万事万物皆出于心"的心本论,而力主气本论。用今天的说法,颇具唯物色彩。《雅述》首篇即《道体篇》,开宗明义讲"道体不可言无"、"不可以为象","有形亦是气,无形亦是气,道寓其中矣","气者造化之本,有浑浑者,有生生者,皆道之体也。生则有灭,故有始有终。浑然者充塞宇宙,无迹无执。不见其始,安知其终。世儒止知气化,而不知气本,皆于道远"。在他看来,"气本"与"气化"皆是道之体,其中"浑浑"即元气与"生生"即生气两者显然是有区别的。其他诸篇于此义也有发明,如《五行篇》所谓"有元气则生,有生则道显。故气也者,道之体也;道也者,气之具也。以道能生气者,虚实颠越,老庄之谬谈也。儒者袭其故智而不察,非昏罔则固蔽,乌足以识道"。总之是认定"离气无道,离造化无道,离性情无道"。由于其思想一贯,论析清晰,很受中哲史研究者的推重,以至于引来域外汉学家的关注,日人松川健二著有《王廷相的思想》,德国汉学家沃尔夫冈·奥默博恩(Wolfgang Ommerborn)和米夏埃尔·莱博尔德(Michael Leibold)也有《徒手世界:王廷相的本体论和宇宙论》《王廷相的实用主义儒学》等专著。这里我想问的是,道体论是不是仅在理学、心学的范围内就可以解说清楚?它与儒门中唯物一派又是什么关系?

综合上述所说,在儒释道三家里面,道体究竟处在什么位置,其同异交互究竟体现出什么特点,《引论》都没有涉及。我相信这些部分,许多应属作者的考虑范围,只是未及展开;有的一时没想清楚,以后应会引入。如果是前者,请告诉我们具体的内容;如果是后者,希望不远的将来能将它们完满地实现出来。

最后再说说包括文体在内的其他枝节问题。我们说,哲学是人类经验最完整最深刻的追究和展开。可再怎么完整深刻,它终究基于人类的经验,所以还应该让更多的人看懂才好,不仅包括各种专业的学人,甚至包括普通人。我在想,如果连我们好问学的人都无法把问题说清楚,总和自己没有想清楚有关系。当我们真的把一个问题彻底想清楚了,一定是找得到说清楚的方法的。是谓深入浅出。当然,这是一个高境界。

至于选用什么样的语体不是问题，用文言可以，半文半白也行。在这方面，民国诸前辈做得就很好，像钱穆、劳思光等先生，学问各家评说不同，但其用语雅驯是人所公认的。本书在这方面似有进一步提升的空间。

盖中国人致思忌落实，议论尚灵透，不着意追求指谓与判断的分明，也不太讲究逻辑边际的周延。究其初心，是因为如《庄子·齐物论》所说，"夫道未始有封，言未始有常，为是而有畛也"。基于封始而道亡的认识，他们进而认为既然事物是处在关系与联系中的，就不宜别处，要当通观，所以喜欢采用"不释之释"的策略，并努力促使言近意远、词约旨丰的高上境界的实现。宋人论心性理气等问题尤其如此，如朱熹集注《论语》，就认为"圣人之心，浑然一理，而泛应曲当，用各不同"，以后《语类》中又强调"若得胸中义理明，从此去量度事物，自然泛应曲当"。故他们的议论与西人逻辑周延指谓分明不同，他们创设和沿用的名言也远非马克斯·韦伯所说的"理想类型"或"概念上的纯净体"，而呈现出一种更阔大圆融的气象。但今人看来，意旨不免有些浑涵，理路不免显得有些淆乱。凡此，都需要研究者特别小心，做认真的梳理和诠解。又需要基于真的解会，做恰如其分的意义开显与转换。但本书解释道体这么重要的问题，选用的表达方式仍是"据三演二，义理之分也；三即一贯，道体之全也"，恐怕不是将道体说清楚的最好的攻略。以后又提出"一统三宗"说，化用自柳宗元的"合焉者三,一以统同"，但注释只列出《柳宗元集》，既不出卷数，也不出《天对》这一篇名，更关键的是，柳氏的本义在说明"阴""阳""元气"三者合而生物，皆统一于"元气"，它与作者所认知和主张的语境是否一致，书中也全无说明，这不能不说是欠斟酌的。至于《柳宗元集》用的是1979年的旧本，而未采用更详尽权威的新校注本，也总让人觉得有些不够与时俱进。

本书还有地方也显得有些随意，比如上篇有小结，下面没有。有的章节有结语，有的则没有。这些问题或起因于单篇合成的缘故，但完全可以处理得更好一点。总之，是希望这样一些缺失不在本书作者身上出现为好。因为道体研究的将来，正期待他做出更精彩的贡献。

# 博物学：一种自然与生态的书写

因从事传统文学与文化研究，个人从来觉得，这个世界，没有谁能像中国人那样，视自己为自然的一部分，并按自然的训教生活。其实，大自然包容啊，既启众生，亦葬万物，哪里只煦育了中国人。

这样的感受，在此次英国旅行时变得更为强烈。去到的地方是英格兰东南部的汉普郡（Hampshire）。那里林地广阔，尤其占地300多平方公里的皇家狩猎区新福雷斯特（New Forest），是本来就知道的；而那里的蝴蝶兰、剑兰很好，紫色的帝王蝶很漂亮，英国友人也早就告知。但最后让我徘徊流连不能去的，居然是一个叫塞耳彭（Selborne）的小村庄。

由于所处位置偏僻，那里湿漉漉的阳光，丛生的雏菊与竺葵，还有常春藤缠绕的果园外，干草车碾出的条条辙道，都未褪尽几个世纪前的古朴与静谧。但这一切并非一开始就为人所知。让它们声名远播的，是出生在这里的吉尔伯特·怀特（Gilbert White）。这个从未离开过故乡的圣职牧师，一生只做了一件事，就是与塞耳彭的动植物在一起。为此，他谢绝大学的教职，终身不婚，一辈子如其侄子所说，只"在平静和安宁中度过，除了四时的衰荣，再无任何变化"。他曾写信将自己的观察与朋友分享，这些信后来集成为一部不世出的名著《塞耳彭自然史》（缪哲译，广州：花城出版社，2002年）。当然，书出版后并无多少反响。

因为那时候的欧洲，理性正主导一切，科学与技术正被英国人视为把握世界的唯一方式。以后，随着工业文明弊端的渐次显现，启蒙思想家所预言的理性王国开始倾颓，像威廉·布莱克（William Blake）那样，视鼓吹新古典主义与实验科学为"魔鬼的劝告"，主张用感觉经验来颠覆科学抽象的浪漫思潮，开始在社会上酝酿。而他的后继者如华兹华斯等人，更怀着对机械论的"道德上的厌恶"，把目光进一步转向大自然，以丰沛的情感与想象重新审视人与大地的关系，由原本不脱懵懂的自然协调论和万物有灵论，发展出一种根基于自然本身的清新的知识体系。

但与他们同时代而较早的怀特却不同。他重视英国传统风俗与中世纪的历史，由于从身处的地理位置到内在的精神生活都从属于旧大陆，他一直过着与工业革命完全隔绝的田园生活，并在情感上与基督教和人本主义都保持着审慎的距离。他认为前者改变了人与自然的关系，使人们因一神论崇拜而只知虔信上帝，不知敬畏大地；后者一味引导人探索与征服，在反对教会垄断与伸张主体欲望的同时，开启了掠夺自然的死亡之门。这种立场与浪漫主义者显然相通。但另一方面，他对自然的认识要比前者更为客观具体，由此造成对自然的认同也比前者更为全面彻底。由于视自然为这个世界最渊博的训导者，他能始终以一种虔诚的磋商态度与自然打交道，努力以一己自觉的实践合上自然的节奏，从而在朝夕观对中，不着痕迹地宣导了一种唯有尊重自然才能增进幸福的道理。

其时，受现代物理学既定范式的影响，同样热衷于观察记录自然、有"第二亚当"之称的瑞典植物学家卡尔·冯·林奈（Carl Linnaeus）崇尚理性，为把前人的全部动植物知识系统化，他摒弃按时序命名的人为分类法，创设出一种定义生物属种的新的原则，并以此为基础建起了为世人景仰的"帝国式自然观"。怀特与之也不同调。尽管他被推称为英国近代生态学鼻祖，达尔文、斯宾塞和赫胥黎等巨人的先驱，并且作为博物学家，他对自然的记录完全具有成为经典的可能，他的《自然史》也因此被人称为"亚当在天国的日记",但他拒绝任何冷静淡漠的理性对待自然,也无意于构建宏大森严的纯科学大厦。相反,取一种田园主义的态度,力求用自然的观点来解释万物的活动,又倡导人应该在与所有有机体的和谐共存中,过一种简单纯粹的生活。这种追求在气质上显然更接近浪漫主义,所以后人不把他的记录视为简单的"科学博物",而更尊称为"人文博物"。

对更多读者而言,怀特的记录洋溢着隽永的田园趣味,文体清省简畅,描写清婉如绘,是最可看入的文类。尤其是,在摹状四时景态过程中,他时不时会添入自己写的小诗,最逼真地保存了塞耳彭的新鲜气息与别样姿媚,展示了"科学与文学结合""自然与艺术结合"的高超才能。因为这样的缘故,该书在备受同代人冷落后,开始被收入各种丛书,成为英语世界印刷频率第四的图书,他本人也被后人奉为当之无愧的诗人与自然文学的鼻祖。从此,塞耳彭改变了,从默默无闻的乡村变成了许多人向往的圣地。

程虹的《宁静无价》(上海:上海人民出版社,2014年),对这一变化有过详细介绍。当我与作者一样来此朝拜,登上村西南高丘,眺望远处哈特利农场,再回看身边那片牧羊的丘原,及旁边山坡上的长树林——在怀特书中,它有一特别的名字叫"垂林"(Hanger),然后由他们兄弟开辟的叫"Zig-Zag"的小路,下到同样为书中一再提及的"耍闹场"(plestor),真有一种时空穿越的错觉。因为路两边,依旧是最常见的山毛榉,怀特曾以欣悦的口吻,夸扬过它们皮叶的光泽与垂柯的优雅;林子中不时传来的,也仍然是画眉和布谷鸟溜利的鸣啭……光影攒簇,声色交至,那打动过怀特的风景,同样打动后来的我。

作者没有说错,怀特真称得上是品类万物的巨匠,描画风景的圣手。晨起入画的薄雾笼晴与向晚微哀的轻烟袅树,并紧接着浩荡的风高响作与月动形随,这一切在别人都轻轻放过了,或者虽竭情铺陈都没能留住，独他能悉数收览，为后人驻景，往远了说是接续了从中世纪乔叟以降，一直到文艺复兴时代莎翁的余绪；往近了说则奠定了近代以来，英国人特有的渴望与乡村同在的传统。记得 20 世纪，鲍德温（Stanley Baldwin）爵士曾说过一句让人印象深刻的话："英格兰即乡村，乡村即英格兰"；中国人更为熟悉的是林语堂的夸扬："世界大同的理想生活，就是住在英国的乡村。"其实他们都应该感谢怀特们，是他们殷勤的观察与书写，在养成英国人独特生活观的同时，赋予了这些名言以实在的质感。

或以为，怀特终究是一个博物学家，将他推为文学巨匠未尽妥当。但说这话是忘了一个重要的事实，即他所看到的世界与别人是不一样的。那时许多人不过"以我观物"，目的在让物为我所用；他心境澄明，只是"以物观物"。由于是"以物观物"，他做到了不以人灭天，并在一种忘我的投入中体尝到了万物归怀的快乐。这正是美的境界，诗与艺术的境界。

怀特死后 5 年，华兹华斯的妹妹多萝西开始动手写《奥尔夫克斯顿日记》，以后又连续写出《高山漫游日记》和《苏格兰旅行日记》。最著名的那本《格拉斯米尔日记》是 1931 年人们在其兄妹居住过的"鸽舍"（Dave Cottage）的谷仓中发现的。此书后由倪庆饩译出（广州：花城出版社，2011 年）。将其中的文字与《自然史》对读，就更可以理解为何怀特与诗人兄妹一样，完全当得起"大自然歌手"的称号。

山上还有塞耳彭唯一一座教堂，哥特式的圣玛丽教堂，建于亨利七世时代。再寻到怀特的故居，如今已辟为博物馆，里面藏品并不丰富。由此 100 米开外，就是他的长眠之地了。相信一掠而过的观光客肯定不会留意，即使有心的朝圣者也不一定能找到，这块与其他坟墓杂处在一起的低矮的圆石墓碑，是这样谦卑地局处在教堂北侧墙根的阴影下，简朴到让你无法想象。

但感叹归感叹，不能不承认那高贵且闪动着诗性的他的书写，早已随着俗世的庸常生活散入云烟。本来，大自然是能让人因栖居其间而感到无所非适无往非得的。现在，随着人的任情宰制与取用无度，这种可能性已不复存在。这个时候，想起怀特对单纯状态下人的基本情感的不经意展示，对自然整体性与有机性的富有智慧的强调，更重要的，还有他将自然的自发性、统一性与一种更高的秩序、目的相联系的处置方式，就会发现他的意义绝不仅止于形塑了后来浪漫诗人的自然观。

诚然，浪漫主义对神话时代人与自然和谐统一的向往，深刻影响了现代生态学和环境伦理学的产生，但已有越来越多的人提到，如果说浪漫主义有机自然观给生态革命及由此产生的田园道德论提供了精神资源和思想基础，那么这种资源与基础的最初提供者除了卢梭，就是怀特。就是达尔文，也是受到怀特的影响。达尔文主义的正式诞生，正肇始于16岁生日时，他从舅舅那里得到的那本《塞耳彭自然史》。

梭罗这个长期隐居在家乡康科德郊野的美国人，现在为很多中国人所熟知。他不仅常提到怀特，在生活中还处处效仿怀特。还有那个叫利奥波德（Aldo Leopold）的联邦政府林务官，后因强调"土地伦理"（Land Ethic）被誉为环境伦理学先知的狩猎爱好者，在威斯康星河畔农场按季节写"木屋随笔"，描绘自己所钟爱的"沙乡"风景，也是受了怀特的启发。至于西方生态伦理学领域新起的"深层生态学"，强调以生态学的原则指导人的生活和信仰，从而实现人的"生态自我"，更被视为怀特一生实践的最好回响。至此，他的《塞耳彭自然史》俨然成了20世纪生态主义者的圣经。

在文学界，随20世纪后期绿色运动的兴起，这种"生态取向的批评"（ecological oriented criticism）意在新起一种生态批评（ecocriticism）。调动生态学基本观念来审视文学创作、批评与接受，倡导从生态整体性与平等性原则出发来阐释与评价文学，实现文学中人类中心主义向生态中心主义的转变。其代表人物、哈佛大学的劳伦斯·布伊尔（Lawrence Buell）和利物浦大学的乔纳森·贝特（Jonathan Bate），不仅广泛借鉴哲学、史学与心理学，也吸收人类学与文化地理学成果，其共同的兴趣都在"田园文学"，都试图通过对"地方"（place）的强调，致力于文学与环境关系的开显。这些也都与怀特的影响分不开。

如果再将这种影响放置在整个西方文化的大背景来考察，类似狄德罗所说的"倘会思考的人类消失，地球将一片荒凉"，还有康德所倡言的"人为自然立法"，乃至黑格尔将自然美置于"前美学阶段"，人们对自然的轻忽、扭曲与"审美剥夺"的悠久历史，则怀特对自然的态度就更凸显出了不起的价值。至于随着生态中心主义过分强势，类似海德格尔所主张的生态人文主义以一种存在论的姿态，超越生态中心主义的认识论。这个过程中怀特所实际秉持的人文与自然相结合的田园主义价值观仍在闪光，并没有丢失。他虽没有系统地展开宏大的理论分析，却完整地凸显了自然本身。他告诉人，自然的作用远比人想象的要大，所以它的结论也更让人信服。

那么，从来亲近自然的中国人遵从过这种结论吗？或以为我们的先人"仰则观象于天，俯则观法于地"，进而"观鸟兽之文与地之宜"，以通神明之德，以类万物之情，并因"辨其山林、川泽、丘陵、坟衍、原隰之名物"，而广有博物传统。相关的典籍见诸地理方志与农书谱录，尤其《异物志》《博物志》以下，有《续博物志》《广博物志》《博物志补》和《博物典汇》等书，演成悠长的历史。后来学者于此更有分疏，指出中国传统的博物之学是"关于物象以及人与物的关系的整体认知、研究范式与心智体验的集合"，它与方术一起，"同为构建传统中国知识与信仰世界的基底性要素"（《敦煌的博物学世界》，余欣著，兰州：甘肃教育出版社，2013年），而与西方的"natural history"并不完全对应。但或许就是因为这种不对应，这些传统典籍，包括众多的舆国方志与山经海纪,只是多载方域山川与风俗物产,再增以人物,偶及艺文,其要在为体国经野之实用,或仅为逞奇爱博之侈谈,纯自然的探索并不多。

又或以为,我们的先哲也曾提倡"道法自然",并教人以敬天为正,妄作为凶。但这样的训教之所以为人不时提及,照见的不是自然的被重视,不如说因其常受人冷落更确切一些。因为这个缘故,尽管汉唐以降,历朝历代,我们从不缺息影自然的隐士,但细审而熟视之,有时皆不过披褐的士夫而已。其携朋小饮,招友剧谈,周游于青山绿水,消闲于瓯茗炉香,是常拉自然为个人背书,充雅集的触媒而已,故程式化的骚情发抒与徒托空言尤多。当然,也有感叹时世艰难人情冷暖的,乃或见月怀人,听雨伤别,进而由现世的污浊想到自然的高洁,由人间的刻意想到自然的无为,但多用比德自况一己的人格,如以花开花落印证缘起缘灭之类,重点均着落在自己而非自然。其情形与 18 世纪浪漫诗人为逃避现实,转向潜意识的神秘世界与梦境乌托邦倒有些眉目相似,比之怀特们一生无条件地归服自然,并所有才智悉数投诸自然的"博物人生"(living as a naturalist),以及将科学价值和宗教价值交织在一起,不经意地成为哲人;又将自然与美融为一体,自然而然地被推称为诗人,不能不说略逊一筹。也因此,我们终究不能真的认识自然,并有时候反而离它越来越远。

今天的中国,环境问题越来越严重,生态保护比任何时候都更受国人的关注。当此际,在呼吁针对性地解决具体问题的时候,我们是否应好好想想,该如何学习别人的文化,并有以参合和赓续自己的传统?还有,该如何复兴"自然教育"和"博物学教育",进而让人真正理解,其实当代人也需要一种"博物学生存"?

让人稍感欣慰的是,现在我们也有了类似更真切的书写,可驳正自以为对自然拥有权利的科学的片面。像刘华杰的《檀岛花事》(北京:中国科学技术出版社,2014 年),用第一人称日记体,洋洋三大册 860

页，详细记录夏威夷植物的多样性变迁。与许多人一样，作者也特意拜访过怀特的故居，白天流连于垂林的山岗，晚上回到住地看《怀特传》，听人读《博物史》。有感于这门学问有数千年历史，它所涉及的知识、情感和价值观，除了可为解决许多全球性问题提供启示，还有助于人对个体与自然关系的思考，他在多个场合表达了要将人的视野重新拉回自然的意思。

当然，对像他这样的作者来说，更有说服力的或许还来自眼见的现实。本来，乡村一直在19世纪中期以前英国人的生活中占据着重要地位。此后，英格兰几百万英亩的土地被逐渐划成了棋盘格用以开发，到20世纪30年代，住宅进一步侵占了林地，公路网、加油站带来的噪音和污染迅速改变了人们的生活。严峻的形势直接促使了英国"乡村保护运动"（CPRE）的兴起，以及1947年《城乡规划法》、1955年《绿化带建设法》的出台。此后，那里有了专门的文化保护机构，主管英格兰境内自然遗产的有英国自然署，主管乡村文化遗产与景观保护的有乡村委员会。

现在，那里的人们又发起"转型城镇"（Transition Town）运动，强调不依赖企业提供的外部资源和能源，仅依托在地居民的能力与激情，利用自然环境及当地资源，直面地域内的问题。由于类似工作的有效、出色，眼下英国成了欧洲唯一一个人口从城市向农村"逆流动"的国家。

这样的现实，也为我此次英国旅行所亲见。我在苏格兰投宿的那户人家是从爱丁堡迁来的，女主人是劳伦斯绝对的粉丝，某天端上早餐，怎么着就和我聊起了他的小说。但她感兴趣的不是中国人熟悉的《查特莱夫人的情人》或《恋爱中的女人》，而是其创作中期，如何将目光转向大自然，用生动的语言表达对鸟兽花草的喜爱。她说到劳伦斯痛惜城市被污染，不胜憧憬田园生活时的表情让我印象深刻；待说到小说家常赋予笔下动物以人格化特性时的欣悦眼神，以及他如何开始"野蛮之乡的朝觐"，并在原始世界中寻找属于自己的乌托邦——拉那尼姆（Rananim）时，整个人似化身其中了。直到发现我盘中餐冷，才收住话头。

劳伦斯也是对欧美自然文学产生过深远影响的作家。这让我意识到，几个世纪以来英国人之所以能留下这么多出色的自然书写，乃至有这么多关于田园道德与生态哲学的讨论，绝非偶然。在他们看来，所有关于自然与生态的书写其实都是有关自我的书写，而"自然的堕落"一如乔纳森·贝特所说，都"隐含着人的堕落"。他们没法让自己为了物欲的实现而放行这种堕落。

不过，让人深感遗憾，全球化也开始渐渐抹平了新一代英国人对自然的敏感。几年前，牛津大学出版社推出的《牛津初级词典》（*Oxford Junior Dictionary*）已经删去"crocus"（番红花）、"almond"（杏仁）和"catkin"（柳絮）、"chestnut"（栗子）等词，代之以"celebrity"（名人）、"cut"（剪切）、"paste"（粘贴）和"broadband"（宽带）这样的新词，当时招致许多批评。最近，其编撰者基于使用的频率，在新版中更删去"aisle"（教堂走廊）、"bishop"（基督教主教）等与宗教相关的词汇，还有"acorn"（橡子）、"buttercup"（金凤花）、"conker"（七叶树果实）和"buttercup"（毛茛属植物）等50个与自然及乡村有关的词汇，代之以"blog"（博客）与"voicemail"（语音信箱）等新词，再次引起轩然大波。

已有教师明确反对在面向7岁学龄儿童的词典中删去这些词，近30位作家更联名致信出版社表达忧虑。在他们看来，失去这些词汇显然有碍上述传统的延续。而传统断裂导致的儿童自然特性的缺失及不友善、反社会行为的增加，必将在日后证明这种鲁莽的增删是一个多么"可怕和欠缺考虑的决定"。

不知道出版方最终能否改弦易辙。或许他们觉得，相较于人类日渐普遍的物化生存与虚拟生存，博客、语音信箱比橡子、金凤花要重要得多，大数据、云计算比博物学以及对博物富有诗意的书写更值得关顾，但后者果真这么容易就被回避或替代？我们的究问固然不易被采纳，还是听听 19 世纪同样受怀特影响的西敏寺教堂主教、著有《鸟类驯服史》等多部博物学著作的阿瑟·斯坦利（Arthur Stanley）的说法吧："有意以惊叹和崇敬的态度研究任何学科的博物学，必能增强一种信心、爱心和希望，这种信心、爱心和希望也正是每一个人在穿越人生的荒野途中所需要的。"

# 在图像考古中找回传统

——方闻中国艺术史研究的贡献

在西方,中国艺术史研究最初是由一批传教士带动的,接着考古学家和汉学家跟进。最早出专著的是美国人费诺罗萨(Ernest Fenollosa),他于1912年出版了《中国和日本的艺术纪元》一书,虽非中国艺术史专论,仍开了包括中国在内的东亚艺术史研究的先河。到20世纪20年代,西方中国艺术品收藏有了空前突破,青铜器、石窟造像、壁画和五代至明绘画纷纷进入时人视野。借此,被后人称为汉学家模式的艺术史研究进程正式得以开启,包括翟理斯《中国绘画艺术史导论》、阿瑟·韦利《中国绘画研究导论》、福开森《中国艺术概览》和劳伦斯·比尼恩《远东绘画》在内第一批研究专著得以纷纷出现。其中,喜龙仁(Osvald Siren)连续出版了《中国早期艺术史》《中国后期绘画史》《中国画论》三部专著,以后再出版七卷本《中国绘画:大师与技巧》,为该领域的研究奠定了重要的基础。究汉学家模式的特点,是基于中国艺术的特殊性,普遍注重铭文、题跋和画论,兼以文人笔记、诗论甚至诗歌创作,作为对艺术品断代或鉴定的依据。但因条件所限,常常只以一时或一地有限的藏品为论说基准,于博观与圆照两方面不免有所欠缺,再加上识别力的不足,造成即使像高本汉这样的大家也免不了在图像、断代、风格等方面顾此失彼。有的如费诺罗萨,更对文人画这种画史上的重要存在做了明显不当的误判。

与之相对的是风格史模式。它将考察重点确定在艺术品本身，注重对作品做形式结构的分析，尤其关注绘画语言自身的风格，而非它们的文化属性，关注绘画自律性发展及画家个人风格的演变，而非他的生平、思想与后世影响。代表人物如巴赫霍夫（Ludwig Bachhofer）就认为，艺术风格史独立于特定时代的社会政治与历史文化，因此对不同时代艺术构成的了解无须借助文化史，艺术史研究唯一须依赖的可靠文献就是画作本身，结果在另一个方向上偏离了中国艺术的实际。有意思的是，其所做误判有些与前者相同。如与费诺罗萨一样，巴赫霍夫的《中国艺术简史》也视文人画家为只注重精神忽视技巧的业余爱好者，进而称文人画是一个社会现象，而非艺术史的现象。所以，尽管此派学者大多受过中世纪、文艺复兴及巴洛克艺术史研究的训练，擅长逻辑实证，治学态度严谨，但一定程度上夸大了风格史分析的有效性也是不争的事实。毕竟传统中国画具有极强的"人文性"，文人画作者更着意在"墨戏"中寄托自己整体性的人生关怀和生命诉求，其笔墨上通儒释道哲学，下关世道与时运。忽视其赖以安身立命的情感投托方向和诗性发抒机理，是不足以论其艺术的。

这样就有了两派的融合，以罗利（George Rowley）、方闻师徒为代表的普林斯顿学派就是其中的主力。罗利早先治中世纪和文艺复兴艺术史，后转向中国绘画史，精熟风格史分析法，但考虑到中国艺术的特点，不主张在研究中硬套西方的方法，故所著《中国绘画的准则》能兼顾风格史的结构分析与中国画的笔法笔性，努力用西方的语言来传达中国画的精神与特点。此前，喜龙仁已将西方的实证分析与汉学文献结合，注意依据风格和图像来派别作品的真伪并断代，又吸收汉学家的长处，加强文献的搜索引证力度，用"范式"的概念分析中国画史上摹古思潮及风格的演变，用编年史结构和"形式—观念"模式梳理具有代表性的画家及流派，罗利的研究是在此基础上更进了一步。他将两者融为一体，并传导给了学生方闻。

1930年出生于上海的方闻，先后担任普林斯顿大学艺术考古系主任，艺术博物馆主任，为美国20世纪中国艺术史学科的发展做出了重要的贡献。以后出任纽约大都会艺术博物馆亚洲部主任，构建了该馆百科全书式的中国艺术品陈列的宏大阵仗，奠定了大都会作为中国艺术研究重镇的基础。

方闻学贯中西，早年受李瑞清、李健叔侄影响甚大。李瑞清是中国现代美术教育的先驱，为晚清进士，祖上多书画家，官居二品，名入《清史稿》，有《清道人遗集》传世。他能篆隶，尤长碑学，南大校园今存"两江师范学堂"题石即出其手。又与吴昌硕、曾熙、黄宾虹并称"海上四妖"，为张大千、胡小石老师。李健与之合称"大小李"，曾任职湖南长沙师范学堂与上海美术专科学校，为"金石书派"的代表人物，著有《中国书法史》《书法通论》。正因为有此师承，加以个人努力，方闻去国前于传统书画创作鉴赏已有相当的积累，具备了看、触与感的上好能力，经美国多年的学习和摸索，不仅获得了中西比较的视野，能将北宋后期绘画与19世纪欧洲先锋派及20世纪表现主义做对比，更主要的是能将西方艺术史研究的方法用于传统画，尤其传统山水画的研究。如此以视像结构分析为核心，以风格史的叙述方法做具体的阐释与发扬，从而使罗利的研究理念得以细化和深化。这从其所撰《心印》和《超越再现：8—14世纪的中国绘画和书法》中可以见出。而用这一方法做古画断代和鉴定方面的创获，又可从与李雪曼（Sherman E. Lee）合撰的《溪山无尽图：一件北宋手卷在早期中国山水画史中的意义》一文中见出。到独立撰写《夏山图：永恒的山水》一书时，他的研究已臻老到，图像学与形式分析、风格理论等方法的运用也更趋纯熟。在对山水画视像及形态的研究中，他恰当运用图像考古，依广泛的例证展开结构分析，找到了与西方相异的"中国语汇"，从而为传统中国绘画确立了可靠的审美基准。

　　在这方面他下了很多功夫。为求得对古人视觉造型，包括绘画语言及结构风格的把握，他十分重视鉴定学和图像志的作用，又非常关注文献考证，用他在《中国山水画的结构分析》一文中的话，就是"考古、文献资料与传世画作三方面相互参证"，这构成了他所谓的研究的"内视角"。19世纪90年代至20世纪20年代，西方收藏中国艺术品进入黄金期，但因文化的隔膜，许多明清宫廷画师的平庸之作及职业画师的伪作得以鱼目混珠。他识读古画真迹无数，常能摒弃仅靠感性经验观象望气的古法，转从画的本体入手，探寻古人形式构成细部流露出的蛛丝马迹。由于眼力精准，感知力成系统，使得每成一文都能得到事实的印证，所清理出的画史脉络因此比依王朝时序展开的胪述更令人信服。如《宋元绘画》一书中对李成《晋文公复国图》的逐段分析就如此，它结合京都高桐院、波士顿美术馆及大英博物馆所藏古画真迹，由该画山石造型之沿郭熙、人物造型之学李公麟，而上溯至阎立本、顾恺之，这样从点、线、面等形式要素和视觉符号中找内证，再辅之以题跋、印章等旁证，揭示了在视觉结构及组合方式的一贯性作用下，中国画富有内在自足性和自我更新的能力，如何不仅与作者其他画作的结构、笔触、形象、风格有共同性，即与同时代其他画家的同类作品也可对看与互读从而打破了自古以来论者每好从，或只能从"骨气""气韵""品格"等抽象名言置论的局限，而这恰恰是中国艺术史研究一直到今天都存在的短板。那种不重画迹、只重画论造成的不可验证的主观误判的流行，以及为人所公认的可以一推十地断定年代与真伪的"基准性经典"的缺乏，在艺术史研究中可不在在多有？

　　也是由于始终突出中国画本体及其独特的生成机制，他才不取巴赫霍夫的再传弟子高居翰（James Cahill）过重流传史和画外史的做法。以高居翰为代表的战后新一代学院派试图超越既有的艺术史研究范式，在汉学之外为传统艺术找到更深广的社会根源，所以竭力主张调用画论与题跋之外的笔记、诗歌，进而从社会史的角度，再引入士大夫审美与政治、画院体制与艺术供养人、赞助人等视角。其所著《隔江山色：元代绘画》《江岸送别：明代初期与中国绘画》《山外山：晚明绘画》等，也确实给人面目一新之感。但有时不免缺乏对传统画特定笔法与皴法的尊重，缺少针对中国人特有的形式关系与视像结构的研究，所以遭到方闻的质疑。当然，这不等于说他无视艺术社会史这一研究维度的作用，相反，常强调调动"外视角"的必要性，不仅注重研究艺术史与观念史的关联，还非常重视揭示艺术创作与社会历史—文化的关系。尤其传统山水画由再现进而至于表现的过程，在他看来其实就是艺术进入哲学、思想、文化再回到自然的过程。所以他特别重视绘画因实际进入到思想史而摆脱视觉陈迹的过程，并且越到晚年越留意这一点。

譬如，他一再强调西画是"焦点透视"，中国是"散点透视"。这种不同于西方将时间意识空间化，而如宗白华所说将空间意识时间化的处理方式，也体现在中国文学及其他艺术中。对此西人多不能解，如房龙的《宽容》就称世界上只有小孩子和中国人不懂透视，因此中国人画不像东西，尚未进入到艺术的地步。基于对中国人独特的感物方式的理解，他显然不能苟同这种判断，所以认真分疏中西绘画空间意识与表现方式的不同，认为中国艺术之所以独一无二，正在于画家能自觉地将基于天地宇宙的哲学意识融注到艺术中，故其所作不仅是艺术，还内含着哲学。在收入《中国艺术史九讲》的《视觉与文字：中西交汇》一讲中，明确主张"今天我们也必须'文艺复兴'，重新建立中国文化固有的价值，以及这些价值与艺术生活的关联。在这方面，中国艺术考古可以作为一个起点，进而成就从中西文化比较角度，分析立论的中华文化史"，其间可见他通过艺术史张扬文化史的用心。

那么，这种固有价值在绘画中是如何表现的呢？他通过分疏"状物形"与"著我意",多次谈到由唐宋"雄伟山水"转变到元明清文人写意画之与理学和心学的关系。我们知道,中国自有甲骨文起就有"人"字,西周时人神问题已得到解决,故《尚书》称"惟天地万物父母,惟人万物之灵",《礼记》称"禽兽草木皆天地所生,而不得为天地之心,惟人为天地之心"。从某种意义上说,理学是对儒学的超越,无论是程朱的性理之学,还是陆王的心性之学,都重内圣之学及主体自觉的道德实践,因此都重"心""意"的作用,尤其陆王之学讲"意"为"心"之"本根"与"主宰",强调"心知",认为人虽从属于天地,终究为天地最贵,所以有把握客体的能力。客体的意义离不开主体的观照,"无心外之理,无心外之物",故尽管人非造物者,却是一切物的意义的发现者。这个世界也因此虽无人仍可以自足,但它的意义却只有待人才得以开显,没有人就不是一个有意义的世界。也唯此,它不像西方那样重"闻见之知",而更重"德性之知";不像西方那样以物为本,而更以心为本。借此"心本",它鼓励人从事艺术,目的就常常不在艺术本身,还在求得人生问题的根本解决与人生苦难的彻底解脱。总之是要让人成为一种"充分的存在",让一己生命超越成为生活的目的,所以"我向性"远远大于"物向性"。书法之所以被称为"心画",进而书画之所以被认为"同体"或"同源",乃至文人画崛起后作画被称为"写意",都与这样的理解密切有关。有鉴于《心印》一书所论述的"文人画家大都身兼文人、诗人、书法家,某些显赫的还是颇有声望的达官贵人","文人一般的生活方式,先要经过乡试、省试和殿试三级科举考试……随后凭其才能和机遇按九品官位制晋升,与这仕途生涯相伴随的——实际在悠久的文化传统影响下——是仕途受挫时期,隐退江湖理想中道德精神的自我修养"的事实,他的结论因此是,"在文化史上,从唐宋雄伟山水主宾阶级思想的宇宙观,转变到元明清主观性文人的写意画,可说是中华帝国时代,儒家思想上理学跟心学分歧的有力表现"。所以他把自己研究中国书画风格与结构的专著题作"心印"。又与中国画遵循"瞥视"（glance）而非西方人的"凝视"（gaze）的逻辑相一致，重"读画"远胜过西方人的"看画"。

再说回到艺术史研究，其进入现代学术体系，应该始于1764年温克尔曼《古代美术史》的出版。此后人们将美术的样式变迁归结为民族、环境和时代，做了一系列的研究，并在19世纪首次将之列入大学课程，直至20世纪50年代成为一门独立的学科。60年代，中国艺术进入西方视野，呈现为前述以汉学家为主导、基于文献释读的通史性研究，和以专门家为主导，引入风格理论专题与个案相结合的结构分析和视觉解码两个流派。如今，相较于梁启超感叹"治兹业最艰窘者，在资料之缺乏"时的寒俭窘迫，及受其影响的滕固于1925年写出《中国美术小史》，戴岳于1943年译出波西尔《中国美术》，乃至改革开放后仅有《新美术》《美术译丛》以及洪再新《海外中国画研究》的零散介绍，他们的成果已日渐为中国学界所熟知。2005年，三联书店更推出"开放的艺术史丛书"，北京大学出版社也推出了"艺术史丛书"，还有黄专主编了《世界3：海外中国艺术史研究》，使得20世纪后期以来中国艺术史研究的面貌发生了整体性的改变。《方闻中国艺术史著作全编》由上海书画出版社适时推出，既让这种改变变得越发明显，同时也将其个人既长考证又具方法论自觉的优长告诉给了更多人。尤其他通过对历史上持续的视像结构的形态分析而得出的许多结论，为中国画研究建立了一种切实可行的观照方法，为传统画史研究走向系统化、科学化做出了重要的贡献。

如今，随着罗森菲尔德、艾瑞兹、苏利文，包括方闻、高居翰的谢幕，班宗华、宗像清彦、韦驼、雷德侯、曾幼荷，以及稍后谢柏珂、柯律格、卜寿珊、姜斐德、毕嘉珍、包华石等新一代学者已经崛起，海外中国艺术史研究迎来一个新的鼎盛时期。上述学者的研究涉及广泛，如班宗华《桃花源：中国画中的园林和花》、宗像清彦《中国艺术中的圣山》、文以诚《自我的界限：1600—1900年的中国肖像画》、毕嘉珍《墨梅》、乔迅《魅惑的表面：明清的玩好之物》和柯律格《长物》等，均对中国学者的研究构成了很好的补充。更重要的是，经历了汉学家到专门的艺术史家的视角转换，由通史结撰、断代论列到个案分析，由单一化的对象描述到综合性、跨学科的整体比勘，西方中国艺术史研究已开始向"新艺术史"转向。其中尤以人类学、考古学为切入点，将视野扩大至绘画史之外的青铜器、墓葬艺术及宗教美术，成为一大热点。这些新起的研究在展示—观看方式、生产—消费方式及空间性与物质性关系等方面都取得了不少突破。要之，是不再局限于汉学家模式甚至风格史学派的路数，甚至不再局限于艺术社会史。尽管如包华石《早期中国的艺术与政治表达》，姜斐德《宋代诗画中的政治隐情》仍专注于艺术与政治关系的研究，但类似精神分析、文化批评、符号学以及后现代主义、女权主义、后殖民主义等跨学科分析纷然并出，如埃尔金斯《西方美术史学中的中国山水画》就用到了后殖民主义的他者理论。形式上则既出现了对某个专题做全面梳理的解构性论著，也出现了具有重建艺术史野心的通史写作。

相较之下，方闻的研究——某种程度上也可包括同时期留美的何惠鉴、李铸晋、傅申等一代人的研究——不免存在某些片面不够深入之处，广度和深度都有待提升。但尽管如此，长久以来"过去即异域"的认知隔膜终究在他的手中得以打破。晚年，他奔走在中美之间，接受杨振宁的邀请，在清华大学高等研究院任讲座教授，同时创办中国艺术史与考古研究所，招收博士研究生，对国内的艺术史教学与研究贡献良多。我们当然承认海外中国学本质上属于"外国学"，因为它的问题意识与我们先自不同，接着方法也有所不同。个人甚至以为，许多时候连讨论的对象也不尽相同。方闻以自己特殊的身份、经历和学养，穿梭于不同的文明构造间，避免了不同文化在解说传统时常见的先入为主和扞格难通，为古代中国艺术走向世界做出了显著的贡献，这一点当为我们所记取。联系到同样是东方人，日本学者田中英道所称中国没有作为科学学科的艺术史专业，它仍与艺术混为一谈，而西方的艺术史研究是普遍向美术馆回归，重视具体的画迹，并由此对理论多有反思，则方闻的贡献尤其有启示意义。

# 为善于拿来的海派油画存史

虽然明代时油画就已传入中国，借薛福成、康有为的介绍和李铁夫、李叔同等人的传授，清末以降更逐渐为国人所了解。但就现代中国美术发展的实际进程来看，它真实的历史不能不说是从引进西方现代主义油画，并拿它与古典写实油画抗礼开始的。

盖因其时欧洲正流行印象派和后印象派为代表的现代主义绘画，古典的影响已趋式微。即使在日本，以黑田清辉等人为代表的新进画家，也开始用此新潮改造传统。所以，尽管其时中国人大多接受过以写实为宗趣的学院派教育，留欧的李毅士、徐悲鸿等还对此大力提倡，但更多人为回应启蒙与救亡的时代要求，在传统与外来、复古与新变的颉颃中，纷纷选择印象派、野兽派、立体派及超现实主义等"新派画"。

其间，作为中西文化碰撞与融合的中心，19世叶才开埠的上海敏感地捕捉到新世纪美术新潮的讯息。挟中西交汇、华洋杂处以及发达的工商业和移民集聚的优势，成为传播和诞育现代美术的摇篮。以同治年间传教士所设土山湾美术工场为发端，在清廷颁行学堂章程后七年、科举废止后四年，出自土山湾的周湘就已经开始创办中西美术学校和布景画传习所，学生中有乌始光和刘海粟。这是中国西方美术教育的开始。12年后，刘海粟积极倡导艺术自由，创办上海美专，影响及于此后的北平艺专、杭州艺专及南京中央大学艺术系、私立苏州美专与武昌艺专等正规美术学校。与此同时，诸如天马会、晨光美术会等各种新兴画室、画会和协会、研究会纷纷出现。它们用办刊办展的方式积极介绍西画，从而在新文化运动前夜及此后很长一段时间内，推动上海成为传播新美术的策源地。

《海派油画史论稿》（龚云表著，上海：上海人民出版社，2017年）通过还原海上画家同道结社、但开风气的史实与细节，诸如上海美专人体写生风波，在上海召开第一届全国美展及会展期间发生的"二徐之争"，以及庞薰琹、倪贻德等人发起成立决澜社等，将现代意义上中国新潮美术的发展过程交代得非常清晰。

要特别指出的是，上述这些先行者一方面努力追随世界艺术的潮流，另一方面从未忘记探索西画与传统画的兼容之道。如刘海粟、林风眠在学习印象主义、立体主义和表现主义的同时，都曾从具有抒情性和表现意味的文人画乃至民间艺术中汲取营养；陈抱一、倪贻德等人则从传统画与被和画改造了的日本后印象派作品的结合中，寻找自己的绘画语言。其间所体现出的自觉的预流意识和不忘本位的文化追求，虽一度因抗战爆发而中断，终得以保存并延续到后来成立的新上海美校。那种开放的办学形式，多元包容的教学理念，直接拉近了中国油画与世界的距离。

这就说到了海派与中国现代油画运动的关系。尽管本书开头就讨论了"海派油画"的名实，并试图对其做出妥帖的诠释。但事实是，"海派"二字原本用于传统画和新文学的讨论，是一个至今仍难以切指的概念。"海派油画"的意义边界因此也很难分疏清楚，毋宁说是晚清以来，转型时期的画家依托上海这座城市及其所滋育的开放文化，在应答西方绘画新潮时所形成的一种大体相同的艺术趣味和审美追求。它在创作的核心部分并未呈现出持续连贯的写实风格，相反，饱满显豁的主观立意与简约幽邃的形式语言之间的摆荡痕迹明显。而在画体展开的部分，从构图、色彩到笔触、肌理，则更多基于画家的个体直觉与当下体验，并因具有显隐不等的表现主义倾向,而从根底上与传统艺术的写意追求生气相通,相视莫逆。

尤其令人欣慰的是,经过"十年动乱",这种艺术趣味和追求居然潜滋暗长,并未中绝。本书对"八五美术新潮"以前上海画家所做的专章介绍可以证明这一点。像陈钧德早年师从林风眠、刘海粟、颜文樑等前辈,不懈探索东西方艺术的融合之道,其兼有表现色彩与写意趣味的用色用笔,是对海派油画特质的绝佳演绎。其他第三代名家如方世聪、邱瑞敏、魏景山、俞晓夫、夏葆元等,在变动不居的当代城市语境中,致力于将油画的视觉价值转化、提升到本体建构的新高度,由此所做的艺术实验与探索,更使得百年中国油画史显现出了自觉的现代性追求。

所以我们要强调,由当初诸如"十二人画展""83阶段·绘画实验展览"抟聚起的海上画家的探索与实验,在在表征着当代中国油画所能达到的新高度,海派油画因此理所当然地成为梳理中国油画发展史绕不过去的重要存在。尤其是它乐于向东西方学习的开放性视野,瞩目于"寄妙理于豪放之外,出新意于法度之中"的自由境界,不懈追求在变化了的外部世界中,保持艺术自圆自足的永恒定位,然后既关注绘画本体语言的个性化创造,又能落实为一种可以感动多数人的细腻、纯粹和彻底的美的形式,虽创作激情持久韧强,但外在表现淡定而从容。凡此,都注定了它是这座城市及其文化最适切的表征和代言。

最后要说本书的写法。作者称他无意撰写通史,而只择取海派油画历史上一些重要的人事做些许考辨与评述,因此在引入外文文献,将论题放在近现代以来中西方艺术思潮的整体性变迁,包括画家的海外经历、师承及由此形成的中外绘画意趣的互看互应方面,不免有所不足。但尽管如此,我们仍看得到对吴大羽这样有着"中国新派绘画宗师"之称的大师,包括吴紫兰、唐蕴玉、沙耆等被掩蔽的名家的洗发与评赞,这是要特别表出并肯定的。顺便一说,改革开放后,最早推出吴大羽个人专集的正是上海。

  这就是上海。它特有的文化,更重要的是对文化的敬畏与护惜,才使得海派油画有如此辉煌的过去。而它的现在与将来,也值得像作者这样的有心人继续记录与书写。

# 敢遣奇思上笔端
——由朱新昌的创作兼及中国画发展的未来路径

20世纪80年代后期至90年代初，人们对中国画的颓势有许多讨论。由于疏于笔墨功夫的研习，又轻视对前人传统的领会，仅以写意为口实，误将"逸笔草草"等同于信笔横扫，且从表现对象到创作技法都大同小异，如此行之易而成之速，作品产出量过大而作者准入门槛又相对较低，确实在一定程度上造成传统中国画渊厚雅重的美学特性的消散，其体量与品质渐渐不能与西方经典绘画构成有效对峙的态势也显得愈发刺眼。社会一般的观感大多止于厌倦，或许还伴随着艺术品市场上的行情下跌。但批评界的反思就不仅止于此了。排开认为中国画已处"穷途末路"这样过激的判断，如何在继承与创新的龃龉中保持传统，回应时代，成为一时关注的重点。

其时，有一部分画家应因中国画的转型焦虑，尝试用创新水墨的办法以求永续发展，并在1988年和1992年北京、深圳两地举行的国际水墨画邀请展后，形成"新中国画"与"新水墨画"两个派别。前者主要集合了美协体系内的画家如刘大为、王明明等，致力于探索继承传统基础上融入西方艺术元素的更新发展之道；后者则散在民间，如黄一瀚、李津等人，主张更大胆地引入西方现代艺术方法论，以求得画意画境的新开拓。还有一些画家如边平山、朱新建等则从另一个方向强调回归传统，在主题画与宏大叙事不再流行，只知迎合海外需求，粗制滥造概念性作品的滥俗风气通行时，探索"新文人画"的创作，并和"仿古画派""抽象水墨""观念水墨"一起，共同构成了当时美术界的新特一路。只是这些画家，包括稍后主张在水墨方面更多尝试的"后新文人画"作者，对传统的浸淫远谈不到深久，对从八大山人到黄宾虹的笔墨技法也未充分领会，故所作虽聪明灵动，终缺乏深厚的底蕴，于吸收外来方面更谈不到有多少斩获。有的人不时阑入恶趣味，更堕入艺术的末道。

或许因"新中国画"特别是"新水墨画""新文人画"所谓的"新"太难界定，有的似新而实旧，实际成就有待时间的检验；而诸如"仿古画派"在绘画的本体语言上本来就少创获，"抽象水墨""观念水墨"在技法与材料的运用上虽力求突破，但水墨发挥不够稳定，且一味从形式上仿效西方抽象画，某种程度上掩夺了传统画的本位与特性，原来颇为小众且渐趋式微的工笔画重新走回画坛中心，开始复兴。

众所周知，工笔画在传统画中成熟最早。作为一种长期作业性画法，它有完备的技法体系和明确的造型原则，在追求画外意境与诗性的同时，非常强调笔性的凸显与笔墨传承。且不说新石器时代的陶器纹饰、楚汉帛画和石窟壁画，就说绘事繁兴后顾恺之之师承卫协，韩干师承曹霸，黄筌师承刁光胤、滕昌佑，无不渊源有自。宋后画院兴起，李唐、李迪与王希孟等人虽各放异彩，仍普遍注重画内功夫的积养，并最终形成一整套以线造型的规程法式。尤须指出的是，工笔画虽重细笔勾染，与随手点簇的写意不同，但工笔画家绝非一般意义上的画工与画匠。相反，大都有一流的修养，对画学本身更有精深的研究。这使得他们能以准确细腻的线描染色技法"以形写神"，不致成为"应物象形"的奴隶。唯此，继魏晋南北朝的初兴，这种样式得以经隋唐时的成熟和五代时的世俗化，到宋代达到鼎盛。过程中所呈现出来的可持续性，足证其魅力的真久。

说到工笔画的复兴，当然不是起于此时。早在晚清，人们提倡"师夷制夷"与"经世致用",在多个领域号召"以复古为革新"。康有为在《万木草堂藏画目》的序言中就认定,"中国自宋前,画皆象形,虽贵气韵生动,而未尝不极尚逼真。院画称界画,实为必然,无可议者",并认为只有复工笔、院体与界画之古以更新元以来简率荒略的文人画,才能"合中西而为画学新纪元",由此导致新式美术教育的出现。以后,蔡元培、陈师曾等人对此也迭有发扬,直到陈独秀发起"美术革命"。若再论此后的实绩,则20世纪四五十年代有南陈(之佛)北于(非闇),五六十年代有叶浅予和程十发。只是更广范围的全面复兴,不能不说是在这个时期。1987年当代工笔画学会的筹建,1988年中国美术馆首届中国当代工笔画大展的举办,到2008年中国现代线描艺术研究会和中国工笔重彩画研究会相继成立,还有中国工笔画学会正式注册,全国美展一等奖的席位多次为工笔画占据,都是这种复兴的体现。上面提到的画界许多新的尝试与探索,如刘大为等人的创作,实际上也未脱离工笔的传统。由此开始,一批工笔画家开始崭露头角。以何家英为代表的淡彩派传统技法型画家、以胡伟为代表的重彩派材料技法型画家,还有以唐勇力为代表的综合型岩彩派画家,都以出色的表现获得了越来越多人的关注。

这其中自然也包括朱新昌。作为"文革"后首批大学生,他在工笔画一途浸淫很久,算上早年的线描训练及后来的连环画创作,时间长达30多年。其间创作出版了许多作品,入选了第六、第七届全国美展,也获得了包括第五届全国连环画展套书一、二等奖在内的重要奖项。不过他很快发现,如果按照这条路走下去,自己的创作将会随20世纪80年代画坛风气转换和连环画的淡出而被湮没。因为时代不同了,随着影像技术和传播媒介的变化,还有受此影响导致的漫画与卡通的兴起,连环画甚至传统画的程式化表现已跟不上人们趣味的变化。也因此,除《渔村》《仕女图》等少数几幅外,他早年的作品并没给人留下太深的印象。以后的探索与改变，为他带来了至今仍为人称道的《兔子灯》《弄堂生活》等一批反映当下生活的作品，包括更晚一些的《童趣》系列和《婴戏图》系列。这些作品虽独步上海画坛，但离开他自来的擅长与兴趣相对较远，对照其成熟期的风格更明显呈现出一种过渡性质，并且也没能拉开与当时流行的胡永凯、冯远诸家画风的距离。

要说胡永凯，几乎是当时被人关注临摹最多的画家。他创作的《民俗》《故园》和《深闺》等系列，以适度变形、夸张设色和富有装饰性的构图，给当时画坛吹进了一股清风，尤其受港澳地区与海外的好评。当然，市场反应也是一种加持。但很快，因技法终究单一面目日趋呆定而转成明日黄花。大量同质"行画"的跟进，让朱新昌开始认真思考工笔画与彩墨画的自身定位问题，包括工笔画中重彩与淡彩究竟该如何合理地权衡与取舍，乃至民族化与现代感的关系究竟该如何把握与体现。由此，他创作的《家园》《春韵》《步行街》和《戏剧人物》《虚构》等系列，从人物造型到构图设色，开始跳出了平面构型的惯常窠臼，在注意避免用线过死、用色过狠、色域界分过于显豁不够含蓄的毛病后，初度呈现了自家的面目，形成了个人独到的风格。只是摸索过程中不够确定的痕迹宛在，整体看去画面略显杂乱，色彩有些沉闷。直到《聊斋志异》和《山海经》两个系列出现。

《聊斋志异》是为人耳熟能详的古典文学名著，作家蒲松龄调动各种艺术手段及多样化的叙事风格，将荒诞不经的神仙、狐鬼、精魅编入才子佳人式的爱情故事，以及人与非人的友情故事，借以讽刺社会不公和道德的沦丧。如鲁迅《中国小说史略》所说，其"描写委曲，叙次井然，用传奇法，而以志怪。变幻之状，如在目前；又或易调该弦，别叙畸人异行，出于幻域，顿入人间；偶叙琐闻，亦多简洁，故读者耳目，为之一新"。又，明末以来志怪小说大抵述事简略，荒诞不情，独它"于详尽之处，示以平常，使花妖狐魅，多是人情，和易可亲，忘为异类，而又偶见鹘突，知复非人"，所以自来受人追捧，不仅迭有刊印与评注，且多绘本反映。今天可见到并重版的就有晚清铁城广百宋斋主人徐润据青柯亭本延请名家绘制的《详注聊斋志异图咏》，该图咏集诗画印为一体，被誉为"《山经》《尔雅》之外别开生面者"。民国时，又有《全图足本聊斋志异》等多种刊本行世。直到今天，仍有施大畏、吴山明等名家的《绘本聊斋》和于受万的《新绘图聊斋志异》。

相较《聊斋》从孔圣、关公到菩萨、韦驮再到老君、玉皇，儒释道三家及天地水陆、鬼狐妖怪无所不包，《山海经》集地理、博物、民族、民俗于一体，调动上古神灵异兽、动植物及神话、特异人物，记载了约四十个方国，五百五十座山，三百条水道，一百多个历史人物，四百多种怪神畏兽，更是一部有关中华民族文明起源与文化发展的奇书。由于它本身是图文并茂，甚至图像诞生在文字之前，所以对后世影响很大。只是这些图的流传与演变较之《聊斋》复杂许多，不仅古图有佚失，后代继作的脉络也不甚清楚，所以学界从来多有关其图文关系的专门研究。但无论文字记载还是图绘流变，在将它还原为古代史地类专著的同时，因所记载终究多为传奇性神话，而认定其为"古今怪语之祖"，"匪特史地之权舆，亦乃神话之渊府"。前者见诸胡应麟的《少室山房笔丛·四部正讹下》，后者可见袁珂的《山海经校注·序》。后世历代绘本从明代胡文焕、蒋应镐到清代吴任臣、汪绂，乃或今人俞欣《〈山海经〉异兽图志》和王旭龙《人神异兽录》等，都着意突出这个方面。

不过尽管古今图绘甚夥，朱新昌的创作仍然不同凡响。这不仅体现在他不以零敲碎打地图解两书若干篇章为满足，而是在尊重原书结构的基础上，通过内在理路的寻绎，绘制成了上百幅。更重要的是，他无意于沿袭小说传奇插图叶子的成式，也不死守传统人物线描和连环画的形式，而能在保留经典性与兼顾普及性、平衡传统与现代两方面做了艰苦的探索，从而使自己创作的立意与气象都有了迥异于他人的面貌。质言之，是创新赋予他突出前人重围，拓出一片新境的动力。

　　作为长期从事工笔人物创作的画家，朱新昌对传统深怀敬畏之心。读他的画，你看不到一丝一毫率性狂肆的表达。相反，永远严谨而细腻，一如他的为人。即就《聊斋》与《山海经》的创作而言，他一方面悉心研究上述古人的木刻插图，力求在气息上有所契近。另一方面，基于数十年的摸索与实践，越来越感到传统是一个变量，艺术也不等同于科学。相反，它不但不具有排他性，还永远向着不知满足的人敞开。有鉴于传统画技法到文人画阶段已相当成熟，此后因袭风气转盛，故面对极具程式化的工笔画，他认为技法和笔墨不应成为刻板的教条和定律，而只能是受创作者情绪和认识支配的手段。落实到上述两书的原配图，目的似在以图证文或图文对照，内容与表现形式都很简单，虽然有过去时代的味道，却未可径视同艺术创作。特别是，今人既已画不出那种特别的味道，再去刻意追求就没意思。所以在具体创作中更重视结合特定的历史背景，在前人的窠臼中脱化出新意，这使得他的创作告别了单纯的图解，蜕变成真正的艺术。

　　大体说来，它的人物造型更多变化，色彩也更趋协调，整体看去显得疏密有致，恰到好处。尤其难得的是，切合着所要表达的题材和个人的擅长，他将实地写生与案头积累结合起来，努力调动更多文化元素，驱驾外似虚玄中藏绵劲的线条，使个性化的浪漫经营透露出更丰富的历史信息，平和谨细的刻画渲染见到画者本人的意致与趣味。为此，他坚信诚实是艺术最大的要素，只要诚实，艺术就总在那里。用唐人符载《江陵陆侍御宅宴集观张员外画松石序》的说法，是画乃"真道"，"当其有事，已知夫遗去机巧，意冥玄化，而物在灵府，不在耳目，故得于心，应于手"，而非在意"忖短长于隘度，算妍媸于陋目"。也是基于这种诚实，他允许自己"不安分"地探索从心所欲不逾矩的自由创造之路。用他自己的表达，是"传统好比吃饭，不吃不行，但吃过以后，就无须刻意地去想它,相信它已经潜在地发挥着作用"。

所以此次新绘《山海经》(上海:上海书画出版社,2017年)他抛弃将人物安顿在有限场景的常见的情节化叙事方式,在影像技术高度发展、图片获取日渐便利,甚至镜头已经代替眼睛的今天,自觉地探索新的视觉关系与构造方式。画面处理常常采取富于装饰感的纵式、横式或圆形布局,尤注重繁密有致的气氛铺陈与节奏把握,而淡化人物细部的表情刻画,包括人物与环境的透视关系,以求寓现代感于平面化的处理之中。由于有长期连环画创作的实践,造型能力强,能赋予简至流畅的线条以抽象凝蓄的力量,并使之成为一种"有意味的形式",他笔下适度变形的人物在呈现出有说服力的真实感与体量感的同时,无不显现出一种谜一样的神性。加以构思时精于从初始文本中择取动作性最强、最富有表达张力的瞬间片刻,原作的大本大宗被完整地表现了出来。至于那些未被呈现的部分,是笔墨本不擅长表现的和语言本不易说清的部分,也在一种充满仪式感的画迹中,或以留白的形式,更多用辨识度很高的符号,如不同方向上出现的具象的水火、风云、花树,或同一方向出现的抽象裂痕的缀连、隔断或过渡给表现了出来。如此在对称、均衡、反复、重叠中打破空间的二维性,将个人经验到的人物事象错位、分割后堆垛到同一个平面,人与人、与物之间被遮蔽的逻辑关联由巧妙的避让与呼应来开显,从而使得画面既有审美上的陌生感,又维持了与现实的常识关联。至于由虚实结合再实而返虚,更使得作品在备极精工的深描中,呈现出一种与原书基调相符合的难得的抒情性和写意风味。

再就设色而言,虽基本沿用传统的工笔淡彩方法,但在注意与追求水墨禅意、色彩较为单调的写意画拉开距离的同时,还大胆选用了一些工笔画不常用的颜色,甚至水彩颜料,力求呈现更丰富的视觉效果。这方面的努力既与他从小跟着京剧演员的母亲四处演出,在后台耳濡目染戏服与布景的浓丽华艳有关,也基于他对用色的独到理解与喜好。他认识到传统工笔画基本依靠线描造型，而没能将色彩的功能发挥到至极，所以有意识地在这方面做了加强。如前所说，他的构图繁密有致，是韩拙《山水纯全集》所谓"巧密而精细者"，用色的丰富与密丽正与之构成很好的对应。这一点在选用螺纹纸创作《山海经》及再后来《开天辟地——中华创世神话文艺创作工程》系列绘本《羲娲创世》和《绝地天通》中体现得至为明显。当然，基于《聊斋》内容的特殊性，颜色太过鲜艳会与原作基调不搭，他采用敷色后再用水冲洗的办法，使之褪去固有色的热艳，在更好呈现画面肌理的同时，让画面透出一种空气，让色调变得更加含蓄。用纸方面，开始是在生宣上画，后感到其不利白描线条的施展，带连着人物刻画不能深入，整个画面不易出古意，遂改用熟宣。如此彩墨烘染下，五彩缤纷的多维空间融进一片浪漫与神秘，激越的情绪经过图像的凝定，终于进入到人最幽微而易感的意识深处，设色变化而不杂乱，色彩丰富而色调统一，这种同色调的彼此呼应与意象的错位运用，极富层次感地融入和谐的整体经营中，不但使画面繁丽而不沉闷，还呈现出一种独特的"浓后之淡"的美感。

如果将朱新昌在神话题材创作上所取得的成功，与80年代以来西方文化的传入及西方现代绘画的影响结合起来考察，则可以看到，除了基于自己的艺术理想所做的努力，由现代艺术观念与技法冲击造成的人心思变的画坛大环境，也为他的转型与突破提供了难得的契机。

尽管从未有人否认传统中国画具有无可代替的审美价值，但面对发展变化了的世界，从文字到图像，人们的认知确已发生了很大的改变。如何接续传统慧命并推陈出新，已不是在一国范围或一种文化语境中就可以解决的问题。也因此，前文提及种种新的探索与实验，无论是观念的还是方法的，在进入新千年后很长一段时间，都一直在持续地进行，有时甚至取一种更激进的姿态，先延伸到国外，然后再影响到国内。2005年起，国内美术机构连续推出了多个当代水墨大展，并提出了"新水墨"的概念。此后，大英博物馆、吉美博物馆和波士顿美术馆也相继推出多个展览。2013年，大都会博物馆更举办了"水墨艺术：中国当代绘画的前世今生"大展。所有这一些，无不凸显了上述探索实验的全球化背景。

依习惯的认知，中西绘画从观念到方法存在着全方位的差别。西画是体面造型，即基于物理事实和光学原理，在三维空间中成像，其中光源色与环境色的表达，赋予了对象强烈的写实特征。中国画是线面造型，通常不追求纵深感与体量感，而重在由扁平求纵深，同时淡化光影，弱化对比，画面的色调与其说依照所表达事物的原色，不如说更基于画家的心理，以及随之而产生的功能性联想或象征意义。也就是说，与重视造型的客观真实相比，它更关注的是情感的真实。因此，相对于写实的西画，它一般被纳入表意的范畴，它的抒情性特质也由此从一开始就得以确立。

很长一段时间以来，人们都认同这样的判断。但随着改革开放以来国门的打开，这一切开始有了改变。紧接而来的全球化，更将外光派崛起后各种现代艺术观念带到中国，尤其是以表现主义为代表的20世纪新的艺术观念与方法，主张从具象中解放艺术，极大地刺激了国人的神经，拓展了画家的视野。让他们发现原来并不仅仅只有中国人重表现，在西方再现的版图外，也有一片神奇的抒情天地值得关注，于是群起而仿效之。

要说表现主义进入中国已有一百多年的历史，早期林风眠、关良、常玉和吴大羽等人都曾受到影响。但到20世纪80年代，它不仅表现为空间处理上由重物理表现向重美学表现的转换，更因呼应着社会的变化而获得了明显的思想解放意味。这一点，只要看看油画界关于打破写实主义局限的讨论，以及本世纪以来"意象油画"的讨论就可以知道。表现主义绘画近于尼采所说的狄俄尼索斯式的艺术，虽非一味的混乱和狂怪，却与代表理性和秩序的阿波罗式艺术不同，它更多借重人的潜意识，更多基于感觉，而不是根植于理智，表现为色彩的单纯与鲜艳，形式的翻滚与扭曲，还有技巧上的漫不经心。总之，致力于主观感受的宣泄，而无意于客体物理的细究。用"蓝骑士"成员保罗·克利的说法，艺术主要不是再现看到的东西，而是要让人看到美。其实，这样的话前此塞尚和马蒂斯都说过，前者称不要画眼睛看到的世界，而要画心灵感受到的世界；后者称画家不用从事琐碎的单体描写，因为摄影做得更好；也无须叙述历史，因为它可以从书本中读到。绘画更高的要求只在于表现"内心的美好幻象"。表现主义画家对这一点更为强调。为此，他们常突破物理空间的限定，通过对外部世界的扭曲、变形与翻转，来表达对这个日渐异己的陌生世界的理解，寄托自己内心深刻的失落与无助，因此常有一望而知的强烈的抒情意味。其中"新具象派"的霍克尼更对中国卷轴画的散点透视有很高的评价。显然，这种重视主体情感表达，认为具象不等同于写实的观念，非常契合中国画的认知，所以为朱新昌的空间处理和整体构图所汲取。

当然，过程中他非常注意分寸的拿捏。一方面，为突破以线造型的平面局限，不时翻览类似《20世纪欧美具象艺术丛书》和克利、霍克尼等人的作品，悉心揣摩表现主义绘画、构成派风格乃至波普艺术，对卢梭、博尚和邦布瓦为代表的"稚拙画派"也下过不少功夫。尤其认同格林伯格的说法，未来艺术的发展将不断从立体走向平面，平面性是现代派绘画发展的唯一定向，故在空间构成和处理上有意打破惯常的思维，用平面化处理制造出独特的视觉效果，从而赋予作品以现代感。当然，这种平面上的夸张和变形都须服从作品整体的需要，与作品的内容形式相契合。为此，他放弃此前创作常用的整幅全满的画法，也杜绝任何人为制作的阑入，相反常常做减法，甚至觉得对一个优秀的画家来说，重要的不是表现什么，恰恰是能舍弃什么和如何舍弃。一张好的画应该是对现实的某种抛弃，正如好的小说是对现实的部分抛弃。所以，即使画《聊斋》中那些暂时寄身现世的狐仙，也不过多展开其所在的环境，而只让线条承担其中最基本的造型功能。画《山海经》这种异度空间的故事就更不刻意呈现景深了，甚至有意省略环境，只以妖娆回环的线条，拓出一片莽天厚地，渲染一种厚朴的精神。他并且认为，线条的功力如何与能否支配画面，端赖画家对形象、结构及形与形之间相互关系的整体把握，端赖画家所具有的将个体符号纳入画面整体的综合能力。他坚信凭借自己成熟而克制的线条，当然还包括"色以融神"的敷彩技术，他是能够赋予作品以强烈的抒情意味的。

另一方面，他又很注意避免那种盲目追随西方，以致放弃想象与现实的连接，整体背离传统画写意特性的做法，认为不论工笔还是写意，具象还是抽象，绘画都具有表现性，甚至从某种意义上说一切艺术都是表现，都不能脱弃抒情的本质。所以他选择向更稳健，同时也更接近自己气性的画家如谷文达、仇德树、杜大恺学习，为其不但笔墨功夫细腻雅致，眼界也不仅止于一花一草的表现，而能在一种传统的抒情格调中传达当代人普遍的人性及其生存状态。因此他的书柜里看得到杜大恺等人的画册。杜氏那些直线平涂的房子，既有着强烈的装饰效果，又隐蓄着浪漫的抒情特质，让他爱不释手。更重要的是，本着"以形写神"而不"空其实对"的古训，在营构画面时，他能注意避免平面追求的绝对化。像《聊斋》一书中许多故事都有场景和细节交代，它们与具体情节的推进和人物的塑造间或有关，故不是一味平面化就可以对付过去的。于此他颇费心思，譬如画《崂山道士》，就不取人所熟知的穿墙情节，而选取道士剪纸月亮并在月上饮酒的细节，这样月里对饮的三个和尚与月下一众举头仰望的徒弟的空间关系既交代得很清楚，整幅作品的形式感与由此带来的抒情性也得到了极大的加强。

至于塑造人物，尽管《山海经》《聊斋志异》多空空精精、怪禽异兽，他在刻画与状写时仍能注意抽象表达的合理有节，甚至为照顾人们的欣赏习惯，对其中一些妖魔精怪做了适当的改写，总要是不让自己的探索实验成为人理解的障碍。为了更有效地做好这一点，他在造型上拉开与传统画法距离的同时，有意识地引入帛画、岩画和年画、剪纸、皮影等民间元素。像年画中的岁朝图与戏婴图，神仙道化、历史故事与戏剧人物，大都线条简洁，色彩亮丽，虽造型夸张而又不失分寸，给他很大的启迪。当然，这里同样有一个度，有鉴于民俗元素用多了易使人厌，他又从俄罗斯当代现实主义大师萨弗库耶夫等人的画册中汲取营养。萨氏那种既保持对象的体量感，又能通过平行、垂直和旋转的几何构图凸显对象，那种对密致空间的主观营造和对画面层叠感的着意铺陈，以及对色彩的抽象提取和凝练，都被他化用到上古神话和人鬼故事中。与之相对应，在用色上又能不刻意打破传统的色域渐变规律，不一味追求原色的单纯与鲜丽，色彩有叠合而无冲撞，有对比而不显突兀，通体洋溢着省净含蓄的韵味。正是这种省净含蓄，赋予其所作以浓郁的抒情意味。

当然，朱新昌对传统工笔画的探索还在路上。全球化背景下，传统绘画正面临着转型发展的瓶颈，所接受的挑战异常严峻。尤其在审美多样化和艺术多元化发展的格局下，任何一种探索或风格，都免不了会被放大了接受挑剔的检验。譬如，在擅长直线勾型的同时，如何最大程度地开掘曲线的价值；在淡彩轻染的基调下，如何表现对象的渐变过程，从而使色彩本身的造型功能得以更充分地发挥。此外，为避免风格的单一与凝滞，创作前的案头准备与实际呈现的连带该如何通过更丰富有效的艺术符号加以表达。所有这一切不仅是朱新昌面对的问题，也横亘在每一位创作者的面前。

或以为这个困境可简化为如何在继承中创新这个老问题，此言诚然。但须注意的是，问题提出的背景和所指向的前景已不再相同。即以传统画的用线而言，魏晋南北朝时曾受到外来佛教的影响，隋唐时期又受古印度犍陀罗风格影响，五代十国如贯休那种古怪夸张、极具装饰性的线条则与西域画风有关。但今人面对的是全球化，是如何基于跨国语境和当代经验做出新的探索，如何吸收更多元的异文化资源，在形体、结构、光影、明暗的表现方面做更新更多的融合与创造。譬如，传统工笔的轮廓线大多简练而清晰，能周正地勾勒出人物的基本特征，朱新昌也是如此。但在这种轮廓线之外，再一味用留白等方式以示虚静和空灵还行不行？是否也应该开发出晕染、皴擦或别的什么方法，进而让某些轮廓线出入隐现于变幻的色彩当中？这就说到了用色。一般而言，相较于线条，传统工笔画对色彩的觉醒相对较晚，而多只在轮廓线内平涂渲染。由于对许多细节只做虚化处理，常使画面显得滞塞刻板，不够生动。加以古人以为墨分五彩，尤其唐宋以后，文人画对笔墨特性的迷恋，一定程度抑制了后人对色彩的热情，遂使其本有的丰富性没能得到很好的发挥，连累工笔画疏密浓淡的节奏表现受到限制，空间感带出的抒情意味尤其不足。这同样反映在朱新昌的神话系列创作中，他的色彩虽然协调，看起来也很舒服，但是否足以传达神话世界乃或鬼魅世界的离奇瑰丽，似乎仍有商榷的空间。

犹有可进言者，正如人人都会说"笔墨当随时代"，今人调动线条与色彩，究竟希望自己的创作具备什么面目，又达到怎样的境界？对此，专门家有许多的讨论，其中卢辅圣的话说得尤为简切。在《继承传统超越历史——关于"南北·工笔画对话学术展"的对话》中他认为，工笔的对立面不是写意而是粗笔，写意另有自己的对立面，即写实。基于中国画的抒情特性，无论工笔和写意，都面临着如何"以形写形""以形写神""以神写意"的问题。这三者分属不同的层次，"以形写形"是状物，"以形写神"是添入主体情思，"以神写意"则意在加强表现性，使作品的形象超越写实，有更明确的思想负载。值得注意的是，他进而提出了"以意写形"这个新层次，称之为"绘画的抽象化"阶段，认为因文人画的影响而使过去的写意画较多停留在第二、第三两个层次，带连及工笔画则每每滞留在第一、第二两个层次，这就给今人的探索留出了很大的余地，也涵养着今天工笔画发展的大好契机。

20世纪80年代到本世纪初画坛的各种探索与实验足可印证他的判断。通观这三十年来中国画创作的现状，尤其具有标志意义的工笔画的复兴与繁盛，包括朱新昌的创作在内，从某种意义上都可以视作是基于"以意写形"的追求。即无取虚尊传统，只知以空洞单薄充简明醇至的疏懒画风，对类似"新文人画"一味以粗鄙化的泼痞人物造型求奇求新，以不脱浮世绘笔法的艳俗风格哗众取宠尤其无感。而是真心钦服传统，以为古人的工笔绝不至以屑小琐碎代替丰富周至，只要看看五代顾德谦的《莲池水禽图》、宋李嵩的《花篮图》和南宋毛松的《猿图》等，笔痕的差异性与行笔的提顿足以将对象交代得一清二楚，画家独特的视境更能构筑出一隐在的富于人文内涵的意义空间，是谓能"以意写形"，即以我之意，写物之形。它不是对物的简单描摹，而是各有寓托，备见情致。

这其中，徐累、张见、徐华翎等"新工笔"画家的努力尤其值得关注。他们尊重传统画线描、没骨、重彩及撞色、冲洗等技法，乃至"三矾九染"的程式，又能跳出狭隘的对象化思维，不再认为"随类赋彩"是绘画的核心，甚至认为过求具象会妨碍"技进乎道"。为避免自己的创作陷入状物切近与画格猥近之间的死结，他们在保持绘画品质与技术难度的同时，更关注调动主体情感，在关联着当下的审美感受支配下，既借助线条，更常弱化线条，将其融入色彩当中，从而营造出一种前实后虚的间离效果，来传达对当下的观念性诉求。唯此，人们可以从他们的画中见到古人极少用的桃红、粉蓝和复色处理。但通过这种复色处理和多层渲染，他们确实使画面变得更加深邃和厚重。至于背景处理上采用多次洗刷的方法，做足底色，也确乎赋予了作品以空间的纵深感。此所以，有论者以为"新工笔"是一种温和的反叛。这种反叛不再关注技术革新，而尤重视如何表达图像的意义，实际上呼应了中国艺术原生态在当代文化方面的转变。

"新工笔"之所以在重视传统技法与当代观念的结合方面做得比较成功，是与这批画家相对年轻，受过完整的教育，勤于阅读积累，长于理论思维，且更富国际视野有关的。像徐累，在不断正本清源、回归传统的路上日渐体认到传统的吸引力，但他所回望的并不是单纯意义上的两宋，用他自己的表述，还有波斯的细密画、庞贝壁画中人生无常的气息，以及克莱因的空无、杜尚的情感、马格利特的悖论和修辞学。他认为好的艺术从气息到原理都是相通的。文艺复兴时期的画作与宋元绘画之间，并没有人所想象的那么大的隔阂，而他自己的创作就是想要找到两者之间的契合点。有鉴于当代艺术更多呈现出"全觉艺术"（All-Sensual Arts）或"多觉艺术"（Multi-Sensual Arts）的征象，艺术的美不一定依赖视觉的逼真，甚至如胡塞尔和海德格尔所强调的，一定不能落实在现成存在的对象上，因为美有彻底的非对象性和纯境域的发生性，在图像文化高度发达，形式解构和对象的主体化为更多观者认同的当下，画家应该超乎"技"的层面，将思考引入问"道"的境界。

基于谦和淡定的个性，朱新昌是一个特别沉得住气的人，从不张扬，甘于寂寞，但艺术上又有舍我其谁、岸然自命的精神。他曾说："所谓传统正是过去的今天。传统就像一面镜子，里面有我崇拜的许多大师，但我不刻意地去模仿他们，因为我是我，我立足于今天。"所以他这两个系列既不同于过去专注于呈现平面化意象的古典工笔，又不同于追求明暗与结构表现的现代工笔，而以复合笔法为基础，追求对主观色调的精准控制，其整体上显现出的明显的抒情意味和贴合当下的努力，从某种意义上亦可视作是一种"新工笔"。当然，他还需要更多地读书，更多地积累，以使自己的风格更隐蓄，更深厚。读书与积累来自两个方面，首先当然是传统经典，古人论画，既有姚最《续画品》要求"点刷精研，意在切似，目想豪发，皆无遗失"，"雅性精密，后来难尚。含毫命素，动必依真"，也有王微《叙画》提倡"本乎形者融灵，而变动者心也。灵无所见，故所托不动；目有所极，故所见不周。于是乎以一管之笔，拟太虚之体；以判躯之状，画寸眸之明"，两者都不能偏废。那种以为在生存空间被大大挤压的当下，探讨传统画的现代转型没有意义，画家只须老老实实地在自己的园地里耕耘，因为他的收获本不在当下的主张看似淡定，其实难掩其无所作为的消极和不知往何处去的迷惘，是不可取的。

今天，艺术与生活的关系早已不仅仅是反映与被反映那么简单，毋宁说更像是对自身的发现与质疑。好的艺术总在提出问题，总期待着改变，期待能在绢纸上诞生一段不可测识的新的生命。别指望这种生命会毫无预感地突然出现，更不用说不做改变会侥幸地生存下来。故艺术家应该有克服惰性勇于创新的进取心。艺术中没有什么东西是永恒的，如果一定要说有，那就是创新。从这个意义上说，一个有出息的艺术家总是在寻找突破，这种突破既表现在艺术处理上——当然必须杜绝对笔墨的轻忽，对制作的滥用，对风格化的盲目追求，因为类似的平庸与偷惰会导致技巧难度的降低和作品品质的下滑——更基于思想的层面。如此包括工笔画在内的中国画才能以一种清新的未完成姿态，朝向更长远的未来。所以我们殷切希望朱新昌们以后的探索，能既基于对传统的重新认识与估衡，又自觉追随变化了的世界，在更宏大的坐标上，找到回应时代的更好的定位。

# 序 跋

# 《诗经》的读法

## ——《林栖品读诗经》序

 

 

自有《诗三百》，这个题目就被无数人讨论过。历代治《诗》者派别立而思想歧，因其所吟据实而有将其用作史料的，如司马迁《史记·周本纪》记述周王朝政事，就多引其以为佐证。既因后稷曾孙"务耕种，行地宜"而称"诗人歌乐思其德"，事见《诗经·大雅》之《公刘》；又因古公亶父"修复后稷、公刘之业，积德行义，国人皆戴之"而称"民皆歌乐之，颂其德"，事见《周颂》之《天作》和《鲁颂》之《闷宫》。是为"史学的解读"。

也因为从来受到推崇，有孔子删述在前，汉人推尊在后，直至被奉为六经之首，故又有所谓"经学的解读"，即在突出政治功能的同时，赋予其伦理与哲学的内容，直至建立"兴观群怨"的诗用学，形成"温柔敦厚"的诗教传统。所造成的体系，在不同时代各成不同的师法门户，从学后辈谨守其义不失，有至于虽一字而毋敢出入者。与之相伴随的，还有对诗中文字、音韵和训诂的分门研究。凡此都凸显了《诗经》实是贵族文化结晶和礼乐文明产物的事实。它像足了带有光环的圣典，越然于一般乡谣里谚之上，与后世丛出的民歌更不相同。唯此，《荀子·劝学》才说："学恶乎始，恶乎终？曰：其数则始乎诵经，终乎读礼。"

基于任何时代诗人都不能不是时代的喉管，只是自觉不自觉而已，故今人大抵认同这样的事实，即由《诗》中歌者的吟唱，足可考见一个时代的风俗和学术。当然,视此为读《诗》的题中应有之义,不等于"诗本义",即诗自身的特性可以被无视和遮蔽。在这方面,前述"经学的解读"多少让人心生抵触,因为它在建构经学解释体系时,常人为地赋予诗太多额外的旨意,有些赋意——包括以此为基础的赋能——与文本原旨每相脱节甚至乖违,以致各种失实、不情与尊《序》、疑《序》的争吵相夹杂,反而使人远离了诗。对十五国风的解读尤其如此。尽管如班固《汉书》所说,"其风声气俗自古而然,今之歌谣慷慨,风流犹存耳",但自汉而降,一些解诗者偏不能披文入情。相反,一味考较盛衰,别分贞淫,以非诗的立场强为解释,故清人崔东壁《读风偶识》会称"大抵毛诗专事附会"。其实,好附会的何止是汉人,直到"五四",还有人就《静女》一诗的主旨与细节多有曲解,且动辄十数万言。这不啻给古人真率的吟唱笼罩了重重的雾障。

因此,在期待"诗经"学能真正获得进展的同时,我们觉得,现在是到了将《诗经》从解经中解放出来,由关注器物、制度与精神,体会其语言、习尚与信仰,进而完成向"文化的解读"转向的时候了。记得胡适说过:"《诗经》不是一部经典。从前的人把这部《诗经》都看得非常神圣,说它是一部经典,我们现在要打破这个观念;假如这个观念不能打破,《诗经》简直可以不研究了。因为《诗经》并不是一部圣经,确实是一部古代歌谣的总集,可以做社会史的材料,可以做政治史的材料,可以做文化史的材料,万不可说它是一部神圣经典。"他的说法带着那个时代提供的特殊语境,略显绝对。相对客观的是钱穆《中国文化史导论》所下的判断:"《诗经》是中国一部伦理的歌咏集。中国古代人对于人生伦理的观念,自然而然的由他们最恳挚最和平的一种内部心情上歌咏出来了。我们要懂中国古代人对于世界、国家、社会、家庭种种方面的态度观点,最好的资料,无过于此《诗经》三百篇。在这里我们见到文学与伦理之凝合一致,不仅为将来中国全部文学史的渊泉,即将来完成中国伦理教训最大系统的儒家思想，亦大体由此演生。"如果不拘泥于传统教化看《毛诗序》所说的"经夫妇，成孝敬，厚人伦，美教化，移风俗"，乃或朱熹《诗集传序》所说的"人事浃于下，天道备于上，而无一理之不具也"，包括它在东亚文化圈的流播，如日人从来将其用作道德养成的教材，小山爱司更称其为"修身齐家之圣典""经世安民之圣训"，朝鲜则自古以来就以《诗》试士，立《诗》学博士，进而建构起一套迥异于西方的伦理文化，应该说《毛诗序》与《诗集传序》的说法并无夸张之处。它们所揭出的意义也远非《毛诗正义》所谓"论功颂德之歌，止僻防邪之训"可以概尽。

更何况，有鉴于"千古人情不相违"，如朱熹还在《语类》中特别强调"读《诗》正在于吟咏讽诵，观其委曲折旋之意，如吾自作此诗，自然足以感发善心"，以为"读《诗》之法，只是熟读涵泳，自然和气从胸中流出，其妙处不可得而言，不待安排措置，务自立说，只恁平读着，意思自足。须是打迭得这心光荡荡地，不立一个字，只管虚心读他，少间推来推去，自然推出那个道理"。总之是要人"且只将做今人做底诗看"，而无取"只是将己意去包笼他，如做时文相似，中间委曲周旋之意尽不曾理会得，济得甚事"。至于王阳明《传习录·训蒙教约》中，更特别强调"凡歌《诗》，须要整容定气，清朗其声音，均审其节调，毋躁而急，毋荡而嚣，毋馁而慑。久则精神宣畅，心气和平矣"，是从态度上对读《诗经》做了明确的规范。究其意旨，与朱熹一样，是要人能全身心植入诗的意境，以改化气性，并无意于所谓经世济民。这里面，或多或少包含了他们对《诗经》文学本质与娱情功能的认知。

说起"文化的解读"，其实并不新鲜，前辈闻一多早有实践。他曾在《风诗类钞·序例提纲》中，将历来治《诗经》的方法归结为"经学的""历史的"和"文学的"三种，而将他自己倡导的读法命名为"社会学的"。具体地说，是以哲学和文化人类学的视野，调用考古学、民俗学和语言学等方法来还原诗的原貌。他称自己之所以用这样的方法,是希望能"带读者到《诗经》的时代"。在这种视野和方法的烛照下,许多作品得以洗脱硬加在上面的重重负累,裸出了本来的意指。风教说更因此失去了原有的庄严而几近崩塌。如他指《柏舟》其实是一首爱情绝唱,《蜉蝣》表征的是人的原始冲动等,诚可谓持之有故,言之成理。最让人印象深刻的是,由他所作《风类诗钞》《诗经通义》和《说鱼》等文,揭出了存在于《诗经》中一些意象的特别寓意,譬如以食喻性,以饥示欲,等等。这比传统《诗经》学通常基于考据、训诂,通过典籍互证来解说文本,探究人物、场景和事件背后的真实意思要准确许多,也深刻许多。

正是有此垂范,今人叶舒宪直接把风诗断为情诗。其中既可见到闻一多的影响,也综合了朱光潜、陆侃如、陈梦家、周策纵等学者的研究。当然,另外还有卡西尔《语言与神话》的影响,他通过对"风""雷""雨"等诸多大候意象,"雎""雁""鹈"等诸多鸟类意象,以及草虫意象的比观、索隐,而得出的更具体丰富的结论。他称这些意象都意在暗示《诗经》作者的吟唱与两性的性欲与性向有关,是对两性相诱、男女相感之情的自然发抒。虽未必全中,离事实亦不远。而就我们的观察,其背后显然还有《周易》及其所揭橥的天人交感哲学的潜在影响。说到交感之"感",此字始见于《易传》,《周易》卦、爻辞中实无之,有的只是"咸"字。《周易》前30卦"明天道",后34卦"明人事",以咸卦居首,是因男女交感及婚娶是人事之本、之基,由此一事可推言天地万物和政教伦理。故孔颖达《正义》说:"咸,感也,此卦明人伦之始,夫妇之义,必须男女共相感应。"之所以用"咸"而非"感"字,是为了突出这种感应不能强拗,须自然而然,是谓"无心而感"。故后来王夫之为《正蒙·太和》作注,称"感者,交相感。阴感于阳而形乃成,阳感于阴而象乃著"。

说完这些，最后可以说说所谓"文学的解读"了。作为中国古代第一部诗歌总集，《诗经》虽不同程度受到原始巫术的蛊惑笼盖，终究植基于先民的生存实践，传达了那个时代人们共同享有的活泼泼的原始伦理和生命体验。在那里，几乎不存在凭幻想虚构的超现实的神话世界，人们关注人间，眷怀土地，"饥者歌其食，劳者歌其事"；又几乎忽略对异己力量和诸神的畏服，而只有对先祖发自内心的崇拜和对高禖绵绵无尽的感念。这些都使它成为立足于现世人生这一华夏文学传统最重要的基石。在此基础上，它开启了后世抒情文学不间断的发展历史，为中国文学确立了不同于东西方其他民族文学特有的体派与格调。它由风、雅、颂组成的诗本体，虽贯穿"天命靡常"的敬畏意识，"聿修厥德"的尊祖诉求，以及"怀德维宁，宗子维城"宗法理想，但借助于"风雅""比兴"，还是以浑然天成的叙事、言理和抒情技巧，形塑了后世文学的发展路向。尤其是对比、兴超越修辞手法的成熟运用，开辟了假物指事、化景物为情思的传统，以至于后人即使抽象言理，也必须挟情韵以行。至于它所造成的多重暗示和曲折象征，赋予了抒情艺术更丰富含蓄的"内部语言"，令千载以下的人们读后既感佩其出言的爽利天真，又不能不佩服其气度的优雅和从容。

对此，即使善用汉学方法治《诗》，并集其大成的清人如姚际恒、马瑞辰等也不得不拜服。马瑞辰《毛诗传笺通释》以三家辨其异同，以全经明其义例，以古音古义正其讹互，以双声叠韵别其通借，被称为"笃守家法，义据通深"，但当跳出传统经学的局囿，多视角考察诗之本体，还是对诗的情境创造及所体现出纯粹的文学性做了高度的评价。姚际恒于所著《诗经通义》自序中，更明确提出了解《诗》须"涵泳篇章，寻绎文义，辨别前说，以从其是而黜其非，庶使诗意不致大歧，埋没于若固、若妄、若凿之中"的原则。所谓不胶固、不妄断和不穿凿，就是无取各种有意无意的曲解。这其中，当然也包括确保对《诗经》的解读能始终不脱文学的畛域,乃或径直做"文学的解读"的意思。

古往今来,无数的人们就是这样以不同的眼光,结合各自的身世遭际和知识趣味,读《诗》解《诗》,最后都将个人的感会落实在性灵的洗发与情感的陶冶上,进而将对它的感动归结为文学而非经学,归结为诗的熏化而非经的训教,为什么?是因为前及王夫之——他也是《诗经》研究大家——的说法,诗际幽明,亦象人心。用西人的观察,则诚如黑格尔所说,因为"诗过去是,现在仍是,人类的最普遍最博大的教师"。虽然东西方无数的哲人都肯定过诗,但我们仍不能不指出,中国人对此的认知似最真切,也最充分。也正因为是这样,林语堂在《吾国吾民》中会感叹,会发问:"中国人倘没有他们的诗——生活习惯的诗和文字的诗一样——还能生存迄于今日否?"既指出了诗之于中国人精神教养的重要意义,也指出了因为植基于现世人生,它早已内化为中国人的日常生活的事实。而这一特点之能形成,《诗经》无疑是发挥了最重要的作用的。

本书作者虽80年代生人,在复旦大学读的是外国哲学,但显然也感受到了诗的力量。此次,他挟喜马拉雅音频栏目积累的高人气,将讲稿整理成书,内容涵盖"二南"和"国风"所有篇章,既逐章逐句地解读,又顾及读者的理解,为每篇解读设定了适切的主题,结合历史、哲学、心理学甚至电影等,做多角度、多学科的知识拓展,相信必能拥有更广大的理想读者群。

故值其书出版,因作数语以为贺。

# 引渡人朝向最稀缺的诗与艺术

## ——《诗书画》序

亲近传统诗、书、画的意义在哪里？它们能给今人带来怎样的好处？这样的疑问，不少从事文史研究的专门家和大学教授都提出过。一般人则因生活中另有许多重要的应知应会，而对其抱一种遥尊的态度：或有感于它富专诣之境，饶美之质，非师匠高捃摭博者不能臻其极，而对其敬而远之；或有感于它讲究尊体因格，以入门不差为第一义，最忌肆口横出，乱绪别创，并以此为妄诞、为野体，而对之望而却步。至于自己试着认真学认真作的就更少了。

但另一方面，自《诗书画》节目开播以来，不长的时间，确实赢得了无数的观众。人们表现出的对传统诗、书、画的喜爱，以及欲一探其究竟的热情，足证它是真实地被当代人需要着的。只是许多时候，说不大清楚这种需要究竟意味着什么。因为我们所身处时代的资讯太过碎片化了，同质度又太高，以致人很难凝聚起意见共识，用足够个别性的语言来表达一己的真实感受。更要命的是，这个时代的物性高度发达，以物性衡裁社会发展程度的通常认知，很大程度抑制了人性，进而更遮蔽了诗性，这无疑对人的精神空间构成了极大的挤迫。因为后者，人们常不免感到匆忙、焦虑与紧张，没法有充分的余裕和宽展的心态，去顾恋自己留在大地上的劳绩；又因为前者，即使告诫自己慢下来，也很难有时间回光内鉴，去找寻过往的真我，在热闹纷扰的世界，有以疗救心底的荒凉。人们的感觉是这样的：当自己最想说话的时候，往往不知道说什么和怎么说。有时你说得越多，越觉得空虚；你走得越快，离自己会越远，并感到越孤独。

这个时候，你就需要有真知己来陪伴真实的你。艺术的意义和价值正因此而被照亮，被凸显了出来。传统诗、书、画从来同源共体，如古人所谓"点画清真，画法通于书法；丰神超逸，绘心复合于文心"。因为它们是一体性地反映个人最深彻的理想与情感的，往里投托着个人孤高、失意或苦闷等各种主观意绪，隐蓄着一己的情感经历和人生感慨；往外联通着宇宙天地和世道时运，蕴涵着对更具超越性的客体存在与生命意义的究问，故每每具有跨时空的穿透力和非凡的感染力。千百年来，人们的生活方式和所处社会形态虽多有改变，有时甚至是沧海桑田式的巨变，但由起伏顺逆喜怒哀乐构成的人的生存困境和基本人性，从本质上说并无太多变化。当今人进入由古代诗人、书画家辟出的艺术空间，看他们如何周行冥思，然后以一管之锋拟万象之态，或舒缓优雅，或痛快淋漓，将种种复杂的意绪凝定为澄明的艺术，就会觉得其所摹状与呈现的外部世界和内心世界，与夫对山川草木、风来月度的体悟，对四时佳节、天意人情的歌咏，无往而不构成一与自己的日常世界相对待的艺术世界。显然，这是一个能让时间慢下来，让自己静下来，让干涸的心得以滋润，让日渐荒败的情感得以复活生机的审美化的世界。而且，与所秉承的自来的传统相契合，你会觉得自己和它实有着父子一般的亲和关系，故有时才吟数行，已默识心通；相对无言，居然心照不宣。我们说，人要完成认识世界、审视内心这两大任务，光靠自己是不够的，光学实用性知识也不够，它还须借助更高明的智慧，尤其是古人经长久摸索淬炼积得的超越性的艺术智慧。这种智慧经过岁月的加持，最为宝贵也最可体味。要之，以物济物，哪有止限；以物质救精神，更不啻缘木求鱼，这就是今人自觉不自觉地会如此需要艺术，亲近诗、书、画的原因。它俨然构成了当下中国人生活的一部分。雷德蒙·威廉斯曾用"一个群体某个时期特别的生活方式"来给文化下定义，当下中国和中国人对传统诗、书、画的喜爱，生动地诠释了这一点。今天，中国社会的丰富性已非过去可以想象，但也充斥着喧嚣与骚动。正是通过亲近传统，亲近诗、书、画，许多人才得以确认，正如索尔仁尼琴所说，人原本就无须知道得那么多，相比于那种无所不知，他实际更期待可以拥有某种"不知情权"，为其"意味着高尚的灵魂不必被那些废话和空谈充斥"，而"过度的信息对一个过着充实生活的人来说，是一种不必要的负担"。当然，这样说绝不意味着传统的艺术创造与真实的生活隔着山海，而毋宁说它们抛弃了日常生活的浮屑，比一般人所经过的生活更契近生活的本质。

即以此次推出的三个主题而言，聚焦十二时辰、二十四节气和传统节日，从中就可以见出中国人自然素朴的生存样态和精神世界，是怎样经过市声与烟火的熏染，成为今人了解自己祖先最真实的形象指南。当然，经由诗人和书画家的演绎，其特异性本质及背后所承载的文化也得到了最生动形象的呈现。

如果稍做展开，则回到这些诗人和书画家生活的时代，可以说古代中国基本上是农耕型社会。这种生活形态决定了人必须对环境、气候等自然因素有充分的尊重与顺应，由此造就悠久的岁时文化。所谓"四时成岁，每岁依时"，据学者考证，"四时"及"十二时辰"早在西周时就已形成。以此为基础，以后又有表征时间、空间和农事相配伍的"月令"，再有"十二纪"和"二十四节气"。由于古代先民并无意于对一年的时间做简单的物理划分，而好将其与阴阳移转相挂连，且挂连的目的在祈求风调雨顺，五谷丰登，如《国语·周语下》所谓"气无滞阴，亦无散阳。阴阳序次，风雨时至。嘉生繁祉，人民和利。物备而乐成，上下不罢"，这就造成其不仅与天文、历法等古代科学暗合，更富有浓郁的人文内涵。在此基础上，脱胎于早期"率人以事神"的祭祀活动及此后因"嘉事"而展开娱乐庆祝的传统节日，也最终得以形成。

从某种意义上说，较之西人有强烈的空间意识，中国人最关注时间，最知道子在川上慨叹"逝者如斯"之所以感激人心，在于道出了人在时间中占据的地位远比在空间中占据的地位重要得多。也所以，莱布尼茨的《中国近事》会说中国人的时间哲学要远胜过西方。并且严格地说，时间在中国人这里从来不只具有客观性，不只是一种等人去利用和研究的客体，他们不像西人那样，将时间看成"标志物质运动连续性的哲学范畴"，而更多视作与每个人生活感受连成一体的生命意识的共现，并且越到后来越注意突出它的主观性。当然，西方文化也有对主观性时间的描述，但这个由客观到主观的变化发生场所与中国是不同的，它基本上在抽象的思辨领域中进行并完成。在西方的传统里，时间的观念发展自古希腊的理念世界，然后是中世纪专注于神及永恒的基督教世界。由此在它们的哲学和宗教中，多可见对人类生灭存续问题的讨论，从奥古斯丁的《忏悔录》第十章，到柏格森的《时间与自由意志》，再到海德格尔的《存在与时间》，无不如此。中国人则不然，不好做客观分析，而更重视主体的感受，更注意突出作为一种逃无所逃的度量与界限，时间之于人的存在的深刻影响。因此，在那个时代发生的由客观到主观的变化，常常是在现世的生存领域中进行并完成的。这一点从《诗经·豳风·七月》，到《吕氏春秋·十二纪》《礼记·月令》《管子·四时篇》《逸周书·时训解》中都可以看到。并且，不同于西人将之更多地与哲学、宗教相挂连，它更多地与诗和艺术结合在一起。唯此，法国作家尤瑟纳尔才由衷地感叹，中国文学对时间和人生无常的感叹，是西方文学少有的。其实不只是文学，作为将"空间意识时间化"的书画艺术也同样如此。

所以，经由对反映上述主题的诗、书、画的赏会，人们不仅可以对传统中国人的日常生活及表达这种生活的艺术有初步的了解；如果够用心，还可进一步增进对其背后所蕴蓄的中国人的传统及中华文明特质的认识，知道古人之所以关注四季阴晴，摹状雨丝风片，并流连名山，啸傲林泉，不仅仅是为游赏，其最想发抒的其实是对生生不息、新新相续的大化流转中人生的整体性觉解。至于相对应的，他们重视"体调""气格""神韵"和"风骨"，以为上述诸事之于诗、书、画的展开绝不可缺。诗赖玄心妙会，但仍当以法度为主。书画也如此，出入处须见本源，起讫处必有章法。而综括三者，又应区分善用与不善用。善用法者，如美人天成，虽铅华妆饰，而丰神体态与骨肉色泽无不匀整，至于浑沦一片如锦绣之段丝理秩，难——寻其出处，非摹形临状者可以幸致；不善用者则事事反，欲有长进，必当于多读书、多看勤作中求之。最怕才识之无便欲伸纸，一如乱发垂鬟，不加膏沐，斩芦断竹，以充笙簧，是断无可能成就真正的诗与艺术的。

　　总之，传统诗、书、画是人灵气的自由往来，胎息于天地而无可捏造，"其用法取境亦一，气骨、间架、体势之外，别有不可思议之妙"。前者指有一段必须遵循的古法，制作入彀而不能不烂熟于心，后者指神而明之，全赖人各依性分，悉心体悟。你或许觉得，它们因此比较不易识读和看入，更难以仿效与学成。那么我想说，人从未毁于让自己感到困难的事情，而常常毁于让自己觉得非常舒服的无意义的嬉戏与闲暇。康德说有空气的阻力，鸽子才能飞翔；维特根斯坦说有地面的摩擦，人才能够行走。所有的难度其实都是引渡你飞升向高远的通经。这方面中国古人谈艺论文时说了许多，多到不胜枚举。总结他们的意思，没有格律，诗歌与口水何异；不谈笔墨，书画与涂鸦无差。正是格律，才赋予诗以自由；正是运笔用锋的回藏与力行，才造成书画既力透纸背，又能气韵宛转，格调高古。所以，初入门和尚未入门的读者、观众，要努力啊！这样，你们日后在诗、书、画中遇到的，就不再是陌生的古人，而是更真实的自己。

# 礼制中乐教的厘定
## ——《乐记集注集校》序

蔡元培为北大音乐研究会所办《音乐杂志》写的发刊词中曾说，"吾国言乐理者，以《乐记》为最古，亦最精"。由于此文另有重点，他未展开对上述判断的具体讨论，尤其对《乐记》精在何处并没做具体的说明。相信这在当时知识界属常识，但今天未必了，即使从事古代文论与美学研究的专门家，虽常将文史哲打通与诗书画一体挂在嘴边，于传统乐理乐论其实是多不能赞一辞的。相对而言，《乐记》还算比较熟悉了，但即便如此，其精深的内容仍不敢说为每一个读过它的人所掌握和理解。究其缘由，是因为太多人仅就《乐记》字面展开讨论，对其背后所隐蓄的从宗教、政治到道德、审美等多重意义，很少有周彻的了解。

这种多重意义，缘起于历史—文化语境中中国人对礼文化的特别崇尚。礼起源于远古祭祀，有着非常悠久的发展历史。依古人的认知，礼者履也，所以事神致福也。其构字从"示"从"豊"，后者即行礼之器，像二玉在器之形。因古者行礼以玉，如《尚书·盘庚》所谓"具乃贝玉"，故作"豊"。《礼记·祭统》说："凡治人之道莫急于礼，礼有五经莫急于祭。"又说："诸礼之中，惟祭尤重。"正点出了礼出于祭，隆礼目的在规范人行为的事实。为此，古人设定一系列典章制度，以承天之道，以治人之情，以培育一种良善的习俗，造成一个尊卑有序、上下亲和的社会。其具体情形，诚如梁启超《志三代宗教礼学》所述，冠礼以示成人，士相见礼以统交际，昏礼丧礼用于宗族家族间的酬应，乡射饮酒诸礼施诸宗族间的来往，朝聘燕享诸礼自然主要对应国与国的关系，至于祭礼则掌管人与神及天的感通，可谓兹事体大。梁氏因此将其视为政教合一与以教为政的具体体现，并进而视此为我华夏民族迥异于世界各国的固有传统。

"知乐则几于礼矣"，这里的乐指先民最初的"音声舞容"之乐，很大程度上正从属于礼，是为"乐礼"。按古代有所谓春秋教以礼乐，冬夏教以诗书。先民之作乐，一如隆礼，原本是为祭祀，如《易经·豫卦》所谓"先王以作乐崇德，殷荐上帝，以配祖考"。以后，它被纳入礼的整体系统，成为其中重要的部分，甚至与礼对举，此即《乐记》中"礼乐顺天地之诚，达神明之德，隆兴上下之神"一说的由来。当然，乐与礼终究不是一回事。礼有吉、嘉、宾、军、凶之分，乐有云门、大咸、韶、大夏、大濩、大武之别。并且，因"乐者敦和，率神而从天；礼者辨宜，居鬼而从地"，圣人据此作乐应天，作礼配地，乐比礼似乎更具有某种超越性，也更具有亲和力与感染力。故夏商两代乐兴，乐舞和乐器各方面都较史前有长足的进步，具体情形可证诸甲骨。到周代，周公制礼作乐，君主更重视王室及贵族子弟的礼仪乐舞修养，俾其年长能够成立。而众多的乐官和大量乐仪的留存，又可见其时乐教之盛。

正是沿承这种精神，《乐记》多有"声相应，故生变，变成方，谓之音。比音而乐之，及干戚羽旄，谓之乐"（《乐本》），"钟鼓管磬，羽籥干戚，乐之器也；屈伸俯仰，缀兆舒疾，乐之文也"之类的讨论（《乐论》），认为"故听其雅颂之声，志意得广焉；执其干戚，习其俯仰诎伸，容貌得庄焉；行其缀兆，要其节奏，行列得正焉，进退得齐焉"（《乐化》），并虽主张"礼、乐、刑、政，其极一也，所以同民心而出治道"，但本着对"乐统同，礼辨异"的认知（《乐情》），既以礼主恭敬，求贵贱有序，更以乐主和同，求远近皆合，乃至要求"乐者为同，礼者为异,同则相亲,异则相敬"(《乐论》),所以它说:"是故乐在宗庙之中,君臣上下同听之,则莫不和敬;在族长乡里之中,长幼同听之,则莫不和顺;在闺门之内,父子兄弟同听之,则莫不和亲。故乐者,审一以定和,比物以饰节,节奏合以成文,所以合和父子君臣,附亲万民也,是先王立乐之方也"(《乐化》)。其时,有高诱注《吕氏春秋》,其解释《孟夏》篇"乃命乐师习合礼乐"为"礼所以经国家,定社稷,利人民;乐所以移风易俗,荡人之邪,存人之正性",亦此意也。

那为何乐能主同?《乐记》认为是因"乐由中出",不像"礼自外作"(《乐论》),乃"人情之所不能免也"(《乐化》)。也即音乐根植于人心,不是外在的道德律令,而是人情感存在的基本事实。"其本在人心感于物也,是故其哀心感者,其声噍以杀;其乐心感者,其声啴以缓;其喜心感者,其声发以散;其怒心感者,其声粗以厉;其敬心感者,其声直以廉;其爱心感者,其声和以柔。"(《乐本》)不过,有鉴于"夫民有血气心知之性,而无哀乐喜怒之常,应感起物而动,然后心术形焉。是故志微噍杀之音作,而民思忧;啴谐慢易繁文简节之音作,而民康乐;粗厉猛起奋末广贲之音作,而民刚毅;廉直劲正庄诚之音作,而民肃敬;宽裕肉好顺成和动之音作,而民慈爱;流辟邪散狄成涤滥之音作,而民淫乱"(《乐言》),它主张在敬畏神明的同时,音乐必须最大程度地效法自然,处理好理智与情感的关系。为此,特别强调两者的平衡,与防"礼粗则偏"一样,对"乐极则忧"抱有很深的警惕(《乐礼》)。又标举"和",并将其与人所秉受的气性结合起来讨论,以为"凡奸声感人而逆气应之,逆气成象,而淫乐兴焉;正声感人而顺气应之,顺气成象,而和乐兴焉"(《乐象》)。

其实,尚"同"就是主"和",两者本一事。而主"和"才能造成平衡谐和的音乐,是所谓"和以成乐"。这又是它所以称"故乐者,审一以定和,比物以饰节,节奏合以成文"(《乐化》),"地气上齐,天气下降，阴阳相摩，天地相荡，鼓之以雷霆，奋之以风雨，动之以四时，暖之以日月，而百化兴焉，如此则乐者天地之和也"的原因（《乐礼》）。乐征象着"天地之和"，与征象"天地之序"的礼不同。"和故百物皆化，序故群物皆别"（《乐论》），"礼节民心，乐和民声"（《乐本》），"礼义立则贵贱等矣，乐文同则上下和矣"（《乐论》）。此前，《尚书·尧典》已提出由"律和声""八音克谐"达到"神人以和"的思想，《左传·昭公元年》也称"烦乎淫声，慆湮心耳，乃忘和平，君子弗听也"。《乐记》之标举"和"，进而推称"与天地同和"的音乐为"大乐"（《乐化》），正是对先秦以来诸家论说的继承与发扬。

至于说"故乐也者，动于内者也；礼也者，动于外者也。乐极和，礼极顺，内和而外顺，则民瞻其颜色而弗与争也，望其容貌而民不生易慢焉。故德辉动于内，而民莫不承听，理发诸外，而民莫不承顺"（《乐化》），与郭店楚简《性自命出·语丛三》之主"德生礼，礼生乐"，《尊德义》之主"乐，服德者之所乐也"，乃至《周礼·大司乐》之赋予乐以德性并好讲"乐德"一样，是意在强调音乐的道德属性与功能。为此，它一再将乐与"德"相联言，以为"德者，性之端也；乐者，德之华也"（《乐象》），又称"乐者所以象德也"，"观其舞，知其德"（《乐施》），"然后圣人作，为父子君臣，以为纪纲。纪纲既正，天下大定。天下大定，然后正六律，和五声，弦歌诗颂，此之谓德音"（《魏文侯》）。又基于"性"为"乐"与"德"的中枢，而"人生而静，天之性也"，进而还将"乐"与"静"相联言，以为"乐由中出故静，礼自外作故文"（《乐论》）。至若称"乐行而伦清，耳目聪明，血气和平，移风易俗，天下皆宁"（《乐象》），也意在主"静"。此外，它还谈到人心为外物所扰，会"灭天理而穷人欲"。这与《大学》《中庸》一样，对以后宋明理学影响极大。二程就坦承上述两者之外，唯《乐记》为最近道学者。

今人最为熟悉并时常论及的,自然是与"乐者,通伦理也"(《乐本》)相对应,它对"声音之道,与政通矣",即音乐教化功能的强调。所谓"乐也者,圣人之所乐也,而可以善民心,其感人深,共移风易俗,故先王著其教焉"(《乐施》),"致乐以治心,则易直子谅之心油然生矣。易直子谅之心生则乐,乐则安,安则久,久则天,天则神"(《乐化》)。"是故先王之政乐也,非以极口腹耳目之欲也,将以教民平好恶,而返人道之正"(《乐本》),"乐至则无怨,礼至则不争"(《乐论》)。基于此,它明言"治世之音安以乐,其政和;乱世之音怨以怒,其政乖;亡国之音哀以思,其民困"(《乐本》)。认为"审乐以知政,而治道备矣"(《乐本》),此即《吕氏春秋·音初》所谓"乐之为观也深矣"一说的细化与展开。为此,它反对一切不合于礼的音乐,以为"郑音好滥淫志,宋音燕女溺志,卫音趋数烦志,齐音敖辟乔志"。盖郑声等"新乐"与"古乐"不同,古乐鼓励人"修身齐家,平均天下",新乐则"奸声以滥,溺而不止"(《魏文侯》),大抵如《新语·道基》所说,"技巧横出,用意各殊……以穷耳目之好",所以为其所贬斥。这种直言贬斥,又明显可见到孔子"放郑声"的影子。

正是在这一点上,《乐记》显现出了它观念的保守与封闭。它虽认为音乐属"人情之所不能免",但将兴礼作乐的权利悉数归为君主,认定"唯君子为能知乐",其实是将乐视作驭民之具,期待通过乐政、乐教使民"制欲""无怨""改过",从而使"官序贵贱各得其宜","示后世也有尊卑长幼之序"。由于强调乐必须合乎礼并配合礼,其实是规定了音乐应为特定的原则诉求所左右,所谓"德成而上,艺成而下",乐的独立本位难免受到损害,其多元呈现的空间更是倍受打压,以至到最后,逐渐失去原有的丰富性和创造性。春秋战国以后,随着封建制度式微,雅乐地位不再,但与"礼崩"同时出现的所谓"乐坏",主要体现在宫廷雅乐的垄断地位不再,至于广大的民间,则"新声"何其繁荣。

孔颖达《正义》分疏古今音乐之别，称"古乐何以朴素之如彼，使人不贪，至于卧也"，"新乐何以婉美，使人嗜爱志乐，不知其倦也"。此时的新声，于婉美一途更胜一筹，且技巧更加圆熟，声调变化更加丰富，体制与规模也更大，并且与阴阳、五行及方术相结合，发展出一种新的乐占文化，其独特的音乐结构系统，正反映了先秦时代人们对现实世界和天人关系的新的感知与理解。故在《乐记》之前，如《性自命出》已提出"凡声，其出于情也信"，并确认"凡至乐必悲，哭亦悲，皆至其情也，然后其入拨人之心也厚"；在它之后，又有嵇康在《声无哀乐论》中主张"心之与声，明为二物"，认为音乐乃不依赖于任何外物的独立存在。相比之下，《乐记》的这种强调显然是对自己前所提出的"乐不可以为伪"一说的掣肘，在在照见了论说的逻辑矛盾与不能自洽。

不过尽管如此，《乐记》仍不失为中国古代音乐理论的集大成之作。它以简短的篇幅，既统合往说，又发明己意，尤其沾溉来者可谓既深且远，比之古希腊德谟克利特《论音乐》之已失传，柏拉图、亚里士多德之论及音乐而不成系统，即使在世界音乐史上都享有崇高的地位。

传统中国人从来重视其价值，自郑玄《注》和孔颖达《正义》以下，历代论者多从文本校勘、注疏等角度，对其做过精深的研究。宋卫湜《礼记集说》征引144家，程功30多年，在郑、孔二人基础上囊括群言，抉幽发微，更为清朱彬《礼记训纂》、孙希旦《礼记集解》等书的撰成奠定了重要的基础。不过尽管如此，各家注疏交互歧出，乖误与疏漏在所难免。今人基于其崇高地位，有从形成史和接受史角度多方探讨，但格于文献掌握程度，一些论说不免肤表不切，未能落到实处。

杨赛君有鉴于此，以十年为期，立意要为治《乐记》者提供一个新的规范的集注集校本。他以唐开成石经本作底本，参校弼忍堂刻本校正经文，又蒐集诸家注疏，排定次序，删除重复，比勘其异同，意在由文本的整理见出一个时代的学术嬗变,可谓程功深,用力巨。数年前,杨君从我学,以其轻俊之才,成此老重之书,故深知其间的甘苦。今值此书付梓,特为数语如上。非从文献学一途转出,然于发明其工作之意义,不亦宜乎!

# 沛盛的激情　瑰丽的想象
## ——《开天辟地：中华创世神话》序

众所周知，中国古代的神话，无论是创世神话还是英雄神话，都是对"英雄时代"我华夏民族奋斗历史的形象记录，反映了初民征服自然、壮大自我的伟大天赋与生命激情。因为自然环境的恶劣与生存条件的艰苦，反激出他们刻苦自励的求生意志及创生开辟的进取精神。其所表现出的过人的创造才能和超迈的想象力，既惊心动魄，又足以砥砺精神，故成为滋养后人精神的内生性动力，乃至其习俗、信念、制度和民族性格的来源。

说起来，与西方神话研究由来已久，神话问题因此自柏拉图和诡辩学派时代起就一直是哲学家关注的问题不同，中国虽从来富有神话，却少见整赡的神的体系，更不见神话学的研究传统，即使"神话"一词也是从日本舶来的。第一部神话研究的专著，因此由俄人格奥尔吉耶夫斯基于1892年完成。在所著《中国人的神话观与神话》一书中，格氏最早提出"中国神话"的概念，并对其产生、演变和分类，与五行的渊源，与儒道两家及民间信仰的关系等问题做了初步的探讨。值得注意的是，其中提到了神话对文学的影响，但与绘画及各艺术门类的关系则付之阙如。到1902年，梁启超首次在《论历史与人种》一文中用了"神话"一词，只是与后来王国维、夏曾佑、章太炎一直到周氏兄弟一样，用意多在启迪民智，增进人对先民创生历史和上古文化的了解，且越到后来学术性越强，而现实指向反而减弱了。所以在将其引入历史—文化领域同时，更多人关注的都是神话与文学的关系，鲁迅所作《中国小说史略》虽多创见，但也仅对其做了"昔者初民，见天地万物，变异不常，其诸现象，又出于人力所能以上，则自造众说以解释之：凡所解释，今谓之神话"的定义，而未将其与更多的艺术门类联系在一起。

再以后，如张光直主张跳出专题研究局限，综合史学、考古、古地理学、思想史和美术史各方面做跨学科的整合。其所著《美术、神话与祭祀》利用考古学、人类学、历史学、神话学等多种材料，对古代文明的起源及其早期特征做了综括性的阐述。虽说用了艺术和神话来说明古文明及古代政治制度等问题，一定程度上有助人完善对文明发展历史的认识，但由艺术、神话、祭祀而及政治文明，其间发展脉络与彼此关联仍不能说得到了清晰的说明。毋宁说，因受制于论述重点，神话与艺术的关系在他那里仍未得到充分的开显。

而事实是，与流传于世界各地的神话一样，作为依托神圣空间创造出的人物与故事，神话天然带有远古社会的印记，最能反映人类原始的情感诉求，征象与暗示人类对自身命运及世界秩序的深在认识与根本性觉解。当将历史的认知与审美体验结合在一起重做审视，是完全可见出一个民族的终极信仰及其艺术化呈现方式的成因的。它的内里包藏着民族历史—文化最隐秘的精神印记，外则体现于日常生活及人的艺术创造，进而成为后来各门类艺术创作最重要的母题。也就是说，神话不仅制约着民族的生存方式、生产方式和日常生活，还很大程度上决定了它的精神生活，以及体现这种生活的未来方向。进而还直接关系到后人对艺术的再认识与再出发，关系到这种艺术能否融入他人的创造，以及应答世界的可能性的实现。

此所以，梅列金斯基会在《神话的诗学》中引谢林的话，说"神话是任何艺术所不可或缺的条件和原初质料。任何伟大的诗人均负有一种使命，即将展现于他面前的局部世界转变为某种整体，并以其质料创作自身"。荣格《心理学与文学》一书指出诗人能借助神话使自己的经验得到最恰当的表现，在他看来，赋予诗人创作力的原始经验"深不可测，因此需要借助于神话想象来赋予它形式"。卡西尔《语言与神话》一书更直言道断："艺术在根源和起始上似乎与神话密切相连。"放眼世界各地神话，作为先民的认识史，它对各民族艺术创作确乎产生过极为深刻的影响。在欧洲，神话题材更占据了绝对重要的地位。早在公元前7世纪，希腊人就开始调用多种形式表现神话故事，尤其文艺复兴以后，古希腊神话传说和基督教神话一起，经由人本主义者的改造，成为西方艺术最重要的两大母题。不同门类、风格和流派的艺术家都热衷于创作这两类主题故事，并为人类留下无数不朽的杰作。也因此，卡西尔会进而指出，不仅在但丁、米尔顿、巴赫和米开朗琪罗等堪称楷模的创作中，人们可以感觉到"神话思维和宗教思维的影响和威力"，即使"现代一些伟大的艺术家仍时时渴慕神话世界，并将它当作失乐园而痛惜不已"。故美国人类学家戴维·利明（David Leeming）和埃德温·贝尔德（Edwin Belda）在《神话学》一书中称"神话创造过程隐藏在一切伟大文学作品之中，而且的确是隐藏在一切（无论是古代还是现代的）伟大艺术作品之中"，"一个艺术家，无论他是画家、作家还是雕塑家，如果他不创造神话，就无所作为"。

　　追溯中国艺术发展的历史，神话传说题材在先秦时就已经出现，两汉以后更迭有发展。如果说战国时期的绘画从形式上看，是青铜器、漆器上的装饰占主导地位，以后让位于宫殿、墓室壁画与棺盖、招魂幡及画像石、画像砖，那么就所表现的内容看，则除宣扬古圣先贤、忠孝节义及表现日常生活如宴饮、乐舞、车骑、杂技、生产、战争等占相当比重外，因其时人们普遍崇神仙，好方术，迷信谶纬，追求厚葬，神怪题材是占了相当大的比重的。类似青龙、白虎、朱雀、玄武、伏羲、女娲、东王公、西王母、日月星宿、雨师风伯、飞仙羽人及其他各种灵兽鬼怪、山精水妖与凶神恶煞，可谓纷见迭出，屡见不鲜。以至于汉王延寿《鲁灵光殿赋》有"图画天地，品类群生。杂物奇怪，山神海灵。写载其状，托之丹青。千变万化，事各缪形。随色象类，曲得其情。上纪开辟，遂古之初。五龙比翼，人皇九头。伏羲麟身，女娲蛇躯。鸿荒朴略，阙状睢盱"这样的夸饰之词。

这类神话题材壁画，如多见于洛阳各地的汉墓壁画，包括卜千秋墓壁画、浅井头墓壁画、烧沟61号墓壁画、北郭石油站墓壁画等；多见于山东各地的画像石，包括肥城、平阴、嘉祥、枣庄、安丘等地的考古发现，还有现藏于湖南省博物馆的战国楚墓帛画《龙凤仕女图》、西汉绢本设色《轪侯妻墓帛画》，藏于北京故宫博物院的晋顾恺之的《洛神赋图》等，尽管表现的都是虚无缥缈的神话人物和故事，寄托的却一例是实实在在的现世人生及人的内心诉求。其中魏晋南北朝可以说是神话表现的承上启下时期，这个时期的艺术很长一段时间都处在人神交杂的阶段，以后随人的自觉时代的到来，"神文时代"向"人文时代"过渡，人鬼难易、形神互见等观念开始发明与形成，人物画逐渐有了一整套以形写神的规制法度以宣扬礼教德化记录叙述故事，神话才褪去其神圣色彩，并因唐宋后宫廷画与风俗画的兴起，渐渐减弱了声势，但并未消亡。相反，如果不算由李公麟、张渥而文征明、仇英等人所绘的《九歌图》，仅就敦煌有《降魔变图卷》壁画，此后历代都流行摹状夜叉、龙女、盘瓠、人鱼、蛟龙和白泽等各种山精木魅的《搜山图》，到明胡文焕、蒋应镐以下，直至清吴任臣、汪绂等人好作《山海经》图注，甚至今人俞欣仍有《〈山海经〉异兽图志》，王旭龙仍有《人神异兽录》等，足可知神话题材的生命力。从某种程度上可以说，源远流长的中国古代神话之所以流传千古，正与它找到了自己最适切的表现方式与存在形式有关。

## 沛盛的激情　瑰丽的想象

晚清以降，随西画的传入与普及，一些艺术家开始尝试神话题材的创作。虽然如徐悲鸿《复兴中国艺术运动》一文所说，中国从来少神话题材，"而历史之题材则甚丰富"，但撇去流传过程中"神话历史化"等因素的干扰和影响，即就他下文所列举的"《列子》所称清都紫微、均天广乐、帝之所居、大禹治水、百兽率舞、盘庚迁殷、武王伐纣、杏坛敷教、春秋故实、负荆请罪、西门豹投巫、潇湘易水、博浪之椎、鸿门之会、李贰师之征大宛、班定远之平西域"而言，有许多正是纯粹的古代神话。他感叹这些神话故事"皆有极好之场面"可供艺术家发挥，"只不过少为先人发掘者"而已。故自己就取《列子·汤问》作《愚公移山》。待中华人民共和国成立，尤其改革开放以后，这种极丰富的题材资源，连同其背后所隐蓄的历史文化被有意识地整理、发掘与转换，更多被人结合着当下的理解，用不同的艺术手段加以图像化呈现。吴作人等前辈大家特别鼓励神话题材的创作。1999年，黄永砅在威尼斯双年展初试莺声的《一人九兽》就取自《山海经》。到新世纪，楼家本应联合国教科文组织邀请，在教科文总部成功举办了以中国神话为主题的艺术展。现在，不仅有面向成人与儿童的各种神话绘本，如张培成、吴冠英等人就出版过古代神话故事绘画本和少数民族神话故事典藏本，还有像曾成刚《中国神话传统》这样的浮雕创作，蔡国强《蓬莱山》这样的动态装置。此外，神话题材的动画剧本与电视剧改编也迭有出现。更具别样意义的是，像毕业于清华美院的80后画家文那的自创神仙壁画，虽有意与见诸文献书证的经典神话脱开联系，天马行空，自出手眼，仍获得了国内外同行的高度评价。

由此想到，在全球化无远弗届、中西方文化交流越来越频密的当下，各种艺术对神话的改写与再创造，乃至中国人对本民族神话的汲取与发扬如何做得更好更到位，实在是一个须认真对待与思考的问题。我们的感觉，在展开具体的艺术创作之前，艺术家对神话理解的广度，对神话不仅与宗教分享神圣性,更是人的英雄体验及自我成就渴望的反映,这一点认识到怎样的深度,几乎是完成上述任务的关键。

如前所说,古代神话在传统艺术中从来就有十分活跃的表现。作为孕育多种艺术的母体,古希腊神话对西方绘画曾产生过极为深远的影响。文艺复兴开始,无数艺术家都用此题材隐喻或暗示人性与人类的命运。然而基于社会历史与文化传统的不同,中西方神话终究有所不同。这种不同不仅体现在神人是否同形同性,或神的谱系是否整然分明上,乃至也不仅体现为一个多创世神话一个多英雄神话上。上述诸种区别对人类学、宗教学、考古学乃或民俗学研究非常重要,但落实到艺术创作,以下的区别似更值得重视。

譬如,西方神话中神人多同形同性,且众神大抵不作为道德的化身出现,相反,充满着凡人的欲望与情感。诸如宙斯的风流、赫拉的嫉妒、赫尔墨斯的虚荣与美狄亚的背叛,都似在提醒人留意其所具有的很强的世俗性。至其充分张扬个性,任纵原欲,甚至放荡至于乱伦的行为与性格,更使得那里的神话从某种意义上更像"人话"。但中国古代神话中的诸神则不同,大都具有与生俱来的恒定神性,是族人所崇拜敬畏的高媒与初祖。像盘古开天辟地,死后眼睛变为日月,头发变成星辰,手足身躯变为大地、四极与五岳,血液则变成江河,所带出的浓厚的神秘色彩,使其显得更像是"神话"。

与此相联系,西方神话通常崇尚力量,竭情赞美力拔山兮的孔武有力者。这些神大都具有高贵的血统,通过力战取得王位,也借此力量获得尊敬。中国神话不同,神基本上没有高贵的血统,甚至压根儿不标明出身,《山海经》载"后土生信,信生夸父",身世可谓显赫,但神话对这一点并无太多夸饰,它更崇尚的是神的德性,更专注的是神是否严于律己,洁身自好,有坚韧不拔的毅力和克己奉公救世拯民的情怀。因此,这些神通常不以征服者的面貌出现,而多是美德与贤能的化身。当然，像盘古、夸父和大禹也都具有神力，但就神话的关注点而言似更偏重在类似大禹新婚四天即离家治水，然后三过家门而不入，最后禅让继位的德性上。在这种趣味统摄下，即使共工、蚩尤等凶神也少有西方诸神那样严重的道德瑕疵。

还有，受地域特质与海洋文明的规定，古希腊神话多写自然对人的惩罚和人对神的抗争，神三番五次想毁掉人类，而人偏能为大自然伟力反激出不屈不挠的斗志，在此过程中，一种人神对立的观念得以逐渐形成。许多文学艺术聚焦于此，让人最终得以从一种神秘力量的控制中站立起来。相比之下，封闭的生存环境与内地农耕型文明，使得追求顺天而行、与天合一，认同天道循环、和谐有序成为华夏初民的思想主宰。在其眼里，由大自然幻化的诸神最让人折服的不是具有不受自然力及他人意念控制的超能力，而更多体现为可以带给人福祉并促进人与自然和睦相处的道德力量。因此，在中国人这里，人与神并非截然对立。

再有，古希腊神话虽以男性为主角，但也有雅典娜这样足以代表智慧的女神。且在更多女神常与自私和欲望联系在一起，女神的形象因此被妖魔化的另一面，依然有对自身特质与权力的张扬。前及喀尔科斯国王之女美狄亚，还有美神阿弗洛狄忒，或敢爱敢恨，或善用自身的美，而那个代表贞洁的处女神阿忒弥斯，更能用终身不嫁来昭示自身凛然不可干犯的尊严。至于美杜莎，则以自身所暗示的命运的悲剧性特质，引发了后世女性自我意识的觉醒和对男权社会的反抗。中国古代神话中虽有女娲补天，抟土造人，功绩不亚于盘古。追随黄帝杀蚩尤有功的女魃，也称得上是十足的女战神。但更多的女性遵行仁孝，服从集体，并不能决断或处分大事，甚至还备受压抑。如湘水女神娥皇和女英，虽德行美好，见诸《列女传》与《博物志》，但结局并不美满。至于常羲，则纯粹是一个妻子。以后演化出的嫦娥，更因犯错失意，寂寞终身。而尤为重要的是，即使是女娲这样的救世主，以后也经历了由独立的母神向配偶神的形象演变，西王母则经历了从人兽合体到不失余态的中年仙女的形象演变。在类似的演变过程中，女神的独立性逐次降低。

而更值得注意的是，人们对神话的取用目的和投放在神话上的主观意图也大不相同。西方神话一方面有反映或暗示人类自身性格、命运乃或世界终极归宿的色彩，另一方面却不乏世俗性趣味和诉求，甚至充满戏谑和自嘲。中国人因从来持伦理性的情本位，由文字造成书艺，讲究"经艺之本，王政之始"，由书艺而演进至于绘画，更强调须"成教化，助人伦，穷神变，测幽微，与六籍同功，四时并运"。因此，如果说神话中也有虚渺不可究诘的迷信成分，甚至充斥不少怪异的形象和符号，但在所张大的"天人感应"的宇宙观和宗教意识背后，仍分明可以看到类似敬天法祖、神道设教的政治意图和伦理崇尚的渗透。历代统治者几乎都能体认这一些，并有意识地加以利用。

凡此中西对比，对今人汲取神话资源创生重构新的艺术无疑深具意义。传统神话也确乎没有让人失望，它让人从诸如创世神话、始祖神话和洪水神话中获得一种"家园感"，从精卫填海、后羿射日这样的灵迹神话中，获得一种超越世俗平凡的助力。但基于上面所说的理由，在汲取与重构过程中，如何艺术地处理"天神"降为"人祖"及人祖形象的扁平化问题，如何处理"神话历史化"过程中神性的丢失，以及在"崇德尚群"的道德加冕后，神的精神发扬与今人的充分接受问题，还有，如何处理人与神、人与自然实际存在的紧张关系，以及这种关系之与人和社会发展的利弊得失等问题，当然还包括如何处理神话中两性对待所体现出的偏差与互歧等问题，凡此种种，都须艺术家细加琢磨、认真体会。显然，这种琢磨体会有相当的难度，但它们因此也提供了一个机会，让今人有可能在当代语境中，完成更清晰地疏浚、拓殖中华文明的主脉和源流的任务，进而在符合当今世界主流价值观和图像真理的前提下，既高扬日渐被遮蔽的人性，又找回刻刻在流失的浪漫，从而在一个特殊的时刻，让自己经历一种真正称得上崇高而神圣的精神体验。要之，对今天的艺术创作者而言，神话所昭示的精神既是创作的起点，某种意义上又可以是艺术追求的终点。因为从很大程度上说，一切的文学与艺术在根本属性上都最为接近并不得不接近神话。这或许正是传统神话之于今天艺术创作的魅力所在。

有鉴于传统神话纷乱无统，虽有古史辨派将其从古史圣王体系中析出还原，但对非专门家而言，如康有为所说"茫昧无稽"的状况仍不同程度地存在。故为了尽可能提供给艺术家最丰富准确的历史讯息，此次创世神话系列主题画创作聘请了多位学者预先写出参考文本，又多次召开规模不等的观摩会与研讨会，从而确保了艺术家对神话原型和母题的有效择取与创造性重塑。并且，不唯对神话故事本身，即对古代神话的特质，诸如不同于仙话，不能一味渲染享乐，忘其更着意的是创造；神话中英雄虽每为摆脱个人厄运而奋起抗争，但更乐于承担使命造福人类等，也有了更真切的了解。由于能着力刻画和展示这种精神性品格，许多作品不再满足于简单调用帛画上常见的蟾蜍、月兔、三足乌，或石窟壁画、漆棺彩绘中常见的云纹、火焰纹等概念化符号，安顿日月排布山川时都能力避虚泛空廓，张皇器物发明幽隐时也皆有史实的背书和习俗的加持。尤为难得的是，都能专注于揭示史前洪荒中创世神"渐近人性"的一面。盖随创世神话的不断演进发展，后来诸神谱系中越来越多出现人神间杂者，即所谓"半神"。他们既有天授的神力，又富人间的情怀。对他们在处理自身与外界关系时所表现出的人性给予特别关注，不仅凸显了创世神话作为人类童年记忆的原型意味，让人能充分感知到创作所传达的华夏民族生成—发展历史既有足够的真实性，称得上是真正的原生态，又赋予了这种史前真实以联通当下人情感的可能性。这构成了此次主题画创作之所以成功的关键。

此外，以下三方面的创造性突破，也是其之所以获得成功的原因。

首先是切入角度的准确与恰好。众所周知，神话是对上古社会真实样态与初民奋斗历史的曲折反映，它并非全无来由，更远非荒诞不经。对它的记录不仅仅只有文字，史书记载，早在黄帝时已经有臣史皇知造画，神农之臣白阜也能甄四海，纪地形而图画之，以通水道之脉。至于"黄帝遂画蚩尤形象以威天下"，更为后人津津乐道。当然，经由层累地增饰和改篡，创世神话流传到今天，许多故事的面貌已不再单一，意义的凝定又早晚有别，以至于与其说它们有稳定的情节和中心意核，毋宁说供给人选取的意义空间多重而互歧。但尽管如此，相对于今人而言它们仍无疑是一切理解必须依靠的史源，需要尊重，不能改篡。所以，如何做到既尊重上古历史及其后来的演变，又选准适合于绘画表现的某个角度甚至瞬间，攸关创作的成败。此次艺术家因事先认真研读了相关史料和创作文本，故一出手即能成就。

如盘古开天属南方神话，冯远的同题画作因此从构形到用色，很注意与南方的地理风习相谐调。他让赭色土地上蒸腾起的崇云、雾障与盘古油亮的肌肤、偾张的头发构成对比，既留存了蛮荒时代特有的历史真实，又顾及到了画面的力量感与均衡美。同样，刘进安的《天道民心》表现盘古开天地和大禹治水，在艺术抽象中都保留和突出文献记录的要点，类似《山海经·海内经》所记载的"禹治洪水，通轘辕山，化为熊"这个细节，在画面中占据了重要的位置，既实现了色调的平衡，又使静态艺术获得了一种动感，体现出一种一望可知的故事性和历史感。又，据《述异记》《路史》等古籍记载，南方五岭地区之瑶、苗、侗、黎族中均流传有槃瓠的传说，称槃瓠广育子嗣，相互婚配，今所谓"盘古"即槃瓠的转音。海日汗在创作《龙狗槃瓠犬》时，因此将人物铺满整个画面，力求在整体氛围甚至气息上传达出槃瓠一族人丁兴旺的生活实态。其间，作为原始图腾的傩面具的集中使用和夸张表现，既体现了原始神灵崇拜的狂欢气氛，又暗示了南方特定地域初民渴望祛灾多子的诉求。与之相对的是丁小方、丁阳的《石开得启》，表现的是大禹之子启破石而出的故事，大禹背后的辕辕山和经过治理后的河流被处理得厚实而凝重，则纯然是一派北方的格调。而张培成《涿鹿大战》展开的是"弓矢斯张，干戈戚扬"的古战场全景图，其中为黄帝助战的玄女、蓄水行雨的应龙和魃，由蛟龙牵引的战车，与蚩尤一方矛戟、斧盾、弓箭丛中兴雾作怪的魑魅形象，都被表现得纤毫毕至，充满了灵性。验诸史载，可谓在成状。至若刘金贵《楚辞中的神话世界》虽大画中套叠了多幅小画，但调用的基本上都是楚墓帛画的元素，如凤鸟、鹤、鲤鱼及高领拥颈、宽袖宽缘的人物，并且构图、用线、色调及总体风格也与之相契合，因此很大程度上可视作是对长沙陈家大山楚墓出土的《人物龙凤》和子弹库楚墓出土的《人物御龙》的致敬。

其次是想象力的丰富。众所周知，自《山海经》《穆天子传》以下，古代典籍再少交代神话故事的始末。《诗经》虽曾言及"上帝"和"百神"，但并无更多展开，更不要说具体的情景描绘与人物刻画了。以后《庄子》《荀子》《韩非子》及《淮南子》《列子》稍有增广，但就其本意，或重在追仰先祖，或借以生发义理，均少有形象的塑造和细节的铺陈，叙事性和动作性更是薄弱。究其原因，自然是因为华夏民族从来"重实际而黜玄想"，六合之外，不仅圣人存而不论，好学博闻如司马迁，读《山海经》后也说"所有怪物，余不敢言也"。然而神话从来就植基于泛灵论这样的心理基础，如前所说是层累地造成的，对其做合理的虚构与想象，以凸显其超自然神性，传达自然神向祖先神转化过程中人与自然的颉颃互进，不仅非常必需，而且殊为正常。更何况，历史与神话的界限从来就不像人想象得那么明确，它是允许融入新设想，依人物原型变化出新的。希腊人就常用日常生活中真实的人事来改造神话，以创造出自己心中的神话故事，从而使之更亲切，也更具有深度。故从某种意义上可以说神话从来就不是一成不变的，那能将神话推向结局、推向深刻的强大动机恰恰常来自当下。

此次主题画创作于此一端有很好的表现。譬如人所共知的女娲既是人类之母，又是婚姻之神。她同时还善作笙簧，为音乐之神。当四极废，九州裂，天地不再覆载，水火恣意泛滥，更能挺身而出，炼石补天，所以广受后世的尊崇。但奚阿兴的《女娲补天》却不从这些惯常的"宏大叙事"入手，其平面化的造型与用色似乎也让人看不到多少崇高感，但细加品味，那种充满想象力的惨淡经营宛然可见。据《山海经·大荒西经》记载，女娲死后肠子化为十个神，分处于栗广之野。画家用淡薄的青、红、白、黄、灰诸色，拖曳出粗细不同的曲线，用以指代传说中由芦柴熔炼成的胶状的五色石，兼以渲染女娲献身时的从容和淡定，可谓别开生面。史书有载，女娲"一日七十化"，故对其形象做如此别样的处理，正应和了古人所说的"不真之真"的成言，是值得肯定的创新。而亚里昆·哈孜《农耕渔猎》与白云浩《万物众神》所表现的主题，"神话性"本都不太强烈，但此次画家的处理很见创意。他们从古代民间神话中主管树木发芽生长的树神句芒身上得到启发，《山海经·海外东经》谓："东方句芒，鸟身人面，乘两龙。"《淮南子·时则训》谓："东方之极，自竭石山过朝鲜，贯大人之国，东至日出之次，榑木之地，青土树木之野，太皞、句芒之所司者，万二千里。"神树扶桑归它管，太阳升起的那片土地也归它管。它辅佐东方上帝太皞，甚至在有的传说中还持规矩，主春事。故前者突出凤鸟为春之使者，就非为无端；后者更直接刻画其鸟身人面形象，以此为基础变化出无数分身，再辅之以神兽、龙蛇的环衬，将万物与众神的欣欣生意表现得非常热闹。至于整个画面日月山川交相辉映，向人展开的正是中国人最推崇的"游观"得来的世界。以此"乘云气，驭飞龙，游乎四海之外"获得的视野，如古人所说张绡素以远映，昆阆之形得围于方寸之内，竖划三寸，有千仞之高，横墨数尺，见百里之迥，还体现在孟祥军《伶伦制乐》、朱新龙《愚公移山》、颜晓萍《牛郎织女》等画作中。如此不以制小而累其似，嵩华之秀与玄牝之灵汇于一图，是真正拓展了作品的意义空间，予人以无穷的兴会。

再次是风格的多样。早前神话题材创作固然也有不少成功之作，但写实之外，大多采用夸张变形人物的办法，再配之以殷周青铜器、战国庙祠图绘和汉代石刻、砖画与帛画等传统元素，做类似岩彩一样的表现。这个自然不错，因为早在半坡彩陶和马王堆帛画漆画中，岩彩就被广泛地使用，一直到唐代，工笔重彩中都能见得到它的影子。故此次主题画创作，虽有朱新昌《羲娲创世》、马小娟《精卫填海》用色轻暖明亮，张正刚《祝融擒鲧》偏好清冷朦胧，田黎明《嫦娥奔月》更在传统没骨法基础上推陈出新，用自创的"融染法"，让水痕与淡彩互相交融，从而赋予画面以幽杳虚渺的光感，较完满地体现了"兔寒蟾冷桂花白，此夜姮娥应断肠"的意境。但仍然有夏予冰《炎帝神农》、刘健《禹治三峡》、许明耀《烧陶铸铜》和程俊杰《车的发明》等用此深浓的色彩来渲染主题。当然，他们在细节处都有创新，从构图到用色都增加了不少变化，再不是简单的平涂。尤其何小薇的《帝女桑》增入漆画、粉画技法，从而使《山海经》《广异记》所载赤帝女得道化鹊、火焚升天的故事焕发出了新意。

而更为难得的是，由于创作者来自全国各地，投入工程前均已有相当丰厚的积累，此次又注意将所擅长的艺术语言运用到神话表现上，这为主题画风格的多样性创造了很好的基础。如施大畏具有非常强的造型能力，中年后勇于变法，浸淫于东西方艺术，对极简主义审美形式及抽象表现主义尤有独到的会心。要说表现主义虽发源于西方，是艺术家眼见世界的变化和人性的日趋复杂，不愿再匍匐于传统的技巧下，努力赋予绘画意蕴以"多声部的交响"的一种追求。但它着力凸显作品构成的非单一性，既无意用某种既定的手段，也无取哪一种单一的风格，尤期待能给绘画带去类似蒙太奇似的审美效应，本来就与传统中国画的表意性存在有异曲同工之处。故早在20世纪30年代，黄般若已在《国画特刊》上发表《表现主义与中国绘画》一文，指出传统写意文人画具有表现主义的特点。林风眠精于素描和古典油画，但也十分重视其时正方兴未艾的各种现代主义，对马蒂斯、毕加索尤多钻研，并还亲往德国观摩表现主义画展，自己的创作如《摸索》等因此极具表现主义色彩。施大畏承续前贤与时俱进的路数，此次创作《鼎定天下》，因此没有具体呈现鲧、禹的形象，众神坐骑或珍禽异兽，也不过细描绘围绕着九鼎舞蹈的人们，而有意识地让绘画重归情本位。为了张大这种情感本位，他调动夸张、变形等手法，将密集的意象铺展到同一个平面，目的是要在对象与观者之间构造起一种活泼泼的生命连接。故画面虽密致，形象分解度仍很高，仍很好地传达了四岳九牧辐辏、天下万方贡奉的景象，渲染出九州攸同、四海归一的盛况。其构图取象之间，包括笔触的浑厚端重，与夫画风的狞厉纠绾，依稀看得到德·库宁及欧洲立体主义、超现实主义的影子。受其影响，施晓颉的《伏羲创八卦》虽相对而言要具象一些，但由意象的纷繁并置造成的效果，也能让人产生禁不住凝神屏息的效果。

　　黄欢的《巫山神女》用色鲜丽，构图平稳，人物形象的个体识别度高。盖其一直追求用工笔重彩和象征手法来塑造暗合人内心的艺术形象，故整个画面虽仍以人所熟知的巫山峡江为背景，但用为装饰的众神女围合出的拱形花门，与花门下慵懒的神女形象，又隐隐透出波斯细密画的痕迹。波斯细密画从来重视对所谓"精神启示氛围"的营造，追求几何图案和植物纹饰的平面展开，其极具装饰性的超自然构图及视觉设计，曾深受西方绘画和中国画的影响。故此，画家虽从来践行"新象征主义"的理念，此次仍能引多元素交合的传统艺术反哺创作，终于赋予了画作以全新的格调，让人观之，耳目一新。李朝华的《天梯建木》也让人印象深刻，其光色运用分明看得到塞尚的影子，又有"热抽象"代表人物康定斯基的痕迹。后者认为一切的形，纵使完全抽象或类似几何形，也有它内在的音响，因此是一种"精神性的东西"。这种精神性被作者寓于抽象概括的星辰大地和飞禽走兽上，以至于依缘那株植于都广之野，有百仞之高、黑华黄实的神木，上下往来于天庭人间的众神形象虽未出现，仍让人依稀望见。

其他如海日汗的《龙狗槃瓠犬》，人物造型与构图明显借鉴了波提切利的湿壁画。谌孝安的《小国寡民》笔法用色都竭尽稚拙，有较20世纪初期出现的亨利·卢梭为代表的原始画派更为散放自由的即视感和流动感。至若但次丹久美的《三过家门而不入》和巴玛扎西的《龙的变形》，则让人看得到藏族祥巴的痕迹。佘松的《鼎湖升天》结合中原晕染法与西域凹凸法，以劲细的线条勾勒，赭红色加散花图案装饰衬底，人物低处深而暗，高处浅而明，八面生意，视之如塑然，明显受到了敦煌壁画的影响。此外，李乐然的《二仪三才》与陈宜明、金临的《抱布贸丝》，写实中也掺和了同样的元素。而陈钰铭《黄帝轩辕》与李宏均的《禅让传贤》，似乎大有木刻、版画的韵味。拉巴次仁的《龙凤风》，可视作是年画、剪纸等民俗艺术的变体。当然，仍有像刘大为《开山治水》、洪健《神农尝百草》和邱瑞敏、李根《仓颉造字》这样以传统技法呈现的作品，还有像陈妍音《皇帝巡四海》、杨剑平《洪水与共工氏》和蒋铁骊《羿诛九婴、缴大风》这样的雕塑作品，因为间或叠合了多种新的艺术语言和表现手法，也给人留下了较深的印象。

由此想到，今天全球范围内艺术观念的更新与艺术实验的频繁，早已颠覆了人们的惯常认知。而由东西方互动交流带来的异域文化和审美趣味的冲击，也早已使传统绘画的表达边界被不断地修正甚至打破。过去人们谈神话，似乎言必称希腊、埃及与印度，事实上中国古代神话内容丰富气势宏阔并不逊色于人。东西方许多研究者都指出过，对神话的探索是要在原本就属于人的或历史的材料中发现人类的普遍性，因为真正的神话是对人类共同特点的记录，它不但不是纯意识形态，相反，可以为人提供穿越语言、历史、文化乃至宗教的联系媒介。各民族神话固然存在着多样性和差异性，但神话创作并不因此而缺乏同质性。神话的宇宙论价值或许消失了，但其人类学价值将一直存在，并一直会通过文学艺术保持它永恒的地位与意义。今天，立足于跨文化交流的语境，通过创生与改写，是完全可以发掘出它当下的意义与价值的。也正因为如此，类似"重述神话"的工程会在全球范围内展开，"新神话主义"的文化思潮会无远弗届地影响到世界各地的艺术家，吸引他们调动自己的才华和想象力，去重构，去创造。质言之，艺术需要融合生新，艺术就是融合生新。正是在不断的探索过程中融合生新，才能让传统长出新的枝条，让艺术开出新的花朵。此次创世神话主题画创作之所以获得成功，之所以具有这么大的视觉冲击力，正是因为在这样的大背景下，艺术家回应了大时代的要求在扎根传统土壤与吸纳多元文化的基础上，最大限度地发挥了融合创新的能力。因此可以预见它的成功绝不会仅限于上海一地，也不会仅限在中国，它的世界性意义必会随着时间的展开而日渐清晰。

犹忆新千年以来，中国主题绘画创作方兴未艾的大好形势，重大题材的美术创作可称是中国文艺创作领域的一大特色。此前，在国家力量的支持下，多部委合作，已先后实施了"国家重大历史题材美术创作工程"和"中华文明历史题材美术创作工程"两个重要的主题性美术创作工程，并举办了相应的主题画展。随着这两个工程在2009年与2016年顺利结项，还有"'一带一路'国际美术工程"的开展，对主题画创作工程和展览的讨论已日渐成为艺术界的焦点。一方面，伴随着中华民族的复兴，波澜壮阔的改革开放需要艺术家有与之相匹配的更丰富的视觉创造。另一方面，如何找到最足以表达我们这个时代民族精神的最佳切入点，如何更准确生动地反映中国人的精神面貌，体现中国立场、中国气派和中国精神，是当代一切形式的历史叙事都必须面对的根本性任务。故如何尊重艺术的多元发展和艺术家对这种发展的多途探索，用鲁迅《中国小说史略》中所说的话，使旧有者不至于僵死，而新出者更增其光焰；如何调动多种手法，兼容互补，多画种、多形式地展示绘画的题旨，使之既能全面准确地体现国家意志，又避免被动机械的政策图解和一味追求宏大叙事的浮泛虚廓，真正承载历史与艺术的双重使命；乃或更具体地说，更好地融合传统与当代的视觉元素，处理好科技征用与视觉震惊的关系，最大限度地调用"眼睛的思维"，探索情节性绘画的独立性和新材料制作的可视性，使之能化时间为空间，有独特的戏剧性表达和多人物组合的场景再造能力，都需要人们在未来做出更艰苦的探索。

值此《开天辟地——中华创世神话》美术主题创作完成之际，有幸先睹为快，在无任敬佩组织者的精心策划和众多艺术家的通力合作同时，谨以上述粗浅的认识和期待，为未来将要诞生的更多元的艺术探索和更伟大的中国艺术贺。

是为序。

# 青绿山水的文人化探索
## ——《祥云瑞气：冯祥云青绿山水画集》序

传统山水画先有设色，后有水墨。且设色画中又先有重色，后再淡彩。故画史论晋人画都讲"笔彩"，不讲"笔墨"。其空勾无皴，平涂而稍晕染，影响及于隋展子虔创青绿勾填的染高法，遂使青绿山水成为传统绘画一大宗。故清人张庚称"画，绘事也，古来无不设色，且多青绿"。此后，唐李思训、李昭道父子与宋赵伯驹、赵伯骕兄弟均善著色山水，有的金碧辉映，自为一家法；有的因时而变，虽精工之极，又不乏"士气"。至王希孟《千里江山图》于青绿重色中变化出新，令墨色衬托下整个画面光妍无比，给人以强烈的视觉冲击力，更成就了"大青绿"难以逾越的巅峰。

及至元代，受宫廷趣味拘限，沾染匠气的院画日渐式微。与之相关联，支撑这种程式化趣味的物质条件和充裕财力又非宫廷外一般人所能具备，不但矿质颜料的制作与获得大不易，创作过程中勾描设色，尤其设色讲究又多，如为使绢能受色，纸不拉毛，须刷胶矾或者砑光，如此"三矾九染"实在耗时费力，故随着志在畅神纵趣的"文人画"的崛起，青绿一脉遂为水墨山水和浅绛山水所代替。不过尽管如此，此前即使南派山水的开山董源仍好青绿，赵孟𫖯、钱选等人仍能在正格的"大青绿"之外，兼重笔墨意趣的"小青绿"。此后则董其昌虽倡言南北宗，也不废此。至于仇英、张宏等人更多试作，并以实景青绿力开新局，再演为蓝瑛的没骨重彩和清代袁江、袁耀等人的界画构图。一直到今人吴湖帆、贺天健等仍多有作，张大千、刘海粟更别创泼彩一格，使画体气势更趋恢宏，风格更趋富丽，用色也由明艳转为繁妍和热烈。

只是较之水墨山水，尤其泼墨写意山水，此后青绿山水似声光敛尽，显得有些沉寂，却也是不争的事实。盖许多人以为其用石青、石绿作主色，一味勾廓而少皴笔，敷色浓重而少变化，有装饰性而无感染力，即使在水墨淡彩上薄罩重色的"小青绿"也脱不了"以色作皴"的单调，故不甚喜之。更有人因其耗时久，程功深，展开过程又不似水墨画，于轻点重染间可巧施补救，一旦上色很难更动，且经层层套叠，厚重或有之，光鲜则未必，滞塞黯沉反而每每有之，更不免视为畏途。

但冯祥云不同，因专业出身，多方的摩习，尤其西方素描写实和日人诗化写意双重影响造成的长久积养，使他擅长用传统笔墨模山范水，尤其能调用密体繁笔逼真地刻画山骨云魄。在他看来，大自然的一切，从穷原广壑、绝漠大荒，到近村茅茨、远水平沙，乃至岩下竹木、断桥湍濑，均各具禀赋，各有佳胜，只要悉心投入，多方观察，都能成就绝妙的画境。而人物之寂坐、卧读、临流、拂石，一经画者主观志趣的投托，或丰沛郁勃，或隽永深长，更能造成清新绵邈、空灵幽邃等不同的意境，并使所谓丹青写真成为人精神世界最恰好的载体。正是基于这样的认知，他经常走出画室，徜徉于自然山水间，因四时丘壑变化而"仰观宇宙之大，俯察品类之盛"；回到案头，则用心含咀传统，尤能从宋元诸名家中悟入。如此既"即景生情"，又"因心造境"，努力平衡取象与造意两端，在尊重讲出处、重程式这一传统画基本特质的同时，尽可能赋予形式世界以更真久的精神价值，是真正突破了符号的拘限，做到了景与境相合，再现与表现互补，从而赋予了绘画以纯正的体调和逸雅的品格。

然而他并没有因此止步，相反，常欿欿然知所不足。近些年，更于儒释道三家思想中涵茹道体，浚发心性，并由此上探画学源头，依仁游艺，以形媚道，开始了青绿山水的创作。所作重彩勾斫的正格"大青绿"如《江遥水合天》《流水趣何长》《远水兼天净》等作，群峰盘互，岩峦崒崪，山从断处生云气，罄到交时出水声，如此岚空而气豁，石顽而树灵，山静水动之间，大自然活泼泼的生机尽显无遗。有的画如《舒卷随风》《祥云润物》，取象繁富，勾线遒密，极富装饰效果；有些画如《谷静秋泉》《山气日夕佳》《流水隔云》，因用泥金，另有一种贵气盈溢于纸素。包括《云中行》这样的手卷，咫尺间似有无限的风光掩映，密致中居然兼有旷远的高致，诚可谓大手笔。

  细细品读这些画，体会其命意脱俗与布局不凡，欣赏其构图的平正与奇峭兼备，气象或旖旎典雅或雄伟宏大，可以看到画家驾驭青绿山水的能力，确已到了相当老熟的境地。特别要指出的是，在爽利遒劲的线条勾勒外，他能驾轻就熟地调用多种皴法，再敷以青绿重彩，使整幅画笔墨融合无间，古拙与苍润相互辉发，绝无俗艳滞塞之病。记得清人王昱《东庄论画》说过："青绿法与浅色有别而意实同，要秀润而兼逸气。盖淡妆浓抹间，全在心得淬化，无定法可拘。若火气炫目，则入恶道矣。"用重色泥金能无涉"火气"，不堕恶道，殊为难得。而究原初画者常不自觉地陷此俗境，除了天分不够与识力欠佳之外，一味重色，进而弄险逞奇，不能不说是重要原因。其实，如钱杜《松壶画忆》早就指出："凡山石用青绿渲染，层次多则轮廓与石理不能刻露，近于晦滞矣。"轮廓指示的是山之骨，当然包括水之沦，焉能被湮没。为此，他甚至认为"青绿染色只可两次，多则色滞，勿为前人所误"。笪重光《画筌》进而以为"丹青竞胜，反失山水之真容，笔墨贪奇，多造林丘之恶境。怪僻之形易作，作之一览无余；寻常之景难工，工者频观不厌"。他主张"墨以破用而生韵，色以清用而无痕"，前者很好理解，后者则不容易做到。冯祥云的画很大程度上做到了这一点。

当然，最能体现墨破生韵色清无痕的，是他那些着意水墨渲染，只在局部敷彩的"小青绿"，如《云树流泉》《飞瀑下云中》《空山秋气清》等。在这些画中，他以水墨为骨，将石青、石绿、淡赭和润墨融为一体。由于有深厚的水墨画创作的功底，能将色彩的装饰性与写意性很好地结合在一起，并与水墨融合一处，且转换妥洽到位，使春山如睡，秋壑深邃，整幅画色不碍墨，墨不掩色，掩有色墨相和的优长。古人所谓备极人工而几夺造化，即此意也。

尤其值得一说的是，这些画体调艳不伤雅，美不涉俗，紧密而不纤弱，工整而无匠气，似映像了画家本人的趣味和人格，最是难得。同是王昱，又曾说过"青绿画之妙处，不在华滋而在雅健，不在精细而在清逸。盖华滋精细可以力为，雅健清逸则关乎神韵骨骼，不可强也"这样的话。笪重光也说："盖青绿之色本厚，而过用则皴淡全无，赭黛之色本轻，而滥设则墨光尽掩。"察两人所论，都意在突出水墨皴法的重要，以为不如此不足以确立画之根骨，判别画的雅俗。因为在他们看来，"画中设色之法与用墨无异，全论火候，不在取色。故墨中有色，色中有墨。古人眼光直透纸背，大约在此。今人但取傅彩悦目，不问节腠，不入窾要，宜其浮而不实也"（王原祁《麓台题画稿仿大痴》）。冯祥云作画最忌浮妍，故特别注意处理色与墨的关系，小心拿捏敷色的分寸，追求一种体严重而气轻清的整体效果，以渲晕取厚，不多皴擦，间或一二点苔，也只是稍增其丰腴华滋而已，是真正做到了王石谷所说的"气愈清愈厚"（《清晖画跋》）。

需要指出的是，由于过求"设色之法与用墨无异""用色与用墨同"，有时青绿山水会走向色法被墨法同化的另一个极端。对此，冯祥云非常警惕。因深体古人"设色好者无定法，合色妙者无定方，明慧人多能变通之。凡设色须悟得活用，活用之妙，非心手熟习不能。活用则神采生动，不必合色之工而自然妍丽"之意（方薰《山静居画论》），他于色彩运用一途下足了功夫。墨稿用笔一丝不苟，饱满有力，树干分染、山石皴擦和水纹坡岸甚是谨细，赭石打底与汁绿、花青染色分远近非常讲究。又因石青、石绿平涂易生呆滞，故每假渲染，使前景石色尽显其滋厚，以与略略暗薄的后景拉开空间距离。最后整理阶段，可以想见他在调整色彩关系方面一定特别的留心。其间带色干笔的皴擦使山石更富质感，复勾、醒线和点墨使山形树姿愈发显得苍润饱满，且由于明部和暗部都是逐遍罩染的，故画幅通体了无火气。总之，在确保用笔精细不琐碎的同时，做到了用色瑰丽而不火燥，笔墨到处，表里俱彻，刻入缣素，显得明艳华赡，亮丽中透着清润与简淡，可谓既有传统青绿画的厚重富丽，又有后起文人画雅洁的韵致。

而察其之所以能取得这样的成就，如前所说，是与长期浸淫传统文化，时时将古人画迹与画论相比勘质证，雅好"静""淡""远"诸境界有关的。而这正与两宋以降画坛新崛起的审美趣味相对应。盖宋代处在古代社会由盛转衰的中点，士人外在拓展的能力普遍减弱，内心的自省却因此得以增强，这造成了一个偏好冷静思考的时代的到来。由于深感心灵靡涯搜讨无尽，时人再不像唐人那样热衷向外拓展，并缺乏热烈开张的气度与心态，而更注意回光内鉴。基于一种普遍内倾的心理，他们向往的是一种更幽邃沉静的精神境界。由此用心静，着意淡，置物远，精神面貌日趋简淡甚至疏旷。正如时人叶炜《煮药漫钞》所说，"少年爱绮丽，壮年爱豪放，中年爱简练，老年爱淡远"。如果说唐人自信而奔放，近乎青春年少；处在古代社会转捩期的宋人相对来说趋于老成，思致深细纤敏，就更接近于中年甚至老年。这样的人好讲"圣人定之以中正仁义而主静"（周敦颐《太极图说》），多崇尚"淡"，以为"平淡而山高水深"（黄庭坚《与王复观书二》），好追求"远"，以有"远韵"为创作的极诣（苏轼《书黄子思诗集后》），是很可以理解的。而庄禅思想的影响，更使得其时不仅哲学与文学，乃至一切的人文艺术，都染上了因追求淡然无为而愈发闲远空静的色彩。

冯祥云从来好读宋人的书与画，学院的氛围，个人的气性，以及岁月与年命的加持，所赋予的人生到此的慧觉与彻悟，都使他更多选择上述的创作进路。他好讲"心性""念头"，正是宋人问学论道最常见的话头；爱画远山寒林，也正是从李成到范宽，宋人自来的传统。而由此构成的如《寒林图》《寒林平远图》和《雪景寒林图》这类名作的意境，不仅经由他此前创作的设色纸本如《疏林寒岫》《山容清潇》得以二度复活，今次，更借由上述青绿画法，得以创造性地呈现出来。从这个意义上说，他的画上承宋元正脉，是对文人画传统真正的恪守和发扬光大。

犹忆20世纪80年代以来，受西方表现主义和日本绘画的影响，重视材料、色彩但不削弱线条的画风开始受到美术界关注，工笔画随之得以复兴，但青绿山水的再起还须等待一段时间，直到2013年9月北京全国第一届青绿山水画展揭幕。但即使是今天，我们仍不能认为青绿山水画已经度过了它的低谷，再次获得了葱翠的生命。尽管材料的制作与获得已变得非常便利，但其耗时久，程功深的问题并没有也不可能因此而得到改变。故如何咬定青山，耐得寂寞，同时注重笔墨功夫的锤炼和积养，仍是摆在画者面前一门重要的课业。至于从观念到审美，如何接续宋元人的传统，积极探索无愧于时代的新画法、新画风，从而真正实现画界一直呼吁的"青绿山水文人化"的大变革，更是每一个有追求、有担当的艺术家无计回避的责任。

因瞩望于这样的时刻，我于冯祥云有厚望焉！

# 异域之眼与文化自省
——《中国经典之阅读、教学与对话》序

纽约市立大学布鲁克林学院本着全人教育的理念,四十多年来坚持向学生提供核心课程。有鉴于其中人文教育课程从来以西方古典为主,鲜有中国文化经典,故发为首倡,引入中国哲学与文学。在解读的过程中,又能避免高头讲章式的抽象诠解与浮皮潦草的简单格义,于认真的导读后,就课堂讨论与学生的报告做出针对性的点评和总结。如今,集这三方面内容于一体的专著就要在纽约易文出版社出版了,欣喜钦服之余,也想就所引出的一些思考求教于黄永钢、邱辛晔两先生,并期以与过去和将来更多的学生有一个交流的机会。

布鲁克林学院的中国文化课程,选择的是中国传统哲学与文学中最核心精华的部分。说起来,任何一种文化都有其必须研读的经典,作为该文化的要义和精华,它通常凝聚着历代人持久的思考和探索。由于这种思考探索的发端通常极为艰苦,最终指向又极为宏大,所以能进入人的生活,对读过并喜爱它的人构成宝贵的经验;进而还能影响历史,成为传统的一部分。又由于它所讨论的问题大多关涉天道万物之根本和人性善恶的原始,且所用以探讨的方法极富智慧和原创性,对人的物我认知与反思觉解常带来深刻的启示,所以当其凝著为文字与典籍,会被人称为原典或元典。原者,源也,本也;元者,始也,端也,两者意思自来相通。此古人所以说"元犹原也,其义以随天地终始也",又说"故元者为万物之本，而人之元在焉"，都道出了经典的基始性特征和它所特有的范式意义。

东西方文化均有核心价值保存在各自的原典中。表面看去，它们是一种固化的静态存在，但其实，基于上面的界定，可知其本质上非常健动，且永远在权衡和汰洗人类的心性和知识的真谛，并在与人和世界的激荡互应中，寻找着自己的言说边界，因而几乎具有永恒的生命。至于它们当中有些部分特别引人瞩目，并在一些特别的时刻为人们重点提及，则另有特殊的机缘。

就中国文化原典而言，之所以在本世纪获得世人普遍关注，自然与全球化背景下中国重回世界中心有关。中国传统哲学、文学在解释解决世道变迁与人性困境方面，提供了一种不同于其他文化的路径，具有别样的视界与境界，这是自17世纪以来就为许多西方哲人所认可的。只不过这一次是通过书中所附学生的文章，再一次得到开显而已。不过尽管如此，这些修读人文教育的学生，有许多虽"一直在寻找另外一种文化的影响"，但大多从未接触过中国文化，经过课程的学习，居然开始了解"东方哲学的论述是整体性的"，开始认同中国人对"意义价值超过生命，而没有教养比死亡更令人厌恶"的判断，并认为"人们需要不时得到这样的提醒"，不能不说是一件令人欣慰的事情。而中国文学充满了奇妙的想象，其所着意描写的大化自然中的人生，能让他们感到"宁静和愉悦"，甚至认为可用为"心理治疗修复"之具，凡此宝贵的"初体验"，又不能不说是他们对异文化有敏感而准确的觉解的显证。

本来，让美国学生修读这些经过时间筛汰的中国经典，就不是为了让他们究明一字一义，并以此作学问培植的根柢，而是希望通过有选择有重点的学习，拓展其精神教养的门径，赋予其视野整合的机缘，让他们能在更宏阔的背景下，有以了解人之贵以理想、道义和知识安身立命，并远离一切实用主义、技术主义的诱引，不仅是西方哲人的教导，也是中国人身体力行的准则。由此，启发和引导他们既不放弃对知觉对象的本质体认，也不回避对自身存在的根源性究问，并在此基础上养成清明完密的思辨能力，不仅能关注一己情趣的陶冶和人格的养炼，还能以宽广的胸怀，关心人类整体性的精神出路和未来走向，由此事业成功，人生幸福。从书中所收录的文章看，这个目标应该说是完满达成了。其中有些学生进而还突破中西文化的壁垒，两相比照，多边互镜，由道家崇尚自然的主张，想到伊壁鸠鲁与安提西尼的伦理思想；由孟子的价值观和正直原则，想到康德关于"责任"和"倾向"的论说，由此对"东西方在哲学上可以相互学习，很多知识是相互映照的，而非新的发现"有明确的认识，甚至还能借由中国的思想反思西方的当下。这对课程的设计者而言，无疑是最好的回报了。

个人最欣赏的是，有的学生能以一种审慎的态度质疑中国文化的负面。所体现出的独立思考，正是人文精神最好的体现。因为知识人所倡导的人文，原本就基于对人类普遍性的关怀，是既包含着追求自由、幸福等人性内容与追求永恒真理等理性考校，更多对人的存在意义与价值超越性的思考。它彻里彻外充溢着对人的精神生活的关心，对人的价值世界的尊重，还有对人所特有的种种神秘性和不可言说性的承认与维护。正是为了这些，它反对以任何名义，对人的精神做任意的肢解割裂，并断然拒斥一切将人物化或简化的处置方式，尤注意在对诸如公平、正义等社会价值的维护与践履中，凸显人的存在意义。在此过程中，怀疑外在于自己的一切信仰，更断弃一切硬塞给自己的信条，是它为维护人性尊严和思想自由常常选择的立场。因此，书中有学生指出"中国人听话易控制，内在修养过于集中，成为一种潜在的对抗因素，即中国长期以来对抗外部世界，拒绝开放它的疆界"，这样的观察虽不够完整深入，甚至还很片面，但恰恰体现了对上述立场的坚持。这对从来置身于中国文化之中的个人而言，尤其有先获我心的欣快感。

如上所说，中国文化为世人提供了一条别样的认识世界和自身的路径。以儒道为核心的中国文化从来强调人的身心相与和人我相与，以为倘不能处理好自身的问题及与他人的关系，就会在生活中摇摇无着，迷失方向。由此，中国人积久的传统，从来推尊一种"世俗理性"，并让它渗透到从个人到国家、从礼俗到经典之中。那种与经验世界相分离，或先于经验存在的观念或许够深刻，在他们看来有时反不能深入人心。这中间，隐含着一种别有深意的智慧，但不能不承认，有时也会造成内省有余行动不足，或习惯从众不能自任的毛病。

诚然，如法国当代著名的思想家埃德加·莫兰（Edgar Morin）所说，西方文明中的个人主义包含了自我中心主义的闭锁与孤独，它盲目的经济发展常常带给人道德心理的迟钝，并造成各领域的隔绝，限制了人的智慧与能力。所有这些都在此次金融危机中得到了印证，书中有的学生也谈到了这一点。唯此，危机过后，与亚当·斯密、凯恩斯和马克思一起，再度引起西方人关注的还有孔子的哲学。如诺贝尔物理学奖获得者、瑞典科学家汉内斯·阿尔文（Hannes Alfven）就称人类要生存下去，就得回到二十五个世纪前，去汲取孔子的智慧。英国哲学家阿拉斯代尔·麦金太尔（Alasdair MacIntyre）甚至在《泰晤士报》发文，称孔子的学说自来"简练有力，如今也一样"，他关于"君子喻于义，小人喻于利"的主张"正是对次贷时代的谴责"。再往上推，西方自由经济的鼻祖魁奈早就称孔子可以打倒"希腊七贤"。20世纪80年代，美国的《人民年鉴手册》也将其列为"世界十大思想家"。本世纪初，联合国教科文组织更为此设立了孔子教育奖。但不能不说，由于以儒道为主的传统文化过分重视个人的完善，或以德为先，以和为贵；或笑傲林泉，以超脱旷放自任，重私德而轻公德，重家族伦理而轻国家伦理，进而对伦理文明强调得多，对制度文明经营得少，有建成君子社会的无限热情，而缺乏公民社会的成熟认知，以至类似公平、正义等社会理想及自由经济、民主政治等规范都未得到充分的发育。

　　所以，如果说个人对这个课程还有什么期待，那就是希望它能在更完整准确地介绍中国文化精髓的同时，将这种文化中本有的个体自省推展到对整个文化的反省。进而在这种反省中参合古今，酌量中西，开辟出中国文化更光明远大的未来。这里特别提到了反省的重要。作为一种内省式的体验活动，反省是人调动自我意识，反身省察的自我教育过程，体现的是人对世界确然性的服从，以及对自身有限性的觉知。从这个意义上，它常被视为追求精神完善的人与自己灵魂的对话。它的关键是对所思考的对象再做思考，有点近似我们熟知的反思。但必须指出的是，反思是对别人思想的再思想，而自省则是对自己思想的再思想。为了有更远大的未来，更广泛的影响力，今天的中国文化尤其需要这种反省。当然，东西方任何一种文化都需要与现代化对接，都有自己的问题。文化自省要求生活在一定文化中的人们对自己所秉承的文化有一种自知之明，对其以往发展的历史和未来发展的方向有充分的认识。今天的中国文化既然已经重回世界舞台，要获得真正的自觉与自信，尤其需要这种深刻的自省。

　　基于这样的理由，应该感谢布鲁克林学院所开设的人文教育课程，它为这种省察提供了别一种"异域之眼"，相信随着它的不断成熟，必能为中国文化的推展贡献更多新的视角。

# 飘落山谷的玫瑰花瓣的声音

——《云谁之思》后记

就个人来说,写诗不过是近三年的事,但喜欢诗却远不止三十年。这三十年中,读过许多书,但记住的不是很多。留下可以记住并相信的多半是诗,或与诗有关。所以有时会说自己与诗有缘,原非过甚其辞。对此,别人也许不怎么觉得的,自己也懒得说明。是为痴。

间有一二故人动了好奇心,来问发生了什么。其实能发生什么呢,不过是随时间推移,渐渐了解了自己;又随人之将去,自然而然地学会了更多断弃。但这样的解释似乎仍没什么说服力,因为在常人眼里,诗是这样的东西,它只会让真实变得不真实,乃或在生活中不能真实,人才会去写诗。总之,如果人生果真是一趟忧伤的行历,那么它的先锋通常是诗,但捡尽寒枝后它的殿军,通常另有其人或事。

不能说持这种认识的人一定错了,连弗罗斯特都没法说服人不将诗视为装饰,一如丁香必定有它自己,但还是难逃被人用以调味食物的命运。至于想出版诗集固无不可,希望它能被关注,就纯属马奎斯所说的丢一瓣玫瑰花入山谷,然后指望能听到它的回声了。不过饶是如此,个人仍觉得上述的认识不真。一个人偏好用诗来安顿自己,一定是切切实实地体认到诗是人心最大的真实。此所以阿诺德称诗是"人心的精髓",赫兹利特认为诗是"生活中最精细的部分"。

可用为佐证的照例是诗。如华莱士·史蒂文斯就曾有这样的诗句:

"秋叶落尽之后，我们回归／一份事物的直感。"正因为诗须依赖直感，并只专注于或最擅长写直感，注定了它比其他文体都更努力地以裸出真实为职志，并更能让写诗或读诗的人借此不惮面对真实的世界，乃至真实的自己，既足证自己有自信，因为他根本不以拙于应世为意，他坚持按自己的意思活，并当生活给的不是他想要的，仍因为有诗而相信，能安静；又足证自己够诚意，因为他认定"诗是抗拒不完美现实的一种方式，亦为创造替代现实的一种尝试"，一如布罗茨基所说，这让他在心里祛除一切功利的计较，全不算计与人沟通的成本，是最执意地要将倾诉进行到底，并当别人不能理解，绝不强求同情；万一对方懂得，也不必然会有望外之喜，只是更确知诗的力量而已。

此外，诗的无可替代就都在它有恰如其分地传递人心精髓和生活的精细的形式了。即它能假一种特殊的语言，造成动人的韵律和节奏，来传达人内心的情感，进而调用比喻、象征等修辞手段，凝合成可移合、嵌接和转换的意象，多角度表达这种情感的力度与速度。正是这种特殊而强烈的"内指性"，使诗与其他文体区别开来，成为如薄伽丘所说的一种"精致的讲话"。由此带出的魔力，足以让人面对生活中任何言说的寒俭和表达的苍白，宁可选择沉默，也不愿哓哓不休，进而认为有些话是不说与说一样真，更有些话一旦说出来就必须浃髓沦肌，直达人的心底。

在这方面，几个世纪以来中西诗人和诗论家都有过精彩的论述，也留下了许多可称经典的诗作。直到一百年前西诗传入，在中国人的抒情与西方诗的浪漫颉颃中，尤其传统与当下的交互激荡中，面对着一边是认定唯诸夏独有的俪文律诗才可与外域文学一较高下，一边是坚持唯文废骈、诗废律才是进步，才有出路，一些新文化阵营中的人在响应胡适的"自然音节"同时，已不时"勒马回缰写旧诗"。至于那些持文体本位的新诗作者与译者，基于汉语的特性，体认着悠长的古诗传统，更留心梁启超提出的"新意境""新语句"和"以古人风格入之"的作诗三原则，希望通过"敛才就法"的修炼，来成就"诗界哥伦布"的伟业。他们孜孜矻矻，比勘中西声律之异同，追求诗与音乐的连通，由此讲字节和顿数，衡音尺和音组，并经20世纪50年代往下直贯到今天，对如何守正开新，在脱弃旧体诗束缚的同时，造成节有定行、行有定拍并换韵有序的新体格律，仍多有艰苦的探索，更抱有绝大的热忱。

个人的趣味与这种主张更接近一些，并觉得经由意象派的译介，中西诗可共通的一面已大体为人所知。当然，其间的差异也更加显而易见。及至20世纪以后，西方诗歌和诗学理论被不断引入中国，有的诗人还亲来中国与读者分享自己的经验，这导致了新诗体式的多样化已日渐成为不可逆转的趋势。其中不重字而更重句与语段的锤炼，不重段式均齐、章法互应而更多放任诗意流散和诗行出入，更是成为风气。其下焉者，就是挟"日常写作"的诉求而沦为"口语诗""废话诗"了。但正如不论在前现代还是后现代的语境下，西人作诗论诗都好讲意象，中国古人也一直很重视意象的营建；不论古代还是现代的中国人，作诗论诗都好用典故，西方诗人和诗论家也同样每常出入希腊、罗马，像哈罗德·布鲁姆《读诗的艺术》在讨论讽喻、提喻、转喻和隐喻的同时，就特别谈到用典。至于因语言不同，中西诗人追求诗歌警策的方式固然有所不同，但在诸如从整体上追求诗的陌生化方面，宋明以来诗家通过处置诗歌中的闲言助字，来求得诗品诗格的不同凡俗的讨论，与欧美结构主义学派和形式主义批评中有些论述其实并无二致。要之，一个是诗与乐从其发端到流变从来联系密切，是为诗乐一体；一个是抒情诗在词根上就与乐器有关，决定了其自由抒写必定不离节奏，并只有赖富有形式感的整赡节奏才能真正实现。

所以就诗歌内蕴的营造而言，个人最在意的是前已述及的写出自己直接感知到的心底的真实，并因为有意赋予这种真实以更广大的指向，而不免常以诗人所谓"此时此刻我在说一件事情，而在表达时我所说的也许又有些超出那件事情"为极诣。而在形式上，如果说新诗的确存在自由体和格律体的大致分野，那么自己更愿左右采获，务求综合其所长，尤其希望能打通古今与中西的界域，更充分地开显创作背后所隐蓄的中国文化的底色。

这个说起来容易，要做好很难。好在收在这本集子里的140首诗，都是写个人在欧洲的行历。欧洲的历史与文化同样悠久而复杂，许多此前根本不了解，有的虽略知一二，一旦身临其境，仍不免惊诧莫名。由此产生的心灵震撼，不作诗真不知如何消解。但也因为这样的缘故，似天然地就在写作之初，要求自己能更多投入，化身为客观而不褊狭的异文化的观察者。与此同时，提醒不要忘了比量从来的传统，检视自己的内心，也是题中应有之义。因为这是自己所见到的欧洲，又因为是在诗中，它可能并未真实展开过，甚至根本没像这样发生，只是被自己的"误读"，唤出了它将要到来的可能。这样的幽窈悄怳，本身就非常诗歌。

现在，再看这些旅途中草成的诗行，回忆十年间行过的每一处川原和山峦，它诞育于大地的灿烂文明，自带光环，是那样富有诗意甚至神性地根扎在欧罗巴厚实的土壤，和每一块不可思议的岩石的缝隙，而它精神的枝条仍借着这块土地上伟大人物的不朽创造，既通过文物制度，也每借助色彩和音符，在阳光下向我招摇。这当中自然不会少诗人，譬如在塞特和蒙彼利埃的瓦雷里，他的故居、博物馆和滨海墓地，直接引动了我郁勃的诗兴。故收入集中的墓前吟唱外，我另口占了一首七律，贴在早已空无一物的他故居的门前："簇锦篱花照眼青，萧森柏树属云停。曾传孤耿欣神助，还剩清衷赖鬼听。目想日迟能去海，魂招风软不来庭。问随心事归何处，分与浮生到杳冥。"

在我快写完这篇后记时，亚平宁半岛的太阳想必已经升起，莱芒湖的鹅也开始从温暖的翅膀中探出它们的头,等着下一个十年,还会去履踪未及的每一个地方的我,应该还会被许多的风景和人感动。这样的情景,太像维多利亚时代诗人丁尼生《尤利西斯》所写的:"尚未游历的世界在门外闪光,而随着我们一步一步去前行,它的边界也不断向后退让","尽管已达到的多,未知的也多啊","几次生命堆积起来尚嫌太少,何况我唯一的生命已余年无多"。

# 风骨的意味

## ——《中国古典美学风骨论》新版后记

传统文论与美学中的概念、范畴,一直是个人研究的重点。30年前,个人的博士论文就聚焦"风骨"范畴,结合诗、书、画三者,对其语源、含义和影响做过初步的考究。今天看来,这一工作做得实在难称完美,限于条件,文献的掌握尤其欠缺。之所以不揣简陋仍推出新版,既因感激于早岁问道从学的经历,也是想为这一领域的研究留一份记录。

这份记录指向的首先是那个令人追怀的时代。受20世纪80年代中哲史界开始着手推进范畴研究的影响,中国古代文论与美学领域中概念、范畴的研究也开始引起学人的关注,并在不久以后出现了第一批不错的成果。但因事属初起,一些研究并未摆脱援引用例解释字义的老套,以致掴摭固勤,难称完密。更多的研究因缺乏对概念、范畴的哲学根性的认识,缺乏对更广大范围内概念史或范畴史研究进程的了解,包括20世纪50年代以来德意志哲学传统和20世纪以来德法学界社会史、诠释学研究的现况,以及类似《概念史档案》杂志创办者、德国哲学家埃里希·罗特哈克尔所说的,"每个术语都有其渊源,开始于该词原创者最初的创设,然后是作为词源学和前学术、前哲学的用法使用,在其长期的沿用中,它在哲学、学术、诗歌和普通用法中保持着有效的使用:一种至关重要的词义维持和转义,其间它要与许多新词做竞争,以便获得对由某概念所指示的问题的最终厘定",这样的判断看似不足以惊听回视,但实际的研究过程中,许多人还是忽略了任何概念、范畴都依赖于它所禀受的历史传统,只有对之做详尽考察,才能把握其内涵的事实,即使未忽略,也没能更好地加以呈现,这直接导致了一些专著和论文不同程度地存在着断章取义、以偏概全的情况。至于处置失当,任意阑入仅属物质和技术层面的术语(如格律、勾勒、飞白),或有更复杂前史,与相关问题有更多粘连的理论命题(如"诗言志""澄怀味象"),离真正的范畴研究就更远了。

拙作虽能谨守其间的分际,以尽可能完整准确地开显"风骨"范畴的原意为职志,无奈读书太少,常不免陷入气倍辞前、半折心始的窘境。而气血未定,间或骄躁,更多少违失了治学的要义和导师的耳提面命。依今天的认知,除前辈切要的提示外,有鉴于中国人特有的致思习惯和言说方式,传统文论与美学中的许多概念、范畴常常辞约旨丰,又未始有封,对应着初创者的机敏心思和其遣字造语时斡空运虚的过人才智,它们像足了一个个"意义空框",又俨然是一"召唤结构",能供给人曲抵微达的空间是非常广大的。准此,如何调动东西方相关理论和方法,做整体意义上的通观和阐发,无疑是真正究明其意指的关键,也是使研究思沉力厚克臻高境的关键。而在这些方面,自己做得尤其不够。在此谨将早年的不学与俭薄和盘托出,固然意在自警,但有心者是可以从中看到一个时代学术起步的真实过程的。

所幸以后两个十年,自己在《中国文学批评范畴十五讲》和《中国文学批评范畴及体系》两书中,对上述缺点做了修正。不过,规模格局虽较本书有了一些拓展和提升,根本性的改观则断不敢说,因为全球化时代,文化交互发展日渐深入,知识共同体的构建日渐加速,我们这代人的知识局限已然是一道拦在面前难以跨越的障碍。自己所能做的和已经做的,不过是确知了这种局限,由衷地承认自己的浅薄,并对学问的高境有更具体真实的敬畏而已。因为这种敬畏，这个世界，有些人对学术更加亲近了，他们是榜样；而另一些人，或许就此与真学问渐行渐远。这些人当中，应该有我。

为此，真愧对当初不次识拔，将本书纳入《中国古典美学范畴丛书》的蔡钟翔先生，和各位参加论文答辩的先生，他们大部分已经去世。尤其是导师顾易生先生，曾给我最多的指导和鼓励，他对学问的理解透过高蹈的人生趣味传达给我，以至于到今天我都无法忘记。他生前已将一部分藏书捐给了本校古籍所，另一部分正安静地躺在我的书架上。前一阵，刚翻检过其中的《佩文韵府》和《旧唐书》，此刻再细读留有他手泽的廖燕的《二十七松堂集》，他所标记的"燕昔者亦尝有学矣，于古人书无所不读，然皆古人之糟粕，无所从入，退而返之于心而有疑焉，意者其别有学乎，然后取无字书而读之"，"天地一大部奇书，人心有全副妙理，故草自剩而书自全"，回思他为人津津乐道的超脱谦退的风派，自己最真切的感受是，有他或没他在，这个校园之于我太不一样了。

最后要说明的是，本书自中国人民大学出版社推出后，后来又易名为《风骨的意味》，在江西百花洲文艺出版社印过多次。此次再出新版，除校正误字，疏通文句和核补全部出处外，并未做太多的更动。究其意，仍是想替自己乃或时代留一份真实的记录。

# 中国文学批评的"专名"与"通名"
## ——《中国文学批评范畴及体系》新版后记

距本书初版到今天,已过去了近二十年。这二十年中,古文论研究继前十年的繁兴与后十年的沉寂,现在可谓疲态毕现,既缺乏学人共同感兴趣的话题,也少有惊听回视新人耳目的巨构。排开大环境的变化,仅就学术本身而论,显然是因为浮在面上的议题已扫除殆尽,而更深层次的耕植又非人人都能胜任。

这也构成了个人此次修订的背景。当然,赖岁月的加持,终究有新的观察,添益了一些新的见识,相信在不少问题的判断上,可以带给人新的思考。特别是,有鉴于范畴研究至今仍多拘限于单体局部的讨论,一朝一代或一个批评家具体观点的评述,加以所调动的思想资源不脱儒释道三家,既较少顾及并认真体察此后理学与心学对范畴意旨的充扩,更几乎不触及道教义理之于创作批评的铸范,这使得许多研究显得非常寒俭贫薄,甚至有点想当然的自说自话。

倘要说得具体,则就前者而言,从邵雍、二程到胡宏、朱熹,从陆九渊、王阳明到薛瑄、刘宗周,理学家、心学家们对"心"与"意"孰为本原,"心"与"物"如何互应,"心"与"理"是否为一等一系列问题,都有过本体意义上的深入讨论,对"性"与"情"之间的意义分疏,更有基于先验论或自然论的不同解说。而诸如张载基于"气本"与"气化"的主张,竭情发扬无我乃大、从容中正的理念,其诚明互进的淑世关怀，与此后胡居仁之笃践履、谨绳墨、守先儒之正而无所改易，对传统儒学所开辟的境界也有明显的拓展与提升。虽说学问有分界，术业有专攻，但真要究明古人如何因闲观诗，因静照物，因时起志，因物寓言，乃或如何学语录，习举业，消经划史，驱儒归禅，致不知何者为真性情与真文字，而只是徒饰虚文美观，必不能兴感；进而，真要揭示尚志、言情诸说及"气""淡""静""闲"等概念、范畴的真实意涵，不于其人内向性的道德形上学建构有"了解之同情"，不对其力主"与物同体"，从而强化直觉体验的格物方式有切实的领会，对心性理气与存养观物等命题或问题有充分的审察，根本没可能说清楚问题。

而就后者言，基于"诗者思也"的一般认知，类似道教上清派"存想""存思"的修炼理论与功法，对古人构思活动的展开及"神思"范畴（包括"用思""精思""驰思"和"融思"等一系列后序名言），显然有重要的影响。而道教"爱气""尊神""重精"的基本主张及所主"真气说""行气说"与古文论"养气说"之间，也显然存在着千丝万缕的联系。在这个重要的问题上，许多超越通常所及的积学或行历上的精微的意思，是仅用先秦"精气说"或"元气说"所无法说清的。然自汉魏以降一直到唐宋，历代文人士大夫恰恰愿意并着意在这个地方倾力较胜。明清两代，博学智能之士辈出，其腹笥充厚，嗜好广泛，常能出入三教，兼及卜筮星占与医术农书，更是如此。即以明万历年间而言，除佛教继续对人构成重要的吸引外，时人对道教也抱有强烈的兴趣，这从其好神仙书写及道籍整理一事上可以看出。如张文介有《广列仙传》，汪云鹏有《列仙全传》，杨尔曾有《仙媛纪事》，陈继儒有《香案牍》，屠隆有《列仙传补》，即王世贞、胡应麟也作有《书道经后》《玉壶暇览》以示博赡。唯此，才有王思任以道教"神君气母"作譬，来品评汤显祖的戏剧创作，并别创新词，屡屡用"斡空""空到"等名言来敷说文理。此与佛教之尚"真空"，禅宗之讲"顽空"，正构成有意思的对照。

清人差不多也如此，如黄子云《野鸿诗的》称"导引之术曰精、气、神，诗之理亦然"。网名《静居绪言》则直言"读坡、谷诗如读《华严》《内景》诸篇，随心触法，便见渠舌根有青莲花生，华池中有金丹气转，不可以人世语言较量，故须另具心眼，得有玄解"。是道教养生义理与功法正赋予其别一种论文视角和别一重审美理想之显证。至若张谦宜《茧斋诗谈》谓"身既老矣，始知诗如人身，自顶至踵，百骸千窍，气血俱要通畅，才有不相入处，便成病痛"，具体到"实字嵌得稳则腠理健，虚字下得稳则筋脉健。腠理健则无邪气盗入之病，筋脉健则无支离漫散之病"，又称"凡物之精者必变……此皆天地英华，鬼神秘妙，不可思议。即如诗家临摹老杜，岂少名手，然食生不化，反受其累。惟炼我气力，熟彼法度，久久皮毛落尽，髓液独存，可以独成面目。究竟不改本原，任搓丸化汁，总是一般"，并特别标举"诗品贵清，运众妙而行于虚者也。譬如观人，天日之表，龙凤之姿，虽被服衮玉，其丰神英爽，必不溷于市儿；若乃拜马足，乞残鲸，即荷衣蕙带，宁得谓之仙人耶？"更是将道教义理与传统养生术一滚论之。

顺便一说，其时文人士大夫除好谈禅外，也好谈养生，乃至有怕人以为自己疏于此道而强作解会者，故类似《素问》《灵枢》等医书每为其所切讲。医书常析分"真气"为"真元之气""经脉之气"以及与"邪气"相对的"正气"，又析分"精气"为"生殖之精""水谷之精"和"五脏之气"等等，不仅被时人充作谈资，更成为其常识。故当我们讨论诸如"气"范畴与"养气说"，还有"气血""筋力""脉法"及"脱""平""正""转"等名言，怎能不参合上述诸方面做统合性的考察？但遗憾的是，我们就是没有这种统合性的考察，即使有也很不够。

再从理论层面做更超越一些的审察。我们说，作为人类理性思维的逻辑形式，范畴揭示的是事物的本质属性和普遍联系。它不是对某一特定领域或个别问题的反映，而是对自然、社会和思维发展过程最本质的概括与表达，因此是一些对各种具体问题都有方法论意义的"基本概念"。文学批评范畴自然也是如此，既来源于由自然人事构成的这个世界的客观事实，又是对这种事实的高度概括，因此有将抽象思想造成的一般性特征延伸覆盖到所有同类客体上，从而让人可以言说、沟通与交流的特点。正是基于这一特点，说文学批评范畴实际上构成了人对与文学相关的一切问题的知识基础，而人所有的这方面认识又都来自对文学的微妙自觉及这种自觉与范畴不可分割的意义连接，是一点都没有夸大的事实。更进而言之，一切文化批评范畴也大体具有同样的特点。

唯其如此，在欧洲20世纪70年代，得益于社会文化史和人文科学的语言学转向，有专门研究这种"基本概念"的学问产生，在剑桥学派代表人物昆廷·斯金纳和德国历史学家莱因哈特·考泽莱克那里，它被直接唤作"概念史"。而艾瑞克·霍布斯鲍姆《革命的年代》和雷德蒙·威廉斯《关键字：文化和社会的词汇》对新词汇的研究，与之实有着密切的义脉联系。在此间，20世纪80年代开始，对中国哲学固有的概念、范畴的研究也被正式提了出来，不久就陆续有单卷和多卷本的《中国哲学范畴史》或《中国哲学范畴发展史》专著出现，对范畴体系的讨论也日渐增多，这直接推动了文论范畴研究在90年代的崛起。此后，包括古文论的"现代转换"与"失语症"讨论，许多热点问题其实都围绕着范畴展开，或与范畴有关。在此过程中，开始有学人对前面所列举的种种缺憾做出纠补，并产生了一批高水平的成果。这实际上为近一段时间以来学界提出的"中西文论关键词比较研究"提供了扎实的基础，后者从某种意义上可以视作是对上述研究思潮的接续。当然，关键词的"下沉性"决定了它们不可能与意义更凝练超拔的范畴相提并论，但无疑构成了范畴的来源和基础。相信在全球化和中西文化交流的大背景下，这种研究会带动与增进人们对范畴的关注。落实到文学批评范畴的研究，必然会倒逼其走向更学理、更精深的境地，并最终使对前者的研究渐渐向其会聚，为其所用。

这其间，如何使传统文学批评范畴真正成为能与西方文学批评范畴构成对待的重要一极，有一系列问题需要解决，一系列重要的规程和准则需要确立。其中最重要的恐怕依然是明其原始，识其归趣，通晓其变化，把握其本根。任何的单向格义或以西释中、以今释古式的简单对接，都只能是鲁莽灭裂，而且徒劳无益。一段时间以来，基于对传统哲学的评价，许多人都在讨论中国学术为何在国际学术中少有影响，有一种说法就将其归为中国的话语体系太过特别，集中体现为概念体系几乎皆为"专名"而难成"通名"。对此，我们一方面不能骸骨迷恋，沉浸在封闭的语境中，继续自己良好的感觉，因为置身于全球化时代，每个人都逃无可逃地要面对自己言说的世界背景。但另一方面也应该认识到，我们其实是有自己的"通名"的，而且可以为人所认同，事实上它们也已经为越来越多的人所认同。难道我们能抹去这些话语及其背后的文化基因，或为便于更多人了解而让它穿上别人的衣衫乃或俗世流行的新装？当缺乏对不同文化等值性原则的认同，对不同文学特有的经验与传统的尊重，人类共同的价值理想将永远不会诞生，合乎当代公义的"知识共同体"永远不会出现。由目前已有的对中国文化与文学关键词或范畴研究的成果看，是中西方都困陷在语言—文化的黑洞中，都差强人意。因此我们无须将对方须做反思或改变的问题全堆到自己头上，这是不必要的谦卑。倒不如切切实实，从最卑近的基础做起。至于如何让传统哲学范畴、文论范畴尽快走出去，并更多地为人所了解和运用，请恕我直言，读书人能做的不是很多，但能专注于自己的工作就已经很好。

个人的研究正基于这样的原则。限于才力与学养，虽然没能解决更多的问题，但自分始终站在既尊重传统又汇通中西的立场，并始终正面迎向问题去的，力求透过古人殊散零碎的灵警表达，开显传统文学理论批评的大本大宗与体系特征，揭示其隐在的当下意义与理论价值。但也正因为如此，有时力小难任，难免半折心始，许多论述可能过于密致谨细了，而有的展开又不够充分深入。至于离深切著明就更有距离。这是要请读者原谅的。

本书先后出过两次，距第二版售罄已经过去许多年。其间，学界的称引与读者的索书经年不绝，这使自己对书中存在的各种不足殊深愧疚。此次异地客居，终得以有充足的时间做比较彻底的修订。除文字讹误外，对过去未及留意和有所疏略的地方都做了增补，又添列了引用书目。需要说明的是，这些书大抵出版于上个世纪甚至更早，虽说后出转精，但没有趁此修订别择新本记入，意在存史也。当然，新增补的部分不以此为限。

最后要感谢两位导师王运熙先生和顾易生先生的识重，引我参与到复旦文学批评史研究的课题中。谨以此远不能称作成熟的旧作，表达我对两位先师真挚而无尽的思念！

当然，也要感谢母校出版社，感谢孙晶总编辑和责编宋文涛兄！感谢同事张金耀兄与学生王汝虎在书目整理及文献查核方面提供的可贵的帮助！

# 建基于活泼泼的生命体验与实践
## ——《文心的省思》序

经常是这样,看着当下许多人引述丰富、注释冗长的论文与专著——很惭愧,还包括自己有些文字——不知该怎么向学生解释,其实古代中国人从来视文学为人生的一部分,而且是让自己感觉最愉快轻松的一部分。或者说,对后世不同趣味与主张的学者而言,人固然是文学的本质,但对他们来说,文学则是其由衷认定的自己的本质。唯此,他们所认可的各体文创作往往最贴近生活,也最能征象自己。倘若要他们接受今人对着自己的创作任意植入主见,印证各种主义,甚或做裁云为裳式的拙劣肢解,是万不可能的。

体认到这样的事实,所以近年来个人一直在强调,古人对文学的知觉常建基于主体活泼泼的生命体验与实践这一基本事实,所追求的目标既在明道增德也在养性怡情,故其看取文学,要求和言说文学,在很大程度上并不截然服从于纯粹的认知目的,而另有欲以安慰一己浮世劳生的更广大的精神寄托。这造成了他们对文学的体认与实践,也包括文学思想与观念的表达,既浑沦深在,又关涉多多,可以是实践的,也可以是论理的;有形而上的沉思,更多经验论的发扬。但无论哪一种,淑世、匡政与助教外,最后都归于益生、执生和达生一途是显然的。因为这样的缘故,它虽然渴望超脱,始终不弃现世;虽常追求风雅,终究不违习俗。一方面,汉语的特质命定它天然具有一种强烈的修辞意味,要他往复含玩，推敲再三；但另一方面，也助成它能活跃到令人不觉其存在的程度，以致让一种无言之境氤然溢出。禅宗有"饥来吃饭倦来眠"的机锋，它也讲究"眼前景致口头语"，所谓"夕阳芳草寻常物，解用多为绝妙词"。由此，它所开辟出的"自然""浑化""超逸""高妙"等作文高境，被历代不同趣味的作者与论者写上自己的理论大纛。它们教给人的无非是，为文之道与为人之道其实是一样的，极高常寓于极平，至难常处于至易。你太有意，有时离它就远；你若无心，它反而自来亲近。

魏校是明代儒学名家，论学主敬尚气，亦能诗。其《与胡永清第二书》论诗尝有"汉初语意尚浑涵，魏晋渐觉发露，其后费雕琢矣"的判断。与宋元以降许多论者一样，他觉得汉以后的诗，大抵一代不如一代。今人看惯类似的议论，念及积学之人常不免骸骨迷恋，多能体谅其从里往外透出的怀旧气息，但心里不免犯疑，为什么诗做到魏晋就不行了，乃至各体文也是如此？但在魏校们是基于切实体会再下判断的。在他们看来，能出一己性情的才是好文章，挟才格者等而下之。所谓行确而学远，气和而文典。以此衡量，后来的作者自然未免太过刻意了。刻意之误，用今天的话说就是近于出离生活，违背自然。究其原因，或是因想自炫，或太不知节制，将一己之意凌驾生活之上，如此违拗物情，很容易就悖反了事理。这也是同时代被钱谦益称为"才情灿烂"的诗人顾璘，在《寄后渠》中之所以称"自曹丕立意为宗一言，启六代雕镂无穷之祸"的原因。或以为作文岂能无意，讲究立意，没毛病呀。但问题是固执己意已非人意，更难合天意。这对以得天为止境，视诗文为保持生命、促进生命、使之达到最高发展之具的古人来说是断不可取的。至如明人单宇《菊坡诗话》引《休斋诗话》，称"人之为诗，要有野意"，更意在突出主体活泼泼生命的自在与无羁绊。尽管中国人于艺事从来强调"诗文字画，皆有典则"，并反对弃彀率，破绳墨和私创法程，如清初陈元辅《枕山楼课儿诗话》就以"作诗以体裁为本，格调次之，布局敷词又次之"教子弟,同时安致远《渔村文集序》明确反对"恣意无范",但能从心所欲不逾矩,一本个人的初衷出脱变化,是他们私心最认可的。

再看明王猷定的文学代降论,同样直言道断,还另有一层意思。其《闵宾连菊花诗序》尝谓:"屈宋以降,感哀乐而亡雅正;魏晋以还,感声色而亡风教;唐宋以下,感物色而亡兴会。"相较于魏校,他的判断不唯多出怀旧,还可称泥古与保守,甚至说是道德家声口也不算厚诬。当然,这可以原谅,因为连百科全书派的霍尔巴哈都知道,中国是世界上唯一一个将政治与伦理道德相结合的国家,马克斯·韦伯也指出过,古代中国是"家族结构式国家",这造成了古人每每将文学与政治、伦理夹杂在一起,虽不至于视同一物,但一滚论之是经常的事。由此,好对美的形式做认识论关注的同时,更反复体味审美存在的本体论意义。有鉴于"失义而后礼"的现实,希望通过礼的讲求,赋予美以善的本质。礼在他们那里不仅是一种思想观念和道德准则,如《左传》所说:"礼者理也","礼者德之文也",也是一种制度实体,体现着彻天弥地、无处不在的"世俗理性"。在家国体系中,在由器物、制度和文化构成的既成文明中生活,制度作为社会博弈规则,能系统而非随机地约束人的行为,使任何人都无法任性地出离社会,乃至反社会,这为他们真心认可。为此,在由村社、家庭构成的微观共同体和国家、民族构成的宏观共同体中,他们出色地践行着作为臣子、乡贤和父兄的责任,并不惜冒泯然众人的危险。但一旦恢复为单独的个体,在纯粹的文学场,那种活跃的性灵和创造力常能带他们突过道德训教的藩篱,揭出文学代降的原因很大一部分还在于作者不仅越来越悖离了人作为一种自然的生存,其感觉必须符合自然人性而不是相反;还忘记了作为社会的一分子,其表达必须顾及习尚、礼俗乃至政教的事实。那种不计后果,不考虑影响,一味张大"声色"与"物色",乃至将其从自然人性中抽离出来,再横置于社会礼俗之上,从根本上说乖违了人心与物情、天理的和合关系，摧毁了文学得以安处在人世的基础。

所以，道德伦序的森严并没有阻断或汩没古人活泼泼的生命体验与实践。更何况他们还有机会将这种道德伦序建基于宏通宽展的宇宙意识之上，从而使自己不至于失去与宇宙的同一感。荣格《东洋冥想的心理学：从易经到禅》一书曾指出中国人"整体性领悟世界"值得学习，什么是整体性的领悟？就是在这种宇宙意识罩摄下，合天人，一内外，同他我，统知行和等真善。这种宇宙意识诚如方东美《中国人生哲学》一书所说，不仅是机械物质活动的场合，更是普遍生命流行的世界。作为一种最符合自然与人性的存在，它"冲虚中和"，虽属有限，功用却无穷，特别是"多带有道德性和艺术性，故为价值之领域"。具体地说，它追原天命，尚同天志，遵循道本，取象物宜，与天地合德，与大道周行，与兼爱同施，突出的是天地之间的人自身。人为天地之心，万物之灵，是宇宙间一切善之所寄，也是一切美之所寄。人将此宇宙之善与美形诸文学艺术的创造，范围天地而不过，曲成万物而不遗，是最大程度地张大了自己的本质力量，实现了自己的终极理想。因此，从根本上说，文学虽常被其人与赞襄王道、辅助政教联系在一起，但终究还能够从更广大的地方获得多元滋养，由此能肯定不待爵而贵、不待禄而富的独立人格，在独与天地精神相往来的修行中，获得更符合自然和人性的生存空间。

所谓据于儒，依于道，逃于禅，是上述多元滋养中最重要的部分，它们对中国人的影响至为深远。既让历代文人得以在社会秩序中安身立命，又能在自然秩序中修身养性，乃至获得彼岸世界的精神安慰。尤其道家思想对人的自存、道的发明与言意关系的论述，拓展和规范了后世文人思考的边界，使他们真切体认到自己和自己所经营的文字，在属于宗族、乡党和社稷的同时，还属于天地自然。而天地何其广大，人难及其万一，甚至语言都难追及其万一，这反激出了他们努力要用自己的文字追配比超的企图心。不过也因为人终究属于自然,这种企图性并没有涨破自然的边界。这使得中国文学最终成为一种极富现世性并洋溢着热烈的俗世情味的文学。西人如威廉·詹姆斯、怀德海等也有对言意关系的论说,也曾讨论过人力无法概全所有的存在物,所以须避免破坏对宇宙现象的整体感受等问题。但老庄的相关论说,连同其所悬示的坐忘之境,不同于西方神秘主义所夸示的出神状态,它通向人的直觉经验,由基于知性活动的表层自我趋进到难以言说、不期精粗的深层自我,终点指向的始终是人本身,而不是虚无的玄思,并不仅所有的喻旨始终指向人本身,即喻依,也就是言谈中所及的一切物象也始终来自人本身,这非常值得玩味。我们说,知的活动多向外观照,悟的活动则是向内的体验。对意义与价值的关心远远超过结构的古代中国人,在文学活动中始终追求的是从内心深处领悟到某种生的意义与价值,这就是熊十力所讲的"体证之学"的要义。而其最终归趣是要突出人自身的合目的性,这又是牟宗三讲中国哲学的特质要不断强调"主体性"(subjectivity)和"内在道德性"(inner-morality)的原因。

最后还要一说的是与此相联系的另一端,即由于在古人看来,这个世界不存在与经验世界相分离,或先于经验独立存在的原理系统,创作所对应的世界是如此,批评所对应的世界也是如此,所以在谈艺论文时,他们大都不好做纯抽象的结构分析,相反,基于"身与物接而境生,身与事接而情生",常让思虑附着于生活,作实相联譬甚至身体隐喻,以求幽邃复杂的事态人情,能得到要言不烦的说明。过程中常能以物观物,在还物以自由的同时还人以精神自由;在增强物象本身以呈现其自足性的同时,不忘昭示人的精神归路和诗意栖居。由于凡所议论与观察皆从物出,在肯定各种文类所具有的丰沛的感性和视觉性的同时,也使自己的论说因能会情于物融理于事而获得深切著名的"不隔"的乐趣。这种不拘泥执着于物之皮相,认为倘一味追求格物致知而拘执于物之理,既不利于主体认知的自身俱足，又不能保全议论对象的气足神完，进而还会陷于"理障"，失之"孤明"，难臻"妙道无相，至理绝言"的高境，最终使中国的文论得以越然于以分析演绎见长的理论系统之外，并泛应曲当，无不适意。其底里依然可见主体活泼泼的生命体验。

维柯曾指出世界上许多民族的文明几乎都建立在诗性智慧基础上。如果真是这样，不能不说汉民族是其中的佼佼者。然而遗憾得很，这种诗性智慧及诗兴表达并没有为所有中国人继承。我们不敢奢望能把全部的传统都变成当下，但至少应该对其中精华的部分给予百倍的珍惜，并以一种庄敬之心努力促进其保存、延续与发扬光大。环顾当今世界，文明遭冷遇毁弃之事无一日不在发生，其生命力和影响力的消退更在人不知不觉中进行着。本雅明曾感叹"每一个不能被现在关注而加以辨识的过去的形象都已无可挽回地消失了"，其实那些侥幸被关注并辨识的过去又能带给人多少安慰？

对于过去，中国人总有深沉的记忆，因此总喜欢说论占可以知今读史可以明理，殊不知实际的历史与理论整合下的历史经常不是一回事，而人的存在与理解本身往往就表现为历史。所以，某种意义上说，如何对待过往的历史，是一种文明或传统能不能存续的关键。基于上述一再强调的中国人对文学的知觉常建基于活泼泼生命体验与实践的事实，个人特别想在此申述切事、切境、切理地识读古代原典，领会古人初心之于古代文学与文论研究的意义。这样的"同情之理解"，古人称为与古人"结心"。昔王符《潜夫论·赞学》就有"徒以其能自托于先圣之典经，结心于夫子之遗训"之论，认为欲"聪明无蔽，心智无滞"，"索道于当世者，莫良于典"，但要真正领会经典，合前古与后今，致其道而迈其德，进而囊括宇宙，能否得其心，实在太重要了。

至于如何得其心，除对古代文学与文论特性有上述真正的认知外，务求论从史出非常重要。昔陈寅恪曾对"今日之谈中国古代哲学者，大抵即谈其今日之自身之哲学者也……其言论愈有条理统系，则去古人学说之真相愈远"提出过批评，傅斯年则要求"应该于史料赋给者之外，一点不多说；史料赋给者之内，一点不少说"。考虑到当下学术研究的生态，诚如章太炎《别录》所说："百年以前，学者惟患琐碎，今则不然，正患曼衍，不患微言大义之不明也"，这种拉来主义肆意妄论的风气应该杜绝。但另一方面，正如顾颉刚反对刻意追求体系，认为其"所言虽极绚华，而一旦依据之材料忽被历史科学家所推倒，则全部理论亦如空中之蜃阁，沙上之重楼"，但仍强调"历史哲学"之于"历史科学"的重要性，并无取"作考据者常以史观为浮夸"，我们也应该确认，知识固然重要，但知识之外还有意义，它同样重要甚至更重要，需要人去研究，去发扬。此所以克拉克会说："一部历史书与一堆有关过去的报道之间的区别之一，就是历史学家经常运用判断力"，"就历史学而言，我们可以断定，如果它是一门科学的话，它是一门从事评价的科学"。欧克肖特会说："历史学家不能仅依赖文献、档案就相信自己真的可以重构过去，而应有思想，有价值判断，有以整体的知识为准确理解过去的基础。"个人甚至还觉得，一个有出息的研究者还应该有维柯所说的同情式理解的功夫，或施莱尔马赫所主张的善做"心理解释"和"生命解释"的本事。当然，这需要把握好尺度。

收在本书中的文字，记录了个人朝这个方向所做的一些努力。具体写作时间起于20世纪80年代，可以说贯穿了自己整个治学生涯。今承湖南文艺出版社和伯韬兄的雅意，将其刊布出来，于己是一段问学历程的记录，于人则难免祸枣灾梨之讥。原因无他，自己太不用功了。当此春秋代序，暑寒迭替，老境已至，雄心不再，想要有所改观已无可能。唯希望能以此好古敏求之志，不断抵近古人，庶几在其所昭示的自在人生中，过尽自己的残岁。

是为序。

# 尚未敞开的核心
## ——《老子百句》新版后记

个人以为，要真读懂《老子》，须从史实考辨、义理辨析和文化阐释三个角度切入。有鉴于以往研究不同程度存在着不重训诂、版本，忽视文本各部分有机联系及其与时代关联的毛病，不是"以老解老"，而是"以庄解老""以儒解老"甚至"以西学解老"，所以前两个方面的审视就显得特别重要。好在自 20 世纪 70 年代以来，长沙马王堆三号汉墓帛书本和湖北荆门郭店楚墓竹简本《老子》相继被发现，文献、考古与语言文字领域内，就作者、版本及文字问题的讨论已基本廓清了《老子》成书的年代及其真伪问题，而通过比较帛书本、竹简本与通行诸本，更准确地理解老子论说的原意也有了信实可靠的基础，这实在是今人读《老子》的大幸。

不过尽管如此，基于其论说的深邃幽眇，要准确把握全部精义仍非易事。一直以来，有说其主张消极无为的，也有认为它意在救世；有说其尽做权谋术数之谈的，也有认为它最是道教的渊薮与养生之发端。而后人的注释与诠解更是汗牛充栋，光王重民《老子考》所收录的敦煌写本、道观碑本、历代木刻和排印本存目就达 450 余种，严灵峰《无求备斋老子集成》初、续两编所收诸家注本也有 354 种。此外《道藏》中另有《老子》注 50 余种，确切的数字很难详备。至于其作者，既有儒释道三教中人，也有帝王将相和庶民百姓。这些注释与诠解的质量参差不齐，有的虽具见识，但仍不能餍足人心。如宋儒朱熹就以为"解注者甚多，竟无一人说得他本意出，只据臆说"（《朱子语类》卷一百二十五）。元人杜道坚更称"道与世降，时有不同。注者多随时代所尚，各自其成心而师之。故汉人注者为汉老子，晋人注者为晋老子，唐人、宋人注者为唐老子、宋老子"（《玄经原旨发挥》，《道藏》第十二册）。它们不啻给《老子》原书的解读添了重重障碍，却又是今人究明《老子》原旨绕不过去的津梁。

简要地说，老子学说在战国时就广受重视，不仅韩非专门作《解老》《喻老》以表达自己的理解，稷下慎到、环渊、田骈等人也多有阐发。到汉代，景帝以其"义体尤深，改子为经，始立道学，敕令朝野悉讽诵之"（释道世《法苑珠林》卷六十八），一时研议者众，据《汉书·艺文志》记载，计有《老子邻氏经传》《老子傅氏经说》《老子徐氏经说》和刘向的《说老子》等多种。不过要特别指出的是汉人将老子与黄帝放在一起推尊，凡所论列实际已不再是原初意义上的老子之学，进而其所谓的道家也已不再是今人所说的老庄道学，而如司马谈《论六家要旨》和《汉书·艺文志》所揭示的，指综合了儒、墨、名、法及阴阳家思想的黄老之学。

魏晋南北朝时期，《老子》一书在士族名流中尤其风行，借助《隋书·经籍志》的记载可以知道，自王弼以下，如钟会、孙登、刘仲融、卢景裕、李轨、梁旷、顾欢、孟智周、韦处玄、戴诜乃至梁武帝等人都有注释。可惜除王弼《老子注》外，其他均已亡佚。王弼自幼聪慧过人，才十多岁就好钻研老子之学，且通辩能言。他还著有《老子指略》一书，打破汉代经学传统，对老子学说做了许多精辟的论述。且与嵇康、阮籍等人承庄子逍遥、齐物之说，任情发扬个体精神自由的志趣不同，他虽主张"以无为本""以有为用"，并专注于自己玄学形而上学的建构，但相对而言，在将老子宇宙生成论改造为玄学本体论的过程中，

263

对《老子》元典有很多的继承,对进入中土后的佛教以及宋明理学的影响也很大。

唐统治者自认出于柱史,开国即奉行"先老后释"的政策,因此其时注《老子》者也很多,史载达 30 多家。不过,因唐宋时期儒释道三家并存,故一时注者如杜光庭、陆希声、陈景元等人,大多注意从魏晋人的玄学思辨中脱出,致力于"道物不二"与"体用一如"之旨的发明。不仅好用老子之说修身养性,如杜光庭的《道德真经广圣义》就综合三教思想解说《老子》,提出"炼心""炼形"之说,宋明理学家更沿用其所创设的"理""气""无极""动静"等名言讨论宇宙及心性本体,从而基于一种"明体达用"的言说立场,将其与儒家的"内圣外王"打通为一。

清代朴学盛行,孙承泽、毕沅、汪中、梁玉绳和崔述等人都对《老子》其人其书做过考证,提出过许多怀疑,但除傅山《老子解》和魏源《老子本义》等有数几种外,义理上的发明似弱于前人。值得一提的倒是王夫之《老子衍》和梁章钜《老子随笔》这类著作,前者将老子思想与佛禅、申韩并列为祸乱世道的根源,"于圣道所谓文之以礼乐以建中和之极者,未足以与其深也",后者干脆称"老子为暴秦及其亡之阶"。尽管具体论述中并未将其彻底否定,相反,如王夫之还认为择善而从可防"生事扰民",有益于治。但这样峻刻的批判,还是能给人认识老子的多方面影响以启发。

这种多方面影响自然在道教中体现得最为明显。如前所说,汉初黄老之学盛行。自汉桓帝在宫中立黄老浮屠之祠,老子渐渐化身为仙。以后,继民间形成宗教色彩浓厚的黄老道,到张陵尊老子创天师道,晋时《神仙传》进一步将其神化,奉为帝君,尊称老君,老子已非复原来的面目。然后再到南朝陶弘景《真灵位业图》拿太上老君道德天尊与虚皇道君元始天尊、太上道君灵宝天尊、后圣金阙帝君并列为最高神,其深入中国人信仰根底的形象重塑遂告完成。其"抱一守静""虚心实腹"等主张不仅成为神仙家的不二法门,并影响及内丹一派及后世的气功养生。题名为吕洞宾所著《道德经释义》和晚清道士黄元吉所著《道德经注释》,就是其中有代表性的专书。此外,相对实在的是《老子》还被人视为兵书,如唐后期王真就著有《道德经论兵要义述》。这部道家军事政治学名著先后被收入明《正统道藏》和新编《道藏》,其中所阐述的"用其所不用""权与道合"等用兵之道,似与老子的辩证思想有相通相合之处。

凡此为老学史发展的荦荦大端,至若其间种种委曲小变不可胜道。之所以做此概述,除为了弥补因体例限制造成的本书论说上的缺憾外,私心也希望它能是一种提醒,提醒人当老子越来越多地为今人所熟知,道家学说甚至被一些人奉为中国哲学乃至文化的主干(见陈鼓应:《论道家在中国哲学史上的主干地位——兼论道、儒、墨、法多元互补》,《哲学研究》1990年第一期),如何不仅仅从"用"的角度做浮光掠影的阐发,还能从"体"的层面进入到其思想的核心,是一道摆在人面前的庄重的考题。

所以,值此旧作再版之际,我们还是要问,如果老子哲学是一个坚硬的核桃,那么它的核心向你敞开了吗?或者,你是它乐意敞开的那个人吗?

# 侠的人格与世界的再检视
——《侠的人格与世界》序

此次拙作新版，距 2005 年复旦的再版又过了十年。

这十年，中国社会在义利交攻中急剧转型。表现在文化一途，是新媒体挟资本的力量迅速崛起，其带动力之强，让人印象深刻。但尽管如此，国人对侠及侠人格的向慕并无稍减。相反，承 20 世纪侠文学复苏，以及当下网络"新武侠"的繁荣，居然更大阵仗。其所展示的开放性想象，也拓展了学界的研究空间。省察陈迹，瞻顾未来，人们会想，在一个全新的变化时代，究竟什么才是对侠及侠人格最适切的尊崇？仅仅假不同艺术媒介做一味的诗意缅怀，还是在省思人自身境况的同时，洗发其精神，赋予其生命，这显然是两种不同的判别与处置。

说到 20 世纪 80 年代以来两岸三地的侠研究，最初多半不基于史学，毋宁说更基于文学，尤其是近代以来的新派武侠小说。如 1987 年底，香港中文大学主办了"国际首届武侠小说研讨会"，隔年 1 月有香港大学中文研究所主编的《武侠小说论》出版。1992 年 4 月，台湾淡江大学中文系举办了"侠与中国文化学术研讨会"，次年有《侠与中国文化》出版。1998 年 5 月，淡大会同东吴大学又举办了"中国武侠小说国际学术研讨会"。同年 11 月，台湾远流出版社与《中国时报》也举办了"金庸武侠小说国际学术研讨会"。而在大洋彼岸，则有美国科罗拉多州立大学举办的"金庸小说与二十世纪中国文学国际学术讨论会"。在大陆，自 2007

年 11 月金庸与章培恒先生倡议，浙江大学人文学院、复旦大学古籍所合办"中国武侠小说研讨会"之后，此类研讨会几乎每年都有，近年来更呈国际化趋势。如 2010 年湖南平江召开的"平江不肖生国际学术研讨会"，专意于武侠小说谱系的重建，2011 年印尼召开的"武侠小说国际研讨会"，着重武侠小说与"文学移民"的关系探讨，等等。

与此同时，有数量众多的硕、博士学位论文及期刊论文，围绕侠的文学史与精神文化史展开研究。其间虽多重复，但由小说主题（也开始有研究古代游侠诗和古代侠义小说的专著与论文）上溯至精神文化层面，意欲通过对古代侠义传统的重勘阐明其意义，使得这一研究的正当性和学理性较 20 世纪有了更进一步的凸显。目前，许多高校都设有此专题的研究机构或方向，足证当今中国乃至华人世界，以文学为记忆与想象的载体，侠的核心关怀与精神诉求仍留驻在中国人的心底。这使得我们对这一研究可能有的荣景深感乐观。

必须指出，20 世纪以来的侠文学或侠文化研究，颇得益于近现代以来史学，特别是社会史研究的启发。在《中国游侠史论》一书中，我们对这一基础性研究及其当下的进展有比较全面的论列。可能因为史学或社会史研究更多着眼于史料的勾稽与史实的再现，有时意义的开显与价值认定难免不暇顾及；而侠文学与侠文化研究因未遑深入历史的细部，常不免激情肯定有余而学理剖分不足。所以，就学术研究应达到的境界而言，这两个方向的工作至今都还大有拓展的余域，尤需要有一清晰有效的逻辑归趣，以证明今人之所以假散殊的史料，打捞并拼合这一特殊人群的边缘化生存，进而用不同的媒介，还原并发扬其极具争议的个性与仪行，原本不仅是为复原一段历史，更是为了复活一种人性。

因为自崛起于先秦乱世，历汉唐而至晚明，虽生存环境不尽相同，社会的期待也有改变，但侠之能对中国人构成巨大的吸引，以至于到清末民初，仍有识者称"共和主义、革命主义、流血主义、暗杀主义，非有游侠主义不能负担之"(壮游《国民新灵魂》),就在于其人身上有一种迥异于俗常的人格魅力。后来潘光旦在《民族特性与民族卫生》一书中,也将这种"侠义"与"仁义""气节""忠孝"等并推为中国人应具备的人格特质。心理学中,人们常将这种特质称作人的"一般倾向"或"根源特质"。故综合上述两个方向的研究,一个意义的接榫点显然存在,那就是作为历史上一种特殊的社会人群,侠有自己承当的信念,他们砥砺操节,淬炼气性,最终建起的人格是既植基于历史,更拔出主流,与中国人自来的传统构成了明显的紧张与对峙。

盖中国人的观念,从来以为自中出者仁、忠与信,自外入者礼、乐与刑。由此,它使一种安分守礼、从容中道成为人普遍认同的人格范型。但侠似有意自外于这种集体性人格,就其个体成长的内在力量,即所谓动机来考察,常超越一己之小我,并许多俗世的成功,于极难处有任无让,当极险处千钧可加;就其最终形成的个性特质而言,其先在的一般化的行为偏向,驱使着他们以自己独有的方式反应环境,那种影响其行为品质的人格特质常使他们越然于既定的角色规范之上,并某种程度使所作所为具有了非角色化的超道德意涵。这种意涵较之儒家为代表的主流文化更具实践性品格,更有将普遍性的道德伦理转化为不折不扣的生活信仰的带动力。换言之,许多时候,比之许多高头讲章,它能使大众对一定情景中人的行为的性质和量值有确定性的预估和最大限度的信任。我们以为这足以与主流文化构成互补,也是千载以下其仍能打动中国人的重要原因。

当然,首先被打动的是我们自己。所以,在完成《中国游侠史论》后,再花功夫,调动中西方心理学、伦理学及人格理论,结合对不同气质才性和不同地域文化的检视与讨论,我们在梳理侠的发生发展历史的同时,对其人格构成与特质、表现形式与形成原因等问题做了比较具体的探讨,对这种人格特质之于传统君子人格的拯救意义,尤做了比较充分的发扬。我们实无意于取一弃一，更不想否定传统文化的核心价值，而只是说，当一些高深的思想日渐显出它的迂阔不周，甚至催生冠冕堂皇的伪饰和安顺委命的苟且，这样的时候，如何践行就成了比如何讲论更重要的事情。

回顾二十年前，我们借由年轻激扬出的意气，尝试着厘清侠的历史面目，揭示其作为重要的人格范型，如何介入中国人的精神构造并进而影响中国历史的发展进程。如果说，那时的我们更多着意于尚友古人，从历史发生论角度究明侠的人格构成的社会基础，那么今天有机会重理旧作，更注重的就是在当下语境中，侠之于构建现代意义上中国人的健全人格的价值了。我们深知这样一种本原性的探究终非知识之事，但咀嚼激情过后的余情，还是有一种无法掩抑的感动。

最后要说的是，本书历长江文艺出版社首刊本、台湾汉扬出版公司繁体字本和复旦大学出版社修订本，今次承上海人民出版社和王为松总编辑支持，责编薛羽的努力，又得以有机会在保持原书面貌的前提下重做修订，真感到非常的荣幸。此次修订涉及全书各处，几乎每个章节都有程度不同的调整和纠补，更充实了许多新的史证和评赞。且有鉴于审察角度的不同，这些补充与《史论》一书各有侧重，几乎没有重叠。当然，限于学力，还会有许多不足之处，敬请方家与读者指正！

# 流逝在阴翳中的浮光
## ——《知日的风景》新版后记

　　收在本书中的文字大多写在十年前，这次再看，竟生出一种陌生感，同时慨叹沧桑横隔，才一回头已过尽的日子，能使心境一如窗前的流光，有这样大的潜滋暗长的变化。

　　说起来，在日本度过的三年，是自己人生中最纯粹悠闲的时光。说它纯粹，是因为除了授课、读书和写作，几乎全无意外添生的干扰，也不用接应任何庸琐的日常；说它悠闲，是因为既无官守，又无言责，可绰有余裕地用全副精神，在各地行走中观察别一种文化，并体会它在自己心中激荡出的不同于他人或前贤的回响。

　　在此期间，因各种机缘，结识了许多日本人，各年龄段和各种职业都有；更读了许多关于日本的书，他们写自己的和别人写他们的，能找的都尽力找来，以至于很长一段时间，成了福冈和神户两地博物馆、民俗馆和市民图书馆的常客。当然，由南到北，这个狭长列岛的四时景明，文明更化，与夫暴烈阴柔相交缠的天意人情，更引出自己无穷的感叹。与此同时，也日渐真切地感到那些压垮日本人的复杂的阴翳与晦涩，是如何同时将许多研究日本的文字也挤压得毫无生气的。当时的感觉，既然它们中有许多不仅不能生动，更不能周延，那么自己虽所知有限，说一点个人的直感也就未尝不可。尤其是，许多现象是寄身在日本的中国人不愿说与不能说的，而身陷其中的日本人则未必说得清楚；即使能说清楚，也不一定肯诉诸广众，是尤其需要有心人经细致的观察，让它们尽可能纤毫毕至地回到所发生的第一现场的。如果还能进而揭出其背后所隐藏的深在原因，就更好了。

直到今天，自己都不能确知这些观察是否准确，仅知道殊不愿就所见到的任何人事，做浮光掠影的面上罗列，或仅基于不明所以的痴迷与膜拜，忽忘了对其之所以如此的根源究诘与负面的开显。好在依自己的感觉，日本人不仅是世界上最爱好自我定义的民族，也很乐见有人通过各种渠道、以各种方式来打量自己，给出他们都意想不到的解释和评价。即使有些评价是否定性的，他们也甘之如饴，并比之那些夸赞之辞，更乐意将之做成口袋书，添加到自己所从来重视的自画像中。当然，是否真予采纳和汲取，又进而有以自省和修正是另一回事。这也是"日本人论"之所以会在那里成为历久不衰的显学的原因。

稍感欣慰的是，可能因为自己能时刻自我提醒，须将所有的观察建立在既正视日本历史文化的特殊性，又不把这种特殊过于神秘化的基础上，这些陆陆续续发表的文字几乎都在第一时间就获得了认可，以至于结集出版后不久就在香港推出新版，又在内地推出修订版。包括日本朋友在内，许多读者甚至专门家的肯定，让自己多少有了些自信。这些年，随兴趣的转移，个人已脱开日本很久，但间或仍会关注那里发生的世相变化，以及许多有争议问题的研究进展。所以，当读到类似马里乌斯·詹森的《剑桥日本史》(19世纪卷)，还有罗斯·摩尔和杉本良夫合著的《日本人论的方程式》等书，不禁会生出许多的联想。后者对战后"日本人论"从缘起到方法的质疑，对"日本特殊论"和"日本同质论"的批判，以及尝试在多元化阶层模型中重新认识全球化时代日本国民性的努力，常常让人顿生先获我心的快感。至于由此书开启，从皮得·戴尔、卡罗尔·格卢克曼到道格拉斯·拉米斯和别府春海等人对日本国民性的更深入的解析，尤其像《日本特质的神话》和《作为意识形态的日本文化论》等书，从不同的角度多少佐证了自己的一些判断，更让人每念及此，不胜快慰。

今天，进入"后增长时代"的日本社会，较之十多年前，无论国家政治还是世俗人情，都已发生了不少变化。随着令和时代的开启，或许还会有一些新的现象出现。但就大的方向而言，无疑是走上了一条更为内敛精致的发展道路。尤其如帕特里克·史密斯《日本：再诠释》一书所揭出的，它消除了现代化就必须全盘西化的冲动，在保持自己的文化和生活节奏方面，一定会继续表现得比其他任何非西方的发达国家都要出色。但另一方面，面对着失去"亚洲第一"的难堪与窘迫，日本人的焦虑感还是有的。四年前又去了一趟日本，在书店看到许多类似《身为日本人，啊！真好》《如此受到世界各国热爱的日本》和《日本主义》这样全面夸赞日本的图书、杂志，至于电视台周播节目如《世界排行榜》《和风总本家》，更不间断地主打外国人如何最喜欢日本的主题。诧异之余，读到《东京新闻》等媒体的报道分析，才知道那是风行于列岛的"自夸自赞综合症"正集中发作。它们不无自嘲地指出，这种病症正是日本人不能正视中、韩等邻国的崛起而陷于某种应急的心理代偿反应。所以，面对压倒性优势消失后盲目自大自欺已然遮蔽了一部分原本谦抑低调的日本人的眼，又改变了他们当中许多人内向克制的个性，我们能说自己的观察已经足够了，已经能称"知日"了？回答显然是否定的。

但个人已经走过了日本。再也回不去的，是那段时间的专注和投入。世界何其之大，无时无刻不在用一种"复杂的单纯"召唤人。相比之下，日本终究只是"单纯的复杂"而已。不过尽管如此，仍要感谢在那样纯粹悠闲的日子里，它曾给过我的单纯的快乐。特别是能以一种温雅亲和的方式，唤起我深在的情感记忆，并抚慰一个行者的文化乡愁。

最后，要感谢竹村则行先生、釜谷武志先生和杉美智子太太。他们叠合在一起，是让我自觉有信心较完满地阐释什么是"日本我"的最好范例。

# 访 谈

# 少年如何爱写作

## ——答新加坡加拿大国际（CIS）学校学生问

问：我们都爱表达，但不知道如何表达，因此都不喜欢写作，害怕写作。许多时候常常心里有，笔下无，说不清，道不明。您能为我们指出一条走出困境的道路吗？

答：我不会魔法，但试着替你们分忧。我的感觉，让自己确信写作很重要，可能是爱上写作的先决条件。写作为什么重要？我以为至少有以下几点：首先，它可以帮助人重建生命记忆，并最终构建仅属于自己的人生故事。你们年纪虽小，但我相信，许多人已经有了不少仅属于自己的故事。可你们想过没有，随着生活的展开，还有新生之物的叠加和挤占，它们中有许多会渐渐消失在你们的记忆里。注意，我说的不是遭你们厌弃，而是被你们遗忘。等到你们已没有能力制造新故事这一天到来时，你们会觉得，这种遗忘简直就像丢失了一部分生命，这是多么令人遗憾的事情。写作可以让人避免这种遗憾，并且，只有你们自己才可以让你们避免这种遗憾。你们的父母不能，你们的老师也不能。你们的同伴则很难说，之所以很难说，是因为如果他与你一样不爱写作，那你甭指望他能记住与你共处的点点滴滴，从而使你残破的记忆得到弥补。

其次，它可以让人的意识外化。你们同意吗？人的视觉、嗅觉都远远地不如动物，记忆能力又大不如计算机，但人依然为天地之心，最高贵，最聪明，是因为他会思想，并知道努力地尽一切可能，让这种思想扩展开来，流传下去。尤其，科技的发达，生活节奏加快，让人变得越来越匆忙。一方面，你能享受的自由越来越多，能占据的空间越来越大，譬如，你们每个人都有自己的房间，每年都能跟着父母逛世界，这是我的童年所无法想象的。但与此同时，你们是不是越来越感到孤独？它这么早就来拜访你们，对你们而言当然是件不幸的事情，但换个角度，可以让你们变得独立、坚强，懂得必须抵御它和如何抵御它。写作正是这样一件可以抵御孤独，让思想得以活跃和扩张的精神活动。读书让人充实，交流让人机敏，写作居于中间，像一个中转站，以广阔的空间，让从阅读中得到的各种见识彼此交流，然后在修正中成型，并最终得以保留、扩散。这就是我所说的意识外化。你们要记住，这个过程可以使许多思考得以成形。但如果你不将它写下来，它终究不会属于你。

再次，它能鼓励你们不断探索自我，直至完成自我。这话听起来有些费解，探索自我你们能明白的，那完成自我是什么？其实，这两句话说的是一个意思。它告诉你们一个严峻的事实，正如你们的父母、老师未必了解你们，有时候你们自己也未必了解自己。不然，你们怎么会时不时地做出一些连自己都感到太过疯狂的事情，对吗？可见，善于与自己相处，在这个过程中慢慢了解自己，是每个人都必须做的人生功课。而要了解自己，就必须试着不断与自己对话。因为上面第一条说的原因，你必须及时记录下这种对话，以便它能在你百无聊赖的时候，向你输送快乐；或在你遭遇挫折的时候，助你疗愈创痛，最终促进你的自我认知。又因为上面第二条说的原因，你要努力让这种体验扩张开去，与人分享，甚至帮助人走出人生低谷。这个寻找个人体验最适切表达的过程，就是自我探索和自我完成的过程。许多伟大作家在回忆录中，都提到自己经历过这样的过程，都像大哲学家、大作家萨特那样承认，写作乃是自我确定的一种形式。换句话说，正是为了完成自己，人们才疯狂地迷上了写作。记住，有这个过程，你们才有可能写出如比利时作家哈利·米利施所说的自己的"第二个身躯",并使自己的生命得以延续,而你们未来的人生才因此会更稳实,更健康。英国作家乔治·奥威尔想必有人知道,他因此才将"自我中心"视为写作的第一要点。他正是借此展开自己的写作生涯,并得以自信地宣布"我会比我活得长久"的。孩子们,你们从来受到的教育,包括你们信仰的宗教都教你们,一个人只有今生是不够的,一个人只有现世是不够的。如果你们真的想延长自己的生命,那么是能够在生活的百宝箱或魔法盒里找到一个神器的,这个神器就是写作。这一点,你们要记住了。

问:我们没有从这样的角度思考过,回家后,我们会和爸爸、妈妈讨论教授说的话。现在我们想知道,如何展开具体的写作?

答:美国第二任总统、《独立宣言》起草者之一约翰·亚当斯曾说过一段话,大意是,我们这一代人之所以努力从事政治和战争,是为了让第二代能从事数学和哲学,第三代能从事诗歌和音乐。但现在我不想发挥这个意思来教化你们,我把这个艰巨的工作留给你们的老师。这里想引用的是他说的另外一句话:"如果有必要,我可以与任何人就工作问题礼貌而得体地谈话。但与他们相处的时候,我从未感到愉快。"为什么亚当斯总统不能从与人交流中获得快乐?原因可能有很多,但有一点可以肯定,那就是与他不善沟通,而对方又不善言辞有关。我的意思,写作说到底是一个"怎么说"的问题。它通过练习"怎么说",来检验你"说什么"。如此先有感受力,后谈表达力。感受力来自阅读、观察和体验,今天没时间展开;表达力则来自不断地学习和练习。因此从某种意义上说,写作就是寻找,寻找属于自己的天使的语言;写作就是反抗,反抗生活中肤浅、空泛、平庸的陈词滥调。

问:我们明白了。那么具体该怎么做?我们最想知道的是这个。

答:看你们着急了,我很开心!对这个问题,我的回答只有一个,就是尽可能地多写,从写日志开始。至于具体的原则及方法,勉强可以谈一下。首先，必须真实。你未来所从事的工作未必要求你必须忠实自己，你可能为了薪水而愿意委曲求全，但写作需要你忠实自己，而且是百分之百地忠实。你们要记住，有时候观察事物不能仅仅倚重眼睛，更要用心。这话不是我说的，是《小王子》的作者圣埃克苏佩里说的。他的意思，只有用心看到的东西才关乎这个世界的本质，才最真实。其次，要能虚构。卢梭曾感叹人生而自由，却无往不在枷锁之中。因为现世并不美好，所以需要虚构。席勒也表达过类似的意思，他认为现实处处让人感觉到不自由，而审美活动却能。通过审美的虚构，我们可以解放自己的身心，尽情发挥想象力，从而让自己接近自由的境界。

这里说到了想象力，它是我要特别强调的第三点。还记不记得莎翁通过《哈姆雷特》说过这样的话，上帝造我们，给我们智慧，绝不是要我们把这种神明的理性霉烂不用的。我们要充分调动这种智慧，既超越地域、种族、国别，又超越过去、现在、将来，去尽可能展开自由不羁的想象。为此，我真想劝你们找一个树屋爬上去，然后抽掉能回到地面的梯子，让自己进入冥思，进而能像中国古人说的那样，"思接千载，视通万里"，看到别人看不到的风景，写出别人写不出的文字。什么是别人写不出的与众不同的文字，大家一定看过塞尔玛·拉格洛夫的《尼尔斯骑鹅旅行记》，这是世界文学史上第一部也是唯一一部获得诺贝尔文学奖的童话作品，它所展开的想象力就够得上与众不同。此刻我儿子正坐在你们中间，他当时读得津津有味的样子，我至今记忆犹新——可惜他后来不再这样了——作者3岁时就不能行走，与外祖母一起和书为伴，以后成为中学教师，人生经历非常励志。《旅行记》写不爱学习的尼尔斯因戏弄小精灵，受罚变成一个拇指大的小小人，在此后骑鹅旅行过程中，他扶危济困，主持正义，终于由一个调皮捣蛋的孩子变成勇敢善良的小英雄。作家在写这部童话时充分调动了想象力，将人的世界与动植物的世界交织在一起，其实是将幻想与真实交织在一起，又将雨比作"长面包和小点心",将海豚比作"黑色的线穗",将斯康奈平坦的大地与田畴比作"方格子布",从而使笔下的山川、河流与城市都有了生命似的,栩栩如生。如果没有这种想落天外的想象力,它对你们的吸引力一定会减去许多吧。

那么想象力,包括产生想象力的灵感从哪里来呢?有人说想象力可以借,灵感则需要等。前一句勉强可以成立,后一句就不对了。岂不闻,等待灵感可是输家玩的游戏。你们这么聪明,不应该这样没出息。俄国大作家车尔尼雪夫斯基说过:"灵感是一个不喜欢拜访懒汉的客人。"我希望大家记住这句话,持久地思考,不停地练习,同时努力积累词汇、学习各种句式,巧用各种比喻,不但在立意上下功夫,更注意细节的观察与表现,对话的琢磨与淬炼,这样就一定看得到效果。意大利作家翁贝托·埃柯的创作谈,可以让我们明白写作其实是一件非常艰苦的工作。他写作前总是先大量阅读、做笔记,然后替准备写的人物画出肖像,为小说的特殊场景画出地图,使将要展开的每一个故事有明确的先后发生次序。许多作家都将写作比作建筑或纺织,一砖一瓦,经线纬线,正是这样的点滴积累和用心营建,才最终成就伟大的作品。在此营建过程中,他们的灵感不断被催生出来,以至于使他们下笔如得神助。

总之,请在未来的日子里多多体会以下五个"L"——生命(life)、活着(living)、爱(love)、学习(learn)、语言(language),同时相信自己,许多时候,是越有挑战,越能激发你们的斗志。要知道,人从来不会屈服于艰难的东西,而常自毁于让自己感觉舒服的东西。后者不值得记忆,前者才大有追寻的价值。写作就是一件有意义的值得人追寻的事,它不容易,但正因为不容易,才越发显得神圣,有价值。还有,写作创造了这个世界最好的聆听者和体悟者,这里面先有我,以后一定会有你们和你们的孩子。他们像你们一样,通过阅读和写作学习生活并展开未来的生活。这是多美妙的事情！

　　最后，为替自己不够针对性的回答卸去部分责任，我想将英国作家萨门·拉舍迪的话送给你们——"因为我从来不知道为什么写作，除非我正在写。"

# 让谁作你的枕边书
## ——答《中华读书报》记者问

问：您的启蒙读物有哪些？您的古文功底是否来自幼年的熏陶？

答：小学时，替同桌做功课。作为奖励，他隔段时间就会从家里偷拿出一些祖父的藏书借我。其中一本40年代出版的《辞海》，让我第一次发现了汉语的丰富和雅赡，从此与文字结缘。至于稍擅古文，应归功于我父亲的督促。他虽然精于会计，却一辈子喜好文史，即使晚年罹患阿尔氏海默症仍如此。他从上海福州路书店买来的石印本《唐诗三百首》和《古文观止》，构成我孩提时代古典阅读的最初体验。

问：您有一个观点，认为少年时期读过的书，是可以跟人一辈子的。您在青少年时期的阅读，怎样影响了您的一生？

答：我生长于60年代初，少年时无书可读。所以除了电台听小说，只能读报。当时的报纸只有四版，我连中缝都看了，常感意犹未尽。所幸70年代后期出版物日渐丰富，第一批进来的西方名著拯救了我，极大地拓展了我的视野。知道歌德是怎么描述他初次读到莎士比亚的感受的？仿佛有一双手轻拂过我的脸，一道久违的阳光刺痛了我久已失明的眼。那也是我的感觉。今天，个人的神情似已淡定到波澜不惊，但内心依然能确然无疑地体认到，那仅属于我的性情和行事方式，仍烙有哈代和罗曼·罗兰们的印记。和作家李洱一样，我能背诵他们小说中许多章节，甚至还给其中一些小说配过插图，而这一切都发生在我将要考大学的高中年代。就考试而言，它们显然没有帮到我什么，但给了我足以独自远行的丰富的内心世界和足够的审美滋养，以至于到今天，我的生活仍在它们划定的延长线上。该怎么让今天的孩子明白，一种不赶朝市、不问米价的悠闲自在的生活，是可以拜这样的阅读所赐的。当然，必须强调自己当时的阅读是非常认真的，甚至够得上痴迷。我的意思显然是，只有认真而非功利的阅读才能影响人一生。眼下，雅斯贝尔斯所感叹的那种只知快速获得讯息，然后不加反思就快速忘记的阅读，正充斥于许多课堂和图书馆，它们除了让人对应多读那种看是无用的书产生怀疑，还毁掉了人和书自来的亲密关系，是最不可取的。

问：曾看到您主张阅读经典的文章，能谈谈您在这方面的阅读经验吗？

答：是的。之所以这样主张，是因为人生太过短暂，而所面对的挑战又太过残酷，这注定了你必须努力在有限的时间里，从最能给你切要帮助的书中获取营养。所以，如果要说经验，善于辨别、精于选择并敬畏那些经过时间汰洗留存下来的经典，就变得特别重要了。只是有点遗憾，虽然人人都说经典伟大，读经典重要，但其实很少有人真的了解什么是经典和为什么要读经典。在这里，我愿引小说家库切的话，提醒人关注那些"历经最糟糕的野蛮攻击而得以劫后余生的作品"，并认为以此作为经典的定义很恰当。当然，撇开他言说的特殊语境，那些历经人最诚挚的颂扬而得以光景常新的作品，无疑也是。人们需要了解的是，因为经典，它们必然各有各的难度，有进入它们必须跨越的重重障碍。很多时候，它们并不总是对应你所熟知的人生经验和阅读习惯，相反，常常让你莫名诧异甚至惊惧无比，直至不得不直面自己的无知，羞惭于自己的鄙俗。要之，在成为你须臾不可离开的诤友之前，它们简直就是你的对手，甚至寇雠。自己初读经典，常常会想排拒作者所提供的解释、所安排的结局，但最后不得不一次次地确认它们的雄辩和必然，它们似构成了个人判断形成的反作用力。我的意思，读经典，其进入的过程一如书家常讲的行笔须"用逆"，非常需要有逆水行舟的勇气和恒心，这样才能体会到经典是砥砺思想和智慧的淬石，是一切肤伪和庸常的永远的反对者的优长。因为它们，人才走得坚定，走得稳实。可能这样讲有点抽象，但个人在这方面的阅读经验就是如此。

问：那您能推荐一部有关经典阅读的书籍吗？

答：当然可以。有一个法国人叫夏尔·丹齐格，只长我一岁，出版过多部小说、诗集和散文集。继十年前写了《为什么读书——毫无用处的万能文学手册》，造成广泛的社会影响后，七年前又推出了《什么是杰作——拒绝平庸的文学阅读指南》一书，对如何确认一本书是杰作——也即经典，以及经典的评价标准与配方，经典是否为今人所需要等问题，做了简明而精辟的论述。个人对书中讨论杰作的"坚韧""不公允""出人意料""不循常理"及《杰作是我们的盔甲》等篇很是认同，每有先获我心之感。另一篇《杰作是一支箭》开头的一句话，我特别想趁此机会推荐给所有爱阅读的人："杰作是一支箭，它一刻都不坠落。"

问：同样读经典，每个人的收获大有不同。影响读书所获裨益的会有哪些因素？读书方法？个人素养或者其他？

答：首先得确认哪些书是经典。很遗憾，这里无法详细介绍，但任何一个读者终究需要并可以在自己的生命展开过程中确立和找到它们。找到后，用今天时髦的话说，还得有正确的打开方式，不然很难期待有特别的收获。由于个人始终相信经典是向任何人敞开的，所以确立好的、其实是合理的阅读观念就显得特别重要。个人以为，在这方面须特别注意祛除功利的考校，以造就一种真正的"自由阅读"。还有就是须克服贪多求快的心理，以造就一种真正的"品质阅读"。前者是要人确立读经典的目的在涵养精神，拓展心胸，并最终能够成己成物。这个世界有许多书本来就与实用无关，而只与人的精神和情趣有关，它们离你熟悉的现实可能很远,但离你梦想的理想也许很近。人可以带着目的读书,但不能太有目的了,且这个目的不能太过单一了。后者是要人养成沉静和沉思的习惯,一卷在手,沉潜往复,从容含玩,心知其意,并明其理,这就是熊十力所说的"分析与综会""踏实与凌空"的统一。要做到这一点,除了前面说的超越功利,还须坐得住,有神闲气定的从容。想想古往今来,为什么人们会认为唯闲者才是智者,很大程度就是因为闲者静得下来,然后深得下去,懂得谨细体察,求得悟解,从而使自己的阅读真的复活了一段精神,造就了一种新人生。这是一个既能充实自己,又能让经典因自己的理解得以延展并增值的美好旅程。总之,一个是选得精,一个是读得细。这样必能进步,必有收获。

问:在您的学术生涯中,有哪些书对您的影响至深,能简单列举一二谈谈吗?

答:应该说不少。由于自己阅读上很不安分,所以殊难一一罗列。倘一定要说,那传统经典如《老子》《庄子》《文选》《六祖坛经》,西方名著如《约翰·克利斯朵夫》《罪与罚》《呼啸山庄》,还有《查拉图斯特拉如是说》《林中路》《对自由的恐惧》《极权主义的起源》等书,在不同的人生阶段,从不同方向给过我较深的影响。有些书的影响则一直延续至今。譬如《老》《庄》等传统哲学元典,个人觉得就其思辨所达到的广度和深度而言,是一点也不逊色于西人的。前有黑格尔,后有德里达,认为西方之外或许存在具有尊严的各种思想和知识,但都够不上称哲学,这样的判断是武断的。

问:您在30岁起兴做游侠史,《中国游侠史》还被翻译到海外,对游侠史感兴趣的背后有什么原因吗?

答:是有感于过去的史学研究过分重视政治史、经济史、农民起义史的研究,重点都着落在帝王将相、勋臣贵戚,而很少关注普通人的日常生活,以为这样写出的历史不可能是真正意义上的"全史"。以后读到梁启超、李大钊的相关论著,包括了解到注重社会文化史研究的"年鉴学派"的主张和方法,更觉得有必要为中国历史上曾非常活跃的这一特殊人群留照。同样的原因,我也颇留意对道教徒的研究,只是对这部分,人们关注得同样很不够。在这里,我想引布洛赫《历史学家的技艺》中说的话:"历史研究不容画地为牢,若囿于一隅之见,即使在你的研究领域,也只能得出片面的结论。唯有总体的历史,才是真历史。"我后来对该书做了很多增补,推出了修订版,正是想实践这种"总体史"或"整体史"(histoire totale)的理念。

问:您的私人藏书有何特点?有什么让人大吃一惊的书吗?

答:因为专业,我的藏书以传统文史哲经典为主,也包括后人围绕这些经典做出的各种研究。不过,也因为刚才说到的不安分,另有三分之一溢出了专业范围,跨属于其他类别。譬如,因为自小习画,一直有当画家的理想,近些年越来越觉得艺术史很重要,图像包含的信息有时远远超过文字,所以这方面的专著收了不少。又因为近十多年来持续在欧洲各国行走,不免关注欧洲的文明史、文化史和制度史等研究专著。其中既有中国人写的,更多新出的译著。此外,三年前开始喜欢上写诗,经常向诗人勒要诗集,欧阳江河、孙文波、汪家新、张执浩、黄礼孩、朵渔等都被我骚扰过。自己也买了不少。现在,我正在物色更大的房子,不是一间书房,是整个家都可以用为书房那种。等这些书全部上架,你就不一定能看出我的专业了。我觉得,人过五十,如果还为专业拘限,不仅乏味,还有点可怜了。

问:如果可以带三本书到无人岛,您会选哪三本?

答:《庄子》《闲情偶寄》《莎士比亚全集》。

问:您会选择怎样的书为枕边书?能否谈谈您近期所读的枕边书?

答:首先避免厚重,其次必须轻松、有趣和睿智,这样既涵养精神,又足以引睡。近期在读C.S.路易斯的《四种爱》、威廉·沃恩的

《英国美术的黄金时代》和安娜·阿赫玛托娃的《回忆与随笔》。

问：如果您可以成为任意文学作品中的主角，您想成为谁？

答：如果我说哪个都不想成为，你觉得怎么样？其实，我是想在将要到来的某一部作品中出场，而它的作者，是我自己。

问：作为复旦大学教授，您常为学生推荐书吗？如果有，愿意列一下书单吗？

答：从未。因为向来以为，对爱读书的人来说，没有什么书是不可以读的，也没有什么书是读了无益的。然后，爱读书的人终将找得到属于他自己的书。在这方面，无须任何人代劳，其实是无法代劳，并谁也别自信可以代劳。

# 诗与现实未必隔着重洋

## ——答《解放日报·读书周刊》记者问

问：首先祝贺您的诗集《云谁之思》出版。听说您对此期待了很久。其实，最期待的还是您的读者吧。

答：谢谢！我从事写作三十多年，确实从未像前一阵那样，急切地期待一本书的到来。可能这是我第一部诗集的缘故吧，也许还因为它可以视作我人生新开启的预演。

问：此话怎讲？

答：第一句很好理解，我虽然出过不少书，也发表过诗，但从未出过诗集。它的出版带给我极其幸福的体验。没错，是幸福！第二句话则需要做点展开，它关系到我对人生与诗的关系以及诗本身的理解。然而在这两个问题，尤其是第二个问题上，至今言人人殊，没有一致的意见。

问：那我们就一个个谈。请先介绍一下诗集的情况，因这与我们后面要谈的问题有关。

答：是。这本诗集收录了我在欧洲旅行时写的140首新诗。十年前，我开始有计划的欧洲旅行。之所以称旅行而非旅游，不仅因它是逐个国家逐个城市全方位的深度行走，有时是反复行走，更在于过程中不包括后者通常有的美食与购物。由于全部的兴趣只在行历自来崇拜的文明，近距离拜谒原先仅在书上结识的伟大人物，所以关注点始终放在那里的社会历史、思想文化与艺术审美，吟咏的对象因此也多半是出入荒原、遗址、墓地、宫殿、古堡和故居的人与事，以及众多纪念馆、博物馆、美术馆所展出的文明遗存。即使自然景观，也必因其催生了这种文化，乃或作了这种文化的背景。

问：我注意到了。诗集十章所凭吊的都是欧洲文明史上有重要影响的人与事。尤其人的部分虽也写到王侯将相乃至格斗士、航海家，但竭情唱诵的主要还是哲学家，诗人，绘画、雕塑、音乐、歌唱等各门类的艺术家，以及由他们提领起的欧洲文化、艺术与审美，尤其对古希腊和意、德、英、法、俄及土耳其的文化艺术有最多的关注。想问的是，为什么？

答：这首先基于个人的趣味，因为专业外，自己的爱好从来偏在欧洲的思想、学术与文化，只是受限于条件，以前多得之于书本，现在可针对性地设计并展开不间断的旅程，让纸上所得与眼所亲见相质证，真有无限的快意。当然也有现实的感怀与关切。即感到改革开放虽极大促进了国人对西方的了解，但许多时候，我们的了解仅限于器物而非制度，仅限于面上的风土人情，而非潜隐在事相背后的历史与文化。对后者，大多数人是相当陌生甚至一无所知的，以致即使到过，听说过，仍没有辨识的能力，更不要说理解了。但天下事，真所谓"只知其一等于一无所知"，文化与观念上的事尤其如此。故自晚清斌椿《乘槎笔记》与志刚《初使泰西记》以下，一直到朱自清、徐志摩、费孝通等人会用心观察欧洲，他们的文字大有益于当时的中国人。今天，我们是不是仍需要这样的观察？答案显然是肯定的。尤其全球化时代，类似的观察可造成"多边互镜"的态势，其在令国人找到正确定位方面所具有的意义是怎样评价都不过分的。但遗憾的是，眼下做这种努力的人不多，文学领域尤少。即使有，也常流于人名、地名加风景的浮表铺排，而植基于史实，包括器物、制度、礼俗和信仰等深邃的文化肌理，却很少被人关注，或者说大多数人并不具备解说它们的能力。凡此都说明旅游，而不是在时间与文化中旅行有太多的局限性，而后者带给人的冲击与感会更多关乎精神，可称是让人灵魂受洗的实实在在的修行。十年行走，我真切的感受在此。心中有了冲动，就想把它写出来，其中许多是当场写就的。至于更多关注哪几个国家，当然与它们的地位和影响有关。

问：就文体而言，您上面提到的那些欧游札记都属散文。那您怎么选择诗这种体裁？

答：很简单，既是因为诗这种文体最便利和适合旅行中人的情感表达，更在于自己行走所获得的感受，其强烈的程度与诗最贴。记得四年前，我在《我的旅行哲学》一文中曾提到旅行中看人与审己的关系，以为观察别人有助于深入地了解自己，因此两者是一体。今天则更将之落实为物情与事理的处置，以为这种感性主导的行走由外而内，由器物而制度而精神，由语言而习尚而信仰，何其绚烂热闹的旅程最后都归于沉静，消化与反思过程中既充满了不期而遇的惊喜和自惭形秽的失落，亦时有别具怀抱的自持与彼之不足我乃有余的自矜，种种微妙的情感发抒与情绪交互，最接近于诗，并也只有诗能够承载和发扬。记得英人约翰·特莱伯（John Tribe）曾将旅行与哲学相联言，并视后者为前者的基础。另一位英国人约翰·厄里（John Urry）更称每个人都是旅行者，都处于或即将处于旅行的状态，旅行者因此是现代人身份的另一种描述，则不仅揭出旅行背后的哲学奥蕴，还点出了它所具有的诗的根性。而哲学与诗又本质相通，它们都以一种介入的方式与世界对话，同时促进人的自我觉解，包括自身伤痛的痊愈。旅行不过是一个触媒，让这种觉解得以有机会实现而已。

问：这样是不是可以谈谈您所认知的诗与人生的关系了？

答：简言之，诗是人心的精髓，是人情感最精细的部分，是人所能选择的最深情纯粹的告白，因此也最文学，最审美。但这不等于说诗是远离生活的,相反,它能让人看到平时不曾留意的生活本真,包括风景的精髓,如荷马所吟唱的"黎明垂着玫瑰般的手指",或安徒生所指陈的"最深处的海是矢车菊的颜色",这些倘不借助诗,人们可能根本无法感知。此其一。其二很重要,每个人都有仅属于自己的"内心风景",但唯有诗人能尖锐地感知到,那些最能取悦我们的人生风景最少意义,最接近我们欣赏习惯的人情事理最空洞乏味。更重要的是第三点,与其说一切诗歌都方便人抒情,毋宁说真正的诗都是以危机的方式出现的。是人踞于时间之上,对不知去踪的悲剧人生的追寻,乃或对僵化现实的反抗。如果你觉得这样讲太过抽象,那我可以举例说明:人是不是遭遇大幸福尤其大不幸时总会先想到诗?且不说远的如我书中所吟咏的古典时代,即就我们所亲见的"9·11"和汶川地震,催生了多少动人的诗,就可知道诗之与人倾圮的情感世界有多大的支撑作用。此所以布罗茨基会说,诗是"抗拒现实的一种方式"。

问:但一般人似乎不易感觉到这些,相反常觉得诗太小众,离自己的生活太远。

答:我知道,所以许多人才将"诗与远方"挂在嘴上。其实这种并置并无道理。远方未必有人心仪的理想,诗也未必就与现实隔着重洋,它只是能让人在俗世中保持一种精神性的生活而已。就目下的情形看,它似乎未被人选中,显得有点冷清,但它的生命并不因此总留在过去,相反,至今仍能让人借它来表达内心最复杂的感受。在这个过程中,它创造了最好的倾听者。你没留意吗,现在写诗读诗的人越来越多了。在写与读的过程中,人感到了有一种东西让自己比实有的情形活得更长久。此所以希尼一方面称诗的功效为零,另一方面又指出它具有无限性。而阿诺德干脆宣布人终将"因诗而得救"。他们的话都回应了雪莱"诗人是这个世界未被确认的立法者"的定义。这里,我想引乔治·奥朋(George Oppen)"诗人是未被确认的世界的立法者"这个说法,我觉得它更深刻地说出了诗的地位及诗与现世人生的关系。在《云谁之思》中，我曾不止一次咏及这样的诗人，他们的作品因栖身古典的世界，显得广袤而平静，但其超然于一切忧伤之上的博大与深沉，不仅治愈了诗人自己，还穿越了时代，安慰了我，成为我窥破世界和人性的窗口。

问：您一开始说这部诗集可视作您人生新开启的预演，是否因为到了这个年纪，您开始对这些道理有了深切的体认，所以希望未来的日子能更多地用诗来表达自己？

答：理解正确！未来我一定会推出自己第二本、第三本诗集的。

问：但您不觉得吗，诗的不确定性实在太大了。我的意思是说，对于写诗和什么是好诗，争议太多，以致想要在诗坛成功，太难了。

答：我们终于谈到什么是好诗和怎样写好诗这个核心问题了。去年《文汇学人》刊发了我的一个演讲，在那场演讲中，我比较系统地表达了自己对诗的看法，这里着重谈上次未及展开的部分。你知道，诞生不过百年的新诗是在西诗，准确地说是在译诗的基础上孳乳成型的，分节建行等体式都深受后者的影响，故梁实秋称它"实际就是中文写的外国诗"，这注定了新诗一开始就沾染了许多违碍中国诗传统和汉语特性的西诗的特点。故新月派和现代派诗人一方面认可新诗的篇无定节与行无定字，一方面基于汉语的特性，开始有意识做"均齐"与"对称"等声韵规律的探讨。如闻一多讲"音尺"，孙大雨讲"音组"，卞之琳讲"音顿"，梁宗岱讲"音节"，陆志韦讲"节奏"，甚而重新发现了"晚唐的美丽"和"南宋的词"，梁宗岱还将继承的范围扩大至孔子、屈原、陶渊明、陈子昂、李白、王维和李贺。并且，鉴于西方语言学家、哲学家如索绪尔、芬诺洛萨、德里达、罗兰·巴特等人都肯定汉语的诗性功能，1915年开始，通过庞德、阿瑟·韦利、王红公、加利·斯奈德和华兹生的翻译，古诗意境与意象的优长渐次对西方产生影响，新诗作者更开始有意识地接续传统，追求诗的"醇正"与"纯粹"。如卞之琳主张"化欧"与"化古"兼具,闻一多提出音画构兼美,要求"不但新于中国固有的诗,而且新于西方固有的诗"。

**问**:感觉这比胡适的主张要平正许多呵!

**答**:其实,胡适后来修正了自己的主张。但遗憾的是,进入新世纪,类似偏激的主张居然有所回潮。有学者认为,中国传统诗歌没有为现代诗发展提供有效的审美空间,后者是在另一审美空间,即西方诗歌传统里成长并发展的,乃至径称"现代中国诗歌来自西方"。20世纪,西方诗歌着意于现代性的表达,杜利特尔、艾略特、莫尔、斯蒂文森等人皆如此,文本中文化指涉多多,比较晦涩难懂。待后现代思潮崛起,更趋极端,凡此都对今人产生影响,导致一些人一味追求先锋与新潮,反意象、反抒情,甚至反语言、反诗。诗要朴素不雕琢是对的,但因此主张"写得脏一点,破一点,难看一点",就不免极端。艾略特·温伯格(Eliot Weinberger)曾说"当代中国诗歌是国际现代主义的一个部分,很明显跟古代诗歌有很大的区别",其间因为汉字,它丁传统固然有延续,但因为政经环境的改变,它之与传统的断裂有时让人感到触目惊心。我以为这种阻断新诗与传统的联系,使诗进一步"译诗化"的做法不可取,它会侵蚀诗歌文体的内在自足性,从而造成文类的退化。而更为讽刺的是,其实大部分西诗都是押韵的,只是翻译后才失了原味。今人写诗不应舍本逐末,画虎类犬。

**问**:似乎也有人坚持新诗须彰显汉语性的。

**答**:对,譬如诗人于坚、批评家谢有顺都认为汉语是诗性语言,但他们将新诗"重获汉语的尊严"和"与西方接轨"对立起来,认为本世纪最后二十年世界最优美的诗人必置身在汉语中,就言过了。其实汉诗与西诗在思维上有同构性。至于像李少君的"草根诗学",又过于强调个人感受的自由与自发,并未张大汉语的美,反而从前贤"纯诗"的雅赡立场后退了。

问：最后说说您这本诗集的趣味与追求，好吗？

答：我素来服膺鲁迅"向外，在摄取异域的营养；向内，在挖掘自己的灵魂"的主张，同时注意凸显"汉语性"，写作中从未感到有的研究者所说的，来自中西诗学传统的"双重压抑"。相反，常体尝到左右逢源的快乐。简言之，我认同海德格尔"诗的本质必得通过语言的本质去理解"的主张，希望对于个人所想表达的情与思，它首先是一种能接续先贤传统的精致的语言文本，然后由它营造出的意象和意境均极有含蓄的情味，并充满了整赡的诗型与和谐的节奏。我心光明，所以我的诗绝不破碎；我写诗仅因为我有想写的冲动，所以没想过要在诗坛立名。

问：谢谢汪老师！

答：谢谢你！

# 做灿烂星空下的吟诵者
## ——答《新民晚报·星期天夜光杯》记者问

问：大家都知道您学古典文学出身，任职于著名大学，为教育部"长江学者"特聘教授，又享受国务院颁发的政府特殊津贴。但我注意到四年前开始，你每天都会在朋友圈发一首自己写的诗，新旧体皆有，有时不止一首，再配以所摄照片，日日如此，赢得颇多读者。面对疫情后生活，我们很想知道，在用诗抚慰心灵、对抗压力方面您是怎么想的。您能就诗的真谛与"功用"，跟我们略微谈一下吗？

答：可以呀。有个最简单的表述，就是一个人，但凡心灵遭遇激荡，总会先想到诗。你在"9·11"现场的断垣残壁和汶川地震的残破现场，都看到过这样的情形。当然，在人遭遇到巨大幸福时也会想到诗。我们年轻的时候，想对自己心仪的女孩表白，其时被认为最神圣高贵的不是玫瑰，而是诗。甚至，当初克林顿送给莱温斯基的，也不是别的，而是惠特曼的《草叶集》。那么，为什么人在遭遇痛苦或收获幸福时都会先想到诗，并选择用诗来表达当时当刻的感受呢？这与诗的特性有关，诚如德国哲学家、文论家阿多诺（Theodor W. Adorno）所说，因为"诗是语言献给灵魂的礼物"。换成大白话，就是诗是人性的精髓，是人情感中最精细的部分，以及人对这个世界最深情的告白。它"虽深陷于个性之中，但也正由此而获得普遍性"。因为它触及了每个人心灵中最柔软的部分，所以能给人以深切的抚慰。从这个意义上来说，诗在任何时代都被人需要，被人珍视。

问：那现在许多人开始关心诗，慢慢学习写诗，都是出于这样的原因吗？

答：本质上就是如此。当然不同的时代，不同的人生处境，决定每个人对诗的需要是不同的。大体而言，这与他所身在的当下、所经历的生活密切相关。随全球化背景下经济的高速发展和物质的畸形张扬，人类精神生活的领地不能不说有越来越收窄的趋势，乃至出现了种种道德迷失和存在迷失。人们只关注当下，不思考未来。隐藏得更深的当然是形而上的迷失了，那种意义沉沦，目标丧失，深度感缺乏，让人变得越来越平面化。一方面，每个人都觉得自己是独一无二的，因此坚决主张自己的权利，但从另一方面看，其实他处置和规划自己的方式与别人并无二致，哪里谈得到独一无二。由于仅仅是从物质的角度去理解现代化，现代化作为世俗化过程的特性由此被人们无限度地放大了，直至挤压到了人的精神。

当代"新儒家"代表人物唐君毅对此有一个概括，我认为不错，他说现代人精神空虚，普遍处在一种"上不在天，下不在地，外不在人，内不在己"的困局中。所谓"上不在天"是指物质膨胀之下，人的信仰发生了危机；"下不在地"是指科技高度发达造成工具理性横行，让人的诗意栖居变得越来越困难，被异化的感觉越来越强烈，比如手机是好东西，但它客观上日渐成为负累，挤占着宝贵的时间，让人不能随性地生活；"外不在人"则指人们原有的伦际与人际关系全然被打破了，代之而起的仅仅是基于法律的权利和义务，人间守望之情日渐稀薄。四者中要数"内不在己"最可怕，它就每个人都失去了把控自己的能力而言，指人人听命于外在环境，幸福感下降，精神焦虑增加，心态失衡频发，个人成就意识严重缺乏。很多人感叹就是为了停在原地都得拼命往前跑，这种局促与严酷，从里往外，无不渗透着后现代的荒凉。

而这，无疑激发了人们去探究精神存在和诗歌存在的意义。德国诗人荷尔德林在所作哀歌《面包与酒》中有一大哉问："在贫瘠的时代，诗人何为？"对此，海德格尔《林中路》一书中做过阐释，他指出，随着基督的出现与殉道，神的日子就已日薄西山，而时代之所以贫瘠，正是因为人们缺乏对痛苦、死亡和真爱本质没有遮蔽的认知。他并感叹不但神圣行为通往神性的踪迹消失了，甚至导向这一消失的踪迹几乎也消失殆尽。这是何其沉痛的感叹！然而，当物质挤迫人的精神，诗是可以出来拯救的。在贫瘠的时代，诗人应该有所作为，也可以有所作为。对此，他提出此时诗人"必须特别地诗化诗的本质"，认为如做到这一点，诗人才可以说总体顺应了世界时代的命运。对此，阿多诺在《文学笔记》中的表达是这样的："诗对物的超暴力的强烈憎恶和反感，是对人的世界被物化的一种反抗形式。"个人以为，前贤的警示性发问和提示，即使在今人仍不过时。

问：能不能具体说说，为什么诗歌可以拯救人的精神？

答：最显见的一点是，诗能让你看到一般人看不到的世界。如《荷马史诗》吟咏"黎明垂着玫瑰般的手指"，不经诗人的慧眼，那种奇妙的感觉、发现与创造你哪里能看到？这样的句子一下就把你吸引了，你会觉得很新鲜，并阅读暂时停顿下来，这样你和你的阅读对象之间就产生了"阻距"，形成了紧张，由这种"阻距"和紧张造成的审美的陌生感会促使你思考。而经由这样的思考，你的某种记忆会被唤醒，在精神的洗练中，内心会获得一种深刻的感动。当你能为现实外的力量所感动，你的精神实际上已获得被拯救的机会。诗歌就是这样，可以让人看到平时看不到的东西，并在这种看到中，将自己一点点从困陷中解放出来。它有时会让你觉得有点刻意，甚至不尽合乎常理。其实，那只是因为你平时所惯见的东西都很单薄，你从来觉得好看并因此而乐意看的东西都太浅薄。更重要的是，诗歌还进而可以让你看清无形的内心世界，看清自我，从而懂得孤独的意义，能够享受寂寞的慰藉。还是阿多诺，他说过，"只有那种能在诗中领受到人类孤独的声音的人，才能算是懂诗的人"。为什么？因为从很大程度上说，诗永远与人"内心的风景"相关联，有强烈的"内指性"。它百分之百地忠实于人的内心，并直指人的内心。唯其如此，很多时候它不仅比小说的情感更强烈，更持久，也比小说更睿智，更深刻。许多人甚至以为，正是这种"内指性"使诗获得了比其他任何文体都悠长的生命。

因此，我每天都会抽一些时间翻看诗集，以免思想生锈，感觉迟钝，并用以抵抗诗人华莱士·史蒂文森所说的外部世界的暴力，乃至"内心的暴力"。犹忆年轻时读海子的情形，现在想起来真是无比美好。在生命的最后阶段，海子住在北京郊区的昌平，蛰居在出租屋里的他精神苦闷，某晚想喝酒又没有钱，于是跑到住处旁的小酒馆，对老板说：我给你朗诵一首诗，你给我一瓶啤酒吧。老板像见了怪物一样地拿一箱啤酒支开了他。他当然不理解这个年轻人，但很怕影响自己的生意。想必此刻的海子备受各种压力的挤迫，内心正经历着一场巨大的风暴。现在，许多人明白了，有时候，诗歌能将这种风暴平息；但有时候，那些最深情的人因此会被诗带走。或者说，他们也带走了诗。

问：可叹很多人就是不能理解诗之于现代社会的意义。

答：记得雪莱为诗辩护，曾说过"诗人是这个世界未被确认的立法者"，以后很多引用者都把这句话简化为"诗人是立法者"。其实，如知道当时有托马斯·皮科克等人对诗歌的恶意嘲讽与诋毁，就能明白雪莱的这个断语恰恰反映了诗人立法者身份和地位并不为社会承认。以后，美国客观派诗人乔治·奥朋给出了一个新的判断："诗人是未被确认的世界的立法者。"在他的视野里，诗人的立法者身份无可争议，只是他们所面对的世界改变了，有太多难以确认的未知。这些未知纷乱迭出，既荒诞又诡异，亟须诗人去判定，去导正。所以说，通过诗歌介入生活，介入人生，这就是诗歌之于当下的意义与价值。

　　人生在世，道阻且长，一个人走向内心世界的路，远比走向外部世界的要悠长，要艰难。诗可以在路途中纠正人的迷航，助人认清自己，找到自己。人们不是都承认比天空更辽阔的是人的心灵吗？什么东西可以装得下无穷的时间和无穷的空间，不就是人的心灵吗！自己读诗的时候，每每会因有句诗说出了自己内心最深彻的感受而废卷长叹，高兴得笑出声来。当然，有时也会颓然坐倒，悲从中来。不管是哪种情形，它们都在向我确认俄裔美国诗人布罗茨基（Joseph Brodsky）说的那句话，"诗是抗拒现实的一种方式"。或者如英国诗人、19世纪最重要的批评家阿诺德（Matthew Arnold）所说，"诗是对人生的一种批判"。他们都意在指示人留意诗歌不只有浪漫温柔的一面，它更能追问，并特别能抗拒，是人抵抗现实负面的一种重要方式。唯此，如阿诺德特别讨厌维多利亚时代中产阶级流行的无视道德文化、沉湎物质享受的"市侩作风"，也无取史文朋、王尔德等人主张的"唯美主义"，而将能否强有力地对待和处理生活视为一个伟大诗人的标志，肯定只有他们的诗才能够"为我们解释生活，安慰我们，支持我们"，并认为如果没有这样的诗，"我们的科学就会显得不完备，而我们现在视为宗教和哲学的大部分东西也将被诗歌所取代"。

　　**问**：你对自己的诗集《云谁之思》的出版期待了很久吧？

　　**答**：确实，自己从未如此急切地期待一本书的诞生。这是我第一部诗集，拿到后摩挲了很久，它的出版带给我极其幸福的体验。这140首新诗中，有很大一部分是我在旅行途中写就的。10年前，我开始有计划地欧洲旅行。之所以称旅行而非旅游，是因为它是逐个国家、逐个城市全方位地深度行走，有时还是反复行走，且目的不在美食与购物，甚至不在美景，而始终关注在不同国家的历史文化与艺术审美，吟咏的对象因此多半是那些与荒原、遗址、墓地、宫殿、古堡和故居相关的人与事。当然，各种纪念馆、博物馆和美术馆更是题中本有之义。让我感受特别深刻的，是一次在巴黎大太阳底下排了整整三小时队，参观一个地下墓室，由累累白骨排叠出的阵仗非常巨大，透着阴森，令孩子大惊失色，我却感到整个人被清洗了一遍似的。当重新回到地面，有一种不可遏制的想写的冲动，所以就拿出随身携带的诗本，坐在草地上写了起来。过程中，周遭的一切几乎不存在，想逛街的太太和儿子只能在一旁等着。我想说，这种似得到神启和诗神召唤的感觉真太美好！

问：还想问的是，学问做得好好的，不觉得现在开始写诗有点晚？

答：可能吧。但我还想再次引用布罗茨基"诗是抗拒现实的一种方式"这句话。其实，同样的话很多诗人都说过。譬如爱尔兰诗人谢默斯·希尼就曾感叹"诗的功效为零，但另一种意义上它又是无限的"，美国著名文学批评家哈罗德·布鲁姆在《诗人与诗歌》一书中也说："诗歌是无法应对社会顽疾的，但却可以疗救自我。"所以，对于这个提问，我想说，只有来到这个时刻，我才体会到诗对于自己究竟意味着什么。诗能抚慰我的心灵，远胜过巴黎、米兰街头的五光十色。这样的体会可能来得晚了些，却也刚好是自己真正懂得人生的时候。

前面我曾说到史蒂文斯，他是美国20世纪最伟大的诗人，早年学的是法律，取得律师资格后，长期在一家保险公司任高级职员。他首次公开发表重要诗作已经35岁了，第一部诗集出版时已经44岁，最重要的代表作则都是50岁后才发表的，所以被称为自古希腊索福克勒斯以后最大器晚成的诗人，作品堪比但丁《新生》和弥尔顿《失乐园》。他生活在远离纽约的康州小镇，视写诗为纯粹的私人兴趣，因此从未与文坛有任何往来，也从未想过自己的作品会在以后的日子里被《美国文库》用一整卷的方式收录。至于自己成了评论家集矢的对象，并被查尔斯·阿尔铁里（Charles Altieri）推称为"诗哲"，更出其所料。最后，他总结自己70多年的人生，由衷地称赞诗歌是"从内部出现的暴力，用来保护我们免于外来的暴力",作为"对抗现实压力的想象力","毫无疑问,诗歌表达文字的声音帮助我们过自己的生活","放弃对上帝的信仰之后,诗歌取而代之,成了用来救赎生命的实体"。这与前及阿多诺《文学笔记》第一卷谈抒情诗与社会的关系时说的话异曲同工。作为社会批判理论的奠基者,后者认为诗歌能否定这个敌对的、陌生的、冷酷的、压抑人的社会,它抗议这种社会和"物的超暴力"。当然,这个结论与不写诗不爱诗的人说,是不会有清晰的感受的。

要怎么说呢?其实诗的面目一点都不艰深,甚至孩子都能写。微信上经常可以看到一些小孩子,他们的诗写得真很灵动,很有想象力。所以,什么时候你有了诗的冲动,只需坐下来,拿张纸就行,无问早晚。当然,对于成人而言,接受大师和经典的提点与熏陶是必须的。还是这个阿诺德,曾再三提醒人应"把大诗家的一些诗句牢记在心,并用它们作试金石应用到别人的诗上,是能够帮助我们发现什么是最有好处的诗的",此外"再没有更好的办法"。在《论诗》一文中,他列举了可以作为"试金石"的好诗共计11个段落,荷马、但丁和弥尔顿各取三段,其他两段则来自莎士比亚,诚所谓"取法乎上"。他说的是读诗与评诗,其实作诗又何尝不是如此。

问:一段时间以来,"诗与远方"一说很流行,您怎么看?

答:我的年纪教会我审慎地对待流行,甚至越来越觉得一切的流行都形迹可疑。当然,以这样的话彼此鼓励,终究非俗人所能为。只是,如今这两者常常被人并置在一起,除了说明人们对当下生活充满着无奈和厌倦外,还能说明什么呢?诗固然可以让你去关注远方,但人们所理解的远方是什么?是风光旖旎的某个所在吗?这样的地方必然与诗有关吗?这个需要好好究问。若问我,则所谓远方特指无穷的空间和无穷的时间,以及由此构成的人类全部文明创造所赋予人的那种最广大的空间定位。康德曾说,"位我上者,灿烂星空"。诗歌可以让人摒弃眼皮底下的鸡零狗碎，去关注人类整体性的精神出路。这个出路，就是我的远方。

问：最后，您还想对读者说什么？

答：想借英国浪漫主义诗人华兹华斯和法国超现实诗歌先驱皮埃尔·勒韦尔迪（Pierre Reverdy）的两句话，前者说诗歌是"一切知识的起源和精华"，后者则问，"诗存在于我们想要去的地方，但是我们干嘛现在还不在那儿？"

# 文艺批评要知所敬畏
## ——答《文学报》记者问

问：随着物质财富的增长和生活品质的提高，上海的文化市场逐年扩大，上海国际艺术节、上海之春国际艺术节、上海国际电影节等艺术盛宴接连不断。可以说，若干年前精英阶层才有机会欣赏的文艺形式，已经成为越来越多普通市民的日常精神追求。这在某种程度上可以说是"旧时王谢堂前燕，飞入寻常百姓家"。在文化大环境发生变化的前提下，我们的评论是不是也应随着评论对象的变化发生变化？评论家们是否也应在批评方式和批评语言上产生自觉的转换？

答：是的。与改革开放之初，人们更关注物质条件的改善不同，今天中国人更追求生活品质的提升。这里的品质既指向教育、卫生、医疗、环保，更指向精神，譬如内心的安和、感觉世界的丰富和审美上的愉悦。

今天，大众对生活艺术化的渴望非常强烈，艺术的价值已越来越被公众所认知。从图书馆、博物馆到戏院和音乐厅，越来越旺的人气汇聚和全方位参与，深刻地呈现了这座城市精神诉求的方向。但是，面对公众高涨的审美需求与业已提高的欣赏趣味，我们的文艺评论往往落后于大众的需求，似脱不了一种滞后的惰性的掌控？

比如，今天的公众早已不满足以旁观者的身份接近艺术，他们需要通过欣赏活动，体验到艺术之美与自己情感世界的关联。是否具备这种直接间接的关联，几乎是艺术作品能不能获得场外生命的关键。在这个关键点上，评论家的接引摆渡作用不可或缺。一个好的评论家应花力气研究如何帮助大众找到这个点，从而使艺术的审美功能得以最大限度地实现，而不能将文艺评论弄成"私语批评"，针对公共领域的艺术批评尤其不能如此。

问：就当下的文艺评论而言，我们可以看到，艺术创作的繁荣并没有伴随同样级别的文艺评论的繁荣。这是从评论的数量层面来说。另一方面，能够获得观众认同、引发社会关注、产生持续影响力的优秀评论越来越少。评论与新闻一样，成为艺术市场上的一种"速消品"。而且，在互联网环境下，人们获得资讯和评论的渠道日益多元化，可以从微博和朋友圈的只言片语中获得想要的信息。于是，文艺评论影响力式微的说法开始不胫而走。在这样的情况下，人们也会产生这样的疑问：当下的艺术评论是否还有必要？我们需要什么样的文艺评论？

答：歌德曾说及自己初读莎翁的感受，他的表述照例洋溢着诗人的激情。他说自己只读了第一页就知道此生之所属，乍听之下，觉得有点夸张，其实体现了他对莎翁的深刻理解，正是这种理解，使他觉得似乎有一只神奇的手赋予他视力，而还未习惯的光明，一下子刺痛了他的眼睛，让他感到自己的生活被无穷扩大了。但一般人不可能有这样的感受力，需要有人分析与引导。

事实不断证明，评论家"操千曲而后晓声，观千剑而后识器"，常能言之成理，切中肯綮。尤其是优秀的评论家，目光灼灼，照见的经常是人们未曾体察的部分，甚至整个世界，从而真正将人带到艺术的前沿。当以后资本、市场及各种非艺术因素阑入，他又能脱尽利益与人情的干扰，独立公正，既无私于轻重，又不偏于憎爱，平理若衡，照辞如镜，好则好，不好就直言无隐。因为他深知，只有在实事求是的批评中他才能成就自己，并证明自己不是寄生的冗余，而是艺术真正的护法。

而当下批评的失落固然受限于大环境，但评论家自身的原因我看也不能回避。比如，有的批评家缺乏上述艺事内外的养练与积累，虽然写了不少东西，但一旦隐去姓名，人们根本看不出是他在写；待隐去评论的对象，又看不出他在写谁。常常什么都谈到了，就是没谈到作品本身。这样的批评如何服人？

问：在某种程度上，"市场"和"艺术"是两个不能兼容的词语。"市场"是一把双刃剑，一方面，它让艺术以更自由更"物竟天择，优胜劣汰"的形式发展，另一方面，过度市场化的追求又会影响真正的艺术品质。而上海作为一个商业充分发达的城市，其艺术发展必然会受到商业化和市场化的影响。当文艺创作市场受到"市场化"影响的情况下，艺术评论有时难免也会受到波及。你如何看待这种影响？

答：当市场和资本介入时，批评家的学术操守就显得尤为重要。我们并不一概排斥批评家介入市场，在市场经济条件下，想一概拒斥资本和商业的影响也不可能，但评论家应该做到平衡好其间的关系，不能为了利益触犯学术道德，违背学术操守。

前些年，有评论家公开立约，向需要其写评论的艺术家收取劳务费，并还明确了诸如千字多少钱、未满千字须作千字计算，及有关评论被引用发表后又须支付多少钱等规矩。在我看来，评论家的劳动自然需要尊重，但这样的约定无论有多少合理性，都有违文艺评论的本义，并且无法不让人想到"自我贬损"一词。而之所以有这样的乱象，包括一段时间以来"人情批评"与"红包批评"泛滥成灾，"用票房代替评论""用评奖代替评论"一直未能杜绝，一个重要的原因就在于评论者对自己所从事的事业失去了敬畏。

问：说到批评的困境，不得不提到当下批评环境中公开批评的困难。比如，我采访过一些评论家，他们一般在写作上都十分谨慎，这在某种程度上反映了批评的严谨，但有的评论家也会在写了批评稿件后，要求再发一篇更大篇幅的鼓励性文字。在中国这个人情社会,"说真话太难"是评论家不得不面对的共同困境。你怎么看待这个问题?

答:大家都在抱怨讲真话太难,公开批评太得罪人。其实,只要评论者丢弃以法官自居的"职业批评"的傲慢,真的抱一种临文以敬、衡文以恕、与人为善、乐观其成的真诚态度,注意与作者交心交朋友,坦陈自己的意见或困惑,怎么会受艺术家排斥?就我与艺术家交往的经验,我觉得他们固然很期待被人肯定,但心里最佩服的还是有人能对他们做内行的驳正与高屋建瓴的引领。正如在生活中我们尊重直道相砥的朋友,在艺术中我们分享的是对美的体验,有一说一的背后,全是鲁迅所说的"对文艺的热烈的好意"。我以为对这一点我们一定要有信心,不要怀疑。彼此心存怀疑,也是不够诚意的表现之一。古人说得好,"进学不诚则学杂,处事不诚则事败,自谋不诚则欺心而弃己,与人不诚则丧德而增怨"。即使末习曲艺,亦必诚而后精,文艺评论同样如此。

说到鲁迅,不免想起他同时代的李健吾,他曾说一个批评家要明白他的使命不是摧毁,不是和人作战,相反,它是建设。如果一定要用"作战"这个词,那也是"和自己作战"。他的意思显然是,一个有诚意的评论家要首先并时时与自己的偏见和误判作战。有这样的批评态度,再辅之以有人生关切与深度超越,并摆得开个人利益的考校,批评何愁不受人待见。作家张炜曾说,他最需要的是"尖锐的批评,深刻的批评,感动的批评",我看这三者加在一起,就是有诚意的批评。

问:上海文艺评论的整体繁荣,需要各个门类的艺术评论齐头并进。但是我们也看到,与文学评论、戏剧评论相比,音乐、舞台等艺术形式的评论更为欠缺。这对评论家提出了怎样的要求?

答:是的。尤其像音乐与舞蹈,前者有明显的非语义性和非再现性特点,不擅长具体直观地呈现客体,其艺术实现过程要比造型艺术复杂许多;后者依赖身体媒介,固然有一定的程式标识,但更多越然于体相之上的意象展示。评论家如不能细扪其机质肌理,并一一展开给大众看,而一味笑人外行,不能不说是另一种意义上的缺位与弃守。

问:每个艺术门类都对评论有特别的专业要求。但真正优秀的文艺评论和评论家,又是有内在的精神性要求的。你认为,一位优秀的评论家应该具备什么样的特质?

答:我认为,好的评论家既不能一味放大艺术家本人的趣味,也不能只让人听自己的声音。他应该多方养炼自己的人生洞察力,并珍视自己的"艺术初感",以便能深入作品的内里,由对艺术家"精神前史"的追索,而对作品产生"了解之同情"。同时,又要懂得韵律、色彩、空间、音阶以及身体语言之类,具有最低限度的行内的知识储备。总之,既能"向内转",聚焦文本、文体与艺术性,做鞭辟入里的分析,又能"向外翻",有宏观的视野,找得到艺术家激情与灵感的原始图景。如进而再能全程同步掌握界内的创作现状及全球性的艺术思潮的变化,就更好了。

一个有责任心的评论家应该心里装着大众,不能仅从观念出发,从自己所知所好的某种理念出发,生搬硬套,浮皮潦草。他要有将自己放在大众的角度去想问题、说问题的能力,这样才可能让公众有精神上的"获得感"。

问:上海文艺评论家协会的成立,使得各艺术门类的评论家能够集合在一起,形成合力,共同打造上海艺术评论的高原。同时,各门类艺术审美又是互通的。在这个方面,上海文艺评论家协会是否有所规划或打算?

答:上海的文艺评论要尽最大的努力,拆毁各门类艺术之间,甚至文艺与其他相关领域之间互相隔绝的栅栏,打破文艺界与高校之间彼此封闭的高墙,如此才能释放和盘活上海文艺评论的资源,合力打造文艺评论的高原和高峰。

举一例说明这种拆毁与打通的重要。我们知道,上海从来为自己融汇中西文化的海派建筑感到自豪。但近些年来,我们也看到一些新起的建筑,以及在公众与环境发生关系的场合所实施的艺术行为并不成功,小到城雕、橱窗、指示牌,大到广场、街道、社区,再大到城市的总体布局与色彩规划,都存在一些问题。城市的"公共环境艺术"或"景观都市主义"的理念还远没有得到确立和普及。为使城市真正实现传统与现代、科技与人文、人与自然的统一,从建筑、壁画、主题公园到城市公共艺术作品;从影像音乐、环境音乐到主题音乐等各个方面,亟须科技和艺术、实用与审美两方面联起手来,做出有系统的规划。

# 还能不能说说余秀华和郭敬明
## ——答《宁波晚报·三江访谈》记者问

问：汪教授，您这次的讲座是关于文学，您认为文学的意义是什么？和20世纪相比，如今的文学有哪些变化？

答：我一直以为，说文学是语言的艺术是很不够的，文学其实是人的一种存在方式。说得再准确一些，是人获取精神自由的一种存在方式。它可以助人超越现实的种种局限，得以放眼更广大的宇宙，获得更深长的精神体验和更本质的人生觉解。在我求学的80年代，文学就是这样给人以温暖与理想，并让我真正享受到难以言状的快乐和幸福的。其中所承载的作家的情感认识、社会认识乃至政治认识，使得许多小说一出来就轰动天下，腾誉人口，也给了年轻的我以极大的震撼。我想，我的同龄人大多都有这样的体验，那个时候的文学让我们真切地感受到，如果你需要了解情感，文学就可以教你体会和表达情感；如果你需要了解社会，文学真可以带着你走进社会，进而获得改造社会的力量。但在今天，文学已没有了这样的感召力，愿意亲近它的人也在不断地流失。所以有人说，文学已褪尽了声色，失去了光环，终于从圣殿跌落到凡间了。其实，这样说是不准确的。文学从未消失或隐退，它只是回到了它自身而已。或者换一种说法，正是因为剥离了那些特殊社会历史条件赋予的功能，文学不再是大众聚焦的中心，变得安静了，安静到可以认真地审视自己了。

问：也有人说，文学之所以不再被人关注，是与实际创作成就一代不如一代有关的。

答：这样说是不对的，至少不够全面。事实是，就文学反映生活的广阔与深刻而言，当代作家的进步是有目共睹的，甚至引起世界文坛的关注。如果就创作理念和技巧而言，则20世纪以后，随着西方文学，特别是拉美文学的引入，众多本就提高了文化素养和知识水准的作家，其创作品质更是得到很大的提升。有的作家如王安忆、余华，尽管作品的知名度和影响力没有过去那么大了，但作品的肌理相当细腻密致，风格也日趋老到成熟，是要超过一些热门作家如贾平凹、莫言的。只不过今天大众的欣赏趣味改变了，加以信息渠道越来越多样，娱乐方式越来越丰富，没有及时追踪和聚焦文学的人会产生上面的错觉。当然，我不否认，相较于20世纪90年代，文学确实由中心退到了边缘。但我想再一次强调，或许任何时候，处于中心都不是文学的常态。我们需要确认的是，不管生活发生多大的变化，文学永远与人同在。因为它既是人获取精神自由的一种方式。只要作为一自觉存在的还向往精神自由，文学就不会退场，更不会消亡。

问：今天网络培养出的浅阅读，有一重要特征就是从文字阅读转向图像阅读，您如何看待这种现象？

答：网络带给人即时的资讯便利，而且是不需要多少花费就可以轻易获取，甚至免费享用，这是网络的好处，所谓随时随地，无限量，无边界。但是它带来的弊端也是显而易见的，而且随着技术对人的宰制加大，它的弊端也越来越明显。弊端之一就是你所说的，文字阅读日渐被人冷落，且有被图像阅读取代的势头，以致有识之士担心全民陷入"读图时代"而不能自拔，会使人成为被动的承受者，人的心智和创造力会严重退化。当然，画面也可使人探索，但相对来说，阅读文字所能调动的人的细胞活跃程度要远远高于读图。因为文字是抽象的、虚拟的，由文字到场景，能最大限度地促使人通过想象去连接甚至构造，所以更能培养人的形象思维和抽象思维，进而更能诗化人生。生活中许多人都有这样的经验，就是尽量不去看由名著改编的电影，因为看后常会觉得原来带给自己的那份感动不见了，至少是被破坏了。为什么？因为在文字阅读中，通过想象，个体能最大程度地介入到作品中，参与作品情节和主题的完成。而这样的情形在读图中不大可能发生。

也所以，美国科技作家、《哈佛商业评论》原执行主编尼古拉斯·卡尔会写《浅薄——互联网如何毒化我们的大脑》一书。依他的观察，"线上世界"的存在使人类难以接触到更深邃的思想，因为互联网的特性，人们会越来越没有耐心去沉思，去探索，从"曾经是词汇海洋的水肺潜水员"，变成"一个驾驶水上摩托艇的人"，只会"快速地在水面滑行"，只会关心结果而不在乎过程。其实成人都知道，许多时候结果就在过程之中，什么过程造成什么结果，甚至过程就是结果。放逐文字阅读带来的沉思与探索，时间久了，就会不习惯于阅读，特别是大部头作品的阅读。斯坦福大学一个研究小组曾经做过研究，成果刊登在《细胞》月刊上。它指出，本世纪以来人类智力和情感能力都在退化。人类刚诞生时要与天斗与地斗，必须调动所有的力量和心智向自然抗争，才能赢得生存的机会。而随着物质的丰富、科技的进步，特别是分工日细的城市化的兴起，渐渐不需要用智力求生存了，而网络可以提供各种现成的知识，使人的大脑更长期被闲置，用进废退，时间久了，萎缩与退化几乎不可避免。新西兰奥塔哥大学詹姆斯·弗林教授利用英国儿童的智商测试数据，更进而指出该国青少年智商低于30年前的同龄人，是因为认知环境的恶化。什么叫认知环境恶化，英国罗汉普顿大学治疗教育学专家查德·豪斯说得直白，其中一个重要的原因就是"电脑文化导致阅读量减少"。

我这样讲绝对不是反对互联网，科技的进步很大程度上是有助人智力发展的，我们不能犯苏格拉底的错误。苏格拉底曾经对书籍的出现持批评态度，认为它使人丧失了记忆知识的能力，而图书馆更是摧毁人思考能力的罪魁祸首。但它确实让我不禁想起两个世纪前托克维尔那段著名的发问："为什么当文明扩展时，杰出的个体反而减少了；为什么当知识变得每个人都能获得时，天才反而再难见到；为什么当不存在较低等级时，较高等级也不复存在了。"想想原因，固然与物质和技术的强势有关，但更与人耽溺安乐，避却思考，自甘平庸与自我放失有关。在这种自甘平庸与自我放失中，那种对深邃思想的追索，对人类整体性精神出路的关切渐渐被人淡忘，甚至被嘲笑和放逐。而这些恰恰经典作品里最多，甚至就是经典作品最显著的徽标。因此，我从来反对一味读图和读网，独立思维的形成，进而言之，批判性思维的形成，不靠技术，不靠网络，它端赖人自带的"原始硬盘"——人经由经典阅读养成的智慧头脑，以及经这种头脑整理过的知识记忆。借着这次访谈，我想再引用一下卡尔在新出的《玻璃笼子：自动化和我们》一书中提出的问题："技术到底束缚还是解放了使用者？"我同意他的结论，技术固然给人带来了便利，但许多看不见的高科技陷阱正日益禁锢人类，使人产生一种自由的幻觉。我们要警惕这种幻觉。

问：读图和读网对文学创作会产生怎样具体的影响？

答：一般而言，对一个有追求的作家来说，读者的阅读方式不会对他的创作产生影响。作家阎连科就说过，读者对他的创作没有任何影响，甚至批评家对他也没有影响。"我尊重他们的评论，但是评价的好与坏和我无关，我有我自己的想法。"当然，也有许多作家愿意倾听批评家和读者的声音，但那也仅指比较能够吸引他们真实的生活期待、情感诉求和合理而专业的艺术关切，而不是出于市场接受度的考虑，更不是为了码洋加入一些大众关注的热点，调用一些世俗化的情节以为迎合。当然，现实中可以看到一些畅销书作者常常这么做，为了投读者所好,甚至一味解构,不惜恶搞。如有本畅销书中有这样的桥段:"如果投拍一部唐朝黑帮片,男主角当选李白。人家不仅是才华过剩到疑似外星人的诗仙,还是资深酒鬼、懂法术的注册道士、排名全国第二的剑客、热爱打群架的古惑仔……原来,李白就是一个会写诗的韦小宝啊!"作者甚至直录"以恶搞历史、解构名人、颠覆常识为己任",但一个成熟的有追求的作家是不会这样牺牲自己的格调与品位的。

问:您主编过《汉语言文学原典精读系列》,书名用的是"原典",给我们解释一下它的含义。

答:原者,源也,又可解作始也,端也。原典自然有原初的意思,但更指原型。但凡有助于人认识世界与人生原型的,就可以称为"原典"。有的典籍如《论语》,它原初的形态如何,后人不清楚,它只是记录了孔子和其弟子的一些言论,许多不成体系,只是围绕着修身齐家治国平天下的道理展开。但因为辞小旨大,言近意远,有强烈的原型意味,依然是经典。我们这套书是为配合学生学习本原性经典而编的,既包括《论语》《庄子》《世说新语》《文心雕龙》这样的古代经典,也包括鲁迅、沈从文等现代作家的代表性作品。目的是要帮助学生构建认识传统中国乃至当今世界的知识体系,至少为这种知识体系的确立打下初步的基础。我们认为这是中文系学生必须具备的素养的源出,同时,也未尝不可视作是对上面所说的由线上生存所造成的"碎片化阅读"(fragmented reading)的反拨。

问:您认为该如何培养年轻人读经典的习惯?

答:这个问题太大,一时半会谈不周全。看到刚才许多家长带着孩子来听讲座,我想到一点,就是不能光叫年轻人和孩子读经典,家长自身的学习也很重要。尤其在今天,家庭教育和家长的言传身教从某种意义上说具有决定性的作用。现在的家长太爱孩子了,习惯对他们的事大包大揽;又每天当着孩子的面讨论各种现实问题,甚至充满功利和势利考较的事情，难免会对孩子造成负面的影响。比如有的孩子想读中文系，父母硬要孩子改读经济，为此孩子很痛苦。复旦大学就经常有学生想要从经济类专业转到中文系的。今天父母基本上都是大学毕业，但一出校门就把读书的习惯还给了老师，倒很习惯把孩子紧紧抓在手里，把自己世故的现实认知和价值观灌输给孩子。其实应让孩子以自己设定的方式生活。

孩子的天性，年轻人的天性，大都富有理想，富有激情，追求知识，崇拜圣哲，几乎天然是经典的拥趸。作为家长，应该让他们明白，或进一步地明白，经典阅读大有助于他们找到这个世界的原型，和短暂人生的永恒意义。由于人生苦短，须珍惜寸阴，实在不应将生命浪费在读图读网上。记得爱因斯坦曾说过，那些只读报章和当代作家的代表作的人，就像自己近视却又厌恶眼镜一样。因为他从不看远一点，听多一点，所以他全为偏见和当下流行的事物所蒙蔽。德国作家赫尔曼·黑塞也说过，单靠报纸和偶然得到的流行文学，是学不会真正意义上的阅读的。他告诫人"必须读杰作"，对年轻人觉得舍弃愉快生活埋头读书是既可笑又不值得的；或一边觉得人生太短促太高贵，一边却又挤得出时间一周六次泡咖啡馆，在舞池中消磨许多时光，他问："整天呆在这些地方，难道就比我们一天留一两小时去读古代哲人和诗人的作品，更能接近真正的生活么？"他的意思，正因为年轻，他们尤需要通过经典阅读，"领略人类所思、所求的广阔和丰盈，从而在自己与整个人类之间建立起息息相通的生动联系，使自己的心脏随着人类心脏的跳动而跳动"。应该让年轻人听到这样过来人权威的告诫，这对他们确立人生目标，进而养成阅读的习惯会很有帮助。

今天，许多年轻人都羡慕真格基金联合创始人、新东方联合创始人王强在事业上的成功，但王强回忆自己和俞敏洪、李彦宏、黄怒波等人在北大的求学生涯，得出的结论是这样的——英文系、图书馆系、中文系都是与金融、融资、管理完全无关的专业,但学这些专业的人怎么会创建出成功的企业?他的答案是读经典,读那些能够改变我们生命轨迹的书籍,认为是它们提供了让自己走得比别人更远的保证。他进而还说:"我不读畅销书,不是我看不起畅销书,而是我知道生命有限,只能读人类历史上大浪淘沙的作品。如果你读的不是真文字,遇到的不是真语言,那么最后看到的也一定不是真实的世界。"如果说爱因斯坦离今天的年轻人有点远,希望他们能听听王强这席话。他给这段话拟了一个题目,叫"我为何依然相信读书改变人生"。显然,这里的读书专指读经典,上面所说的原典可称为经典中的经典。当然,依需要,在生活中你可以读各种实用类书,但请一定记得,正如桑塔格所说,就是当下的现实,包括大众的文化,也只有和古典思想相结合,才能构成对日趋庸俗化的世界的拯救。

问:这次您到宁波大学园区图书馆"明州大讲堂"做《文学的当代意义与价值》的演讲,听众反响热烈。想问一下,最近有个热点新闻,就是"脑瘫诗人"余秀华的走红,您如何看待她的作品和这种现象?

答:我觉得,谈一个诗人,应关注他(或她)写得怎样,而不应太着眼他(或她)的性别、身份,更不能盯着某一点,关注他(或她)是不是一个健全人。不是说绝对不能谈这些,关键看为什么谈和怎么谈。余秀华的诗很大程度上是她压抑而灰暗的痛苦人生的记录,对这样本色的诗人,倘不了解她的生活是很难说得精准到位的。在她爆红后,我也听到各种议论,包括不认为她的诗有价值。说实话,我认为是,并且被其中有些诗深深地打动。

与教科书上生活总向人展示它的美好不同,现实中它时常让人感到残酷。那些领受过或能体认这种残酷的人,会找一些东西来缓解自己与世界相处的痛苦,诗与艺术因此常常被选中。余秀华困处僻远的农村,无法用钢琴、小提琴释放自己,文字成了她最便捷的工具。或许，置身于她的世界，仅仅将文字称作工具，是她绝对不能接受的。它们是扶持她情感世界不致于倾圮的支柱。而由这些文字连缀成的诗，更点滴关心，每一行都是她向这个世界做出的最温柔，有时也可能是最决绝的告白。譬如她的那首《我爱你》："巴巴地活着，每天打水，煮饭，按时吃药／阳光好的时候就把自己放进去，像放一块陈皮／茶叶轮换着喝：菊花，茉莉，玫瑰，柠檬／这些美好的事物仿佛把我往春天的路上带／所以我一次次按住内心的雪／它们过于洁白过于接近春天／在干净的院子里读你的诗歌。这人间情事，恍惚如突然飞过的麻雀儿／而光阴皎洁。我不适宜肝肠寸断／如果给你寄一本书，我不会寄给你诗歌／我要给你一本关于植物，关于庄稼的／告诉你稻子和稗子的区别／告诉你一棵稗子提心吊胆的／春天。"可以读出她虽生活在永恒的孤独和忧伤中，但内心仍保留着对爱与美的期待。这种期待以完全比照自然的干净，一句句地通过诗，将她从无奈和绝望中拯救出来，继而给了她自尊和坚强。另一首《就做一朵落败的花》，不像诗题指示的那样萎靡不振，相反，可见到一种倔强峥嵘的灵魂的挣扎："我承认，我是那个住在虎口的女子／我也承认，我的肉体是一个幌子／我双手托举灵魂／你咬不咬下来都无法证明你的慈悲／不要一再说起我们的平原，说出罪恶的山村／生活如狗／谁低下头时，双手握拳／花朵倒塌，举着她的茎鲜血淋漓／我一再控制花朵的诉说，和诗毒蔓延／如同抵挡身体的疾病和死亡的靠近／你需要急切地改变注视的方向／改变你害怕举灯看见的自己的内心／生活一再拖泥带水／剪刀生锈，脐带依然绕着脖子／（捂不紧，内心的风声）／风声四起，一个人的模样出现得蹩脚／房子几十年不变一下，柴禾背风向阳／向阳的还有，斑驳而落的泥灰／向早年的梦要一点华丽的虚构／人生得意，或不得意／尽欢成为道德的审美／这个地带积累着长年累月的风声／忧伤因为廉价而扔得到处都是／我们不靠词语言说日子，生活是一种修饰／一直低于风声／多年后，一个埋我的人被指定／这些年，我偶尔想一想死亡的事情／把活着／当成了一种习惯。"显然，她是在意自己的残疾和弱势的。那种背阳的生存，给了她常人不可能有的敏感，使她时时刻刻会检点不算长的平生，并丝丝缕缕，一寸心思一寸灰，体会着生活对她的不公，以及自己该以怎样的态度活下去。她曾说："诗歌只不过是情绪在跳跃，或沉潜。不过是当心灵发出呼唤的时候，它以赤子的姿势到来，不过是一个人摇摇晃晃地在摇摇晃晃的人间走动的时候，它充当了一根拐杖。"于此，又可见诗歌之于她与之于其他人是完全不一样的。当初，出版她诗集的责编曾说，将她的诗放在中国女诗人的诗歌中，就像把杀人犯放在一群大家闺秀里一样醒目，别人都穿戴整齐，涂着脂粉，喷着香水，白纸黑字闻不出一点汗味，唯独她烟熏火燎，泥沙俱下，字与字之间还带着明显的血污。如果说这个话不是有点夸张的话——因为事实是，她也有温柔深情的吟唱——那么说她的写作与爱上层楼、无病呻吟不是一回事，绝对是事实。

至于从诗艺角度论，应该说她的创作也达到了一定的层级，有比较纯正的文学性和诗性，不是分行的散文，更不是大白话。一个从来远离主流诗坛的写作者能写出这样的诗，无论从哪个意义上说都够让人惊叹，何况有的还写得很出色。记得萨特在《论诗与诗人》中说过这样的话："对于诗人，词是自然之物，它们像树木和青草一样在大地上自然地生长"，"对于诗人来说……词语是他们感官的延长"。基于特殊的生活体验，余秀华的诗在词语调用和意象营建方面有自己特别的感觉，尤其散发着泥土般清新的味道。当然，有时候有点粗粝，一如她生活的土地。这在当今诗坛是很少见的。想到这些词语和意象在她手中有着这样恣肆的开放和凋谢，不能不说是俗世中的奇迹。此外，她有比较自觉的诗形意识和诗体意识，从建行、分节到隐喻、象征、反讽等各种修辞的运用，都有自己的追求，总之不矫饰，不口水，而后者恰恰常见于当今一些成名诗人的创作。他们趁20世纪80年代中后期到90年代初兴起的诗歌实验热，一味弃绝诗的形式和格律，忘了新诗首先应该姓诗，然后才谈得上如何求新，以致汉语的声律音韵之美荡然无存。但尽管如此，这些人的创作仍被冠以"新写实"等名号，其实，以艰深文浅陋，以粗俗充鲜活，内里空空，不过是文字游戏而已。主张基于本土的立场，从个人切身感受出发的诗歌创作没有错，问题是如何做到这一点。排除诗艺的讲究，一味口水，甚至向世俗投降、做精神撤防，就不是写实，是庸俗。

还是回到萨特，他说过："散文是符号的王国，而诗歌却是站在绘画、雕塑、音乐这一边的。"我在网上看过余秀华的演讲视频，虽然有地方发音不很清晰，但逻辑连贯，诗情洋溢，从里往外透着艺术的气息。所以，我不主张用"脑瘫诗人"来称呼她，尽管这是事实。但对于她这样的写作者，更大的事实难道不是——她有比许多人健全的心智和审美判断力，她是一个诗人。基于这样的理由，我非常希望她能写下去，更希望经由她的写作，包括还有其他"民间歌者"纯真而自然的吟唱，能为诗歌找回原初的本质，乃至它应有的读者。

问：您曾经说过，郭敬明的才能与文学无关。您觉得偶像式的作家对于文学的影响有多大？

答：是的，我说过。作为一个外省来的大学生，年纪轻轻就获得商业成功，这个对同龄人来说确实很励志，就是我，也觉得不是随便什么人都可以做到的。对这一点，我不但没有排斥，相反，很体谅他时不时地炫富，更肯定他的努力。问题在于为达成这个目的，是不是可以这样轻率地征用文学的名义。文学的神圣决定了它永远不会把自己当作商品，它常常站在生活之外甚至之上否定生活，批判生活，为此，甚至拒绝文明带给人的任何便利，更不要说物质和名望的诱惑了。文学的这种与生俱来的高贵，并没有因市场经济的到来而改变。但郭敬明偏偏轻慢这一点，他想通过文学实现的东西都不在文学之中，而恰恰在文学之外。甚至从接受的角度看，他也无意于培育自己的读者，而是培养对自己死忠的粉丝。其间整个过程像足了艺人的养成训练，文学所占的比重确实太小了。即使就写作论写作，因为没有对文学的敬畏，没有对经典的学习，他的写作显得无比轻薄，有些地方灌水严重。阿多诺在名为《当代小说中叙述者的地位》的演讲中认为，"从18世纪菲尔丁创作出《汤姆·琼斯》开始，小说就把活生生的人类与其僵化状态之间的冲突作为真正的主题"，又称"我们时代的伟大作家有一个共同的特征，在他们的作品中，通过如其所是的描写，出乎其自身意料地产生了一系列的历史典型，在普鲁斯特的意识流、卡夫卡的寓言和乔伊斯的史诗谜题中都是如此"。小说家余华在《没有一条道路是重复的》一文中，称自己20年来最大的收获就是不断地读这些经典。但我们看郭敬明的小说，从语言的规范到情节的合理，问题太多，不仅显得随意、重复，更多破绽和错误。难道只能用45度角看天空？而这天空又只能是铅灰色的？至于少年的心情难道永远是忧伤加明媚？男女主角永远是一个多金、一个善良？凡此均可见出他的所谓创作，不过照录了一些少不更事或无所事事者的苍白影像而已，谈不上真正走进人物的心底。

或许有人会认为我这么说太过冬烘，明显落伍，但我想说，当人类的精神性时代已经结束，人们写作的视角普遍下移，许多知识人再没有了引导社会、启悟大众的"野心"，没有了独立思考的能力和道义承担的勇气，这个时候，尤其需要作家发挥良知，勇敢地站出来，为刷新文学的精神而呼喊，而创作。摒弃"小时代"的杯水风波，关注"大历史"的风云变幻。法兰克福学派创始人、德国哲学家马克斯·霍克海默（Max Horkheimer）一生致力于构建系统的社会批判理论，他曾经说："当个人生活变为闲暇，人的内心生活也就消失了。"我看到，现在郭敬明正沉浸在自己突如其来的成功中，洋洋自得，好整以暇，并开始爱上一切名牌，关心自己的妆容，这可能与他童年的贫穷有关，但没听加缪在《反与正》序中说的话吗？——"每个艺术家都在心灵深处保留着一种独一无二的源泉，在有生之年滋养着他的言行……对我来说，贫困从来不是一种不幸，光明在那里散播着瑰宝，连我的反叛也被照耀得光辉灿烂。"我不知道郭敬明看没看过加缪的作品，或者看进去多少。但我敢断言，就像他的青春很容易过去并已经过去一样，他的那些小说也会很快被人遗忘。

所以，在这里，我愿意再次引用自己在报上对他的批评，大意是这样的：一个作家不能以这样前所未有的直白姿态，向商业化进军，向金钱与物质输诚。我们这样说，并非要作家穷到"举家食粥酒常赊"才好，但热衷以好莱坞模式为样板，把自己连同旗下的作者当作艺人来经营，然后依需求下单，按流程生产，致力于在不断复制中快速集聚财富，实际上已放弃了作为一个作家通常有的，有时甚至是天然有的对当下的批判和对社会的整体性的精神反叛。归结我的意思，偶像对大众或许有些影响，但对真正的文学读者则不可能有太大的影响，至少不可能有持久的影响。文学的成就有高有低，只有那些伟大作家才能成为人类的精神导师，人们崇拜他们，相信他们，视他们为自己的知己，甚至将他们奉为神明，这在历史上都发生过，但人们不会用"偶像"这个词，他们自己也不喜欢人们用这样的词来定义和称呼自己。为什么？因为"偶像"常代表或仅代表着时尚价值。正因为与时尚有关，它的寿命就非常短暂，就极易为更新的时尚所取代，并快速地销声匿迹。所以不用担心，我们很快就会迎来没有郭敬明的时代。要警惕的是，那将要到来的新的写作者们，是比郭敬明更好还是更差。

# 旧体诗词韵文的前世与今生

——答《东方早报·上海书评》记者问

问：当下，有越来越多的人热衷旧体诗词韵文的创作，包括《光明日报》在内，各种报刊杂志也常辟设专栏发表今人新作。至于网络上就更多了，特别是网易与天涯，被认为是最主要的发表阵地，以至于有人断言"当代诗词在网络"。所有这些，似乎足证旧体诗词韵文在今日的复兴。有人更为乐观，干脆称这是古诗文全面复兴的征兆。对此，您怎么看？

答：其实，拉开距离和视野，可以看到，自"五四"新文化运动以来，爱作旧体诗词韵文的人一直很多，如俞平伯、周作人等人都是此中好手。前者受俞樾家风的影响，后者自小从祖父学试帖诗，光《诗韵》就抄了三遍。作词有成就者也不少，像30年代刘永济、夏承焘、吕碧城等人在《词学季刊》发表忧时伤世之作，就产生过很大的反响。再看1949年以后的情况，章士钊、叶恭绰、张伯驹等人早在50年代就提出了成立全国性韵文创作组织的动议，后因"反右"事起才罢。粉碎"四人帮"后，人民文学出版社推出了聂绀弩的《散宜生诗》。1984年，因周谷城、王昆仑、赵朴初、俞平伯、唐圭璋等人再次推动，中国韵文学会终得以在长沙宣告成立。再过三年，中华诗词学会也告成立。其时，北京有《中华诗词》，广州有《当代诗词》，两大标志性刊物几乎同时创刊。受这些事件的影响和带动，很快各地诗社、赋协、学会或研究院纷纷出现。

及至90年代，据《中华诗词年鉴》等资料统计，这类机构已达千余个，发行报刊杂志近千种（其中《中华诗词》为其中翘楚，月刊的发行量已达25000多份），参与其事的人数更以百万计。1992年第一届中华诗词大赛，一次收到的稿件数量就超过《全唐诗》《全宋词》的总和。以后，又有"李杜杯""鹿鸣杯""回归杯""世纪颂"等各种全国性诗词大赛。近十年来，随着国学热的升温和网络的普及，其势更见炽盛。只要看看中国诗歌网、中华诗词网、中华辞赋网、中国骈文网，还有民间及大学所编的《二十世纪中华词选》《中国当代青年诗词选》《当代网络青年诗词选》《网络诗词年选2001—2005》和《春冰集·网络诗词十五家》等各种诗词年选，就可知作者主力已多为六七十年代人。他们大多不是偶尔兴到，偶一为之，而是花许多心力于此，且各有专攻，自成一格，在网上赚尽了人气，拥有无数的拥趸，以至于有人效法清人舒位和汪辟疆，编成《网络诗坛点将录》《网络诗坛点妖录》。有的文体如骈文，作者虽相对少些，但仍有一部分人坚执当日谢无量"散文远不如骈文美"的主张，迭有试作，并因其支流余裔，能为贺联挽联，而将其接引入当代人的生活。

问：那么是否像有些人所说，当今古诗文创作相对而言是处在最好的时期，您是怎么判断的？

答：要说全面复兴，需有合理的参照和客观的标准，轻下结论并不是取信历史的做法。就上述相关刊物之多、作者之众、作品之富、大赛之繁、吟诵之广，高峰论坛之常见，欲掀起"新旧体运动"、建立"当代诗词学"的呼吁之急切，且凡此种种都能得到不同年龄、职业和学历的社会人群的回应而言，可以说旧体诗词韵文的创作有全面复兴的趋势。想想1944年，柳亚子在《旧诗革命宣言》中称"旧诗必亡"，并预言"平仄的消失极迟是五十年以内的事"，再对照今天即使赋这样被视为"冢中枯骨"的文体，也能引来大批的试作者，且作品总量已超过三千首，主流媒体如《光明日报》还有大手笔的推动与宣导，有的城市受此感召，竟有拿赋作市长礼品赠送外商的，如 2007 年 9 月达沃斯世界经济论坛夏季年会在大连举行，市长礼品就是被译成五国文字的《大连赋》，称这是自晚清以来诗词韵文创作的最好时期也不能算过。但必须指出，不管是诗词还是骈赋，毕竟都是用文言写作的。而所谓文言，依一般通行的认知，是只见于文并用于文的纯书面语，它有一定的体式规范和准入门槛。今天有多少作者真正谙熟这些规范，多少作品真正达到这个门槛，其数量与其产出是否一样多，就有得商量。个人的感觉是虽收获颇丰，但问题也多。

问：您能就这些存在的问题，说得更具体些吗？

答：以诗来说，我们知道，唐时白居易写诗老妪能解，放到今天，博士都未必能解。再说白氏所写也不尽在这一路，但今人作旧体诗，许多实在浅显直白，诗味寡淡。其中一些离退休干部，惯写大好河山，莺歌燕舞，以致被讥为"老干体"。这些诗政治上自然够正确，但述情未免空泛，既不知比兴，又少有寄托，不但谈不到体派风格，还不懂换韵，并屡屡凑韵或出韵。但是有些遗憾，偏生数量众而影响广。以致许多人偶尔试作，都效此声口，甚至学生的作品也每每如此。前几年，湖北高考有一诗歌体的满分作文，《站在黄花岗陵园的门口》，诗长五十一行，一百零二句，就通篇社论体，述情空泛，思想贫乏，不唯文辞虚浮攒凑，章法韵法更凌乱无统，可见其影响之广远。如果将这些诗都算作成绩，所谓"最好"或"复兴"就很难成立。

赋的创作也如此，总体水平不能算好。尤须指出的是，有的作品拉来历史故事对应当下政绩，竭情称颂，一味夸饰，以致将赋视作"艺术化的地方志"，将赋坛视为城市的形象展示台，已招来不少人的反感，以为如此连篇累牍，难保不成为一场"给城市贴瓷砖的运动"。魏明伦自然是当代名家，但他为重庆写的《山城轻轨赋》，"工程属全国之重点，项目乃中华之首例。多年筹建，巨额投资。完成前期使命，磨出先锋人材"，除了直白的堆垒与夸耀外，难见赋体的精致与渊雅。这与同为名家的余秋雨有得一比，后者为南京钟山风景区题写的碑文，才三百多字，招来成倍于其字数的批评，人们挖苦他"糟蹋石头"，既是因为碑文中多"深嵌历史而风光惊人"这样拗口的表达，也因为他对"斥资五十亿，搬迁十三村。移民两万余，增绿七千亩"这类"打点江山"之举的没商量的肯定。

还有一种现象就是小圈子化。一些作者才入道不久，薄有声名就忙不迭地相互标榜。如中华辞赋家联合会，名下会员不多，机构却繁，还弄出"神气赋派"等多个意旨含混的体派，"十星法案"等胶固刻板的标准，并有"四杰""八雄""赋帝""赋帅"乃至"赋怪""赋鬼""赋虎""赋蛟"等各色封号，那些本该称颂扬、马的大词，都被用来作彼此的吹嘘，实在有些俗滥。该会还曾发起"中华新辞赋骈文运动"，组织人写"千城赋"，全不顾当下中国有没有这么多城市可供其铺排。至于有人提出"辞赋经济一体化"口号，并为了利益内讧不断，更活脱脱地将文场弄成了名利场。钱仲联先生生前曾感叹，当下吟坛"会社林立，几欲突朱明末造而过之"，如今此风有愈演愈烈之势。这样行事不仅不能振兴旧体诗词韵文，适足会毁了它的前程。

问：旧体诗词韵文创作从来讲究辨体，所谓"先体制而后工拙"，今人的创作在这方面似也存在不少问题？

答：没错。对作旧体诗文而言，辨体实在太重要了，它几乎构成了全部问题的基础。体与法有变与不变者。尤其是法，除字法、句法、章法之外，还有声法、对法，且变化非常丰富。因为诗是"有声之文"，故古人作诗，未有不知音声的。诗随时变，声在其中，是谓"声体"。它的要求是能谐和、委婉和悠长，如沈德潜《说诗晬语》所说："以声为用者,其微妙在抑扬抗坠之间",以后又将之与韵和律的要求相配合。具体到某种特定的体式,如近体律诗,郝敬《艺圃伧谈》甚至认为,其"所以卑者,为其声响迅厉也"。至于词,因本来就是配合音乐演唱的,所以更截然以"声韵谐婉"为上了。(朱弁《曲洧旧闻》卷五)

谐和、委婉与悠长是"声体"之正,但也有变格,如宣朗、浏亮、急切、迅迈、悲壮等,有时也为人切讲,此所谓"声雄",它经常被论者拿来与"体正""格高"与"调畅"合言。声还可以延展开去,兼指"声节",即音声的节奏及由这种节奏造成的作品体格与征象。由声的运用形成作品特殊的音节效果,是所谓"声调";特殊的"声调"出于某个作者之手,会形成某种固有的风格,是谓"声口";"声"或"声节"的运用又造成作品特殊的气势,是谓"声气"与"声势"。如刘勰《文心雕龙·乐府》就有"杜夔调律,音奏舒雅,荀勖改悬,声节哀急"之说,此处所谓"哀急"就指由上述特殊声节造成的声势。故李重华《贞一斋诗话》说:"诗之音节,不外哀乐二端。乐者定出和平,哀者定多感激。"朱庭珍《筱园诗话》卷二更以"穿云裂石""高壮而清扬"形容之。相形之下,倘若一个人仅能体效古人,揣摩其音声,为纸上无气之言;或更标新立异,仅就字句间逞巧而迷不思返,则必被视为追末失本,是为害诗道的祸首。

此外,作诗还讲"色"。色即辞也,所以助诗歌的光彩而与声偕行。如姚永朴《文学研究法》所讲,它通常包含三个方面的内容,"一曰练字,二曰造句,三曰隶事",总要指文辞藻采,以及由这种藻采造成的作品形态。古人认为诗歌本诸性灵,建以骨髓,一切色泽步骤若网在纲,须有条不紊,不可或缺。故在要求"声"须和谐的同时,非常强调"色"须华彩。具体地说是欲其"鲜华",也即字求鲜活明丽,健练而融艳;句求峻洁清健,饱满而妍亮;事求恰好的当,渊雅而精切。故清人方东树《昭昧詹言》说:"兴会选色,须鲜明妍茂,忌衰飒黯淡。"做到这些为有"色气",不然斡旋不转,就是徒绝堆垛,益成呆笨了。

但今人创作在上述诸方面都存在不少的问题。既作旧体诗,就应该遵循古诗既有的体式规定。可是在这个问题上,有的人太过随意,以为核定字数,稍押声韵就是诗,由此引来许多争议。其实,依古人的认知,"诗"从"寺",尤重法,它讲究整(句字齐整)、俪(对偶工稳)、叶(奇偶相对)、韵(押平声韵)、谐(平仄合格)、度(篇字划一)的合体合格。譬如以对偶工稳言,远不仅仅是同性字词对待放置那么简单,它形式上有各种变格,意义上还有互文,句法上另有交股。现在许多诗作对是对了,但一味"死对",太工太切,结果弄成"风"对"雨"、"水"对"月"、"青山"对"绿水"、"蹈海"对"归湖"这样的"死板货",就罕有诗味了。古人称这个为"蒙馆对法",认为是乡塾教童子的活计。倘若这样对出来的也算诗,则如朱熹所说,"一日作百首也得"。

问:词与赋的情形应该与之相同吧?

答:作词与赋也同样。赋这种文体早已退出人们的生活,甚至退出文人的生活。其体最尚古,从字义、音节到笔法都如此,尤重叙列,横竖经纬之间,对句脉局段和章法起结特别讲究,如此以色相寄精神,以铺叙藏议论,既尚才而重品,复逐奇而就正,总要在从"贝"从"武",所谓言存物而文有序,这样才得赋体之正。所以,若非有包括宇宙,总览人物,控引天地,错综古今的胸襟,学问又淹博到足以供己驱遣的程度,一般人不敢轻易染指。或以为这是有意藏拙,其实不如说是能者心存敬畏更确切一些。看看汉以来历代人的创作,再结合清人如李调元等对"作赋法门"的强调,其间关窍与奥妙之多,哪里是前序后乱、中间问答几句话可以道尽的。正因为如此,论者才有"宋俚"而"元稚"之说,章太炎《国故论衡》更以为,自李白《明堂赋》、杜甫《三大礼赋》之后,其体已自"泥绝"。不过,一者是因其古诗流亚的高上地位,再者是因其文富色繁的体式之美,仍吸引了明清以来众多文人铺才摛文,以求一逞。有的言务纤密,理必细贴,锦心绣口演成的缛丽华章,虽难免势弱声微,终亦为绝代之嗣响。尤其是,作者无论体采古赋,还是间杂骈散,大抵都能沿准往式,取法前人。传统文章的固有程式,教会他们懂得"尊体"的重要,既用其体,则必遵其法。如果违体拗法,在古人为"破体"与"失格",在他们看来就是鲁莽和灭裂了。

但今天有许多人只读了几篇欧、苏的赋就率尔操觚,动辄写上几十篇甚至上百篇,而未见能遵古人体法,有时连前序后乱的基本体式也不讲,更不要说能合理吸取其优长,掩有其精妙了。殊不知,一者类似欧、苏所作的在当时数量就少,元以后人更将其视为押韵之文。因为科考与炫才的缘故,他们更重视和更多创作的是律赋,并一直到清代都尊律赋为赋之正宗;一者即使欧、苏所作也有体式的讲究与约限,不是可以任情出入放滥无归的。前及魏明伦就是因为不能"敛才就法",才致下笔粗漫,失了体段。

至于等而下之,有的人汲汲世情,俗念萦心,胸中杂念不去,笔底名缰利锁,加以多临时题凑,应命饰文,甫下笔就与此体先隔一层,更是典型的有今情而乏古意了。但作者仍能暴得大名,实在让人看不懂。如有一位据称当今"文化界奇才"的辞赋界"扛鼎者",著名的"新古典派代表"作者,写了一篇《大红袍赋》(此赋被刻在一块重达五吨的花岗岩上,放置在武夷山新置景观"茶博园"的显要位置),就不但不称体,甚至议论、用典也多不确。就体式而言,通常状写大红袍,必当以家家养兰、户户制茶的该地风习逗出赋题,由丹山碧水之乡如何集山川之秀岩骨之香的"岩韵"为起。其间,千余年的栽种历史,流传广远的神奇传说,连同晒青、炒焙、发香等繁富的制作工序,都可供人铺陈。再附之以天心永乐禅寺与武夷精舍的故事,与夫唐宋以来高僧大德和学士文人的雅事,那种士子借水澄心、即景演法的妙思,庶人"浴佛节"以茶礼佛的仪轨,凡此种种,借主客问答,尽可以衍展新意。最后,由此饮茶而生的法喜与禅悦,上可印合扣冰和尚"天心月圆,花枝春满"的证悟,下可浚发"茶禅一味""理而后和"的义理,用以收结全文,自是以条以贯,首尾完密。但该作赋文过半才及题旨,且后续一无展开就与结尾处议论相接,显见暗于章法。至于就议论、用典而言,用苏轼作于海南的《汲江煎茶》句,状写得自闽地有清溪幽潭相与的大红袍的"岩韵",显然不尽妥适。而《旧唐书》"泉石膏肓,烟霞痼疾"和《晋书》投香于水的典故,也与武夷茶事了不相及,胡乱拉来张惶,反见不通。作赋当用典,唯食古而化乃为善。若只知堆垛填砌,并除此二三典故、联语外再无议论,正见其意趣的单窭与见识的寒俭。至于用语刻意生涩,不谐律,不合句法,赋中在在多见。"吸烟霞痼疾之悲欢"一句明显有凑韵的痕迹,"形同玉石、致胜冷云、气受怒平、味和自觉之况"云云,不说句长如何,四字成词之间结构相歧,各词本身也多疑滞,更是一望可知。

据作者说,此赋是被友人拉去武夷山,赏玩品鉴之后来了兴致,当晚在酒店"一气呵成"的。本来,作文巧速拙迟各由人,在人含毫腐笔才做成的,在己可能倚马就来。但问题是,以所自述与所作合看,是只见驳杂而未见巧速,不能不让人对其是否实有古文造诣产生怀疑。昔王世贞有言:"赋家不患无意,患在无蓄;不患无蓄,患在无以运之。"今短短一篇已芜累相仍秽杂无序如此,方之古人切题而不可着迹的要求,是既着迹还不切题,实在当不起圈内人的好一阵海夸。

问:比较重要的还有用韵。

答:是。我们知道,自元人入主中原,南北两大语系发生很大变化,南方语系所保留的入声字在北方流失本来就很多。到 50 年代拼音化运动兴起,将入声字编派入平上去三声。常用汉字应该是五六千个,其中入声字不少于一千个,一半均分入阴平和阳平,剩下一半则为上声、去声。今人作诗多主张"双轨并行,今不妨古",即既可用以古韵,也可以用今韵,只要同一首中不串用就行。以致通行的《中华新韵》大幅度地减少韵部,并完全取消了入声。此法看起来简便,其实诱导人用普通话押韵,是"平水韵"悉归"新声韵"的单轨制。我们说,以中国之大,语音代变而复杂,普通话能否恒定为语音之基准犹待讨论。而古韵自拟合后,凝定已久,如吴宓所说,自唐后就一直是各种语言的"最大公约数",古人不改今人去改是否合适?改了以后是否还能保证其特有的韵味,并不致割断海外华人的语言习惯与文化认同?凡此种种,都须做认真的评估。我们的感觉,在未经充分讨论与研究的情况下,取消"平水韵"之于诗,《词林正韵》之于词,《洪武正韵》之于南北曲的基准意义,并不是慎重的做法。

说到底,作旧体诗词韵文要讲究体法,要有长久的默识心诵与学养积累。仅凭清俊之才只能做轻浅的美文,作旧体诗词韵文恐怕不行。当年胡适就告诉过唐德刚,作律诗非得有几十年的功夫。王力也说过,作古诗文非熟读几十篇佳作并涵泳其中莫办,这其实就是古人所说"熟读唐诗三百首""能读千赋则善赋"的意思。相比之下,今天有些人不免太过自信了,没读多少诗赋就妄言创作,如此以文纬情,用物彰志,实在有些轻躁。

问:当然,一代有一代之文学,唐诗与宋诗不同,古赋与律赋有别,今天旧体诗词韵文的创作终究还是应该自开新局的。

答:今人所作既是对传统的衍展,又有反映当下生活的需要。但有鉴于旧体诗文的特殊性,这种自开新局显然首先应建立在有所承继的基础上。在这方面,中华诗词学会提出的"知古倡今,求正容变"方针甚好。"知古"是为了求正,"倡今"就必须容变。只有体式上守正才能承继传统,浚发本原;只有辞意上开新才能立足当下,回应时代。当日,梁启超期待"诗界哥伦布"的出现,提出"新意境""新语句"和"以古人风格入之"三大创作原则,强调"能以旧风格含新意境",说的就是这个意思。

赋也同样,不能像前及辞赋家联合会所标举的那样,以"光复庙堂文学"为目标,而应努力做到"古赋为体,今辞为用"才好。其实,这种"今辞为用"的改变过程在清代已经开始了。其时有开拓边疆之举,新疆事来,故有了《哈密瓜赋》这样的作品;待海禁废弛,西洋物来,又有了《自鸣钟赋》《阿芙蓉赋》,如此等等。要之,世相在变,创作也应随之变化。尤其是,今天中国社会转型急剧,人们置身其间,常会感到四面受敌、八方交攻,内心的波荡有越然于以往乃至古人的丰富与复杂。此时创作,如再吟咏小国寡民、政教王化,显然不切情景;再感叹山林之远、庙堂之高,更有悖于世情。而只知道追随古人的踪迹,赋枯树、赋小园,则终究显得狭隘,有与大时代不搭调的小家子气。至于用语与用典,倘再一味以"红雨"代落花,以"碧丝"代柳枝,明明走在城市快车道上,偏说"花间别梦""陌上风景",就不唯陈腐,还适足见出作者的情伪了。

让人欣喜的是,在这方面,今人的创作间有成功的探索。王学泰先生曾评价郑福田所著旧体诗词集《三益斋吟草》,以为除了能把传统体裁写得精彩外,作者还能很好地传达与写活当下的生活琐事,这一点最是不易,并举一首《浣溪沙·打酱油》为例,"清酱沽来四五升,叫呼伙伴可同行。途长口淡饮于瓶。　斟酌分人量出入,参差补水扭亏盈。归家莫怨可怜生",将那个匮乏时代普通人的生活写得栩栩如生,确实难得。也是基于这样的原因,当在网上读到矫庵的《非典行》、天台的《地铁行》,个人就很喜欢,虽然从整体上看,这些诗还不够圆熟,但已可证明鲁迅所谓"一切好诗,到唐已被做完"的判断未必全对。不是说今人依然有古人的才华,至少今人的生活有一点都不逊色于古人的繁富与复杂,这种繁富复杂对人是一种诱引,也是一种考验,终究是可以催生真正优秀的文学和诗歌的，尽管在整体水平上，它们可能仍无法与古人媲美。

其间，网络诗人李子（曾少立）的创作尤其有特色，被称为"李子体"。他工学硕士出身，因不喜欢所读专业，所以无意从事专业工作，而靠打工，做杂志编辑和网站管理维生。自90年代末起，一直在网上发布诗词，专写他在赣南山区的童年生活和后来求学北京的打工生涯。写法上注意追求故事性，有情节和人物，能予人以鲜明的画面感。用他的话，是有意将诗词写得像影视剧。其中有一首《鹧鸪天》，"生活原来亦简单，非关梦远与灯阑。驰驰地铁东西线，俯仰薪金上下班。　无一病，有三餐，足堪亲友报平安。偏生滋味还斟酌，为择言辞久默然"，将都市人特有的生存状态和心底微澜曲曲道出，显得新鲜而生动。另一首《浣溪沙》，"吊盏高灯就日光，山河普照十平方。伐蚊征鼠斗争忙。　大禹精神通厕水，小平理论有厨粮。长安居久不思乡"，读来感觉也不错。其他如"万岭森罗山抱日，一溪轻快水流天"（《浣溪沙》），"起薪虚报高堂梦，呵令何妨主管恩"（《鹧鸪天》），分别写童年与当下，亦足感人。所以哈佛大学田晓菲教授在《现代汉诗的另类历史》一文中，称其"是一种全新的诗，亦即属于二十一世纪的旧体诗"。

只是有些遗憾，旧体诗词韵文之于许多人还只是一种朴素的喜好，远未达到知之深乐之深的程度。长期的浸淫咀嚼，至于入身其中身心俱化，从来是诗人追求的境界，可惜如今能达到这种境界，既得体合格又张口即来运用从心已很难见到了。成为创作主力的六七十年代人是如此，80年代以后出生的作者，就更如此了。

问：您觉得之所以如此的原因是什么？

答：前面已经谈及原因，这里还想补充的是，有部分与现在的大学教育不强调培养学生的古诗文写作能力有关，中文系是如此，其他系科更不用说了。以前说中文系不培养作家，现在好了，终于有了MFA，文学写作硕士，但还是不包括旧体诗词韵文的写作，至于研究这种写作，就更谈不到了。搞古典的以为那是今人的创作，自己管不着；搞现当代的又认为那属于旧体文学，与自己隔着行。可是，早先的大学教育可不是这样。"五四"以后，如陈匪石、刘毓盘、吴梅、汪东、汪辟疆、胡小石、赵万里、龙榆生等人都擅长此道。从那时走出来后辈如任中敏、胡士莹、宛敏灏、沈祖棻、潘希真等人也卓然成家。就是再晚一些，如夏承焘、缪钺等人，也间或能有对学生做具体的指点。可惜"十年动乱"，一切断绝。所以，於可训先生感叹："新文学得承百年之欢，旧文学渐失其宠，斯文其萎，形同弃妇。"

可是另一方面，学生爱好的从来就多，今天仍如此。《光明日报》2007年8月曾经刊发过一篇记者调查，称爱好旧体诗词者高达89%，想学或非常想学的更高达84%，远超过喜好新诗的33%，并且，理科生要超过文科生。类似前及李子工科出身，最后放弃专业，打工创作，绝非孤例。只是有些遗憾，其中真正能写的只有7%。他们很希望得到指导，但眼下提供指导的地方太少，能指导的老师更少。由此我们觉得，如果真的要回应学生的要求，培养他们这方面的能力，原有的《大学语文》教育需要有所改变，须增加古诗文创作的内容。不仅增加篇目与课时，整体上的理念与方法都须有所改变。过去，我们老给学生讲这首诗意境如何高远、那首词体调如此婉约，用的尽是些抽象的判断，古人的成词，但何谓"高远""婉约"都落不到实处；如何调动故实，并因句生篇，假象出意，一系列的程式法规也基本不提。自己已先隔了一层，叫学生如何体会真切？当然，现在有的学校连《大学语文》都要取消，就让人无话可说了。

不过我们也不悲观，毕竟有这么多年轻人痴迷此道，长久浸淫其中而不改其志。再加以有心人的组织与推动，相信其势断不至于中绝。广东这方面做得比较好。前年，在两届粤港澳大学生诗词大赛基础上，又举办了第三届,并将参加者扩大到台湾地区。规定诗依平水韵,词依《词林正韵》,也相当正规。有意思的是,获奖者中,中文系学生才六人,头奖与二奖均被理科、医科生包揽,其间透出的消息可堪玩味。获得诗词两组冠军的詹居灵就读于惠州经济职业技术学院计算机多媒体系,他的获奖词作《青玉案》,"平芜暗减行云陌。但看取,青眉薄。梦里精魂红灼灼。开无人赏,谢无人愕。梦醒无人觉。前生许尽今生诺。未到今生已斑驳。院冷衾寒烟漠漠。雨教轻听,酒教轻酌。泪眼教轻阁"。通篇叶第十六部入声韵,将情感的迷离不可寻,刻画得淋漓尽致,确是好词。去年,广东省教育厅支持,中山大学又承办了"诗词传承与实践暑期学校",结业典礼暨学员诗词创作成果报告会上,77 名学员或用方言朗诵,或用古曲配唱,主事者、中大古典文学教授张海鸥、彭玉平等人有做专门指导,与事者徐晋如博士还开设了诗词写作课,并出版了《大学诗词写作教程》。

上海自来是旧体诗词创作的重镇,并后继有人。80 年代末出生的程羽黑可谓其中的翘楚。他自幼生长海外,9 岁回国才开始学汉语,十分痴迷中国古典,初中起就在《中华诗词》《诗刊》上发表旧体诗词,沪上专家、教授惊叹"天为神州降此童"(刘永翔《题黑黑癸未诗词存稿》语)。以后报送入大学读本科,又为研究生。所作《癸未诗词存稿笺释》不但文字雅驯,意境也幽邃渊深。由于熟读而善用,就是偶为集句诗,如"往事莫沉吟,行人不要听。梧桐兼细雨,点滴到天明",用章良能《小重山》(柳暗花明春事深)、万俟咏《长相思山驿》、李清照《声声慢》(寻寻觅觅)、蒋捷《虞美人·听雨》句,也能从容驱遣,浑然无生凑的痕迹。尤其值得称道的是,因浸淫日久,养成高明的见识,均见于《存稿》所附《甲申诗话》。如称"读汉魏六朝人集,但见有诗,不见有人;读三唐人集,作者与诗,了不可分;读苏、黄、陆集,但见有人,不见有诗;读邵子、朱子集,则只看得白森森一团气,诗、人俱不可辨矣",又称"与其欠债,不如无钱;与其放诞,不如无言;与其闻迂理,不如不闻理;'宁读急就章,勿读击壤体',斯其意也",读来都能启人兴味。如果不改其趣,假以时日,成就应该未可限量。至于像上海市艺术教育委员会会同上海古籍出版社和闵行区教育局等单位,发起主办"上海市青少年民族文化古诗词创作班",所推出专集《学子吟》中的一些作品虽笔法青涩,也颇见气象,让人欣喜。由此,看好古诗词远大的未来,应该不是盲目的乐观。

**问**:如果让您瞻望旧体诗文创作的未来,您会做怎样的判断?

**答**:回顾整个20世纪由毛泽东、朱德、叶剑英等革命家,鲁迅、郁达夫、田汉等新文学家,溥心畬、沈尹默、启功等艺术家,以及黄侃、马一浮、陈寅恪、钱锺书、饶宗颐等学者组成的旧体诗词韵文创作的整体构成,以及所取得的高下不等的成就,再瞻视其在新世纪所获得的普及与发展,几乎人人都可以用我手写我口的繁盛与丰富,让人不免想起当年刘师培说过的话:"俪文律诗为诸夏所独有,今与外域文学竞长,惟资斯体。"再想到"五四"时,不但有吴宓推出旧体诗集《吴宓诗集》,即新文化阵营中也多有人像闻一多那样,"勒马回缰写旧诗",如臧克家称自己是爱新诗也爱古诗的"两面派",作有《选堂诗词集》的国学大师饶宗颐更在《回回纪事诗序》中称:"诗者,最足以襮吾天者,肝胆器识,于是乎哉。夫然后独来独往,始能为天地间必不可无之文。"《仪端馆词序》中又称词"夫心灵之香,温于兰蕙,感应之会,通乎万里,而幽窈旷朗,抗心远俗,下可极九渊之深,上足摹层云之峻",对诗词之于人心的价值,有几乎同于古人的认识,我们确信虽时代在变,而以文字达人意表真声这一点真的是绝然没有改变的。

现在,已经有人进入到理论总结,如2005年,刘士林出版了《二十世纪中国学人之诗研究》,新近李遇春又写出了《中国当代旧体诗词论稿》,有的学者还准备把包括网络上的旧体诗词纳入本科和研究生的论文选题，凡此都让人看到古诗词将走向真正繁荣的光明前景。至于海内外中国人更常呼吁复兴旧体诗词歌赋，他们视此为"打不死的神蛇"（新加坡诗坛泰斗潘受语），全球化时代再造礼乐文明的最好进阶。虽然，如白先勇所说："百年中文，内忧外患。"但我们相信，随着中国的发展与中华文明的进一步张大，古典中文的魅力一定会得到越来越多人的肯定，能写旧体诗词韵文的人也一定会越来越多。至于懂得欣赏的人就更会大大地增加。2004年和2007年，香港理工大学和中文大学已分别举办过两届"香港旧体文学国际研讨会"，对海外华文旧体文学以及东亚诸国旧体汉文学做专门研讨，会上收到中、澳、日、韩、新、马和美国学者的论文，每次都达数十篇。

在可以想见的未来，包括将其糅合到各种文化创意产业，从广告到动漫，前景一定更加广大。我们想说的是，这一切的推动鼓励并非出于骸骨迷恋。试想，一种文学表达能稳定为传统，必因其能抵及这个民族精神世界的内里。今天中国人还继续着这种情感与精神，足见古汉语、古诗文与现代汉语、现代诗文之间并不存在不可度越的壕堑，故未必要像当年艾青所说的那样，"大路朝天，各走半边"。相反，它们是一体，前者更是后者的上源。我们要强调，记住这一点非常重要。还是在网上，有个帖子说：如果"没了朱窗，伊人要在何处怀念？没了锦书，愁情要在何处寄托？"多么好的表达，它让我们对旧体诗词韵文的未来充满信心。

# 仅仅是成人童话吗?

## ——答《东方早报·上海书评》记者问

问:20世纪80年代,武侠小说曾风靡一时,书中描述的精妙武功及侠义精神至今脍炙人口。然而,这些"成年人的童话"究竟与现实世界有多大的距离,历史上的侠客是"十步杀一人,千里不留行",还只不过是鱼肉乡里的青皮、土豪?侠义精神在中国文化中究竟起到什么作用?这是读者很想知道的。请问该如何认识中国古代的游侠?

答:关于游侠的定义,可能比人们想象的要复杂许多。按通常的理解,路见不平、拔刀相助是侠,仗义疏财、赈穷周急也是侠,但作为中国古代特殊的社会人群,游侠其实有着更为复杂的面貌。要定义准确,既须结合其崛起之初的具体构成,又须兼顾其后不同时代的发展变化。

大体上说,游侠是伴随周天子天下共主地位的丧失与士的失职出现的。本来所谓的士大都拥有一定数量的食田,又接受过六艺教育,平时为卿大夫家臣,战时充为军官,是顾炎武所说的"有职之人"。后经春秋战国以来的社会变动,虽具智、勇、辩、力而终不免"降在皂隶",使其不得不既度人势之广狭,复量己德之厚薄,开始新一轮投辅明主的努力。其中长于文章辞令的成为游士,日后有些由宣扬礼仪教化而成为儒,有些由主张兼爱非攻而成为墨;长于射御攻战的就成了游侠,也包括成为奋死无顾忌的"力士""夹士"和"勇敢士"。用冯友兰《原儒墨》的说法,是一为"知识礼乐之专家",即儒士;一为"打仗之专家"，即侠士。吕思勉《秦汉史》说得更为简明："好文者为游士，尚武者为游侠。"

问：这显然仅就先秦游侠初起的情况言，如您所说，此后又有怎样的发展变化？

答：秦汉后游侠的来源变得复杂许多，成分更淆乱不易究诘，是否都是士阶层中人很难说。依司马迁的分疏，是既有卿相之侠、暴豪之侠，也有布衣匹夫之侠与乡曲间巷之侠。前者大多有身份，富财货，或权重王庭，或势倾地方。这类侠以汉唐为最多，但宋以后也未完全绝迹。后者由战国时市井细民任侠发展而来，以后或为中小地主，或兼营商业，更多活动于城市乡村，至明清时甚至还为医、为僧。当然，无恒业恒产者更多。而一般士人，或少年意气，热肠在腹，或情怀廓落，投效无门，也有放而为游侠的。这种情况唐前有，唐以后数明中后期为最多。今天人人都知道王阳明，但他及他的学生辈如王艮等人均好游侠，乃或以任侠自喜，就未必为人所尽知。其时还有所谓"山人"为侠，钱谦益《列朝诗集小传》载之甚详。他们以诗书为交游之具，以幕修赠予为生计之方，流品颇杂，不少人兼为商贾，或迁有无、平物价、济急需，显于民而闻于乡；或恃财行奸宄，为执政所深斥。凡此，都足证帝国晚期城市经济发达导致的时代变化，以及"儒侠""儒商"翻为"侠儒""侠商"的复杂面相。

也正因为这个缘故，当后人讨论游侠的源出，就很难形成共识。有的认为出自平民，如劳榦、杨联陞；有的认为出自游民，如陶希圣、冯友兰。但前者明显不能涵盖卿相暴豪之侠，后者特指丧失土地的流荡无业者，他们既被旧的生产关系抛离，又不见容于新起的城市经济，因无所附籍而多靠富者庇荫或官府赈贷，性质与卿相暴豪之侠全不相类，与布衣匹夫之侠也有不同，所以这两种说法都未被学界据为定论。郭沫若以为其出自商贾，但例外太多，也无须深驳。

日人增渊龙夫和美籍华裔学者刘若愚以为，游侠来自不同阶层，各操生业，构不成一稳定的社会界别。其之所以好行侠义，非为谋生，仅因受侠义精神的感召，故倡为气质说。个人比较认同这个判断。因为一个人为侠可以有各种原因，但基础条件必是天性中有一段难忤的侠性，随其"人生精神意气、识量胆决相辅而行，相轧而出"（陈继儒《侠林序》）。如"战国诸公之意之气，相与以成侠者也"（何心隐《答战国诸公孔门师弟之与之别在落意气与不落意气》），是其典型。仅从所在阶级、阶层做推求，不免太过拘牵。当然，这并不表示我否认游侠会受从哪里走出来的阶级、阶层的影响。譬如他是平民，当然容易在性情中糅入蔑视权贵、反抗体制和劫富济贫的意识；是富豪或权贵，则必然会多一份养私名以求仕进、蓄势力以建功业的追求。

问：那么这一人群的群体特质是什么？

答：最权威也最为人熟悉的自然是司马迁《史记·游侠列传》中的论说："今游侠，其行虽不轨于正义，然其言必信，其行必果，已诺必诚，不爱其躯，赴士之厄困。既已存亡死生矣，而不矜其能，羞伐其德，盖亦有足多者焉。"班固思想较司马迁正统许多，故称"意气高，作威于世，谓之游侠"的同时，在《汉书·游侠传》中不忘点出其常"以匹夫之细，窃杀生之权"。但他对侠的上述特点还是基本认可的，以为"亦皆有绝异之姿"。直到今天，人们对侠的特质的认识大体仍依此而来。

问：韩非子说"儒以文乱法，侠以武犯禁"，后来的士人主流往往以此评介游侠，是否说明游侠最主要的特征是武力（暴力）以及以行武力，游离于社会秩序之外？

答：确实，一说到游侠，人们就会想到《韩非子》中的这一句断语。韩非在"社稷无常奉，君臣无常位"的大争之世，尤重张扬君权，所以《五蠹》明确反对"群侠以私剑养"，"为人臣者聚带剑之客，养必死之士以彰其威"，《八说》又对"人臣肆意陈欲曰侠"与"弃官宠交谓之有侠"提出批评，立场与后来荀悦《汉纪》所谓"立气势，作威福，结私交，以立强于世者，谓之游侠"相同。后者将游侠与游说、游行并称为"三游"，以为都"伤道害德，败法惑世"，是"乱之所繇生，先王之所慎"。因标准绝对而明确，每为后世专制君主和正统士大夫所采纳。其实，由两人所说，再按之史实，可知历史上"儒以文乱法"或有，"侠以武犯禁"则未必，不尚武力如郭解、朱家之流，有时更易触犯世网。原因很简单，为其令行私庭，权移匹庶，为患尤巨。所以我很同意你后半部分的判断，即既称游侠，主要特征或许正在其常游离于社会秩序之外。这里的"游"当然指"周游"和"交游"，但诚如杨联陞所言，也有或更有"不受拘管""不受牵制"之意，故不应仅作"游荡"解，还更应该理解为"游离"，一如西人所谓的"Free-floating resources"。它隐指其人可成为社会"自由浮动的资源"或所谓"游离资源"。(《杨联陞文集》，北京：中国社会科学出版社，1992年，第236页）用社会学术语来说，正可构成一"非正式群体"(informal group)。但从统治者一方来看，你是"四民"之外一种脱序的存在，当然有悖王化；若再欺压族党，凭凌儒绅，起灭词讼，喧闹公堂，更不容于法禁。

　　此外还须指出，即使身在主流，也早有人对韩非之说提出异议。如明代事功卓著的汪道昆就认为："文则苛细，文而有纬则闵儒；武者强梁，武而有经则节侠。二者盖相为用，何可废哉。""韩子以乱法讹儒，犯禁讹侠，夫乱法非文也，何论儒？犯禁非武也，何论侠？下之为曲儒，为游侠，文武何谓？"(《太函集》卷四〇《儒侠传》)他认为侠事实上有上品与末流之分，不愿意人一概而论，所以称犯禁之侠绝非节侠，正如乱文之儒绝非闵儒，又肯定前者的"不游而节"与后者的"不曲而通"。如此对待而论，更契合先秦以后游侠多途发展、各有偏重的情实。所谓"节侠"，指的是侠中能持操守者，他们与"轻侠""粗侠"不同，与"奸侠""凶侠"更有区别。以后，曾国藩因其"薄视财利""忘己济物""较死重气"而称其为"豪侠",认为"可与圣人之道",虽精粗不同,"未可深贬"。(《劝学篇示直隶士子》,《曾国藩全集》第十四册,长沙:岳麓书社,1984,第442页)

问:游侠在先秦两汉以及唐代,出现过让人瞩目的高峰,您曾指出,宋代以后不再活跃,全祖望更称游侠"至宣、元以后,日衰日陋",这其中最主要的原因是什么?

答:当年顾颉刚认为游侠自战国迄西汉只五百年历史,铃木虎雄干脆认为唐时已不存在。我二十多年前初涉此题,尚少检索便利,只好遍翻二十四史,逐一查检,发现居然无代无之,由此深觉社会史研究的余域尚多。当然,宋以后侠的活跃程度的确有所降低,不要说像两汉平交公侯、准与国事的际遇少有,即李渊父子占领长安后,召"五陵豪侠"与"侠少良家子弟"縻以好爵之事也再难见到。(见《全唐文》卷一《授三秦豪杰等官教》)

究其原因,自然与宋初惩五代之乱,重文轻武,使人普遍内倾收缩有关,傅乐成和伊沛霞(Patricia Ebrey)都指出过这一点。按之其时汪藻所谓"迨宋兴百年,无不安土乐生。于是豪杰始相与出耕,而各长雄其地,以力田课僮仆,以诗书训子弟"(《浮溪集》卷一九《为德兴汪氏种德堂作记》),以及叶适对"人心日柔,士气日惰"的感叹(《水心别集》卷二《法度总论二》),不能不说世道变化巨大。加以此后专制政体日趋完备,国家法与地方宗族习惯法的融合在事实上成型,游侠出入绅民两界,沉入百业之中,活动空间渐被收窄,身份特征自不免日渐稀释。许多侠因失去社会鼓励而降低了对自身的要求,放弃操守,窜身乡间,放滥成为霍布斯鲍姆(Eric J. Hobsbawm)所说的"社会盗匪"(《盗匪:从罗宾汉到水浒英雄》,麦田出版股份公司,1988年,第5页)。到明清两代,更与盗匪沆瀣一气,成为"无赖群体"。日人上田信和川胜守研究江南都市无赖,都曾论及其时吴下有所谓"打行","大抵皆侠少，就中有力者更左右之，因相率为奸，重报复，怀不平"（叶权《贤博编》），有的"里豪市侠"则趁社日节庆，"以力啸召俦侣，醵青钱，率黄金，诱白粟"（王稺登《吴社编》），甚至还有招徒众"习为健讼"的（见《万历通州志》卷二《风俗》）。

至于有的"乡曲武豪，借放纵为任侠"（见丁日昌《抚吴公牍》），荼毒乡里，更使侠的本来面目变得难以辨识。故明清两代刑律都添入整治地痞流氓的条款，其所遭到的打击是非常严厉的，以致有的散入民间为人保镖，或为武馆教席，或入梨园班子为人练功说把子。是全祖望所讲的"日衰日陋"。

问：晚清的革命党中，有不少人以豪侠自任，这一时期游侠精神突然爆发的原因是什么？

答：确实如你所说。原因当然是晚清天崩地解的时局变化。先是康梁领导维新运动在全国展开，后有革命派摆脱立宪幻想，由爱国御侮转向革命排满。但无论维新人士还是革命派，手中都不掌握军队，这让他们觉得吸纳忠于信仰敢于任事的仁人志士非常重要。游侠损己不伐，敢任不让，明道不计功与正义不谋利的大义忠勇，在他们看来正可以引为同道，赖为号召。

此前，薛福成已因列强骤胜中国而呼求有"奇杰之士"出。至此，受西洋思想影响和日本崛起的刺激，再对照国人之局于传统，了无生气，整个社会迅速集聚起崇侠的共识。类似谭嗣同所谓汉匈奴犯边被逐"未必非游侠之力"、康有为所谓"人相偷安士无侠气则民心弱"、章太炎所谓"任侠一层与民族危亡非常有关"等，为人所共识常谈。尽管今天看来，有的话不无偏颇，非尽事实。

具体到学习西洋，梁启超认为斯巴达人之所以雄霸希腊，德国之所以傲视欧洲，皆因尚武，故作《论尚武》，鼓吹"胆力"与"体力"，尤崇"心力"。盖自龚自珍提出"报大仇，医大病，解大难，谋大事，学大道，皆以心之力"，"心无力者谓之庸人"（《壬癸之际胎观第四》），时人每多言"心力"的重要。梁氏《意大利兴国侠士传序》称欧洲人"雪大耻，复大雠，起毁家，兴大国，非侠者莫属"，或也受此影响。但其实，尼采唯意志论、詹姆士人格论和柏格森学说对他的影响也很大。另外，他还认为宇宙一切都由意识流转构成，故备言"意力"对促进进化的决定作用，此"意力"即指"心力"。而所谓侠在他看来正"非膂力之谓，心力之谓也"。章太炎对中国人个性——他称之为"我见"的缺乏痛心疾首，在《答铁铮》中称"所谓我见者自信也，而非利己也"，"尼采所谓超人，庶几相近"，并认为这种"排除生死，旁若无人"，"上无政党猥贱之风，下作愞夫奋矜之气"，"于中国前途有益"。以后编订《检论》，又称盗跖为"大侠师"，比作"今之巴库宁"，则其认同俄国无政府主义"破坏的欲望也即创造的欲望"的立场无疑。其时，人们普遍推崇无政府主义，以为"今世界各国中破坏之精神，最强盛者莫如俄国之无政府党"，有一原因就是因为它鼓吹暗杀，这方面的议论，可见后来蹈海自杀的杨笃生所写的《新湖南》一文。它很容易使人想到荆轲、聂政等人。以后，革命党人学造炸弹，多谋行刺。如谋刺五大臣的吴樾，行前就写下万字长文《暗杀时代》。

　　再说学习东洋，我们比较熟悉的，如谭嗣同《仁学》就曾直言"与中国至近而亟当效法者，莫如日本。其变法自强之效，亦由其俗好带剑行游，悲歌叱咤，挟其杀人报仇之气概，出而鼓更化之机也"。唐才常与之并称"浏阳双杰"，尝亡命东瀛，也在《侠客篇》中称赞日本侠的"义愤干风雷"。梁启超《记东侠》认为日本之所以崛起，功在"一二侠者激于国耻，倡大义以号召天下"，为此借彼武士之名，编成《中国之武士道》，意欲通过发扬历代游侠史迹，来改变"民族武德斫丧"、积弱不振、外侮交乘的现状。杨度在该书序中，对此意发扬也多。

　　问：应该说，他们对西洋东洋之侠的推崇与对中国古代游侠的推崇是相激相荡的。

答：对。分开是为了叙述的方便。事实是，对三者的推崇在他们是同时交叉的，因为他们视东西方侠者为同一类人，都乐以一腔热血，求一场好死。秋瑾素慕郭解、朱家为人，又好读《东欧女豪杰传》等书，自号"鉴湖女侠"，就如此。

其时，用"侠"为儿孙辈取名或替自己改字取号的人很多，这里的"侠"都不仅以中国古代的侠为限，但古代游侠在其心目中所占的分量仍很重。故在做具体的推赞夸扬时，他们常有意识地突出其有信仰、具特操、能行动，富于救世热忱和牺牲精神等方面。譬如章太炎虽认为侠出于儒，尝谓"《儒行》所称诚侠士也"，又主张"以儒兼侠"，但又认为不必深言道德，"但使确固坚厉，重然诺，轻死生，则可矣"（《革命之道德》），并尤力主去除"以富贵利禄为心"的"儒家之病"。他还特别尚勇，以为若"无勇气，尚不能为完人"（《国学之统宗》）。

问："勇"是孔子讲的"三达德"，儒家应该是尚勇的吧？

答：孔子当然尚勇，以"勇者不惧"为君子必备的质素。但请注意，他"恶勇而无礼者"，为其有可能为盗为乱。以后孟子更区分道德之勇与血气之勇，重前者之"大勇"，轻后者之"小勇"，又强调以义配勇，推崇"不动心"，要人"持其志，无暴其气"，并认为"可以死，可以无死，死伤勇"。再后来，扬雄《法言》崇孟轲而贬荆轲，认为其不过"刺客之靡"，而游侠是所谓"窃国灵"者，简直就是以义取代勇了。所以章太炎要特别提倡勇，并认为游侠之勇可敬可佩，值得发扬。

以后汤增璧《崇侠篇》更倡言"舍儒崇侠"。还有人进而主张复兴墨学。我们知道，墨学至东汉基本废而不传，然墨子贵义尚力，关心社会平等，有节制一己之欲奉从主义的自律精神；墨家为赴天下急难，徒众姓名澌灭，与草木同朽者不知凡几，使时人觉得这种精神值得重作洗发。故谭嗣同好读《墨子》，私怀其摩顶放踵之志。梁启超虽以孔子为大勇，但《子墨子学说》仍称秦汉侠风大盛是受了"墨教"的影响，"今欲救亡，厥惟学墨"。觉佛的《墨翟之学说》更全面肯定墨侠之于救亡的意义（见张枬、王忍之：《辛亥革命前十年间时论选集》第一卷下册，北京：生活·读书·新知三联书店，1978年，第865页）。还可一说的是，1905年出版的《民报》创刊号卷首，也将墨子像与黄帝、卢梭并举，以示革命前进的方向。

这里，我就此问题展开稍详，是想同时究明游侠与儒墨两家的关系。我觉得，这对弄清何以侠存而不亡又评价互歧会有帮助。

问：*武侠小说中的侠客，几乎个个都是蔑视官府权贵的，历史上真实的游侠似乎不是这样的。*

答：天下事，想象与现实常有落差。事实是，游侠与官府权贵从来就有千丝万缕的联系。鲁迅《流氓的变迁》指汉大侠为求自保而多与公侯权贵相馈赠，是大家都知道的。白鲁恂（Lucian W. Pye）《中国政治的变与常》一书说得更为彻底，他认为中国的文化，依附权贵是获取安全感的最佳手段。游侠之与权贵，以忠诚交换保护，在双方都觉得理所当然。钱穆早年作《释侠》，称侠是养私剑者的专指，而以私剑见养者非侠，以后《国史大纲》承认见养者也是侠，也是看到两者关系的密不可分。

两汉以降，游侠已无"河南朝四姓，关西谒五侯"的风光，但权臣养客仍很普遍，游侠与权贵的交往因此仍然密切。唐吴象之《少年行》诗有"承恩借猎子平津，使气常游中贵人"这样的句子，结合张九龄以"合如市道，廉公之门客虚盈；势比雀罗，廷尉之交情贵贱"劝谏正掌用人之政的姚崇（《全唐文》卷二九〇《上姚令公书》），可见两者相与在那个时候正复不少。前不久，因电影《聂隐娘》引出不少侠的话题，虽由传奇小说改编，但反映的历史确是真的。还有一篇《红线》，更与史实如合符节。唐代既有侠进入中央朝廷，也有退而入北衙禁军的。又有一部分人骁勇剽悍，不愿老死牖下，遂投效边庭，被强藩用为钩心斗角的工具，如此"塞上应多侠少年"，是其人与官府权贵关系密切又一显证。这样的情形要到唐末甚至五代后才发生变化，那个时候，才有薛逢《侠少年》所谓"往来三市无人识"，或沈彬《结客少年场行》所谓"酒市无人问布衣"这样的诗句出现。

要特别一说的是游侠与官府权贵交往所导致的多重结果。起初，他们可以赖此背景，做出许多有利于人群的侠行，同时化解自身遭遇的各种麻烦。但以后随门客向私客、奴客方向转化，像战国秦汉侠那样享有隆盛社会声名和自由度的好日子再难复现，其人的自主意识和独立人格不免随着身份的骤降而日渐丧失，有时障于恩谊，间或摆不开利诱，沦为后者的工具在所难免。这种逆转变化与宋元以后官府权贵对游侠态度由尊敬而礼遇，向为利用而恩接，乃至为驱使而豢养方向过渡是正相对应的。

问：但游侠与官府处对立地位，应该说也是常有之事吧。

答：这个当然。古代专制政体从来追求"政在抑强扶弱，朝无威福之臣，邑无豪桀之侠"（《汉书·刑法志》）。前面也已谈及，如有人擅作威福，夺权朝廷，一定难为体制所容，会受类似迁徙、从军或被酷吏镇压的制裁。并且，这种制裁贯穿古代社会始终。像迁徙一事不仅常见于两汉，《大元通制条格·杂令》中也有"豪霸迁徙"条，其所迁豪霸中也多游侠。

但需要指出的是，游侠对抗官府有如下两种不同的情形：一是本着侠义原则为民请命，目的是为了匡补其在钱、粮、刑、名等方面的阙失，这个部分，历代游侠曾有过许多了不起的作为，既见诸载记，常感激人心，它们是后世小说中义侠形象的来源。二是为一己之私攻讦长吏，干犯法禁，这就不能视为蔑视权贵。如宋元以后，散入民间的游侠常常风闻公事，妄构饰词，论告官吏，沮坏官府，有的甚至焚烧衙门，冲击囚牢。不加分析，将这些行为一概视作反抗权贵的义举，就不免牵强。尤其这当中还有一种"持吏短长"，即抉发官吏隐私以为要挟，就更不能简单地以反抗官府论了。如发生在汉武帝晚年那场"巫蛊之祸"，就起因于丞相公孙贺抓捕"京师大侠"朱安世，引来后者告发其子与阳石公主私通，又使人行巫蛊事。类似的事宋以后还可见到，今人不宜单凭想象做片面肯定。

问：我们读武侠小说，会觉得那些侠客个个出手豪阔，而史书记载大多数游侠是不事生产的，那么他们以什么为生呢？

答：这类描写确实不尽出于小说家的虚构。游侠之所以能妖服冶容，鲜衣美食，出入连骑，从者如云，接济起人来更似倾囊而出，不留后手，是与其世家累富、广有田土有关的。日人平势隆郎指出，西汉游侠与富商联系密切，其中暴豪之侠既垄断坊市，又兼营商业、手工业，与其时周流天下的大贾有相似或重合的交通管道，大多还经商有成。宋以后士商相混，绅商出现，许多"山人"兼为商人，许多商人又好为任侠，就更少物质方面的顾忌了。

但尽管如此，依着这一人群的天性，大多不愿槁项黄馘，老死垄亩，故"不事生产""不乐常业"仍是其基本的生活状态。这其间，有的游侠因为声名在外，慕名而来者争赴其庭，牛马什物充牣不算，即顷致千金也非难事。绝大多数游侠没有这种待遇，平时匿里舍而称逃亡，弃耕农而事游惰，要维持豪阔的生活就只有靠妄行非法了。《史记·货殖列传》所列"攻剽椎埋，劫人作奸，掘冢铸币，任侠并兼，借交报仇，篡逐幽隐，不避法禁，走死地如骛者，其实皆为财用耳"，可谓说尽其大概。

"攻剽"指以强力劫取，"椎埋"指椎杀后埋掉，如此劫掠行旅、横抢市集自然是为了财；伪托侠义，侵吞霸占，借助同伙，图报私仇，将人椎杀埋葬了事也可能是为财，"掘冢"更是所谓"向死人要铜钿"。

"铸币"即"盗铸",是私自开工造钱,凡此都给游侠带来巨额的财富。此外,侠还没少干"私煮""掠卖"等事,前者指制贩私盐获利,其中许多著名的盐枭都是由游侠充任的。后者也称"略卖",指用强力掳人以图利,用今天的话就是绑票。唐宋以降,"坊市制"被打破,取而代之的是开放式的街巷布局,商户与居民杂处,极大增加了城市吸纳外来人口的能力,但也造成社会上不在四民之列的冗者激增。游侠置身其间如鱼得水,靠山吃山,傍海吃海,尤其许多侠少与地痞游闲联手,设变诈以为生计,在水陆两道违禁走私成为常态。故明人姚旅《露书》称古有士农工商四民,自宋以后增加了僧、兵,变成"六民",至此则有"二十四民"。他解释其中"响马巨窝"一类:"有闲公子,侠骨豪民,家藏剑客,户列飞霞,激游矢若骤云,探囊金如故物,里羡其雄,官何敢问。"可见主要是干杀人越货的勾当。

由于钱来得容易,爱惜也难。这才有许多侠者千金在握,顷刻间就可以缘手散尽。这其中当然包含许多游侠是在做劫富济贫、赈穷周急的好事,如郑仲夔《耳新》就记载有"潮惠大侠"尝绑富豪子弟,出贴通衢,令其家人重金来赎。但从朝廷和官府的立场出发,显然是无法容忍的劣行。

问:游侠作为一个群体,在中国社会起了什么样的作用?

答:游侠作为一种社会存在,从未被统治集团认可过,也少有得到主流文化的整体性肯定。但社会上广大的人群,凭着朴素的知觉与经验,都觉得其可敬可爱,甚而忽视其有可畏可怖的另一面,多少是因为司马迁那句不止说过一次的话:"且缓急,人之所时有也。"它很自然地让人去想这"缓急"是如何产生的,既已产生又有谁可缓解等问题。一个显然的事实是,政治清明世道祥和的时代,这种"缓急"不会常有,即使有也比较容易克服。因为在这种社会,国家纲纪不乱,人们安居乐业,间或有户、婚、田、钱等方面的矛盾冲突,乃或道德人伦方面的纠葛与悖乱，也可以通过制度化的明法和礼俗来解决。而当这个社会的弱势人群受到不公正待遇无力自救，由国家出为主持公道自属当然，即这个社会的其他成员也会秉一种良知，设身处地地分担其痛苦。然而真实的世道常常反是。尤其易代之际，战乱纷起，或大灾之年，人不聊生，极易使强暴和不公正之事丛生频发。有时即使未逢乱世灾患，也有执事者乱政、怠政等问题。一旦不平事起，不要说民不举官不究，即使民已举而官不究也在在多有。这方面，我们不能太相信舞台上的清官剧，看看史书所载历代胥吏衙蠹如何横行不法就可知道，即使专制政体高度发达的帝国晚期，吏治崩坏和司法腐败之事有多严重，良懦之人因此常常告诉无门，束身为鱼肉。此所谓"江海相逢客恨多"。

其间又有一种情况尤其让人惊心。那就是不要说许多人有遭遇缓急无法出脱的窘迫，有时候，这种缓急还正出自强权者的有意操控。《管子·君臣》就指出过这一点。他不满"为上者"常让身边近臣，即所谓"中央之人"控制群下，认为"中央之人，臣主之参。制令之布于民也，必由中央之人"，但现在这些人出于私利的考量，常不能正确处置这类问题，相反"以缓为急，急可以取威；以急为缓，缓可以惠民"。什么意思？就是为取威势，凭手中权力把无足轻重的缓事硬办成急事；又为了市私恩，把人命关天的急事拖成缓不济急。这最让人意气难平。管子指出这一点的目的是警示"为人上者"，本来"生法者君也"，现在你"威惠迁于下"，早晚要出事。但他似乎忽略了在这个过程中，会有多少背公行私、草菅人命的事情发生，又会造成多少底层平民的哀哀无告，冤无从伸。

那么，问题的根源在哪里？显然不仅在"中央之人"。明方以智《任论》说得透彻，在"上失其道，无以属民"，即在最高统治者。此时有游侠出来，敢任人所不能任，甚至不惜站在权力的对立面，脱人于待命刀俎的窘境，自然大得人心。所以紧接着他又说："故游侠之徒以任得民。"这个意思明清以来许多人都说过，后来梁启超等人也说过。若要问为何游侠骄蛮悍顽擅作威福仍能得大众信赖，原因就在这里。游侠在中国社会所起的作用之所以不能被忽视，就在于他可以济王法之穷，去人心之憾。尤其当朝多秕政，败亡之渐，他是无助弱势最大的依靠。

问：您已提到，包括前面所说的晚清之士，历史上许多主流中的文人士大夫都很推崇游侠，那侠的文化意义又是什么？

答：简单地说，其所起的作用已足以彰明其意义。我们知道，古代中国社会权力依附和等级结构发育得非常充分，又认同亲族协作型的治理模式，用马克斯·韦伯的话，属于"家族结构式国家"。因此素来重视由君主、官吏和平民构成的政治权威，由圣贤、士人和庶民构成的社会权威，以及由族长、家长和家庭一般成员构成的家族权威。它的社会稳定如劳思光所说，端赖四种权力：一为士人，其特性是教化的；二为家族，其特性是血缘的；三为民间组织，其特性是习俗的；再有就是政府，其特性是制度的。(《中国文化要义新编》，香港：香港中文大学出版社，2002年，第152页) 由于传统中国人从来以"集人成家，集家成国，集国成天下"为理之当然，一种如柯雄文（Antonio S. Cua）所说，将做道德自律的"典范个人"视为"持续无休止的修身过程"的观念(《道德哲学与儒家传统》，上海：华东师范大学出版社，2013年，第106页)，得到世人绝对的鼓励。以后再由中庸调和的儒家学说与谦退尚柔的佛道思想的渗入，遂使一种重内省轻发露、重和合轻对立、重圆到轻伉直的处世方式，成为人们普遍照奉的准则。这样行之日久，造成的极端后果便是人们社会责任感的消散与社会元气的荡失。每个人都拘执一种个人主义道德观，洁身自好，束身寡过，而全无普遍主义的高上视镜，看似从容中道，其实据于儒、依于道或逃于禅的背后，是安于守旧不知拓新，谨于私德昧于公义；是媚软拘谨、饰智任诈。到最后，诚如明儒章懋所批斥的："老成清谨者为上，其次只是乡愿，下则无所放

僻邪移，无所不为。"（《枫山章先生语录》）

类似对传统文化由追求温雅而趋于文弱，追求谨重而趋于保守，追求自我人格完善而趋于利群意识淡薄的批评，中国人自己说过许多，外国人也常有论及。我们比较熟悉罗素在《中国问题》中所做的批评，其实这样的批评多了去了。如19世纪，美国传教士倪维思（J. L. Nevius）就对中国人"胆量不足而懦弱有余"多有讥评，他甚至称"中国是一个冷漠迟钝、不思进取、懒散懈怠、缺乏生气的民族"（《中国和中国人》，北京：中华书局，2011年，第217页），这是不是让我们想到了林语堂？我们说，国民性的背后有文化与传统在起作用，游侠的存在某种意义上正照亮了这种文化的短板，也是对这种传统的匡补与救赎。

他在认知方式上不讲循例从众，行为方式上不拘允执其中，情感方式上不尚拘谨自持，评价方式上排斥崇礼重序，无死容而有生气，无空言而重实际，不避祸福，忘忽利害，有时还能充作前及劳思光所讲的第三种权力，在民间处定是非，决断生死；特别是他重人格平等，尚精神自由，爱无等差，义不苟且，这种敢于担当又能担当的人格风范，对从来讲究察于安危，宁于祸福，明于去就，莫之能害的中国人及其背后的文化，显然具有纠补意义。还有，他追求简单的是非和简明的人际温爱，通过自身的努力与发挥求得生命的高峰体验，既超越儒家所强调的社会联系和政治秩序法则，又超越道家所强调的自然联系与心理秩序法则，诚为最大限度地开显了人的主动性，为消解这个世界的累累重负，疏浚坚强而饱满的生命之源，提供了独特而醒目的借镜。

直到今天，为什么中国人仍喜欢侠，喜欢看武侠片和武侠小说？在人的心智结构常不免与世俗经验相协调、与名利计较相适应的过程中，有时心憾于利害，情变于存亡，这样的时候，排开重气轻死、任张声势的另一面，侠的风范与精神，应该仍对当代人的人格建构及文化建造有借鉴意义。

# 知其历史文化，才更知其当下
## ——答《文汇报》记者问

问：您的《知日的风景》出版后，未经宣传即告售罄。读者反映书中很多东西他们都不知道，一些分析也颠覆了他们的认知。很想就如何理解日本再听听您的看法。

答：这不是因为我多闻见，只是多留意而已。我初识日本是在1998年，在那里待了两年。那段时间，日本人称为"价值观改造期"，可见社会变化之剧烈。几年后再去，这种改造的负面悉数浮现。所以纸上留痕，也就易见声色。

其实，因受限于篇幅，每一题下还有许多内容未及展开。譬如说到"食鱼民族"，那里的千门万户如何高张鱼旗为男孩庆贺，武士又如何因鱼不惧受刀而获得切腹的勇气，乃或以鱼为题材的俳句、落语、绘画如何丰富有趣，都没有机会细说。许多西方人甚至认为，日本人之所以聪敏全赖食鱼，日本文化的精髓也与此有关。你乍听之下觉得有些言过其实，但再想想，从布列塔尼贝隆生蚝到里海鱼子酱、挪威熏三文鱼，西方经典美食无不保持着原初精细到笨拙的生产方式，他们对日本鱼生料理有高度认同原本可以理解，即如萨沙·伊森伯格（Sasha Issenberg）等人将其与动漫一起，标举为日本软实力的象征，也并非全无来由。

再如日本人的礼貌，许多细微处也未及一一列举，因为一旦列举，就须追加说明，一时半会绝无可能说周全。譬如他们视鞋脏为失礼，原因你不一定猜得中，那是因为鞠躬首先看到的是鞋，而他们的生活，鞠躬绝难避免，日行无数次。其他如谚语之所以多嘲笑石榴和青蛙，是因为其好开口，可用以暗讽多言者失礼。

问：我明白您的意思，礼仪起于饮食，食事背后有文化。和许多读者一样，我感觉您非常关注所写事象背后的历史文化。

答：其实，自弥生时代吸收从朝鲜传入的汉魏文化，到"大化改新"吸收隋唐文化，明治维新吸收欧洲近代文化，虽说日本从未离开过向外获取。即就礼貌而言，由中川忠英所辑《清俗纪闻》分礼、乐、射、御、书、数六卷，实录江、浙、闽一带的礼俗可知，其人之知书好礼，也与对中国礼制的汲取大有关系。但诚如著名史学家、日本古代史研究第一人津田左右吉所说，日本文化是基于日本民族的生活和独特历史展开的。自17世纪"水户学派"兴起后，日本人刻意凸显这种不同。这种努力的结果是，一种基于岛国根性、稻作文明与神道信仰的独特文化终于成型。今天，源自中国的禅宗被按日语发音被读作"Zen"，同样发端于上古中国的漆器被写作"Japanese lacquer"，都是这种文化广有影响的表征。而一般人的感觉，日本似处处可见中国痕迹，但仔细辨认又相差甚远。所以我常说，这种文化与我们固然不能称为异体，但也绝非同体，甚至不是互体。

问：不过，许多日本文化研究只流于表面，如谈日本人的国民性，只知道照搬《菊与刀》而不能赞一辞、辩一辞，这是否也是一种遗憾？

答：本尼迪克特当然是了不起的，既非专门家，也从未到过日本，仅领受中情局的指派，就能写出高水准的名著。但也因为这样的缘故，许多论说不免过于简单，不够深入；有些重要的判断则非她的发明，日本人自己早有论定。如关于日本人性格的矛盾分裂，和辻哲郎就有准确的揭橥，他称日本人性格中"静穆的激情"与"好斗的恬淡"常常纠缠在一起，是所谓"在忍从中隐藏爆发"。关于这方面，还可参看荒木博之的《日本人的行动样式》等著作。个人的感觉，他们谈得都比《菊与刀》要好。由此切入，确实有助于人理解日本人及其背后的文化。

举个例子，日本人普遍重视家庭，常把"家族"（かぞく）一词放在嘴上。但另一方面，亲属间的匿杀虐待又很普遍，特别是对老人的虐待与冷漠，直接导致这些年老人犯罪激增，是为作家藤原智美《失控的老年人》一书所说的"老龄化社会的噩梦"。筒井康隆的《银龄的末日》更写到为争取一个"天寿"名额，那里的老人竟同意采行相互处死的残酷制度。今天，他们中有相当一部分人将不得不面临"孤独死"，可前首相、财务大臣麻生太郎是怎么说的？他称这些老人是无法养活自己的"不合格的人"，为减轻国家负担，应允许其早点死掉。你听了一定震惊，这也太冷血了。但如果看过今村昌平据深泽七郎同名小说改编的电影《楢山节考》，说的是信州山中从来有一种"参拜楢山神"的习俗，规定年过七十的老者都要由家人送入楢山等死，谁到年龄不死，并还牙口好、身体壮，会被认为是糟蹋粮食的可耻的人，也就是说，那个地方原本就有弃老的传统，你就释然了，原来这背后仍然有特定的历史文化在起作用。三岛由纪夫说过，"所有的日本人都是反常的"，因为在他们的文化中，原就包含有这种反常的因子。

问：由此想到，近代以来，日本与亚洲各国的相处始终不睦，有些时候还迭生龃龉甚至冲突，这是不是也与他们特殊的历史文化有关？

答：当然有关。日本人是谦逊与狂傲的杂合体，政治上神道天下观与大陆经略野心的融合，学术上近代汉学与东洋史学的导向，都让"日本人特殊论"与"优秀论"深入人心。并且，与后来体认到不能全盘"欧化"不同，他们较早就确立了"唐化"不行的想法，以后见宋亡于元，明亡于清，对中国就更加轻视，明言"崖山之后无中国，明亡之后无华夏"。在他们看来，自南宋陆秀夫负少帝投海，到明崇祯吊死煤山，足以表明中华正宗已不复存在。至于对原本归服以中国为核心的册封一朝贡体系的亚洲其他国家，日本人就更轻视了。加上整个社会缺少对普遍性原则的体认与尊重，力即正义的实用主义盛行，导致其未能形成明确而统一的是非观念，一如其神话中天照大神既非永远正面，素盏呜尊也非永远邪恶。而信徒甚众的净土宗，甚至还有恶人更易往生极乐的说法。由此，不承认世界存在有普遍真理，未学会用普遍的道德原则改化没有严格教规的神道的影响，终使一种集团心理和盲从力量得以无限张大，内省与反思的文化严重缺乏。最后，一种极为荒谬的认识出现了：他们自认为日本是亚洲第一个战胜白人殖民者的国家，通过战争极大提升了黄种人的地位。显然，这种荒谬的认识是与他们长久积下的历史文化意识相关联的。也所以，西方研究者认为日本人之所以不愿正视侵略历史，是与文化中本就缺乏这种认识能力有关的。

今天，中日两国乃至日本与亚洲各国的情势已有很大的改变，但一部分日本人仍不忘强权。日本人论及"二战"，所谓"战争"特指对美开战，对中国只称"事变"；论及战争结局，又多用"终战"，而非"败战"或"投降"，意识深处仍认为其发动战争的初心是基于容让的"凹型文化"，如此漠视普遍真理，缺乏内省反思，其底里还与日本文化中那种不执着是非的"流转意识"有关。正是基于此种意识，他们经常回避是非，并对罪恶抱持一种"随波流去"的态度。

问：您对今天如何更好地了解日本，还有什么具体的建议？

答：本来，比之西方战后不久即成立专门的研究机构，我们的日本研究不仅起步晚，水平明显落后。即与日本对中国的研究相比，差距也不小。当然，眼下的日本正向内收缩，成为比任何时候都要内向的国家，学生不肯出国、智库难聘外人的情况在在多有，大学里的中国研究更遭冷落。年初有家刊物，居然登载《现代媚中派人名辞典》，将从演歌家谷村新司与优衣库首席执行官柳井正等人一网打尽，充分反映了其国民的情绪对立与心胸狭隘已到了何种程度。但尽管如此，那里终究还有有识之士。如已故沟口雄三就曾在《中国的冲击》一书中，对日本停留在过时的"近代化史观"，回避中国的政经发展表示忧虑，他明确提出应"深入到中国的历史中去"。

我想，我们也不能就日本当下的政经谈政经，就日本新出的小说论小说，也应该更有力度地深入到日本的历史文化中去。今天，虽说在日留学、就职和从事研究的外国人中，中国人最多，但倘若我们的学生仅仅出于哈日去了解那里的流行文化，我们的学者仅仅为了维持生计而只以中国学甚至中国语为自己的专攻，那么即使身在其中，知见仍将昧于行外。须知，天蓝水清、爱猫喜狗的浅表介绍，代替不了对日本历史文化的解读。关键是要真正的进入和深入。

所以，我愿再度重提 20 世纪 20 年代留日学生汪公纪的话，吁请所有关心中日关系的读者，能做到知日最是重要。如此既知其当下，又知其历史文化，并因后者而对前者有更真切的认识，更智慧的应对，我们一定能把握历史先机，拥有光明的未来。

# 后 记

    收在本集的文字均作于最近十年,并见载于各种报刊杂志。因篇幅的关系,当然还包括其他一些原因,有的刊出时间有调整和删减。今检出旧稿,恢复原样,意在为自己过往的认知存照,也用为日渐迫促的人生记念。

    都说文字比人活得坚久,这话自然不错。但细忖之,觉得那应该有前提,即这文字必须够真诚,够真实。其他还有一些像极了额外的通关密语,譬如,当你欲借助文字将自己的言说升级到更高处,更深处,那更幽邃的思想领地通常只接受因复义而深刻、因徜徉恣肆而生动有趣的文字来此安顿,是许多浮伪讹滥、蠢笨无趣的写作者所无法侵近的。唯此,它的常驻民少之又少。对此,许多人备感无奈,就是没能力甚至意愿去改变,以致其厕身的地方空寞一片,弥望皆黄茅白苇。它的上面挂满了时间的眼。既不怀好意,又似含期待。这,可以说就是个人持久写作的动因了。

    所以,愿意再次引用个人第一个十年集《批评的考究》中的一段感慨,来表达对将要逝去的过往的追怀:"看看我们身处的时代,借用尼采的话说,大问题俯拾皆是。有借狂疏饰其世故,以骇稚行其老诈的人格败落,有把心交给欲望,为生存而废弃生存的理想迷失。当然,也有知见封锢、识断柴塞,缺乏创新力的平庸治学,尊趺为玉、谓肿曰胖的盲目哄抬与越情褒贬。在这样一个时代,每一种文类都在没落,每一个人都无可例外地需要救赎。"许多人不知道救赎之路在哪里,个人也不能算知道。不过,倘仅就自己的内心而言,选择还算清楚。因此我心光明,平静而安足。

在这里,要感谢光阴的流逝赐我以这样的平静与安足。其他要感谢的有,王涛与我合作完成了集中《文论史编撰的学科认知与方法论省思》一文;商务印书馆的编辑付出的努力不应被埋没。

最后要感谢读者。这些文章发表前,许多曾在不同的场合讲过。相信那些从四面八方赶来的听众,仍会是本书最主要的读者。至于还有一二有心人,本着相同的趣味,时时关注作者的行迹,无疑更添一重望外的欣喜,是尤其需要特别申谢的。

汪涌豪<br>庚子年仲秋于巢云楼